aufbau taschenbuch
AUFBAU VERLAGSGRUPPE

BERNDT SCHULZ veröffentlichte mehrere Biographien und erfolgreiche Titel mit zeitgeschichtlicher Thematik. Er lebt in Frankfurt am Main und Nordhessen. Unter dem Titel »Novembermord« erschien bisher ein Kriminalroman um den Ermittler Martin Velsmann.

Kriminalkommissar Martin Velsmann möchte bei der drückenden Hitze, die über Fulda liegt, nichts lieber tun, als an die Ostsee zu seiner Frau fahren, die dort nach der sagenumwobenen Stadt Vineta taucht. Statt dessen jedoch muß er einen rätselhaften Mord aufklären. In einem Freizeitpark oberhalb des Örtchens Stahlau wird in einer Grotte die grausam zugerichtete Leiche einer jungen Frau gefunden. Alles scheint auf einen Ritualmord hinzudeuten. Da meldet sich bei Velsmann eine wunderschöne Finnin, die ihn sogleich fasziniert. Sie behauptet, die Tote nicht nur zu kennen, sondern auch ihre Mörderin zu sein. Velsmann glaubt ihr nicht, aber er ahnt, daß die Frau ihn zu den Hintermännern des Verbrechens führen kann.

Ein Kriminalroman der Extraklasse – mit einem Kommissar, der seinesgleichen sucht.

BERNDT SCHULZ

Engelmord

ROMAN

Aufbau Taschenbuch Verlag

ISBN-10: 3-7466-2255-7
ISBN-13: 978-3-7466-2255-2

1. Auflage 2006

Umschlaggestaltung Mediabureau Di Stefano, Berlin
unter Verwendung eines Fotos von getty images
Druck und Binden GGP Media GmbH, Pößneck
Printed in Germany

www.aufbau-taschenbuch.de

ERSTER TEIL

Hitze

1.

Er sah, daß die Brände noch weit genug entfernt waren. Dennoch beunruhigten ihn die Rauchfanale am Horizont so sehr, daß in seinem Kopf das trostlose Pochen entstand, das er fürchtete. In sein Gedächtnis drängten sich sofort wieder die Bilder des anderen Feuers. Er erinnerte sich an das freistehende Haus in schwarzen Flammen. Und er sah sich am anderen Ufer des mit Schilf halb zugewachsenen Flusses stehen, ein zitternder Junge, der nicht wegsehen konnte. Jetzt beugten die Flammen seinen Stolz und seine Zuversicht nicht mehr, aber wenn er Feuer roch, das sich vorwärts fraß, sah er dieses Bild, als gäbe es keine anderen, fünfzigjährigen Bilder dazwischen.

Die schwarzen Rauchwolken der Brände im Süden, dort, wo sich die Kliniken befanden, wuchsen unaufhörlich, sie drangen als hauchdünne Geruchsfäden durch die versenkten Seitenfenster seines Autos. Er hätte die Fenster gern hochgedreht, aber seine Klimaanlage funktionierte nicht, und er fürchtete sich vor der schweißtreibenden Hitze im Wageninneren. Statt dessen setzte er seine Sonnenbrille auf und blickte durch die Frontscheibe zum wolkenlosen Himmel. Bald brennt alles, dachte er, alles wird schon dafür bereitet. Und, verdammt, während die Region in Flammen steht, tun sie, als sei es ein Ferienspaß. Jeden Tag aufgedrehte Rekordmeldungen über die Hitzewelle, jeden Tag gut verkaufte Sonnenbrände.

Aber ging ihn das noch etwas an?

Er registrierte zu beiden Seiten der Straße die üppig bewaldeten Hügel als etwas Vertrautes, die Wipfel der Bäume konnte er nicht sehen. Als ein Schwarm Graugänse vom See her über ihn hinwegflog, glaubte er, das Rauschen ihres Flügelschlags zu hören. Er beugte sich vor und sah über die Ränder seiner Sonnenbrille zu den Vögeln. Sie sind auf der Flucht, dachte er. Sie haben ein zu feines Gespür für die Veränderungen, für das Unheil, das wir anrichten. Vielleicht jedoch sehe ich das alles zu dramatisch, weil meine Stimmung auf dem Tiefpunkt ist.

Er merkte seit einiger Zeit, daß seine Grübeleien immer schwärzer wurden und seine Handlungen immer panischer. Als bewegte er sich auf etwas zu, das immer schnelleres und entschiedeneres Reagieren erforderte. Als hätte er keine Alternativen mehr. Er konzentrierte sich wieder auf die Landstraße und dachte: Ich schiebe mein Leben auf einen Abgrund zu. Oder ist es so, daß es vor mir flieht, wie diese Vögel vor dem Feuer?

Die Frage ist doch, dachte er, welchen Sinn dieses Leben hat, wenn mich das ständige Umherirren und Unterwegssein immer weiter von meiner Frau entfernt.

Martin Velsmann spürte seine Müdigkeit. In seinem Kopf pochte es immer stärker. Alle Ereignisse in dieser Hitze bedrückten ihn. Die Hitze brachte Vorahnungen mit sich, die sich bei näherem Hinsehen als völlig haltlos herausstellen mußten, denn hatten die Temperaturen und Waldbrände mit ihm und seiner morbiden Untergangsstimmung wirklich etwas zu tun?

Er stellte das Radio ab, in dem gerade eine aufgedrehte Moderatorin mit einem Kiekser in der Stimme neue Hochmeldungen heraussprudelte. Es gab sogar einen Preis zu gewinnen, wenn man sofort im Sender anrief. In der eingetretenen Stille wurde das Brummen des Automotors lauter, und Martin Velsmann hatte plötzlich wieder das unsinnige Gefühl, sich in diesem Augenblick auf etwas Entscheidendes in seinem Leben zuzubewegen. Unbewußt nahm er den Fuß vom Gaspedal und überlegte. Ich neige zu völlig blödsinnigen Inszenierungen, dachte er. Das bringt die ständige Alarmbereitschaft mit sich.

Der Straßenbelag begann, blasige Flecken zu bilden, nur die Wälder lagen im Schatten. Ketten von jaulenden Löschzügen passierten ihn jetzt in Gegenrichtung. Als sie vorbei waren, überholte ihn plötzlich auf Tuchfühlung ein roter Sportwagen, den er im Rückspiegel nicht kommen gesehen hatte. Martin Velsmann schrak zusammen. Der junge Fahrer des Wagens fuhr einen Moment neben ihm her, blickte höhnisch zu ihm herüber und startete dann durch.

Auch der Fahrtwind brachte keine Kühlung.

Die hier auf drei Fahrspuren verbreiterte Bundesstraße führte an einem Ort vorbei, der zu beiden Seiten wie hingeworfen und vergessen wirkte. Martin Velsmann nahm alles aus den Augenwinkeln wahr, aber er registrierte es genau, weil sein Kopf wieder leer war. Er war müde. Er dachte an nichts anderes als an sein Fahrtziel, das er in wenigen Minuten erreichen mußte. Und die Rauchfahnen hinter ihm standen noch immer sichtbar wie eine Mauer, die jede Rückkehr unmöglich zu machen schien.

Die Türme von Schlüchtern kamen in Sicht. Er fuhr langsam. Vor der Stadtsilhouette weideten Schafe, die Tiere standen regungslos und ergeben in der Sonne. Wie friedvoll war hier früher alles gewesen, kühl und still und schattig in langen duftenden Sommern. Rechts kletterten die ausladenden Villen der Reichen die Hänge zur Hochebene des Vogelsbergs empor, links machten Einfamilienhäuser den Eindruck, als duckten sie sich vor den Blicken des Vorbeifahrenden. Straßenunebenheiten schüttelten Velsmann plötzlich durch, er hörte die Stoßdämpfer krachen. Auf einer Baustelle lag ein verunglücktes Auto auf der Seite. Überall hatte man Schilder aufgestellt, die vor irgend etwas warnten.

Er kam nach Stahlau. Die Stadt der Märchen. Vor Jahresfrist war sie ihm wie die Stadt vorgekommen, in der sich Täter zusammenrotteten. Er sah die Gesichter, Gestalten, Ereignisse vor sich. Es war eine düstere Zeit gewesen.

Reiß dich mal zusammen, dachte Martin Velsmann. Entweder du baust gleich einen Unfall, oder du denkst an etwas Schöneres. An die klaren, stillen Tage im letzten Winter auf dem Darß beispielsweise. Oder wie wäre es mit diesem triumphalen Sonnenuntergang bei Barth, Andrea und die Kinder an meiner Seite? Es gibt sie, die schönen Tage.

Seine Kopfschmerzen nahmen mit jedem Kilometer, den er fuhr, beunruhigend zu. Er wußte, daß er dagegen nichts tun konnte. Sie würden in den nächsten Stunden wie ein Feuerball hinter seinen Augen aufsteigen.

Westlich von Stahlau ragten die Seifenfabriken in den Himmel. Mit ihrem eigentümlich weichen Grundriß ohne rechte Winkel und der Außenhaut von rotbraunem Sandstein wirkten sie wie aus einer anderen, friedfertigen Zeit. Dicht daneben quoll aus drei silbernen Hochschornsteinen weißer Wasserdampf. Dahinter stand das in matten Schieferfarben schimmernde, unbewohnte Gebirge, als warte es darauf, daß der Spuk verschwand.

Martin Velsmann steuerte seinen flaschengrünen Scorpio

von der Bundesstraße herunter, fuhr eine Zeitlang parallel dazu und bog dann auf Forstwege in Richtung Wasser ein. Unter den Reifen knirschten die losen Schottersteine. Er sah zur Rechten die alten Pferdegestüte mit ihren weißen Gattern und flachen Ställen und ringsherum das tote, farblose Gras. Er erreichte den Stausee und stieg aus.

Er war lange nicht hier gewesen. Seit sich im letzten Winter in den Anliegergemeinden bizarre Morde ereignet hatten, mied er den Ort, doch wenigstens an seinem einzigen freien Tag wollte er in der Nähe von Wasser sein. Denn sein Alltag verbrannte in diesem Sommer in Hitze, Flammen und Rauch.

Es war still. Menschen sah er nicht. In der Ferne stolzierten einige Schwarzstörche über die Uferwiesen.

Das Wasser hatte sich vom Ufer zurückgezogen, der Betonrand der Einfassung war zu sehen, dort lagen ausgebleichte, dünne Bäume. In aufgeschwemmtem Sand und schmutziggrünem Schlick zeigten sich bunte Steine und schimmerndes Schildpatt. Martin Velsmann glaubte plötzlich das Kopfsteinpflaster einer früheren Straße zu erkennen. Wie ein Tier, das die Lefzen zurückzog und sein Gebiß zeigte, gab die Uferbefestigung eine Reihe von nebeneinander verlegten Steinquadern frei. Sie mußten sehr alt sein, denn in den Stein hatten sich parallellaufende, tiefe Furchen von Wagenrädern eingegraben.

Sein Handy klingelte. Mit einem Seufzer zog Velsmann es aus der Brusttasche seines blauweißen Sporthemdes.

»Velsmann!«

Eine fremde Stimme fragte: »Hauptkommissar Martin Velsmann?«

»Ja.«

»Tibor Hirschgraben. Ich gebe ein Informationsblatt in Huttenstein heraus. Vielleicht kennen Sie es.«

»Nein.«

»Es geschehen hier seltsame Dinge. Ich wollte Ihnen ...«

»An meinem freien Tag interessieren mich keine seltsamen Dinge. Rufen Sie in der Generaldirektion in Schlüchtern an.«

»Habe ich ja. Ich erhielt die Nummer der Dienststelle in Fulda und dort Ihre Nummer.«

Velsmann unterdrückte einen Fluch. »Dann müßte es sich schon um Mord handeln.«

»So ungefähr.«

»Sagen Sie mir, was Sie auf dem Herzen haben.«

»Können Sie herkommen? Ich will Ihnen etwas zeigen. Es hat mit diesen Dingen des letzten Jahres zu tun.«

Nein! dachte Velsmann. Davon will ich nichts wissen. Er hätte am liebsten nicht mehr hingehört. Statt dessen sagte er: »Ist es wichtig?«

»Sind Sie Polizist?«

Er ließ sich beschreiben, wohin er kommen sollte.

»Aber es kann eine Stunde dauern«, sagte er, »ich muß noch etwas erledigen.«

»Ich warte.«

Martin Velsmann sah in das klare Seewasser, er glaubte bis auf den Grund blicken zu können. Einen solchen Juli gab es noch nie, dachte er. Er legte sich nahe am Ufer ins heiße Gras und schloß langsam die Augen.

Der Mann mit dem Kinnbart über der farblosen Haut seines kräftigen Halses spitzte den Mund, aber er ließ keinen Ton heraus. Während sein schwarzweißer Hütehund, den er Omar nannte, herumschnüffelte, ging er mit mächtigen Schritten über den Hof. Das rot-schwarz-karierte Hemd über seiner Hose ließ einen vorgewölbten Bauch erkennen, und obwohl er noch nicht alt war, duckte er sich beim Gehen manchmal, als läge etwas Schweres auf seinen breiten Schultern. Mit einer Stimme, in der ein Lachen saß, ohne daß er je gelacht hätte, sagte er: »Omar! Platz! In den Schatten! Oder willst du dir einen Sonnenstich holen?«

Der Hund wedelte mit dem Schwanz und blieb unentschlossen stehen. Der Mann trat nach ihm. Winselnd sah ihn das Tier an. Sogleich überflutete den Mann eine Welle des Mitleids, und er streichelte Omar. Mein Gott, ich muß mich wirklich beherrschen, dachte er, sonst werde ich wie sie. Und welches Recht besitze ich dann noch!

Er schaute über den Hof, der in der Mittagsglut lag. Dann betrat er ein Stallgebäude. Dort, wo es süßsauer nach Schweinen roch, ein Geruch, den er mochte, hatte er in einem länglichen Raum seine Computer aufgebaut. Vor den Fenstern zum Hof, deren Glas manchmal mit noch feinerem Strohstaub bedeckt war als die zu den leeren Ställen im Rücken, stand sein ausladender Schreibtisch. Darauf lagen mehrere Tastaturen, die er jetzt zurückschob. Er rückte die Stapel von Zeitungen zu sich heran. Im Hintergrund zuckten die roten Linien auf den Displays, aber die Maschinen waren nun ausgeschaltet.

Der Mann begann, Meldungen auszuschneiden. Manchmal las er, dann verhärtete sich sein Gesicht, seine Lippen wurden schmal, er schüttelte den Kopf. Der Hund lag zu seinen Füßen und blinzelte zu seinem Herrn auf. Vielleicht begriff das Tier, was er tat? Daß er alles sammelte. Daß er ausschnitt, ordnete, einklebte. Daß seine Beobachtungsbücher mit den Verweisen und indiskreten Zusammenhängen immer voller wurden. Daß er diese Arbeit tun mußte, um nicht zu versinken.

Der Mann fragte sich das selbst manchmal. Ob sein Hütehund ihn eines Tages verraten würde. An diesem Tag wußte er, daß solche Gedanken Unsinn waren. Die Frage aber tauchte in seinem Inneren immer wieder auf. Schließlich war das Tier ständig mit ihm zusammen und sah ihn an. Der Hund war sein einziger Beobachter. Er speicherte alles hinter seinen dunklen, glänzenden Augen, seiner niedrigen Stirn. Und wer weiß, eines Tages, wenn sich seine Liebe aus irgendeinem Grund abkehrte, führte er die anderen auf seine Spur?

Er hatte einmal einen Roman gelesen, in dem der treue Hund seinen Herrn eines Tages nicht mehr riechen konnte. Etwas im Geruchssinn des Tieres hatte sich verändert. Vielleicht hatte auch sein Herr einen neuen Geruch bekommen. Ja, davon erzählte dieser Roman, er erinnerte sich genauer. Es war die Geschichte eines einsamen Mannes auf einem Seegrundstück gewesen, der plötzlich, mitten in der Schneeschmelze eines Frühlings, Krebs bekam und seinen Geruch verlor. Und sein Hund erkannte ihn nicht mehr und suchte sich einen neuen Herrn.

Ich bin gesund, dachte er. Auch wenn die anderen das nicht so sehen. Und die Frau? Sie gibt mir Geld. Aber was sie wirklich denkt, weiß ich nicht.

Manchmal brauchte er sie, um an ihrer Brust zu weinen.

Er beugte sich zu seinem Hund und streichelte ihn flüchtig zwischen den Ohren. Dann stand er auf, holte sich aus einem Wandschrank ein großes Stofftaschentuch und wischte sich damit die Stirn ab. Der Siedepunkt ist fast erreicht, dachte er dabei, es fehlt nicht mehr viel. Und dann? Es wird sicher furchtbar sein.

Er konnte sich heute nicht auf die Zeitungen konzentrieren. Als er aus dem Fenster sah, erblickte er die Frau, die schnell über den Hof ging und im Haupthaus verschwand. Sucht sie mich? dachte er verwundert. Warum jetzt? Wir hatten doch ausgemacht, daß sie sich erst am Abend zeigt.

Er sah sie gern gehen. Ihr blondes Haar wehte im Wind. Ihr fester Körper war noch jung und anziehend. Sie gehörte ihm!

Aber er mochte es nicht, herumkommandiert zu werden.

Hier im Stallanbau war es still. Die Schweine waren für dieses Jahr längst geschlachtet. Der Stall ohne Licht. Nur der vergorene Geruch hing noch über den Kojen, Klapptüren, Gängen und Futterkrippen. Er brauchte die Stille. Manchmal mußte sie absolut sein. Dann half nur, sich die Fäuste gegen die Ohren zu stemmen. Es gibt Menschen, dachte er, die sich abgrundtief abgestoßen fühlen von solchen Jahreszeiten. Von diesen Gesängen, von diesen oberflächlichen und lauten Amüsements in schamlosen Sommern, wenn sich alles entblößt, die Natur, die Menschen. Wenn sich schon die jüngsten in Positur stellen. Wenn die Hitzegrade und die Geilheit steigt, daß selbst die Schweine sich abwenden würden. Kommen die kleinen, persönlichen Katastrophen dazu wie bei mir, dachte er bitter, dann ist ein Siedepunkt erreicht. Mein seelisches Territorium, dachte er, wird schon lange verletzt. Dieses blinde Wohlleben, dieser eitle Hochmut. Daran sind schon ganz andere Reiche zugrunde gegangen.

Ich werde die Demütigungen stoppen, dachte es in ihm. Es kann nicht weitergehen, sonst bin ich es, der verrückt wird. Sie sollen mir auch das büßen, woran sie nicht schuld sind. Das ist nun einmal so vorgesehen.

Er hielt inne und ordnete fahrig seine Papiere. Er hatte immer Angst, eine unsichtbare Grenze zu überschreiten, hinter der es kein Zurück mehr gab. Sind meine Gedanken verbrecherisch? Wohl kaum, dachte er. Es ist die Nichtswürdigkeit der Gegenwart, unter der ich leide. Ich muß mich dagegen wehren, wenn ich es überstehen will. Ich will frei sein von ihren schrecklich banalen Begierden. Dafür – er stockte in seinem Gedankenfluß – bin ich sogar bereit, zu töten. Auch unschuldige Menschen.

Es ist Notwehr.

Er setzte sich wieder und versuchte, seine Gedanken zu beruhigen. Ich bin klug und kultiviert genug, um meine immer verwerflicher werdenden Gedanken zu zensieren, dachte er. Man hält mich im Ort für sympathisch genug, ich gelte also als harmlos. Sie kommen und fragen mich um Rat. Das ist gut. Es gibt mir Deckung. Aber wie lange noch, wenn ich jetzt beginne, um mich zu schlagen?

Wieder kam seine Frau in sein Blickfeld. Er beobachtete sie mit gemischten Gefühlen.

Nur sie hält mich davon ab, alle diese Regeln von Gesetz und Anstand zu brechen, dachte er. Solange sie lebt, werden meine Untaten im Grab meines Kopfes bleiben.

Aber wie oft drohen sie, daraus hervorzubrechen. Ich merke ja, es geschieht in immer kürzeren Abständen. In diesen heißen Nächten. An diesen brennenden Tagen.

Und wie fürchte ich mich davor!

Aber es muß sein! Sonst habe ich alle Ansprüche verwirkt. Sonst bin ich wie sie – oder was unterscheidet mich dann noch? Ich muß dieses Zeichen setzen.

Seine Frau kam wieder aus dem Wohnhaus und ging mit einem Korb in der Hand auf das Tor zu, hinter dem sich die elektrische Steuerungsanlage für die Schweinemast befand. Solange sie lebt, bin ich in ihrer Hand, dachte er ohne Zorn.

Er ging hinüber zu seinen Maschinen und stellte sie an. Ihr dumpfer Ton vibrierte in seinem Kopf nach. Dieser Lärm war der einzige, den er ertragen konnte. Wenn irgendwo eine Tür zuflog, zuckte er zusammen, als habe man auf ihn geschossen. Er wußte nicht, woher er diesen Tick hatte. Lärm höhlte ihn aus. Jeder laute Ton wies ihn zurecht. Er war dann deprimiert. Alles schien sinnlos. Lärm besetzte seine Welt auf unerträgliche Weise. Er mußte das alles endlich beenden. Damit die Stille einkehrte, die er brauchte, um sich zurechtzufinden. Um sich an seine Haltungen zu klammern.

Der Mann hantierte noch eine Weile. Er machte auf großem Papier einen sauberen Probeausdruck, den er am Schreibtisch zerstreut betrachtete. Er suchte nach Fehlern, benutzte manchmal eine Lupe und korrigierte mit einem Bleistift, den er oft anspitzte. Mittendrin sah er lange, ohne sich dessen bewußt zu werden, aus dem Fenster.

Dann stand er abrupt auf, durchquerte den Raum und verschwand durch den Hinterausgang im Trakt der Ställe. Er begann zu laufen, um die Frau einzuholen, die gerade zwischen zwei Silos verschwand.

Als Martin Velsmann die angegebene Anschrift erreichte, einen abgelegenen Hof in dem einsamen Ort Huttenstein, wunderte er sich, daß hier ein Zeitungsmacher wohnen sollte. Wer um alles in der Welt brauchte in einem so gottverlassenen Dorf eine Zeitung? Oder wie hatte der Anrufer sich ausgedrückt: Er gebe ein Informationsblatt heraus. Vielleicht eines jener Machwerke, die faule Konsumenten zur täglichen Schnäppchenhatz aufriefen. Wer las das hier? Lebten in diesem abgeschiedenen Ort nicht nur Waldarbeiter?

Er fuhr in den Hof ein, der einen unordentlichen Eindruck

machte. Viele Bauernhöfe in der Gegend sahen so aus, aber dieser hier hatte etwas Verwildertes. Überall standen oder lagen Gerätschaften herum, einige waren verrostet, Stricke hingen an Haken oder Winden von den Dächern der Scheunen und Ställe. Ein Überdach aus Plexiglas lag schief auf seinen Stützen aus Leichtmetall, ein Hackklotz war umgestürzt, das Beil lag auf dem Pflaster. Geradeaus vor sich sah Velsmann das Wohnhaus aus Stein, es besaß hübsche Ornamente aus grünem Klinker, Blumenkübel standen vor den abgetretenen Stufen der Freitreppe, unter der ein Kellereingang geöffnet war. Martin Velsmann fuhr eine Schleife, dann parkte er seinen Wagen im Schatten einer Remise. Er stellte den Motor ab, legte den ersten Gang ein und stieg aus. Kein Mensch war zu sehen, nicht einmal ein Hofhund ließ sich blicken.

»Hallo! Jemand zu Hause?«

Martin Velsmann sah sich um. War das die richtige Adresse? Da sich nichts regte, beschloß er, am Haupthaus zu klingeln. Er stieg die wenigen Sandsteinstufen zur Haustür empor. Als er den Finger nach dem Klingelknopf ausstrecken wollte, nahm er ein seltsames Bild wahr.

Durch das angelehnte Fenster im Hochparterre neben der Tür erblickte er ein Paar. Er wollte nicht indiskret sein und ging betont langsam ein paar Schritte zurück und dann wieder zur Tür in der Hoffnung, daß man ihn drinnen wahrnehmen würde. Sie schienen ihn jedoch nicht zu bemerken.

Der Anblick, der sich ihm bot, war so eigentümlich, daß er stehen blieb und unwillkürlich sogar noch dichter an die Scheibe herantrat. Er legte eine Hand über die Augen, um im spiegelnden Glas genauer zu sehen. Gleichzeitig spürte er, wie seine Blicke in obszöner Weise diese intime Szene durchdrangen, die nicht für ihn bestimmt war.

Ein Mann in mittleren Jahren lag an der Brust einer blonden Frau. Sein Kopf wackelte hin und her. Die Frau schien ihm zuzuhören oder auf etwas zu lauschen, das von irgendwoher kam. Ihr Blick war starr auf ihn, den ungebetenen Beobachter am Fenster, gerichtet, schien ihn jedoch nicht wirklich wahrzunehmen. Dann streichelte sie den Mann. Ihre Hände fuhren mit trauriger Zärtlichkeit über sein Haar, und während sein Kopf weiter hin und her wackelte, als besäße er dafür einen Mechanismus, küßte sie sein Haar, und jetzt kam auch Bewegung in den Körper des Mannes. Er legte seine Arme um sie, aber nicht wie ein Liebhaber, der sie in Besitz nehmen wollte, sondern wie jemand, den die Kräfte verlassen. Er griff nach ihrem Leib. Er klammerte sich an ihm fest und glitt daran ab, und wieder warf er den Kopf hin und her wie in Zorn und stummer Verzweiflung.

Martin Velsmann löste sich nur mühsam von diesem Bild. Der Anblick besaß etwas – er suchte nach Worten – etwas Unvernünftiges, etwas Animalisches. Ihm wurde bewußt, daß er kein Recht hatte, hier zu stehen. Er klingelte deshalb schnell und ausdauernd und überlegte dabei, ob dies der Mann sein konnte, der ihn angerufen hatte. Wollte er ihm wirklich etwas zeigen, das mit den Ereignissen des letzten Winters zu tun hatte? So hatte er sich ausgedrückt. Damals waren mehrere Personen in einer bestialischen Kulthandlung hingeschlachtet worden.

Die Stimme des Anrufers hatte sicher und bestimmt geklungen. Sie besaß sogar einen spöttischen Klang. Dieser Mann hier hing am Busen einer Frau wie ein haltloses Kind.

Endlich näherten sich Schritte. Die Tür wurde geöffnet. Im feuchten Gesicht des Mannes stand ein Ausdruck der Trauer.

Wortlos bat er den Besucher mit einer ausladenden Geste ins Haus. Martin Velsmann trat ein. Dann glaubte er, seinen Augen nicht trauen zu dürfen.

2.

Das Rentnerehepaar in schwarzer Tracht trotzte der Hitze. Wetter konnte ihnen nichts anhaben. Sie nahmen es nicht einmal wahr. Er trug sogar einen schwarzen Regenmantel. Eine zeitlose Bekleidung, denn Jahreszeiten spielten für sie keine Rolle. Nur einmal hatte Lisa Auhl ihren Mann Robert dabei erwischt, wie er im Hochsommer in halblangen, grau gestreiften Bermudashorts zum Einkaufen über die Straße gegangen war. Der Anblick seiner weißen, von Krampfadern überzogenen Waden hatte ihre Empörung hervorgerufen. Sie fand, ein solcher Anblick sei nicht zumutbar, denn er verführte zu einer geringschätzigen Meinung über Robert. Sie verbot ihm sogar, fortan die Wetterdienste zu hören. Lisa erinnerte sich, daß er, bockig wie er war, dasselbe prompt von ihr verlangt hatte.

An diesem Dienstagmorgen war es trocken und heiß. Sie kamen nicht oft her, einmal mit den Enkelkindern aus Offenbach, ein zweites Mal mit Kindern ihrer Nachbarn, Ausländern aus dem Osten, die für einen Tag verreisen mußten. Dann waren sie noch einmal am späten Abend hier gewesen, um sich die übergroßen Figuren anzusehen. Da war der Erlebnispark leer und gehörte ihnen. Und Robert Auhl hatte seine Frau in ein Drehkarussell gesetzt und mit dem Handschwungrad herumgewirbelt, bis beiden der Atem ausging.

Was sie an diesem Morgen bewegt hatte herzukommen,

konnten sie später nicht angeben. Sie wußten es einfach nicht. Es gab keinen besonderen Grund – außer dem vielleicht, daß ihre Angst immer größer wurde. Manchmal wachten beide gleichzeitig mitten in der Nacht auf und machten Licht. Lagen dann schwer atmend nebeneinander im Bett und wagten es nicht, sich anzusehen. Sie schämten sich, weil sie keine Worte fanden, weil sie sich gegenseitig nicht trösten konnten. Sie spürten deutlich, wie der Tod langsam auf sie zukam.

Wenn es aber schon so war, was gab es dagegen besseres als einen Spaziergang durch den Erlebnispark, mit den vielen herumspringenden Kindern, für die das Leben ein gieriges Abenteuer war? Der Tod spielte hier überhaupt keine Rolle. Schon gar nicht an einem sonnenüberstrahlten frühen Morgen mitten im Juli.

»Willst du wieder gedreht werden?« fragte er.

»Mir ist auch so schon ganz schwindlig.«

»Laß uns in die Tropfsteinhöhle gehen«, schlug er vor.

Sie nickte. »Dort ist es schön kühl.«

»Nicht wegen der Temperaturen«, sagte er.

»Natürlich nicht.«

»Dort drinnen ist es wie im Bauch eines Walfisches.«

»Was du ja kennst.«

»Mach dich nicht lustig über mich. Ich kann mir den Bauch eines Walfisches eben vorstellen.«

»Und ich nicht?«

»Vielleicht nicht, Lisa.«

Sie gingen an den gigantischen Rutschbahnen und überdimensionalen Mickymausfiguren vorbei. Noch klebten an ihnen nicht die Scharen von kleinen Besuchern, die hierher in Bussen transportiert wurden, behütet von Eltern oder Lehrern, dann ungehorsam davonlaufend, begeistert in dieser eigenen Welt der reinen Freude. Noch war es an diesem heißen Morgen still. Nur das Kettenkarussell, das wie ein Fliegenpilz aussah, drehte sich ohne Fahrgäste langsam im Kreis. Und so betraten Robert und Lisa als einzige die Tropfsteinhöhle.

Drinnen war es dunkel, nur an manchen Ecken leuchtete das indirekte Licht von eingelassenen Fußbodenlampen. Künstliche Stalaktiten hingen von einer hohen Felsendecke herunter, Wassertropfen schienen herabzufallen, ihr Geräusch vom Tonband war das einzige im Halbdunkel. Lisa glaubte plötzlich, den Flügelschlag von Fledermäusen zu hören, und vernahm man nicht auch ihren eigentümlich schrillen Ruf aus dem Hintergrund der Höhle?

Sie gingen tiefer hinein. Es wurde immer kühler. Ein künstlicher See breitete sich vor ihnen aus. Vom Grund her leuchtete ein grünes Licht, es ließ die Wasseroberfläche sichtbar in kleinen Wellen und Strudeln vibrieren. Die Ränder des Sees lagen im Dunkeln.

Das Ehepaar setzte sich auf einen Felsen. Sie hielten sich an den Händen und sahen wie betäubt auf dieses Funkeln von Weiß und Grün im Wasser. Es war, als erblickten sie einen Schatz, den jemand achtlos hineingeworfen hatte. Jetzt gehörte er ihnen. Er würde ihr Leben bereichern. So einfach war es, sich einer schönen Illusion hinzugeben.

Wenn man wie sie eine brauchte, um sich vor der herannahenden Furcht zu schützen.

Schon einmal, als sie hier gesessen hatten, waren sie auch von den kleinen Lebewesen fasziniert gewesen. Es waren winzige, weiße Albinokrebse. Sie besaßen keine Augen, sie lebten ausschließlich in der Finsternis der Höhle. Wenn man hierher kam, waren sie wie Haustiere, die warteten. Lisa und Robert nahmen sie wahr und verfolgten ihren Weg. Die Krebse schwammen im Wasser und ruderten mit ihren Scheren. Plötzlich vereinten sie sich am Ufer zu einer Bahn und schlugen eine gemeinsame Richtung ein. Robert, der vor seiner Pensionierung Biologe gewesen war, kannte das Geheimnis der Tierwelt. Er hatte Lisa oft genug von den morphogenetischen Feldern erzählt. Die Tiere fühlten sich nicht als einzelne Wesen, sie fühlten sich mit den anderen als Gesamtwesen. Deshalb folgten sie nur einem einzigen Willen. Es war das gleiche Geheimnis, das große Vogelschwärme besaßen. Sie stießen im Flug nicht zusammen. Sie verkörperten nur einen einzigen, großen Vogel.

Dieser eine Wille führte die Albinokrebse jetzt zu einem Ziel, das in ihrem ewigen, blicklosen Dunkel verborgen war.

Lisa und Robert folgten ihrem Weg mit wachsendem Erstaunen.

Was hatten die Tiere vor?

Plötzlich erschrak Lisa. Sie sah das Bündel, auf das sich die Albinos zubewegten. Ein abgelegter großer Sack am Rand des künstlichen Sees. Darin zeichnete sich etwas ab, das eine menschliche Form besaß.

Hauptkommissar Martin Velsmanns Gefühle waren ziemlich durcheinander. Der Anblick der blonden Frau, die vollkommen angekleidet, aber mit entblößten Brüsten auf dem Sofa saß, stieß ihn ab und zog ihn an. Ihr Kopf war vornüber gesunken, ihre Arme hingen schlaff zu beiden Seiten ihres Körpers herab.

»Meine Frau«, sagte der Mann, der ihn eingelassen hatte. »Sie ist im Moment etwas überfordert.«

Dann ging er zu ihr und verbarg sein Gesicht an ihrem

nackten Busen. Durch die Berührung kam die Frau wieder zu sich. Sie flüsterte leise etwas, das Martin Velsmann nicht verstand. Er küßte sie, dann zog er sich ihre Bluse über den Kopf und wurde für Martin Velsmann unsichtbar.

Plötzlich fing er an zu sprechen. »Ich kann Ihnen sagen, hier passieren Dinge, die Sie nicht für möglich halten würden. Nicht wahr, Marlene? Meine Frau kennt das alles. Wissen Sie, ohne Marlene würde ich das alles hier gar nicht mehr aushalten. Kennen Sie das, wenn Ihr Territorium besetzt wird? Wollen Sie hören, was ich zu erzählen habe?«

»Ich bin deswegen hergekommen, aber es wäre mir lieb, Sie würden mich ansehen, während wir reden.«

Mit zerwühlter Frisur erschien das Gesicht des Mannes. Er zog die Bluse über ihre Blöße. Die Frau blickte nur abwesend. Martin Velsmann überlegte, ob sie betrunken war oder unter dem Einfluß von Drogen stand. Er kam zu keinem Schluß.

Der Mann sagte: »Es kommen hier Mädchen her. Irgendwelche Ausländerinnen. Ich kann nicht sagen, woher sie stammen, aber sie machen auf mich einen verheerenden Eindruck. Kennen Sie diese alten Zombie-Filme? Ich habe mich damit beschäftigt. George Romero und so. Die Nacht der lebenden Leichen. So sehen die Mädchen aus. Oder zumindest wirken sie so auf mich. Nicht wirklich angenehm, obwohl sie hübsch sind. Aber es gibt eine Art Hübschheit, durch die blickt man durch und sieht etwas ganz anderes. Etwas Abstoßendes.«

Martin Velsmann hatte das unangenehme Gefühl, daß der Mann von seiner eigenen Frau sprach. Er sagte: »Was ist mit diesen Mädchen? Was sollen diese Mädchen mit den Ereignissen des letzten Winters zu tun haben? Das deuteten Sie zumindest am Telefon an.«

»Sehen Sie – diese Mädchen kommen und gehen. Das fällt

in einem so kleinen Ort, wo jeder jeden kennt, natürlich auf. Huttenstein ist für sie so eine Art Anlaufstation. Sie wohnen meistens im einzigen Gasthaus, sitzen abends auf den öffentlichen Plätzen. Dann verschwinden sie eines Tages. Wer bringt sie? Was wollen sie hier? Wer holt sie ab? Im Ort ist man höchst beunruhigt, aber es würde nie jemand die Polizei informieren. Die Mädchen tun ja auch eigentlich nichts, was man anzeigen könnte. Und der Gastwirt schweigt, er redet nie über Gäste. Huttenstein ist ein ängstliches Dorf.«

Martin Velsman überlegte, ob der Mann vor ihm bei Verstand war. Er machte einen vernünftigen Eindruck, wenn man von dem bizarren Dialog mit seiner Frau absah. Er sagte: »Im letzten Winter gab es in der Region drei Ritualmorde einer okkulten Sekte. Was sollen diese Frauen ihrer Meinung nach damit zu tun haben, Herr Hirschgraben?«

Der Mann sah ihn geheimnisvoll an. »Nicht wahr? Was haben sie damit zu tun? Das ist gerade die Frage. Ich würde sagen: alles!«

Velsmann verlor plötzlich die Geduld. »Herr Hirschgraben, bitte, haben Sie die Güte, wenn Sie etwas wissen, dann drücken Sie sich deutlicher aus. Wovon reden Sie?«

»Einige Mädchen tauchen später wieder auf – in Filmen, wo sie mißhandelt und gefoltert werden. Ich habe solche Filme gesehen. Einige werden sogar vor laufender Kamera getötet – mit demonstrativ abgezählten Messerstichen. Sagt Ihnen das nichts?«

Martin Velsmann seufzte. »Der Fall des letzten Winters ist abgeschlossen. Es gab Ritualmörder und einen Täter, den ich eigentlich als das Opfer angesehen habe, er sitzt wahrscheinlich lebenslang ein. Die Hintermänner wurden sämtlich dingfest gemacht. Die Akte ist geschlossen. Ende.«

»Ein typischer Polizistengedanke. Nichts ist zu Ende! Es beginnt nicht, und es endet nicht. Es geht einfach nur immer weiter!«

Martin Velsmann mahnte sich zur Gelassenheit. »Was wollen Sie mir einreden! Wenn Sie etwas wissen, dann kommen Sie bitte mit Fakten, nicht mit Philosophie. Satanssekten schießen nicht wie Pilze aus der Erde. Sie sind ein Auswuchs, den man beseitigen kann. Alle Schuldigen sind hinter Gittern.«

»Und die dreiunddreißig Einstiche? Diese Filme? Haben Sie davon schon gehört?«

»Nein.«

»Es muß im Landkreis Studios geben, in denen diese Videos gedreht werden. Warum wären diese Mädchen sonst hier? Glauben Sie etwa, die arbeiten in der Holzwirtschaft? Sie sollten sich um diese Studios kümmern. Haben Sie noch keinen von diesen Filmen gesehen?«

»Nein.«

»Dann informieren Sie sich schleunigst, verdammt!«

»Immer schön langsam. Ich kenne natürlich die Gerüchte über solche Snuff-Videos, reale Folter, echte Morde vor laufender Kamera, für die ein reiches Klientel angeblich höchste Summen zahlt. Auch ich lese Zeitungen. Aber das sind alles Hirngespinste. Damit stopfen gewisse Medien Sommerlöcher. Nichts davon hat sich beweisen lassen. Wir haben noch nie wirkliche Anhaltspunkte für die Echtheit solcher Filme gefunden. Alles erwies sich letzten Endes als getürkt.«

»Sie sind naiv! Und ob das existiert! Unsere verderbte Welt wartet doch nur auf so was. Es gibt dafür einen riesigen Markt. Und er wird jetzt mit dem neuen Europa immer größer. Sehen Sie das nicht selbst? Wenn es das nicht gäbe, würde es in diesem Moment erfunden werden. Alles schreit ja geradezu danach!«

»Sie wollen mir also nahelegen, an die Existenz dieser Dinge zu glauben, einen Zusammenhang mit den Sektenmorden des letzten Winters anzunehmen und mit Ermittlungen zu beginnen? Gegen Bekannt, gegen Unbekannt? Oder gegen wen?«

»Und warum nicht, wenn die Tatsachen doch dafür sprechen?«

»Ermittlungen gegen wen, Herr Hirschgraben! Von welchen Tatsachen sprechen Sie? Sie streuen Vermutungen aus, hier ein kleiner Verdacht, dort ein Vorurteil – was soll ich damit anfangen? Wissen Sie etwas, oder wissen Sie nichts?«

»Ich habe Ihnen eine Indizienkette gezeigt. Wenn Sie damit nichts anfangen können ...«

»Es ist mir zu weit hergeholt. Ein Rühren in Kaffeeresten. Irgendwelche Mädchen, irgendwelche Filme, irgendwelche Zusammenhänge. Die Polizei interessieren Fakten. Geben Sie mir einen Anhaltspunkt.«

»Denken Sie, was Sie wollen. Vielleicht wachen Sie auf, wenn all die Dinge geschehen sind, die sich jetzt vorbereiten. Das läßt nicht lange auf sich warten. Dann werden ein paar Opfer zu beklagen sein, Herr Hauptkommissar.«

»An denen Sie mitschuldig sind, wenn Sie Informationen besitzen, die Sie zurückhalten.«

»Nein, so läuft das nicht. Ich lasse mich nicht unter Druck setzen. – Und nun gehen Sie. Sie sehen ja, wir möchten gern allein sein, meine Frau und ich.«

»Ich wollte mich nicht aufdrängen. Sie waren es, der mich angerufen hat. Ehrlich gesagt, habe ich ein paar konkretere Informationen erwartet. Vielleicht fällt Ihnen ja noch etwas ein, dann rufen Sie mich an.«

»Gehen Sie! Ich melde mich bei Ihnen, wenn ich mehr zu sagen habe. Sie werden schon sehen, was hier abläuft. Das muß ja selbst die Polizei begreifen ...«

Martin Velsmann war schon auf dem Rückzug. Er war noch nicht draußen, da klingelte sein Handy. Sein Assistent Alfons Freygang hatte keine guten Neuigkeiten.

Im ersten Moment wußte Lisa Auhl nicht, was sie da neben sich hatte. Etwas lag, in eine Art Tuch gehüllt, keine vier Meter von ihr entfernt. Lisa schaute ein zweites Mal hin und vergewisserte sich, daß sie sich den Anblick nicht einbildete. Nein, da lag dieses Bündel wirklich. Konturen eines menschlichen Körpers zeichneten sich unter dem Tuch ab, das wohl eher ein großer, grauer Müllsack mit einem rötlichen Aufdruck war. Lisa stieß ihren Mann an.

»Siehst du das? Was ist das?«

Robert beugte sich vor und sah an ihr vorbei. »Meine Güte! Es sieht aus, es sieht aus wie ...«

»Ja.«

»Lisa, wir sollten hier weggehen. Das geht uns nichts an.«

»Was meinst du damit? Wenn es das ist, wofür ich es halte, dann müssen wir Hilfe holen?«

»Woher denn? Hier ist doch niemand!«

»An den Kassen sitzen doch Leute!«

»Wenn du meinst!«

»Ja, klar.«

»Also dann los!«

»Sollen wir nicht erst nachsehen, ob es wirklich ...«

»Ich will hier nichts sehen, was tot ist!«

»Warte noch einen Augenblick! Wenn wir Hilfe holen, und dann war es keine Leiche – wie stehen wir da!«

»Faß bloß nichts an! Das bringt nur Unglück.«

Lisa erhob sich in ihren flachen Schuhen erstaunlich flink. Sie machte ein paar Schritte auf dem unebenen Untergrund zur Seite und beugte sich dann über den Sack. Robert hatte sich ebenfalls ächzend erhoben und sah ihr zu.

»Und?« fragte er gespannt.

»Oben ist eine Öffnung, da, wo der Sack gebunden ist. Es schauen Haare heraus. Ein Kopf. Ein Mensch.«

»Faß um Gottes willen nichts an! Laß uns endlich gehen!«

»Ja. Holen wir Hilfe.«

Sie verließen die Höhle, dabei bemühten sie sich, langsam und würdevoll zu gehen und nicht zurückzublicken. Wieder ergriff Robert ihre Hand. Er sagte: »Ich bin stolz auf dich!«

Lisa blickte ihn verwundert an, erwiderte jedoch nichts. Sie durchquerten den Park, der sich allmählich füllte. Ein paar Kinder rannten bereits auf eine der Dinofiguren zu und verschwanden im aufgerissenen Maul, das als Eingang diente. An den Gittergängen der beiden Kassen drängelten sich die Besuchergruppen. Entschlossen machte Lisa die seitliche Tür zum Kassenhäuschen auf. Die junge Angestellte drehte ihren Kopf und blickte sie strafend an.

»Sie können hier nicht …«

»Sie müssen den Park schließen! In der Tropfsteinhöhle liegt eine Leiche! Vermutlich eine junge Frau. In einem Plastiksack. Schließen Sie den Park! Hören Sie? Rufen Sie die Polizei!«

Verwirrt und vollkommen sprachlos sah die Angestellte sie an. Dann schloß sie ihren Mund wieder und machte ihrem Kollegen in der gegenüber liegenden Kasse ein Zeichen. Zögernd griff sie zum Telefon. Sie wählte eine Nummer und wartete einen Augenblick. Lisa trat zu Robert hinaus ins

Sonnenlicht und konnte hören, wie die Angestellte ins Telefon sprach.

»Ja, vermutlich tot ... Von wem? Ein älteres Paar, die Frau kam eben rein und behauptet es ... Nein ... Soll ich schließen? Gut.«

Die Angestellte legte den Hörer auf und blickte hilflos zu Lisa und Robert hinüber.

»Und?«

»Die Polizei sagt, wir sollen niemanden mehr reinlassen. Sie kommen. Alles weitere machen sie.«

»Wie man es ja auch erwarten muß«, sagte Robert, nur um etwas beizutragen.

»Sollen wir hier bleiben?« fragte Lisa die Angestellte.

Die junge Frau blickte verzweifelt, dann nickte sie stumm. Sie holte tief Luft, trat dann aus dem Kassenhäuschen und legte eine rotweiße Schranke vor den Eingang. Das Publikum murrte. Jemand rief ein Schimpfwort. Ein Kind begann zu weinen. Die junge Angestellte hob die Hände und gab mit beleidigter Stimme eine Erklärung ab. Dann ging sie zu dem zweiten Kassenhäuschen, sprach ein paar Worte mit dem Kassierer, der sich herausbeugte, und legte auch hier die Schranke vor. Der junge Kassierer trat aus dem Häuschen und zog an seinem Haar, das er zu einem Pferdeschwanz gebunden hatte. Sie berieten.

Lisa und Robert hatten sich auf eine Bank gesetzt. Sie fühlten nichts. Sie schauten zum wolkenlosen Himmel. Irgendwie roch es in diesen Tagen immer nach Brand. Irgendwas verbrannte, aber sie hatten noch nicht begriffen, was es war. Sie saßen und rührten sich nicht. Nach einer Weile ertönten im Hintergrund die Polizeisirenen.

Als der grün und silbern lackierte Polizeiwagen in der Nähe

der Eingangskassen hielt und die Sirene verstummte, sprangen drei Polizisten heraus. Der Fahrer blieb im Fond und telefonierte. Die Kassiererin ging den Beamten entgegen und wies dann auf das Rentnerehepaar. Der Wortführer der Polizisten, ein blonder Hüne mit kurzgeschnittenem Haar und einem Ohrring im linken Ohr, kam herüber und sprach sie an.

»Also – Sie haben die Sache entdeckt?«

»Ja«, sagte Lisa.

»Dann führen Sie uns mal hin.«

»Sollen wir beide mitkommen?« wollte Robert wissen.

Der Polizist war unschlüssig, nickte dann aber. »Wenn es Ihnen nichts ausmacht.«

An der Tropfsteinhöhle angekommen, befiel Lisa und Robert ein mulmiges Gefühl. Robert sagte mit einer Geste, als wolle er eine große Distanz angeben: »Da drinnen am See liegt es. Besser wir warten draußen.«

»Ich gehe mit. Der junge Mann findet sie ja in der Dunkelheit nicht«, erwiderte Lisa vorwurfsvoll.

Schließlich schloß sich auch Robert an. Die Beamten leuchteten mit Taschenlampen und fanden den Sack aus graugrünem, undurchsichtigem Plastik. Sie leuchteten den Boden ab, um keine eventuellen Spuren zu zerstören, aber auf dem Felsen war ohnehin nichts zu erkennen. Die Albinokrebse krabbelten nach allen Richtungen von dem Bündel herunter und flüchteten schnell. Die Beamten umkreisten den Fund. Lisa und Robert warteten abseits. Einer der Polizisten ließ sich auf die Knie nieder und schaute sich den Fund aus der Nähe an. Er legte zwei Finger an den Kopf der Leiche.

»Eiskalt«, meinte er. »Was machen wir?«

Ein Polizist drehte sich zu dem Rentnerehepaar um. »Gibt es einen zweiten Eingang?«

Lisa überlegte und sagte dann: »Nicht, soweit ich weiß.«

Der Hüne bestimmte: »Wir lassen sie liegen und sperren die Höhle ab. Wenn die Kollegen aus Fulda eintreffen, sollen die sich um alles kümmern. Nehmen wir inzwischen das Protokoll der beiden alten Leute auf. Und das Gelände wird sofort geräumt.«

Wieder im Sonnenlicht war es dem alten Ehepaar, als habe sich etwas verändert. Sie brauchten nicht darüber zu sprechen, sie spürten es beide. Etwas von ihrer Todesangst war verschwunden. Es traf sie noch nicht. Es hatte zum Glück einen anderen getroffen. Irgendwie machte dieses Gefühl für den Moment alles leichter, und sie hofften, daß es keine Einbildung war. Sie wagten nicht, es auszusprechen, aber das Gefühl war eindeutig.

Die beiden Kassierer, Gärtner und technische Bedienstete des Parks waren inzwischen damit beschäftigt, die Besucher in Richtung Ausgang zu drängen. Einige Kinder hatten sich im Kopf des Dinosauriers versteckt. Kurze Zeit später war das Gelände geräumt. Die Besucher wurden von den Eingängen zurückgedrängt und reckten neugierig die Hälse. Gleichzeitig erstarben in einem langgestreckten Steinbau mit großen Fenstern die quäkenden, künstlichen Stimmen aus Plastikrobotern und Spielautomaten.

Die einkehrende Ruhe war nur von kurzer Dauer. Wenig später glich der Erlebnispark einem Aufmarschgelände. Einsatzkräfte riegelten auch das Gelände vor den Kassen weiträumig ab. Die Fuldaer Kripo kam mit großem Gefolge. Auch Kommandos aus der näheren Umgebung unter der Führung der Generaldirektion Schlüchtern trafen ein.

Der erste, der sich bei den beiden Kassierern namentlich vorstellte, war ein Hauptkommissar aus Fulda. Er hieß Martin Velsmann. Ein großer, vertrauenerweckender Mann, fand Lisa. Auch ihr Sohn hatte zur Polizei gehen wollen, doch er war ein Vierteljahr nach der Wende bei einem Autounfall auf nächtlicher Landstraße umgekommen.

Martin Velsmann verständigte sich mit seinem Assistenten Freygang, der ihn angerufen hatte. Seine Assistentin, die Polizeiaspirantin Tosca Poppe, hörte den Vernehmungen der beiden Alten mit gerunzelter Stirn zu, die der blonde Hüne umsichtig führte. Poppe unterbrach das Verhör einmal. Sie fuhr sich mit der Hand durch die kurzen, schwarzgelben Haarsträhnen und fragte: »War es tatsächlich Zufall, daß Sie heute am Morgen genau dorthin gingen, wo die Leiche liegt?«

»Na was denn sonst!« sagte Robert Auhl.

»Vielleicht haben Sie vorher etwas bemerkt, das Ihre Aufmerksamkeit erregte, und Sie wollten nachsehen?«

»Meine Kollegin meint wohl«, warf Alfons Freygang ein, »ob Sie nicht vielleicht schon dagesessen haben, als es passierte, so daß Sie den Mörder gesehen haben könnten, der vorbeiging und ...«

Tosca Poppe stieß ihm den Ellenbogen in die Rippen. Robert Auhl erwiderte empört: »Also wollen Sie uns was unterstellen? Wir sind alte Leute!«

»Gar nichts, gar nichts.« Tosca Poppe winkte ab. Sie nickte dem Hünen zu. »Entschuldigen Sie die Einmischung, Kollege!«

Freygang zerrte sie mit sich.

»Sag mal, du hast wohl einen Knall«, giftete Tosca feindselig, »aus meiner harmlosen Frage einen deiner billigen Witze zu machen! Stell deine eigenen Fragen!«

»Ja, aber reg dich ab, Kleine!«

Freygang blickte ungeduldig zu ihrem gemeinsamen Chef

hinüber. Hauptkommissar Martin Velsmann war damit beschäftigt, Reporter in Schach zu halten. Freygang wunderte sich immer wieder, wie schnell die Bluthunde vom Boulevard an Tatorten aufkreuzten. Natürlich hörten sie den Polizeifunk ab, was sie ja konnten, solange die Gelder für den abhörsicheren Digitalfunk noch immer nicht genehmigt waren. Immerhin mußten sie ständig in der Nähe des Geschehens sein. Eine sportliche Leistung, dachte Freygang unwillig.

Zwei Fotografen von der Polizeidirektion Schlüchtern erschienen und verschwanden in Richtung Tropfsteinhöhle. Der Polizeiarzt traf mit einem Assistenten ein und folgte ihnen. Sie schwenkten ihre Koffer. Die behandschuhten Männer der Spurensicherung sahen in ihren weißen Overalls aus, als müßten sie durch Plutonium gehen. Auch sie kamen mit Köfferchen und ließen einen starken Neonscheinwerfer auf Rädern heranrollen, den sie vor dem Höhleneingang aufbauten. Jemand gab über einen Handlautsprecher Anweisungen. Die Tropfsteinhöhle wurde noch einmal mit rotweißen Bändern abgesperrt.

Martin Velsmann begrüßte in diesem Moment den zuständigen Staatsanwalt. Alexander Keuper war ein drahtiger Mann von knapp vierzig Jahren, der die Eigenschaft hatte, Personen, die neben ihm standen, aus den Augenwinkeln zu betrachten. Er wandte nie den Kopf.

Velsmann mußte gegen die noch tief stehende Sonne sehen. Er ging deshalb auf die andere Seite und sagte: »Kollege Heberer kommt in einer knappen halben Stunde mit einem Hundeführer. Es ist sicher das beste, wir suchen erst die Umgebung nach Spuren ab, bevor wir uns mit der Leiche befassen. Wenn die Hunde dann von der Toten Witterung aufgenommen haben, führen sie uns vielleicht an ein Ziel. Möglicherweise können wir den Tathergang wenigstens ein Stück weit von rückwärts aufrollen. Obwohl ich daran zweifele, so viele Besucher wie es hier gibt.«

»Da hilft auch der beste Hund nichts«, bestätigte Keuper. »Ich möchte Sie auf jeden Fall bitten, kein Wort gegenüber der Pressemeute verlauten zu lassen. Sie wissen, die Ferien beginnen, und es wäre eine Katastrophe für den Tourismus in der Region, wenn der Leichenfund gleich an die große Glocke gehängt würde.«

»Das interessiert mich nicht, Herr Staatsanwalt«, meinte Velsmann. »Ich bin nicht in der Tourismusbranche, sondern Polizist.«

»Das Ministerium in Wiesbaden reißt uns beiden den Kopf ab, wenn die Ferien hier ein Flop werden, Martin!« sagte Keuper beschwörend. »Der Herr Ministerpräsident hat gerade heute morgen die Standortprobleme deutlich gemacht. Der Erlebnispark ist unser größter Hit! Warum müssen Mörder ausgerechnet hier herumschleichen!«

»Verbieten Sie es ihnen, ich hätte nichts dagegen«, sagte Martin Velsmann.

Der Staatsanwalt sagte humorlos: »Das kann ich nicht, aber wenn hier schon ein Mord geschehen ist, dann muß ich versuchen, den Schaden in der Öffentlichkeit in Grenzen zu halten.«

»Meiner bescheidenen Meinung nach ist das nicht unsere Aufgabe.«

»Wie Sie wissen, warten wir gerade auf Gelder, um unsere Dienststelle auszubauen, wie das in Schlüchtern schon geschehen ist. Dafür müssen wir auch was tun.«

Martin Velsmann hatte dazu seine eigenen Gedanken. Er wandte sich zu seinen herankommenden Assistenten um.

»Wir haben noch nichts wirklich Aufregendes, das Sie begeistern könnte, Chef«, sagte Freygang. »Wollen Sie die beiden Alten sprechen, die die Leiche gefunden haben?«

»Haben die was mitzuteilen?«

»Es sind zumindest nette, alte Leute.«

Martin Velsmann sah zu den beiden Alten hinüber. Der Frau hingen weiße Strähnen aus ihrem Dutt ins Gesicht. Der fast kahlköpfige Mann machte den Eindruck, als sei er beleidigt. Wahrscheinlich einfach überfordert, dachte Velsmann. Er beschloß, auf die Befragung zu verzichten. Dann haderte er mit seinem Herrgott, daß er dies alles an seinem freien Tag hatte geschehen lassen.

Martin Velsmann blickte über die zum Ort Stahlau hin leicht abfallende Anlage mit ihren grellen, künstlichen Plastikarrangements. In der Ferne waren bewaldete Hügel zu sehen, deren gleichmäßige Dunkelheit keine Ansiedlung unterbrach.

Er fühlte sich wie fast immer von der Routine der ersten Spurensicherung abgestoßen. Ich betreibe Mordermittlung, krieche an Tatorten herum, dachte er. Zu etwas Besserem habe ich es nicht gebracht. Wäre ich nicht lieber Vogelwart in Groß-Moordorf, um die Flugbewegungen der großen Kranichzüge zu studieren? Andrea hatte ihn im letzten Herbst dorthin mitgenommen. Eine große Ruhe war damals in ihn eingekehrt.

Er versuchte, klare Gedanken zu fassen. Sentimentalitäten waren jetzt unangebracht. Dort hinten lag die Leiche einer Frau.

Velsmann beschloß, hinüberzugehen und sich diese Leiche – die wievielte in seinem Leben war es? – anzusehen. Er winkte seinen Assistenten zu, ihn zu begleiten.

In der inzwischen hell erleuchteten Höhle wimmelten die Kollegen der Spurensicherung in ihren weißen Overalls mit aufgesetzten Kapuzen herum wie Albinokrebse. Sie sammelten alles in Plastiktüten, was ihnen verdächtig vorkam. Martin Velsmann wußte, ihnen entging nicht das kleinste Partikelchen oder Staubkörnchen, kein Schmutz von Schuhen und schon gar keine Fingerabdrücke. Sie fanden alles, was von draußen hereingetragen worden war. Da aber hier ständig Besucher ein und aus gingen, war es mehr als fraglich, ob die Techniker genau das fanden, was den Tod mit sich gebracht hatte.

Der Polizeifotograf schoß seine letzten Aufnahmen von dem Bündel und von der Umgebung. Der Arzt blickte Martin Velsmann entgegen. Seine Brillengläser funkelten, sein Gesicht war gerötet.

»Haben Sie schon was, Doktor?«

»Eine junge Frau, vielleicht fünfundzwanzig, vielleicht dreißig. Tod durch Messerstiche, der ganze verdammte Plastiksack zeigt Blutspuren, die wohl vom Körper der Toten stammen. Ich schätze, sie ist seit mindestens sechs Stunden tot, wahrscheinlich länger. Aber auf keinen Fall länger als zwölf Stunden.«

»Das heißt, sie wurde in der Nacht hier abgelegt.«

»Am späten Abend oder in der Nacht.«

»Nach Ende der Öffnungszeiten natürlich, also nach einundzwanzig Uhr. Es wird derzeit nicht vor zweiundzwanzig Uhr dunkel. Wahrscheinlich brachte man sie also danach. Können Sie schon was zur Identität sagen?«

Der Polizeiarzt zuckte mit den Schultern. »Natürlich nicht. Auch in ihrem Gesicht befinden sich Stiche, mindestens einer jedenfalls. Und die Viecher da scheinen auch an ihr herumgeknabbert zu haben. Sie hat rotblondes Haar, wenn Ihnen das was nützt.«

»Na ja, immerhin ...«

»Wir nehmen sie mit ins Präsidium, so wie sie hier eingepackt liegt. Denn wissen Sie was, Kommissar? Das Ganze wirkt auf mich nicht wie ein gewöhnlicher Mord.«

»Nicht?«

»Nein. Ich ahne eher eine von diesen blöden Inszenierungen, mit denen uns jemand ein Rätsel aufgeben will.«

»Wie kommen Sie darauf?«

»So embryonal, wie sie daliegt – das ist keine natürliche Todeshaltung. Sie lutscht sogar am Daumen.«

»Im Ernst?«

»Wie ein Kleinkind. Und sie ist eine junge, erwachsene Frau – übrigens nackt, soweit ich sehen konnte. Aber das versteht sich schon fast von selbst.«

»Warum denn das?«

»Ach – Gerede. Warten wir ab, was die Obduktion ergibt. Ich lasse die Leiche jetzt abtransportieren, falls Sie nichts dagegen haben.«

»Warten Sie damit noch. Wenn es in Ihren Augen nicht wie ein gewöhnlicher Mord aussieht, sondern wie eine Inszenierung, dann will ich das auch sehen.«

»In Ordnung. Ich lasse Ihnen eine halbe Stunde, bis wir sie holen. Wir sehen uns ja dann in der Gerichtsmedizin des Präsidiums. Ich denke, ich bin in drei, vier Stunden fertig mit ihr.«

Als der Arzt verschwunden war, nahm sich Velsmann ein paar Minuten Zeit. Er blieb in einiger Entfernung stehen und ließ den Tatort auf sich wirken. Eine Inszenierung? Hatte der Arzt recht? Aber war nicht jeder Mord eine Art Inszenierung, mit der jemand auf etwas hinweisen wollte? Meistens ging das über einen erstickten Hilfeschrei nicht hinaus.

Martin Velsmann spürte seine Unruhe. Natürlich war es viel zu früh, eine Schlußfolgerung zu ziehen. Er hütete sich vor vorschnellen Urteilen, denn er wußte, daß bestimmte Annahmen andere, spätere Annahmen verdecken konnten. Dinge sind nicht nur da, sie verstellen auch den Blick auf andere Dinge, dachte er. Um einen anderen Gedanken kam er jedoch nicht herum. Warum hatte man die Leiche hier abgelegt, wo Besucher sie früher oder später finden mußten? War es das, was der Arzt meinte?

Martin Velsmann rührte sich nicht, er schaute nur. Was bedeutete das Bild, das er vor sich sah? Er fühlte, da war etwas, das ihn ebenso irritierte, wie es den Arzt irritiert haben mochte. Und die Mitteilung des Mediziners, die Tote lutsche am Daumen wie ein Kind, hatte damit nur zum geringen Teil zu tun. Es war da noch etwas anderes, aber er verstand es nicht.

Seine Assistenten umkreisten das Bündel, hin und wieder gingen sie in die Hocke. Dann kamen sie zu ihm.

»Scheiß Macker«, sagte Poppe.

Freygang hob die Augenbrauen. »Was?«

»Sie ist eine Frau, und sie ist nackt. Dämmert dir was?«

»Tsst!« machte Freygang.

Martin Velsmann ließ sich von ihrem Gerede nicht ablenken. Er mußte aber einigen geschäftigen Technikern ausweichen. Er versuchte, sich einfache Fragen zu stellen und sich an das Offenkundige zu halten.

Er sah, daß es am Tatort außer der Leiche in ihrer blutbefleckten Umhüllung keine sichtbaren Zeichen von etwas Fremdem, Ungewöhnlichem gab. Schon gar kein Anzeichen von Gewalt. Kein Anzeichen eines Kampfes. Auch das hatte mit einer Inszenierung nichts zu tun. Wohl schon eher mit dem offensichtlich erfolgreichen Versuch der Mörder, den Tatort frei von verdächtigen Spuren zu halten, die man verfolgen konnte.

Velsmann trat in den Hintergrund der Höhle. Er war sich darüber im klaren, daß keine Leiche, die er bisher gesehen hatte, irgendwohin paßte. Eine Leiche und eine Umgebung, das waren immer zwei Welten. Diese Tote in dieser Felsenhöhle machte auf ihn jedoch einen besonders deplazierten Eindruck. Er seufzte und schüttelte dieses Gefühl ab. Er gab sich eine rationale Zusammenfassung dessen, was er sah.

Im Moment kam es nur auf die eindeutigen Indizien an.

Auf das Gesicht dieses Mordes, nicht auf seine Seele.

Dann fiel ihm aber doch dieser Zeitungsmacher ein und was er gesagt hatte. Vielleicht verbarg sich dahinter doch eine handfeste Information. War die Tote vielleicht eine jener jungen Frauen, von denen dieser Tibor Hirschgraben geredet hatte? Eine Ausländerin, eine von denen, die kamen und gingen, wie er sich ausdrückte?

Das wäre immerhin ein Anhaltspunkt.

Und was hatte es zu bedeuten, daß der Zeitungsmacher sich genau in dem Moment bei ihm meldete, als in der Nähe ein Mord geschah? Das ergab einen mehr als merkwürdigen Zusammenhang.

Langsam, langsam, ermahnte sich Martin Velsmann und beschloß zu sehen, was die Obduktion erbrachte. Er wies seine Assistenten an, den Abtransport der Leiche abzuwarten. Später wollten sie sich im Präsidium treffen. Als er aus der Höhle trat, kam ihm der Hundeführer mit zwei ungeduldigen Schäferhunden an der Leine entgegen. Velsmann erklärte ihm kurz, was er erwartete. Der Mann stellte keine Fragen und begann mit seiner Arbeit.

Dann ging Velsmann zu seinem Auto. In diesem Moment landete der Polizeihubschrauber. Der Kommissar mußte sich mit der Hand gegen aufwirbelnden Sand schützen. Als die Rotoren abgestellt wurden, sprangen Sanitäter heraus. Sie zogen eine zusammengeklappte Trage aus dem Laderaum, entfalteten sie und rollten sie zum Tatort.

Martin Velsmann verließ das Gelände durch eines der seitlichen, quietschenden Drehkreuze und bestieg sein Auto, bevor ihn die Reporter entdecken konnten. Er sah im Rückspiegel mit einer Art sportlicher Schadenfreude, daß jetzt einige aufgeregt hinter ihm herwinkten. Er kannte sie, darunter waren ein paar wirklich gierige Nachrichtenhaie.

Er verließ den Parkplatz, neben dem auf einer Wiese Esel weideten. Nach langsamer Fahrt über Schotter nahm er eine Abkürzung, fuhr auf Waldwegen zurück und schlug auf der B 61 den Weg in Richtung Fulda ein.

Nach ein paar Kilometern tauchten vor ihm die dunklen Rauchwolken wieder auf.

Sie hatten an Dichte und auch an Höhe nicht abgenommen. Sie bildeten eine bedrohliche Mauer bis zum wolkenlosen Himmel.

Er hatte die Feuer völlig vergessen.

3.

Der Raum mit der niedrigen, gelb verputzten Betondecke war überfüllt. Weil einige rauchten, war die Luft trotz geöffneter Fenster stickig. Martin Velsmann stand an einem der Fenster, er mußte den Kopf einziehen, um hinausblicken zu können.

Im Innenhof des Präsidiums rangierten die grün und silbern lackierten Einsatzwagen herum. Ein Landrover wurde hereingeschleppt. Wenn er auf blickte, sah er die Spitzen des Doms, auf denen an diesem Tag unbeweglich und schwer die bischöflichen Fahnen hingen.

Velsmann wandte sich wieder den Kollegen zu und sah nur angespannte, mißmutige Gesichter. Sie hatten schlechte Laune. Einigen war von Dienststellenleiter Friedrich bereits der Urlaub gestrichen worden. Am nächsten Morgen sollte ein Sonderkommando gebildet werden.

Einige Kollegen sprachen leise miteinander. Die meisten hantierten mit irgendwelchen Dingen. Eine junge Polizistin blickte in einen Handspiegel, zog den Mund schief und strich sich über die Mundwinkel. Wie nicht anders zu erwarten, gab es im Moment nur Fragen über Fragen. Keiner schien besondere Lust zu haben, sie zu formulieren oder gar nach Antworten zu suchen. Alles wartete auf den Arzt.

Als der Doktor endlich mit wehendem Kittel eintrat, blickten sie ihn erwartungsvoll an.

Velsmanns Vorgesetzter, Hauptkommissar Hubert Gell fragte, noch bevor der Gerichtsmediziner seine Aktentasche auf den Tisch fallen lassen konnte: »Wie sieht es aus, Doktor? Was ergab die Autopsie?«

»Mal sehen«, sagte Dr. Scheffer und zog seine Papiere aus der Tasche. »Wir haben ein ungefähres Personenprofil und ein ungefähres Zeitschema. Die Leiche einer jungen Frau von etwa sechsundzwanzig Jahren. Getötet mit mehreren Messerstichen, davon zwei in den Hals, einer in der unteren Gesichtspartie. Ohne Zweifel also Mord, der wahrscheinlich zwischen zweiundzwanzig Uhr und Mitternacht verübt wurde. Die Leiche trug keine Kleidungsstücke, von daher keine Anhaltspunkte, die uns erkennungsdienstlich nützen. Der Mord wurde wahrscheinlich nicht am Tatort verübt. Die Leiche muß herangeschleift und am See in der Höhle abgelegt worden sein. Das zeigen Schleifspuren an dem Plastiksack, in dem sie lag, und auch Schleif- und Druckspuren vom felsigen Untergrund am Körper der Toten selbst.«

Martin Velsmann sagte: »Sie erwähnten am Tatort die seltsame Lage der Toten. Und hatte sie nicht den Daumen im Mund?«

»Richtig. Ich vermute, die Täter richteten das erst am Fundort, nachdem sie die Leiche abgelegt hatten. Da die Totenstarre noch nicht eingesetzt hatte, wäre die Leiche beim Transport nicht in dieser Stellung geblieben.«

»Was schließen Sie daraus?«

»Jemand will uns etwas mitteilen.«

Staatsanwalt Alexander Keuper fragte: »Irgendwas Eindeutiges zur Identität?«

»Der Frau fehlten drei Zähne im Backenbereich rechts oben und unten, seitlich links ein überkronter Zahnersatz, zwei Goldfüllungen. Sie hatte blaue Augen, eine winzige, ältere Narbe an der Unterlippe, rotblonde Haare und war makellos gebaut.«

»Verzeihen Sie, Doktor«, sagte Velsmann. »Nur damit mir nichts durch die Lappen geht. Mit wie vielen Stichen wurde sie umgebracht?«

»Dreiunddreißig, wenn ich richtig gezählt habe, vielleicht auch ein oder zwei weniger, das geht an manchen Stellen so ineinander über, daß man es nicht mit Gewißheit sagen kann.«

Davon hatte dieser Hirschgraben geredet, dachte Martin

Velsmann. Von demonstrativ ausgeführten Messerstichen. Weiß der Mann doch mehr? Beginnt tatsächlich wieder dieser okkulte Mist?

Der Arzt räusperte sich und fuhr fort. »Ihr Mageninhalt deutet darauf hin, daß sie am Abend, etwa gegen neunzehn oder zwanzig Uhr gegessen hat, übrigens rein vegetarisch. Etwas ist bemerkenswert. Sie trug eine Tätowierung seitlich am linken Oberschenkel. Das Tattoo stellt einen pinkfarbenen Schmetterling dar.«

»Na, das ist doch was«, murmelte Tosca Poppe. »Trägt ja heute jeder.«

»Soll ich dir mal meins zeigen?« flüsterte Alfons Freygang mit gespielter Erregung.

Tosca zog eine Grimasse und schwieg.

Der Staatsanwalt nestelte an seiner randlosen Brille. Seine Stimme klang belegt. »Doktor Scheffer, ich wäre Ihnen dankbar, wenn Sie fortfahren. Was haben Sie noch?«

»Nichts Großartiges. Von der Form des Kopfes und des Gesichtes und der Augenstellung her könnte es sich bei der Toten um eine Slawin handeln, jedenfalls um eine Ausländerin. Das ist vorerst allerdings noch Spekulation.«

»Sie können an der Form des Kopfes erkennen, ob jemand aus Prag ist?« fragte ein Polizist.

»So genau nun nicht«, erwiderte der Arzt, »aber eine Slawin besitzt eine andere Physiognomie als eine Frau aus dem Nordfriesischen. Das können Sie mir glauben, Kollege.«

»Ist klar.«

»Diesen Aspekt müssen wir jedenfalls im Hinterkopf behalten«, sagte Martin Velsmann. »Die wichtige Frage daraus wäre also, war sie Deutsche oder Ausländerin, lebte sie hier, oder weilte sie nur zu Besuch in der Region. Sie muß irgendwo gewohnt haben. Legal oder illegal. Wir schalten die Ausländerbehörde ein.«

»Wer ist dafür zuständig?« fragte ein Kollege. »Innenministerium, Außenministerium, BKA?«

»Referat P3 im Innenministerium«, erklärte Freygang. »Die befassen sich mit Schleusungskriminalität.«

»Genau«, sagte Hauptkommissar Gell. »Aber haben wir es hier mit Schleusungskriminalität zu tun?«

»Mit was Ähnlichem auf jeden Fall.«

Keuper mischte sich ein. »In Gersfeld haben sie doch seit einiger Zeit Probleme mit jungen Rußlanddeutschen. Vielleicht ist die Ermordete Rußlanddeutsche, vielleicht kennt sie jemand in der Rhön. Wir werden die Fotos verschicken.«

Velsmann fragte: »Sagt uns der Müllsack irgendwas, in dem sie lag?«

»Nein. Die Techniker sagen, es sei ein normaler Gebrauchssack, wie er überall in der Region verwendet wird, mit entsprechendem Aufdruck.«

»Was haben Sie noch?«

»Leider im Augenblick nichts außer Wut über solche Täter. Ich bin immerhin seit zwanzig Jahren im Polizeidienst und habe einiges gesehen. Wir untersuchen noch Speichel, Haare und Hautteile, aber das dauert wie immer. Der ausführliche Befund geht Ihnen dann schriftlich zu.«

»Danke.«

»Kann ich die Leiche dann für die Feuerbestattung freigeben?«

»Sicher. – Martin?«

Velsmann nickte. »Ich hätte gern die Fotos der Leiche – wie immer in allen Einzelheiten. Vielleicht ist sie ja in den optischen

Fahndungsdateien des Computers. Damit beschäftigen Sie sich dann, Alfons.«

Ein junger Mitarbeiter des Erkennungsdienstes machte eine Notiz für das Labor. Ein Handy klingelte. Ein Mitarbeiter verschwand nach draußen.

Der Arzt trank einen Schluck aus der Kaffeetasse, die ein Kollege vor ihm hingestellt hatte, nickte ins Ungefähre und verließ den Raum. Der Dienststellenleiter blickte fragend über die Schreibtische.

Martin Velsmann wedelte mit ein paar Papieren. »Hier habe ich den vorläufigen Bericht des Hundeführers. Nicht eben sehr ergiebig. Die Hunde haben die Geruchsspur bis zu einem hinteren Eingrenzungszaun verfolgt. Es gibt ja eigentlich zwei Zäune, den niedrigen weißen Staketenzaun, dahinter ist ein Maschendrahtzaun mit Stacheldraht. Der Holzzaun ist unbeschädigt, der Maschendraht war an einer Stelle zerschnitten. Vermutlich schaffte man die Leiche also von dort aus auf das Gelände. Fußspuren verlieren sich wegen des Untergrundes schnell nach beiden Seiten.«

Ein Abteilungsleiter der Spurensicherung fragte: »Sollen wir das Gelände nicht noch einmal großräumiger absuchen lassen? Mehr Hunde, mehr Spuren!«

Martin Velsmann beugte sich zu seiner Aktentasche, die auf einem Stuhl stand, und zog einen Plan heraus. »Der Geländeplan, den ich hier habe, zeigt leider, daß es aussichtslos sein dürfte, noch einmal Hunde einzusetzen. Überall ist felsiger Untergrund. Außerdem wird praktisch das ganze Gebiet von einem kleinen, mäandernden Nebenfluß der Kinzig umgrenzt. Spätestens dort verlieren sich natürlich alle Spuren, sowohl Geruchsspuren als auch Fußabdrücke.«

»Aber versuchen kann man es.«

»Sicher.«

Einige Kollegen waren aufgestanden und studierten die Karte. Einer tippte mit dem Finger darauf und sagte: »Ich kenne die Umgebung. Man kann wohl davon ausgehen, daß die Täter den Tatort nach den landschaftlichen Bedingungen ausgesucht haben, Spurensuche fast zwecklos. Dann ist aber die Frage gegenstandslos, warum man die Tote in der Tropfsteinhöhle abgelegt hat, wo man sie finden mußte. Das war kein Gruß der Mörder an uns, sondern reines Zweckdenken.«

Velsmann nickte in Gedanken. »Vielleicht. Vielleicht auch nicht. Vergessen wir nicht die besondere Haltung der Toten. Embryonale Lage, Daumenlutschen. Wie bei einem Kind.«

»In jedem Fall müssen die Täter aber die Beschaffenheit der Höhle gekannt haben. Vielleicht haben sie das Gelände vorher erkundet. Wäre das nicht ein Ansatz? Wir könnten die Leute befragen, ob sie in letzter Zeit jemanden bemerkten, der ihnen auffiel. Jemanden, der herumstrich, der nicht dorthin paßte.«

»Der Erlebnispark wird in der warmen Jahreszeit täglich von rund eintausend Leuten besucht«, sagte ein Polizist trocken.

»Ja, aber ein Mörder ist eben kein normaler Besucher ...«

»Genau«, unterbrach ihn Freygang, »eher so ein Klaus-Kinski-Typ ...«

»Vielleicht ist doch jemandem irgendwas aufgefallen«, fuhr der Polizist fort.

Hubert Gell sagte: »Aber setzen wir einmal voraus, daß die Leiche von einem entfernten Tatort herantransportiert wurde. Wahrscheinlich doch im Auto. Dann muß es doch Spuren geben, Reifenabdrücke, Abhub, irgendwas.«

»Falls sie durch das Gelände fuhren und über den Bach

kamen. In der Nacht können die Täter allerdings auch über die asphaltierte Hauptstraße gekommen sein. Zu diesem Zeitpunkt gibt es dort überhaupt keinen Verkehr, keine Zeugen. Sie haben dann nicht gerade den Haupteingang benutzt, sondern eben die Umzäunung im hinteren Bereich zerschnitten. Aber auf der tagsüber vielbefahrenen Straße, die von Stahlau heraufführt und von der die Zugangsstraße zum Erlebnispark abzweigt, finden Sie nie und nimmer eine Einzelspur.«

»Und am See ist die Suche auch zwecklos?«

»Die Hundestreife war dort ausgiebig unterwegs. Felsen, höchstens ein paar losgelöste Kiesel und nur Geruchsreste, wenn man so will. Außerdem sondern diese künstlich abwärts wachsenden Tropfsteine der Höhle einen Geruch ab, der den Hunden mißfällt. Wahrscheinlich liegt es am Verputz oder Klebematerial – ich weiß es nicht.«

»Na großartig«, meinte ein Kollege aus dem Labor und steckte sich eine Zigarette an. »Im Grunde haben wir nur die Leiche, oder? Wir sind also auf die Ergebnisse der DNA-Analyse angewiesen.«

»Ein bißchen mehr haben wir vielleicht schon«, sagte Martin Velsmann. »Ich habe einen Hinweis aus einem Ort unweit von Stahlau bekommen. Aus Huttenstein. Dem werde ich zunächst einmal nachgehen.«

»Klingt gut. Ausflug in den idyllischen Bergwinkel«, meinte Alfons Freygang.

Velsmann schüttelte den Kopf. »Das mache ich alleine. Ihr macht hier Fleißarbeit und koordiniert die eingehenden Ergebnisse. Es gibt nicht viel, auf das ich wirklich hoffen könnte. Ein vager Hinweis, doch wenn wir Glück haben, gibt es möglicherweise Tatzeugen.«

»Was?«

Velsmann nickte dem Staatsanwalt zu. »Nun, vielleicht muß ich es anders ausdrücken. Nicht direkt Tatzeugen, aber Menschen, die aus dem gleichen Milieu wie die Tote kommen und etwas wissen könnten, das uns weiterhilft.«

»Die Rußlanddeutschen?« fragte Freygang.

Martin Velsmann zuckte die Achseln.

Revierleiter Friedrich sagte: »Woher wissen Sie etwas über das in Frage kommende Milieu, wenn wir noch nicht einmal wissen, wer die Tote überhaupt ist?«

»In Ordnung, ich schränke auch das ein. Ich kenne das Milieu nicht, aber jemand hat da einen Verdacht in mich eingepflanzt, und ich will sehen, ob ich nicht zu voreilig bin. Natürlich muß sich der Verdacht erst erhärten. Eine allererste Spur gibt es jedenfalls, und ihr gehe ich nach.«

Überrascht sagte der Staatsanwalt: »Wie können Sie das zu einem so frühen Zeitpunkt sagen, Martin?«

»Mein Gott, ich sage ja, daß ich vielleicht auch falsch liege. Jetzt setze ich mich erstmal in Bewegung. Wenn ich aus Huttenstein zurück bin, weiß ich möglicherweise mehr.«

»Aber nun machen Sie doch um Himmels willen nicht schon wieder Einzelgänge. Wir arbeiten hier nach wie vor im Team«, sagte Friedrich.

»Ach so? Gut, daß Sie mich daran erinnern«, sagte Velsmann ironisch.

Hauptkommissar Gell blickte ihn verständnislos an. »Ich kenne Ihren Eigensinn! Aber dieser Mord zu einem solchen Zeitpunkt ist eine zu diffizile Angelegenheit, um ihn dem Instinkt eines Hauptkommissars zu überlassen, auch wenn er so alt und so erfolgreich ist wie Sie, Martin! Es steht viel auf dem Spiel für die Region, da gebe ich dem Kollegen Friedrich völlig recht! Verlassen wir uns auf die Computer.«

Martin Velsmann war kein Freund der modernen, technologischen Fahndungsmethoden. Er verließ sich lieber auf seine Eingebungen. »Meine Instinkte sind auch nicht übel, erinnern Sie sich? Mein Instinkt hat mich noch immer zum Täter geführt, denn jeder Täter besitzt auch etwas von mir – sofern er ein menschliches Wesen ist.«

»Ja, schon …«

»Ein Computer besitzt nicht so etwas wie ein moralisches Gewissen. Ich und der Täter schon. Und wenn es auch nur eins mit etlichen Defekten ist. Deshalb komme ich ihm auf die Spur.«

Präsidiumsleiter Friedrich und Hauptkommissar Gell wetteiferten darin, unglücklich auszusehen. Gell blickte in die Runde. »Was haben wir noch? Spurensicherung?«

»Fingerabdrücke am Plastiksack, auf die wir hofften, gibt es leider nicht. Oder besser gesagt, es gibt mehrere Schichten übereinander. Das ist aber nicht prägnant, und man kann es nicht isolieren.«

Friedrich sagte: »Was ist mit dem Rentnerehepaar, das die Leiche gefunden hat?«

Der blonde Polizeihüne sagte: »Sie haben nicht mehr zu sagen, als wir protokolliert haben. Die Leutchen sind inzwischen wieder zu Hause. Die Adresse besitzen wir natürlich.«

»Weitere Zeugen?«

»Fehlanzeige. Die Besucher des Spaßparks, die heute auf dem Gelände waren oder vor den Kassen warteten, werden weiter verhört. Darunter sind aber leider viele Kinder. Die phantasieren sich vielleicht was zurecht!«

»Kinder sind keine brauchbaren Zeugen. Befragen müssen wir sie trotzdem.«

»Bisher ergab die Befragung nichts Brauchbares. Niemand

hat eine wirklich wichtige Beobachtung gemacht. Wir haben am frühen Nachmittag einen Aufruf an die Bevölkerung der umliegenden Ortschaften verfaßt und verteilen Handzettel. Die Medien bringen die Sache bereits mit großem Getöse. Vielleicht nützt das was.«

»Apropos Medien«, sagte Alexander Keuper. »Ich bitte darum, höchst dezent vorzugehen. Für den morgigen Mittag hat sich bei mir das Ministerium angekündigt. Man ist höchst nervös wegen des schlechten Images, das ein solcher Fall verursacht. Sie wissen schon, Spaßregion und so weiter. Also, alle Fakten bleiben erstmal unter uns. Wer den Medien unautorisierte Interviews gibt, wird abgemahnt!«

In das allgemeine Murren hinein sagte Martin Velsmann: »Herr Staatsanwalt, machen Sie mal keinen Wind. Wir sind nicht die Erfüllungsgehilfen der Politik. Um den Fall aufzuklären, werden wir tun, was getan werden muß. Halten Sie uns die Politiker vom Hals, die machen sowieso viel zu viel Getöse. Sagen Sie den Leuten aus Wiesbaden, sie sollen einfach ihre Arbeit tun wie andere auch. Dafür werden sie vom Steuerzahler bezahlt.«

Jemand klatschte. Keuper sah wütend aus. »Sie müssen nicht schon wieder den linken Gewerkschafter raushängen, Martin! Die Zeiten sind doch vorbei!«

Velsmann wollte eine scharfe Entgegnung machen, schwieg jedoch. Für solche Auseinandersetzungen hatten sie keine Zeit, nur die Ermittlungsarbeit stand im Vordergrund.

Alfons Freygang warf in die Runde: »Sollten wir nicht erörtern, warum wir nun ausgerechnet hier in unserem schönen Kinzigtal schon wieder eine Leiche haben? Ich meine, das scheint ja ein beliebter Sport zu werden – Tote ablegen, unerkannt verschwinden. Warum hier?«

Velsmann erwiderte: »Statistisch gesehen dreht sich die Gewaltspirale immer schneller. Erst haben wir zehn Jahre lang überhaupt nichts außer Falschparken und Ehestreit, und dann innerhalb eines halben Jahres vier Morde.«

»Bißchen ville für eine so putzige Region«, sagte Tosca Poppe und sah feindselig um sich. »Wollen Sie daraus etwas schließen, Chef?«

»Noch gar nichts. Es gibt nur diese Statistik.«

»Nur können wir mit einer solchen Statistik nicht gerade viel anfangen«, sagte einer der Spurentechniker.

»Aber es bleibt auffällig«, verteidigte Freygang seinen Gedanken.

»Darf ich einen Vorschlag machen?« Tosca Poppe hob den Zeigefinger.

»Wenn er was taugt, Schätzchen«, sagte Freygang.

Tosca überhörte diese Bemerkung. »Sicher ist doch, daß hier in letzter Zeit was umgeht, das sich lange vorbereitet hat. Soviel Gewalt fällt doch nicht vom Himmel. Wie wäre es, wenn wir endlich unsere Datei für genetische Fingerabdrücke weiterführen, anstatt über nicht bewilligte Gelder zu jammern? Die männliche Bevölkerung muß hier erfaßt werden, denn irgendeine klitzekleine Spur gibt es immer.«

»Warum nur die männliche Bevölkerung, Kleine?« warf Freygang ein. »Die letzten Leichen im Winter waren Kerle, und ein Weibsbild betätigte sich auf Seiten der Täter.«

»Es war die Ausnahme, wie du weißt, sonst ist es umgekehrt.«

»Das sind Nebenschauplätze!« erklärte Velsmann. »Konzentriert euch! Wir haben kein Geld bewilligt bekommen, Tosca. Also können wir im Moment auch keine Datei aufbauen. Außerdem hat dieses Erfassen in meinen Augen etwas

Abstoßendes. Wir leben nicht in einer Diktatur, auch nicht in einer des Erkennungsdienstes – selbst wenn unser Herr Innenminister das gern ändern möchte. Ich möchte als Bewohner dieser Region auch nicht verpflichtet werden, in den DNA-Labors anzutanzen.«

»Tosca schon«, murmelte Freygang.

Tosca Poppe sah wie ein böses Raubtier aus, grinste aber gleich darauf.

Martin Velsmann blickte auf seine Armbanduhr. »Es ist jetzt drei Uhr. Ich melde mich spätestens um sieben wieder. Dann erwarte ich, daß jemand, der mit dem Fall vertraut ist, am Telefon sitzt. Am besten Alfons oder Tosca.«

»Wenn uns niemand wegen Falschparken oder Ehestreit abzieht«, sagte Freygang.

»Ihr bleibt auch dann hier«, erklärte Velsmann ungerührt. »Alles weitere besprechen wir später.«

Martin Velsmann griff seine Utensilien und verließ das Büro. Er holte seinen Wagen aus der Tiefgarage, verließ das Polizeigelände in rascher Fahrt und kam durch den spärlichen Stadtverkehr gut voran. Er fuhr am Sportpark vorbei, bog am Stadtrand auf die Bundesstraße ein und fuhr nach Süden.

Offensichtlich war man inzwischen der Brände Herr geworden, denn er sah keine Rauchwolken mehr. In der Ferne hörte er aber hin und wieder Feuerwehrsirenen. Er blickte zum Himmel. Noch immer war keine einzige Wolke zu sehen. Die Hitze hatte um kein Grad nachgelassen.

Velsmann durchquerte das Vorgebirge des Spessart, eine Gegend, die man »Bergwinkel« nannte. Darin drückte sich sowohl das Abgelegene der Region aus als auch die Mentalität seiner Bewohner. Velsmann wußte, daß es hier alte Menschen gab, die aus ihren Tälern nie herausgekommen waren.

In Flieden verließ er die Bundesstraße und fuhr über Rückers weiter. Am Ortseingang verkündete ein Transparent, das über zwei Strohballen gespannt war, daß es sich hier um eine gentechnikfreie Zone handele. Am Ortsausgang waren es noch sechs Kilometer. Die Landschaft wurde flach, ausgedehnte Wiesen, am Horizont Windräder. Die schmale, kurvenreiche Landstraße führte an einsam gelegenen Höfen vorbei. Kräftige, schwarzbraune Pferde mit langer Mähne schauten auf, als er vorbeifuhr.

Am rechten Wegesrand tauchte plötzlich ein alleinstehendes Haus auf, das Velsmanns Phantasie für einen Moment beschäftigte. Es war eine imposante, zweistöckige Jugendstil-Villa, deren honigfarbene Außenhaut einen neuen Anstrich vertragen konnte. Aber das erhöht stehende Haus unter Bäumen war genau so, wie Velsmann sich ein Haus immer gewünscht hatte. Wie eine ruhige Insel, der kein Sturm und keine Gezeiten etwas anhaben konnte. Die weißen Holzgauben im heruntergezogenen Dach sahen mit ihren Ornamenten wie Augen in einer gerunzelten Stirn aus. Ein Überbleibsel, dachte Martin Velsmann. Irgendwie unanfechtbar. Solche Häuser gibt es hier doch gar nicht mehr. Dann dachte er noch: Du wirst langsam alt und sentimental.

Velsmann sah Huttenstein schon von weitem in einer Senke. Langsam fuhr er die Hauptstraße hinunter und versuchte, sich alles einzuprägen. Da er diesmal von der anderen Seite kam als am Morgen beim Besuch des Zeitungsmachers, erkannte er den Ort kaum wieder. Verwinkelte, hügelige Sträßchen, viel Grün, keine Bauernhöfe. Es dominierten kleine Fachwerkhäuser und schindelverkleidete Häuser mit eingezäunten Gärten, darin hin und wieder gebückt Arbeitende. Auf dem Schornstein einer kleinen Möbelfabrik saß ein Storchenpaar im Nest.

Bergwinkel eben, dachte Martin Velsmann. Konnten hier wirklich unheilvolle Dinge ihren Ausgang nehmen? Und wo waren die jungen Frauen, von denen dieser Tibor Hirschgraben gesprochen hatte?

Velsmann erreichte den Marktplatz, ein mittelgroßes Geviert mit einem Brunnen in der Mitte. Zu allen Seiten hübsches Fachwerk, manche Häuser standen schief. Er erblickte den Gasthof, von dem sein Informant gesprochen hatte. Ein quadratischer, gelber Bau mit einer Schindelverkleidung und grünen Fensterläden. Einen anderen schien es nicht zu geben. Menschen waren nicht zu sehen.

Martin Velsmann sah, daß auf dem Platz Parkverbot herrschte, und parkte sein Auto in einer ansteigenden Seitenstraße. Er nahm Handtasche und Karten mit und steuerte auf den Gasthof zu. Wenn Hirschgraben die Wahrheit gesprochen hatte, mußte es Spuren von den ominösen jungen Frauen geben, die hier angeblich abends in der Öffentlichkeit herumsaßen.

Er betrat die Gaststube, einen langgezogenen Raum mit rustikalen Tischen in Nischen, die von geschmiedeten Eisengittern abgetrennt wurden. Niemand war zu sehen. Velsmann trat an die Theke. Dort befand sich eine kleine Glocke. Er betätigte sie. Nach einer kurzen Weile schlurfte jemand herein. Ein hagerer, schief gehender Mann mit kurzgeschnittenem Haar und einem wäßrigen Lächeln um die Lippen.

»Sie wünschen?«

Martin Velsmann sah, daß der Wirt schielte. »Kann ich ein Zimmer für die Nacht bekommen?«

»Für eine Nacht?«

»Voraussichtlich. Ich will mir morgen früh die Gegend ansehen.«

»Ich werde nachschauen.« Der Wirt zog ein Buch hervor, drehte es herum und studierte die Eintragungen. »Wir haben nur sieben Zimmer«, sagte er dann lächelnd. »Das oberste unterm Dach scheint frei zu sein, das können Sie haben.«

»Aber Sie wissen nicht genau, ob es frei ist?«

»Doch, natürlich! Es ist frei, klar, wie könnte ich es sonst an Sie vergeben?«

»Ich dachte nur, weil Sie sagten, es scheine frei zu sein.«

»Ach so. Eine Redensart. Es ist selbstverständlich frei. Sie – haben kein Gepäck?«

»Nur das bißchen hier. – Später würde ich gern essen.«

»Natürlich. Wir haben eine Abendkarte. Alle anderen Gäste haben Halbpension, was mir immer am liebsten ist. Wegen der besseren Planung. Ich habe nur eine Küchenhilfe.«

Martin Velsmann wurde hellhörig. Das hörte sich nach Dauergästen an. Er fragte aber nicht nach. Eine innere Stimme riet ihm, den Argwohn des Wirtes nicht zu wecken. Später würde er die Gäste ohnehin sehen.

Das Zimmer war in Ordnung, einfach und sauber. Martin Velsmann wusch sich und rief mit dem Handy in Fulda an. Er teilte Freygang mit, wo er sich befand und daß er die Nacht hier verbringen würde. Von der Ausländerbehörde oder dem Bürgermeisteramt in Gersfeld gab es noch keine Reaktion. Freygang berichtete, daß Tosca Poppe die ganze Zeit mit ihrer Familie in Erfurt telefonierte, weil ihr Vater plötzlich einen Schlaganfall erlitten hatte.

Velsmann überlegte kurz und sagte: »Sagen Sie ihr, sie muß nicht unbedingt in der Dienststelle bleiben, sie kann auch nach Hause gehen. Es genügt, wenn Sie erreichbar sind. Ich rufe auf jeden Fall abends nochmal an.«

»Chef?«

»Was?«

»Gibt es wirklich schon eine Spur?«

»Auf jeden Fall kenne ich jemanden, der mich zu etwas hingeführt hat, was eine Spur sein könnte.«

Velsmann beendete das Gespräch. Dann ging er die Stiegen hinunter.

Im Treppenhaus hörte er aus einem der Zimmer eine Frauenstimme. Ein Mann antwortete. Sonst blieb es im Gebäude still. Velsmann trat auf die Straße. Er ging zu seinem Auto, griff nach seiner Dienstpistole im Handschuhfach und überlegte. Er sah an sich herab. Weder unter dem Sommerhemd noch in der dünnen Baumwollhose konnte er die Waffe einstecken, ohne Verdacht zu erregen. Also legte er sie wieder zurück und verschloß das Handschuhfach. Wahrscheinlich war die Vorahnung, die von ihm Besitz ergriffen hatte, ohnehin unbegründet, und er verbrachte nur einen ruhigen Abend im Bergwinkel. Immerhin war dies sein einziger freier Tag, auch wenn es inzwischen einen Mord gegeben hatte.

Er umrundete den Marktplatz. Eine auffällige Stille lag über allem. Er registrierte jedoch nichts Ungewöhnliches. Von Hirschgrabens jungen Frauen war nichts zu sehen.

Während die Zeit verging, versuchte Velsmann, die bisherigen Geschehnisse zu ordnen.

Der Abend kam.

Um zwanzig Uhr ging Martin Velsmann hinunter in die Gaststube. Der Geruch nach Gebratenem schlug ihm entgegen. Im Inneren saß ein Paar in mittleren Jahren und nickte ihm zu. Velsmann setzte sich an eines der Fenster. Der Wirt brachte ihm die Karte, und Velsmann bestellte ein Bier.

Es fiel ihm sofort auf, wie reichhaltig das vegetarische Angebot war, aber auch Fleisch und Fisch wurde in erstaunlicher Vielfalt angeboten. Offensichtlich war auch der Bergwinkel eine Touristenregion. Velsmann zögerte, tastete nach seinem Bauch, registrierte, daß er zugenommen hatte und entschied sich für ein Kotelett aus Steinpilzen mit Blumenkohlsauce und Linguini.

Nach und nach füllte sich die Gaststube. Es kamen nur Paare aus dem Hotel, Velsmann hörte ihre Schritte vorher auf der Treppe. Aus dem Ort kam kurze Zeit später nur ein Junge herein, der Prospekte auf die Theke legte. Einige Gäste sprachen westdeutschen, möglicherweise kölnischen Dialekt. Sie kannten sich untereinander. Vielleicht eine Reisegruppe. Velsmann erinnerte sich allerdings nicht, einen Reisebus gesehen zu haben.

Als vorletzter Gast kam eine einzelne junge Frau in Jeans und ärmelloser, blauer Hemdbluse. Sie suchte die Gaststube mit Blicken ab und blieb bei Martin Velsmann hängen. Sie setzte sich so, daß sie ihn im Blick behielt. Als der Kommissar jedoch nach einer kurzen Weile zu ihr hinüberschaute, blickte sie aus dem Fenster und rauchte.

Das Essen war ausgezeichnet. Martin Velsmann bestellte noch ein Bier. Die Zeit verstrich. Es geschah nichts, das seine Aufmerksamkeit strapaziert hätte. Er unterdrückte die aufkeimende Enttäuschung. Was hatte er erwartet? War es für den Moment nicht mehr als genug, hier zu sitzen und wenigstens eine kleine Chance auf eine Spur zu haben? Den Wirt zu befragen wollte er immer noch vermeiden.

Er beschloß, einen Spaziergang durch den Ort zu machen.

Der Wirt schrieb seine Zeche auf die Zimmerrechnung. An der Theke fiel Velsmann der Stoß auf, den der Junge dort abgelegt hatte. Es war das Mitteilungsblatt der Gemeinden im

Bergwinkel. Er begriff, daß es sich um Hirschgrabens Blatt handelte.

Martin Velsmann erstand ein Exemplar für einen Euro und ging hinaus.

Huttenstein lag im Abendlicht. Ein Hund lief über den Marktplatz. An einer sozialen Einrichtung der Kirche luden zwei Männer von einem Karren Möbel ab. Beim Weitergehen bemerkte Martin Velsmann Bewohner in den geöffneten Fenstern, doch sie zogen sich vor seinen Blicken zurück. Autoverkehr gab es nicht, einige Fahrradfahrer waren unterwegs, auf einer asphaltierten Straße rollte ein Junge auf einem Tretroller aus Aluminium hinunter. Von Menschen, die hier nicht hingehörten, keine Spur. Alles wirkte normal und friedlich.

Velsmann wurde ärgerlich. Hatte ihm Hirschgraben ein Märchen erzählt? Er zog sein Handy und wählte dessen Nummer, landete aber nur in der Mailbox. Velsmann blieb unschlüssig unter einer Eiche stehen, neben der sich ein Kriegerdenkmal befand.

Er sah sich das Informationsblatt genauer an. Es war so handlich wie langweilig. Sein Inhalt waren amtliche Bekanntmachungen aus Region und Rathaus, Jahresabschlüsse, Termine, Anschriften, Telefonnummern für Notrufe und Bereitschaftsdienste. Es folgten Werbeseiten und Tips für Verbraucher, Kaufanzeigen, Veranstaltungen.

Martin Velsmann blätterte mit nachlassendem Interesse. Auf den letzten Seiten befanden sich plötzlich Nachrichten über Vandalismus und Kleinkriminalität, aufgebrochene Autos, belästigte Frauen, Einbrüche. So idyllisch war der Bergwinkel dann doch nicht. Den Abschluß der Seiten bildete ein kritischer Kommentar des Herausgebers. Markus Hirschgraben fühlte sich verpflichtet, die zurückliegende

Woche zu kommentieren, er nannte Namen, verstreute bissige Bemerkungen.

Immerhin, dachte Martin Velsmann, wer hier genannt wird, könnte schlechte Laune bekommen. Ein Verbandsvorsitzender wurde aufgefordert, wegen Eitelkeit zurückzutreten. Ein Gutshofverwalter wurde wegen Unfähigkeit verhöhnt. Das Blatt endete mit einem Bericht über die Erfolge von »Nordic-Walking-Kursen«.

Er faltete das Blatt zusammen. In der nächsten Ausgabe würde wahrscheinlich der Mord auftauchen. Und vielleicht würde Hirschgraben seine Story von den fremden jungen Frauen auftischen.

Martin Velsmann ahnte plötzlich, daß er in Huttenstein keine Spuren von irgend etwas finden würde. Hirschgraben hatte ihn an der Nase herumgeführt. Aber warum? Die Antwort konnte nur lauten, daß der Mann ein Spinner war, der sich Dinge einbildete. Einer jener unzufriedenen Zeitgenossen, die überall Verschwörungen wittern. Und die dann Leserbriefe schreiben. Oder ein Mitteilungsblatt herausgeben.

Wenn es so war, konnte er ebensogut nach Fulda zurückfahren. Im Hotel zu übernachten hieße, Steuergelder zu verschwenden. Als er seinen Entschluß umsetzen wollte, klingelte sein Handy.

Andrea Velsmann sagte: »Es taucht tatsächlich auf! Stell dir vor, Martin, Vineta taucht wirklich auf! Wir sind sicher, daß wir es haben!«

»Andrea! Ich freue mich, dich zu hören! Wie schön, daß mal was auftaucht, hier geht wieder mal alles unter. Es gibt einen neuen, schrecklichen Mord!«

»Du Ärmster!«

Seine Frau wirkte enthusiastisch. Martin stellte sich vor,

wie sie in diesem Moment aussah. Wahrscheinlich stand sie am Hafenbecken in Barth, ließ ihre weißblonden Haare wehen und fixierte mit ihren grünen Augen die Stelle im Meer, wo die versunkene Ostseestadt des Mittelalters geborgen werden sollte. Wahrscheinlich standen ihre Kollegen um sie herum, alle jene jungen Unterwasserarchäologen, die ihre Chefin vergötterten. So wie er selbst. Daran hatte sich nichts geändert. Auch wenn sie jetzt getrennt lebten.

»Hör zu, Martin. Die Kinder besuchen dich. Ich habe gerade mit ihnen gesprochen. Kannst du sie übermorgen vom Bahnhof abholen?«

»Am Freitag? Ich freue mich riesig, wenn sie kommen, aber, wie gesagt, hier geht es wieder richtig los. Viel Zeit habe ich nicht für sie.«

»Ruf sie selbst an und sag ihnen das, ja? Ich glaube, sie sind wild entschlossen, nach Fulda zu fahren. In Mecklenburg sind ja schon Ferien.«

»Wann entschließt du dich, mich zu besuchen, Andrea? Ich glaube, du bist dran. Ich vermisse dich.«

Nach einer kurzen Pause sagte ihre Stimme: »Laß uns nicht damit anfangen. Ich vermisse dich aber auch. Vielleicht in ein paar Wochen. Oder du kommst her.«

Enttäuscht sagte Velsmann: »In Ordnung. Wir werden sehen. Hast du noch was?«

»Ich wollte, du könntest es sehen, Martin! Es sind tatsächlich goldene Kirchturmspitzen! Der Reichtum, der in dieser Stadt geherrscht haben muß, ist unvorstellbar. Wir haben jetzt einen Wetterhahn von fast einem Meter Ausmaß gefunden, pures Gold! Der Anblick ist märchenhaft!«

»Ich freue mich sehr für dich! Was für eine Genugtuung, daß deine Theorien stimmten!«

»Martin? Kannst du nicht nach Barth ziehen? Ich bin heute schrecklich sentimental. Ich möchte alles mit dir teilen.«

»Herzlich gern. Das Dumme ist nur, daß ich leider einen Job in Fulda habe. Auch wenn ich im Moment wünschte, ich hätte ihn nicht.«

»Tut mir leid. Ich bin egoistisch. Paß auf dich auf, Martin!«

»Bis bald, Andrea.«

Martin Velsmann spürte, wie sehr ihn das Gespräch mit seiner Frau getroffen hatte. Was sollte das alles! Sie redeten und redeten wie Vertraute und kamen sich nicht näher! Jeder hatte seine Gründe, um in seinen Verhältnissen zu verharren. Und ihre Zeit verrann.

Er rief seine Tochter an. Laila meldete sich nach langem Klingeln. Sie klang verschlafen, aber das täuschte bei ihr oft. Martin Velsmann kannte ihre Empfindlichkeit und bemühte sich, einen harmlosen Tonfall anzuschlagen. Doch fünf Sätze später stritten sie sich schon.

»In Ordnung«, sagte Velsmann schließlich. »Lassen wir das. Wann wollt ihr kommen? Ich hole euch natürlich ab.«

»Können wir bei dir wohnen, Papa?«

»Wie lange denn ungefähr?«

»Wird's dir schon zuviel?«

»Ich stecke in einer Mordermittlung. Wie lange?«

»Irgendwie ein paar Tage.«

»Wird schon gehen. Wann kommt ihr also?«

»Früher Nachmittag. Gegen drei Uhr.«

»Gut, ich krieg's raus. Bis morgen dann! Ich – freue mich!«

Er ging zurück in den Gasthof und beschloß dabei, doch im Ort zu übernachten. Er wollte Ruhe haben und nachdenken. In Fulda geriet er sofort in die Mühlräder des Dienstes.

Martin Velsmann ließ sich den Zimmerschlüssel geben.

Der Wirt kam aus der Küche und sah verschwitzt und abgekämpft aus. In der Gaststube saßen noch drei Paare und tranken Wein. Die attraktive, junge Frau war verschwunden.

Velsmann ging auf sein Zimmer. Er schaltete den Fernseher an. In der hessischen Abendschau brachte man den Fall. Ein Foto der Toten, dem man die sorgfältige Arbeit des Leichenbeschauers und des Fotografen ansah, füllte den Bildschirm. Sie sah tatsächlich slawisch aus. Jedenfalls nicht nordfriesisch.

Wer kannte diese junge Frau? Wer konnte zweckdienliche Informationen geben?

Martin Velsmann wurde zwischen Gedanken an den Mordfall, seinem Gespräch mit seiner Tochter und an Andrea in Barth hin und her gerissen. Er fühlte sich elend dabei. Warum gelang es ihm nicht, seine Beziehung zu den liebsten Menschen, die er hatte, von Grübeleien über Tathergänge freizuhalten! Was hatte seine Familie mit diesen Dingen zu tun! Was für ein elender Beruf!

Er ging noch einmal in die Gaststube hinunter und holte sich eine Flasche Bier. Die Gäste waren verschwunden. Bis auf die junge Frau mit den dunklen Haaren. Sie trug jetzt ein luftiges, lindgrünes Kleid, stand an einem Spielautomaten, steckte Münzen hinein und rauchte. Sie beachtete ihn nicht.

Als Martin Velsmann in seinem Zimmer saß, trank er das Bier, drehte den Ton des Fernsehers weg, ließ die Bilder aber laufen. Es gab einen Bericht über Unfälle in sibirischen Bergwerken. Er erblickte Gesichter, die so ausgemergelt waren, daß sie nicht einmal mehr Enttäuschung oder Resignation zeigten. Langsam wurde er müde. Er entschied gerade, ins Bett zu gehen, als es an der Tür klopfte.

Martin Velsmann war sofort wieder hellwach. Er stand auf, schloß die Tür auf und öffnete.

Draußen, im Halbdunkel des Ganges, stand sie. Die junge Frau aus der Gaststube.

Martin Velsmann hatte ihr Auftauchen keineswegs erwartet, aber jetzt erschien es ihm folgerichtig. Er wußte sofort, daß dieser Besuch etwas mit seinen Ermittlungen zu tun hatte.

»Ja?«

»Kann ich hereinkommen?«

Er machte eine einladende Geste.

Die Frau trat beinahe tastend ins Zimmer. Er bat sie, sich in den einzigen Sessel zu setzen, er nahm auf einem Stuhl gegenüber Platz. Sie ließ sich in die Polster gleiten und schlug die Beine übereinander. Martin Velsmann betrachtete sie nur und sagte nichts.

Sie war ausnehmend schön. Eine junge Frau von vielleicht achtundzwanzig Jahren. Brünett, ebenmäßiges Gesicht mit betonten Backenknochen, blaue, aber glanzlose Augen, nicht geschminkt, weiße Haut, ihr Körper ein Blickfang.

»Darf ich rauchen?«

Ihre Stimme war tief, aber seltsam schwach, der Kontrast zu ihrem selbstbewußten, wirkungsvollen Äußeren fiel Martin Velsmann auf. Er suchte einen Aschenbecher und stellte ihn auf den Tisch.

Er wartete weiter, ohne etwas zu sagen. Die junge Frau blickte ihn irritiert an. Offenbar erwartete sie von ihm, das Gespräch zu eröffnen, eine Frage zu stellen. Er schwieg, aber er blickte ihr offen ins Gesicht.

Schließlich räusperte sie sich. Sie schürzte die Lippen, ein feiner höhnischer Zug umspielte sie. Dann sagte sie, wobei sie sich bemühte, ihrer Stimme einen gelangweilten Ausdruck zu verleihen: »Ich wollte Ihnen davon erzählen, daß ich nicht in eine menschliche Hülle gehöre.«

Martin Velsmann schwieg.

»Ich bin ein Tier und will auch nichts anderes sein.«

Sie blickte ihn unter langen Wimpern an. Velsmann hatte das Gefühl, sie wollte die Wirkung ihrer Worte überprüfen. Er hatte eine solche Eröffnung nicht gerade erwartet, spürte aber keine Betroffenheit. Eher eine Art unpassender Ernüchterung. Es klang zu absonderlich.

Er sagte abwartend: »Warum wollen Sie ausgerechnet mir davon erzählen?«

»Sie sind Polizist, nicht wahr?«

»Woher wollen Sie das wissen?«

»Ich rieche Polizisten auf tausend Meter.«

»Wie ein Tier?« Velsmann bereute seine Bemerkung sofort.

Sie lächelte schwach.

»Ich bin Polizist, doch was hat das mit Ihnen zu tun?«

»Ich brauche Ihre Hilfe. Ich heiße übrigens Nena. Meine Eltern sind Finnen. Ich bin in Karelien aufgewachsen.«

»Nun gut«, sagte Martin Velsmann. »Wir machen es so: Sie erzählen einfach weiter, und ich höre Ihnen zu.«

»Es ist so, daß ich langsam nicht mehr weiterweiß«, sagte sie.

Martin Velsmann nickte.

Ihr blasses Gesicht überzog ein kraftloser, grauer Ton. Sie sah zu Boden. Dann blickte sie ihr Gegenüber wieder an, aber nicht offen. Sie hielt seinem Blick nicht stand.

»Wie soll ich es sagen? Manchmal weiß ich genau, was zu tun ist. Manchmal schneide ich mich. Dann wieder finde ich das Leben einfach nur schön.«

Ihr Gesicht überzog plötzlich ein strahlendes, jugendliches Lächeln. Velsmann war auf der Hut. Sie ist eine Schauspielerin, dachte er, eine Verwandlungskünstlerin, sie spielt mir ein paar ihrer Nummern vor. Aber was, zum Teufel, bezweckt sie damit?

Sie lachte leise und schüttelte ihren Kopf. Etwas sehr Mädchenhaftes überzog sie wie ein Zauber. Martin Velsmann schalt sich selbst. Ließ sein eingefleischtes Berufsmißtrauen nicht mehr zu, den Charme einer jungen Frau unbefangen zu genießen? Dann kannst du dich gleich einsargen lassen, dachte er.

Sie sagte: »Im Moment bin ich ziemlich down.«

Er nickte und schwieg.

Sie änderte plötzlich den Ton. »Könnten Sie sich vorstellen, mich gern zu haben?«

Überrascht entgegnete Martin Velsmann: »Das sollten Sie besser Ihren Freund fragen.« Dann sagte er: »Gehört diese Frage zu Ihrem Problem?«

»Was für ein Problem? – Weiß ich nicht. Aber ich sage Ihnen das folgende.« Ihr Gesicht verlor das Lächeln so plötzlich, als habe es nie dort gestanden. »Meine Karriere begann als Kind auf einer Burg. Später erfuhr ich, daß sie Wewelsburg heißt. Sie kennen den Ort? Gut. Ich erinnere mich an gute Onkels. Sie kamen im Dunkeln, jede Nacht, und flüsterten beruhigend. Es tat so schrecklich weh. Und ich lebte in einer ganz anderen Welt. Lange Zeit. Danach holte man mich nach Karelien zurück. Es waren dieselben Leute, die mich zur Wewelsburg geschleppt hatten. Das weiß ich genau, ich könnte Ihnen Namen nennen. Meine Eltern kümmerten sich nicht mehr um mich, sie lehnten mich ab. Ich wohnte bei Onkeln. Eines Tages kam einer von ihnen zu mir und sagte, jetzt sei ich soweit. Er meinte mein Alter. Ich war achtzehn. Jetzt, Jahre später weiß ich, daß man niemanden foltern darf, der jünger ist, sonst verstößt man gegen irgendeinen Scheißkodex. Damals dachte ich, es handele sich um mein Führerscheinalter. Verstehen Sie?«

Sie begann, zu lachen. Es klang freudlos und schüttelte sie wie ein Anfall.

Martin Velsmann sagte: »Beruhigen Sie sich bitte. Erzählen Sie weiter.«

Schlagartig faßte sie sich wieder, aber über ihr Gesicht liefen jetzt Tränen, als speisten sie sich aus einer anderen Gefühlsquelle. »Ich möchte aussteigen. Sie kennen doch die Frau von diesem Hirschgraben? Diesem Herausgeber?«

Martin Velsmann fühlte einen Schauer. »Marlene? Sie kennen sie, und Sie kennen Hirschgraben?«

»Fragen Sie die, wenn Sie mir nicht glauben. Depressionen, Halluzinationen, wie unter Schock.«

Martin Velsmann fühlte sich unangenehm berührt. Er sagte: »Fahren Sie fort.«

»Wir kennen uns aus der Klinik. Es waren ein paar Wochen ...«

»Von welcher Klinik sprechen Sie?«

»Na, die in diesem Orb. Traumatherapie, verstehen Sie? Hunderte von Insassen, die gefoltert, unter Drogen gesetzt, terrorisiert wurden. Aus dem ganzen Land sitzen da die Frauen. Einheimische, Ausländerinnen. Überwiegend sind es Frauen.«

Velsmann konnte nur zuhören und sortieren. Durfte er all dem Glauben schenken? Er war sich noch immer unschlüssig, was er von seiner Besucherin halten sollte.

»Marlene, ja, die hat es geschafft. Die hat einen Kerl, der sich um sie kümmert. Er hat sie ja auch rausgeholt. Aber ich? An wen soll ich mich wenden?«

»An mich, beispielsweise.«

»Das tue ich ja, aber ich kenne Sie doch gar nicht. Vielleicht stecken Sie mit denen unter einer Decke! Da habe ich schon böse Überraschungen erlebt.«

Sie sah nicht so aus, als glaubte sie, was sie sagte. Martin Velsmann fragte: »Wen meinen Sie?«

Sie hielt sich die Hand vor den Mund. »Von mir erfahren Sie nichts, mein Kommissar. Das geht nun wirklich nicht. Das darf ich ja gar nicht.«

»Sie sprachen von Folter. Sie sagten, Sie könnten Namen nennen. Tun Sie es!«

Die junge Frau schüttelte heftig den Kopf. »Was meinen Sie, was die mit mir machen! Namen nennen? Orte? Nein!«

Martin Velsmann riet sich zur Vorsicht. Was sollte er von dieser Person halten? Die junge Frau schien verwirrt, dann wieder völlig klar, geradezu gerissen. Taxierte sie nicht genau ihre Wirkung auf ihn?

»Und doch müssen Sie mir helfen.«

»Was genau wollen Sie mir nun mitteilen? Worauf wollen Sie hinaus?«

»Warten Sie doch. Ich sage es Ihnen schon.«

Für einen Moment war Velsmann alles zuviel. Er dachte an den morgigen Tag. Die Kinder würden kommen und ihre Forderungen stellen, er mußte dem Staatsanwalt und den Medien etwas anbieten. Sein Vorgesetzter mißtraute ihm. Vielleicht zog der Mord weitere Kreise. Und die Hitze würde sich wieder in seinen Kopf bohren. Er blickte auf die Uhr und verspürte Lust, seinen späten Gast einfach hinauszuwerfen. Statt dessen sagte er: »Sie wollen also eine Aussage machen, aber ich verstehe ehrlich gesagt nicht, worauf sich diese Aussage beziehen soll. Sie müssen wohl oder übel deutlicher werden, sonst hat es keinen Sinn.«

»Nein, nein! Auf keinen Fall eine Aussage! Zu was denn? Hören Sie, ich möchte, daß ich mit Ihnen reden kann! Nur reden, verstehen Sie? Das andere können wir später auch noch tun, doch jetzt will ich nur reden! Sie haben so treue, braune Augen.«

Velsmann hob die Augenbrauen. Das hatte ihm gerade noch gefehlt. »Also, lassen Sie das bitte. Bleiben Sie einfach bei der Sache. Was ist mit dieser Klinik?«

Sie steckte sich wieder eine Zigarette an. Der Rocksaum ihres Sommerkleides war hochgerutscht. Als sie es merkte, zog sie ihn mit einer scheuen Geste herunter. Sie lächelte verlegen. »Die Klinik? Kennen Sie die nun oder nicht?«

»Nicht direkt. In Orb gibt es, soviel ich weiß, viele Spezialkliniken.«

»Aber die ist einmalig, das kann ich Ihnen flüstern. Da geht es rund. So was können Sie sich nicht vorstellen.«

»Wie heißt diese Klinik?«

»Einfach ›das Gatter‹. Offiziell natürlich anders, aber bei uns nur das Gatter. Weil man nicht raus kann, auch wenn man freiwillig hineingegangen ist. Es sei denn, man hat Gönner.«

»Das Gatter? Wie ist der offizielle Name dieser Klinik?«

»Klinik Sonnenberg, für Traumatherapie.«

»Und Sie waren also dort eingeliefert.«

»Nicht eingeliefert. Mein Psychiater hat mir empfohlen hinzugehen. Deshalb bin ich freiwillig gegangen. Ich wußte ja nicht mehr weiter! Mir war doch alles egal! Nach drei Monaten konnte ich mit seiner Hilfe wieder raus.«

»Wie heißt Ihr Psychiater?«

»Professor Heinrich, in Fulda.«

Martin Velsmann notierte den Namen. Dann sagte er:

»Erzählen Sie mir davon, was Ihnen vorher widerfahren ist. Beispielsweise in Karelien. Oder auf der Wewelsburg. Oder irgendwo sonst.«

»In Karelien? Mein Gott, Sie haben mich drangenommen, sie spielten mit mir. Ich kann mich nicht erinnern, nicht in ihrer Obhut gewesen zu sein.«

Die Frau betonte das Wort Obhut vorsichtig, beinahe ängstlich. Martin Velsmann fiel auch auf, daß ihre Blicke blitzschnell überall hin wanderten, so als observiere sie das Zimmer. Wollte sie es sich einprägen? Fühlte sie sich verfolgt? Er fragte sie direkt. Sie schüttelte den Kopf.

»Hier bin ich sicher, das weiß ich. Und ich will nur reden. Nur reden! Ganz harmlos! – Auf der Wewelsburg? Das war wie in einem Film. Jede Nacht Mummenschanz. Sie kamen immer in Gruppen. Ich wurde dann präpariert. Sie machten Zeichen, malten mir Blut auf und so. Ich verstand gar nichts von dem, was sie sprachen, es klang fremd. Nach einer Weile gewöhnte ich mich daran. Auf der Burg war es eben so. Allen Mädchen ging es dort ähnlich. Es war dort ein Ausschnitt von meinem Leben, der zu den anderen Ausschnitten paßte. Wie in einem Puzzlespiel. Ich habe gelitten und es hingenommen. An etwas anderes habe ich nie gedacht. Es fing schon morgens an und hörte am nächsten Morgen auf. Ich weiß nicht – hinterher, also jetzt, konnte ich sehen, daß es auch noch was anderes gibt. Aber damals?«

Wieder sortierte Martin Velsmann. Lag es daran, daß es schon spät war? Er fühlte sich in einem Sog, dem er nicht entgehen konnte. Gleichzeitig warnte etwas in ihm, dieser Erzählung nicht zu trauen.

Er räusperte sich. »Was machen Sie hier in Huttenstein? In diesem Hotel?«

»Hier? Urlaub! Sonst gar nichts. Ich komme immer wieder, der Wirt kennt mich schon. Es ist nett hier.«

»Und Sie haben vorhin ganz zufällig mich gesehen und gedacht: Das ist doch dieser Bulle aus Fulda?«

»Nein. Ich habe gedacht: Ich kenne ihn. Immer wenn er in den Medien auftaucht, hat er eine Frisur, als sei er gerade aufgewacht. Und er ist ja kein junger Kerl mehr.«

»Sind noch andere junge Frauen wie Sie im Ort? Ausländerinnen wie Sie. Aus Finnland oder sonstwoher.«

»Keine Ahnung. Wenn ich hier war, gab es keine andere.«

»Wo wohnen Sie denn?«

»In Fulda. Daher kenne ich Sie ja. Ich meine, von den Bildern, wenn die Polizei ermittelt. Sie sind ja eine Fernsehberühmtheit, Herr Kommissar!«

»Geben Sie mir bitte Ihre Adresse.«

Sie tat es. Martin Velsmann erinnerte sich an ein anonymes Neubauviertel im Stadtteil Künnzell.

»Und jetzt erzählen Sie mir davon, wer die Onkel sind, mit denen Sie es zu tun hatten.«

Sie lachte ein schnelles, hartes Lachen. »Wissen Sie, was die Arkan-Disziplin ist?«

Velsmann versuchte sich zu erinnern. War es nicht etwas mit Gehorsam gegenüber anderen?

»Es gibt ja Tieropfer und Menschenopfer. Glauben Sie, darüber kann man einfach so reden? Blut ist ihr wichtigster Energieträger, vor allem wenn es beim Todeskampf des Opfers gewonnen wird. Darüber kann man doch nicht einfach so reden. Wir sind zu strikter Geheimhaltung verpflichtet. Wer spricht, stirbt. Wollen Sie, daß sie mich töten?«

Martin Velsmann blickte auf die Armbanduhr. »Nena, Sie sind zu mir gekommen. Nicht ich zu Ihnen. Wenn Sie mir also etwas mitzuteilen haben, mit dem ich etwas anfangen soll, dann sprechen Sie. Befinden Sie sich in Gefahr? Fühlen Sie sich bedroht? Dann sollten Sie ins Präsidium kommen und die Hilfe der Polizei in Anspruch nehmen.«

»Wissen Sie, ich kenne hier in der Umgebung viele von denen. Soll ich Ihnen davon erzählen? Sie leben nur im Dunkeln. Sie schlafen tagsüber, wachen nachts. Pechschwarzes, ausrasiertes Haar, leichenblasse Haut, viel weißer als meine, zollstockgerade gezogene Balken über den Augen, Oberarme tätowiert, Mundwinkel voller Verachtung, monotone Stimme. Kennen Sie solche Wesen?«

Velsmann sagte: »Ehrlich gesagt nein.« Dann kam ihm ein Gedanke. »Die Tätowierungen. Sind darunter auch lila Schmetterlinge?«

»Was? Na ja – lila Schmetterlinge, die nicht mehr fliegen können? Klar, warum nicht?«

Martin Velsmann sagte: »Ich glaube nicht, daß es im Bergwinkel solche – Wesen gibt. Ich denke, Sie bilden sich das ein.«

Ihre Stimme wurde gereizt. »Und doch gibt es die hier. Machen Sie die Augen auf! Es wimmelt hier nur so von solchen abartigen Gestalten.«

Was die junge Frau sagte, erinnerte Martin Velsmann an das Gerede von Markus Hirschgraben. Plötzlich taten alle wie auf Verabredung so, als müßten sie ihn mit etwas Verborgenem vertraut machen, was in den Abgründen hauste. Interessierte ihn das? Hielt es ihn nicht eher davon ab, sein Familienleben endlich in Ordnung zu bringen?

Und wenn doch etwas mehr dahinter steckte, als er wahrhaben wollte? Gab es diese Klinik in Orb wirklich? Das zumindest würde er herausfinden. Einer Eingebung folgend, sagte Martin Velsmann: »Kennen Sie die Tropfsteinhöhle oben im Erlebnispark?«

»Bei Stahlau? Klar! Ich war ein paarmal mit Marlene dort.«

»Wissen Sie, daß dort gestern ein Mord verübt wurde?«

Sie zuckte erschreckt zusammen. Dann schüttelte sie den Kopf.

»Na gut«, sagte Martin Velsmann. »Warum glauben Sie übrigens, daß Sie nicht in eine menschliche Hülle gehören? Ich finde, Sie machen sich sehr gut darin.«

Die Frau strahlte von einem Moment auf den anderen. »Nicht wahr? Ich finde mich auch schön.« Schnell verdüsterte sich ihr Gesicht wieder. »Aber manchmal habe ich solche Gelüste! Ich könnte den Mond ankläffen, verstehen Sie? Ich bin dann wie eine Wölfin.«

»Haben Sie schon einmal – zugebissen?«

»Viele Male.«

»Kommen Sie morgen in meine Fuldaer Dienststelle. Wir nehmen ein Protokoll auf. Wenn Sie wollen, können Sie auch einige Tage da bleiben. Nur, wenn Sie sich verfolgt fühlen. Wir nehmen Sie in Schutz. Ich kümmere mich um Sie – wenn Sie wollen.«

Sie sagte grob: »Sie wollen mich einbuchten? Ja, wofür denn?«

»Nicht doch! Es wäre nur zu Ihrem Schutz. Vielleicht fühlen Sie sich dann sicherer und können freier sprechen.«

»Was für ein blödsinniger Vorschlag! Viel lieber würde ich jetzt mit Ihnen ins Bett gehen.«

Martin Velsmann seufzte. »Ich bin nicht einer von Ihren Onkels, Nena. Wenn Sie mir nichts mehr zu sagen haben, dann sprechen wir ein anderes Mal weiter.«

»Es wird kein zweites Mal geben. Denn vielleicht bin ich morgen schon tot? Oder habe getötet? Wer weiß!«

Martin Velsmann beschloß, den Tonfall zu wechseln, um sie herauszulocken. »Reden Sie keinen Unsinn! Das alles haben Sie doch bloß erfunden, um bei mir Eindruck zu schinden! Sie sind eine junge Frau, die zu wenig Aufmerksamkeit bekommt! Oder sind Sie etwa eine Professionelle? Ja, jetzt komme ich überhaupt erst drauf! Schickt Sie Ihr Beschäler? Sie reden doch nur so herum, um ein bißchen anzuschaffen, Sie denken, bei diesem Trottel kann ich in dieser Nacht landen.«

Sie blickte unsicher. »Das glauben Sie? Dann habe ich mich in Ihnen getäuscht.« Sie wirkte plötzlich ganz vernünftig, und er empfand sofort Schuldgefühle. Hatte er sie verletzt? Verdammt, fluchte er in sich hinein. Sie sagte leise: »Ich brauche wirklich irgendwie Hilfe, aber ich kann nicht auspacken. Ich wüßte gar nicht, wie ich das angehen sollte. Ich habe dafür keine Worte. Alles, was mir geschehen ist, paßte zu mir. Bin ich nicht selbst schuld daran? Ich war ja Teil davon. Ich fühle mich nur völlig ausgebrannt.«

Nun sagte sie vermutlich die Wahrheit. Martin Velsmann sah sie lange an. In ihrem Gesicht spiegelten sich die Emotionen wie bei einem Kind. Vielleicht war sie gerissen, aber das schien nicht ihr eigentliches Wesen zu sein.

Er wußte nicht, was er sagen sollte. Statt dessen sagte sie tonlos: »Gut. Ich komme morgen früh in Ihr Präsidium, aber ich gebe nur Ihnen was zu Protokoll. Niemand darf davon wissen. Ich sage Ihnen alles, und wenn ich ein Zeichen gebe, dürfen Sie es verwenden! Nicht vorher! Das müssen Sie mir hoch und heilig versprechen!«

»Natürlich. Es wird nichts gegen Ihre Wünsche geschehen.«

Sie erhob sich. »Wann soll ich also kommen?«

»Um zwei am Nachmittag.«

»Dann gute Nacht, Herr Kommissar!«

Er schloß die Tür hinter ihr und hörte sie den Flur hinuntergehen. Wenig später klappte eine Zimmertür zu.

Martin Velsmann wartete noch einen Moment. Dann trat er auf den jetzt dunklen Flur hinaus. Er lauschte.

Am Ende des Ganges hörte er in einem Zimmer das Rauschen von Wasser. Etwas klapperte und fiel zu Boden. Martin Velsmann lehnte seine Zimmertür in den Rahmen, um den Lichtschein zu vermeiden. Er stand in der Dunkelheit und überlegte. Gab es all das wirklich? Oder entsprang es nur der Phantasie einer verzogenen jungen Frau? Von der Wewelsburg bei Paderborn hatte er schon in anderen Zusammenhängen gehört. Von obszönen Ritualen, geheimen Treffen, Indoktrination. Nie war davon etwas bestätigt worden. Es gab Aussagen, Verdachtsmomente, die immer wieder auftauchten. Es fiel ihm ein, daß man kürzlich sogar eine enthüllende Fernsehdokumentation darüber ausgestrahlt hatte. Er hatte sie anschauen wollen, aber dann doch verpaßt, weil Andrea angerufen hatte. Freygang hatte ihm davon erzählt. Angebliche Opfer berichteten.

Die Boulevardpresse hatte sich darauf gestürzt, doch die Vorwürfe waren nicht haltbar gewesen. Später gab es nur noch Dementis.

Alles verflüchtigte sich, wenn es aus der Nähe betrachtet wurde.

Und doch!

Warum sollte diese junge Frau zu ihm kommen, wenn sie ihm nicht doch einen Kern irgendeiner Wahrheit anvertrauen wollte? Vielleicht war es so, daß sie eine falsche Erinnerung hatte, eine konstruierte Erinnerung. Vielleicht mußte sie es einfach so darstellen, weil die Wirklichkeit, ihre Wirklichkeit nicht anders erinnerbar war. Weil sie – Martin Velsmann stockte einen Moment in seinen Gedanken – weil diese Wirklichkeit unerträglich war! Vielleicht war das Böse, das sich mit ihr beschäftigt hatte, wirklich vorhanden, und instinktiv wußte diese Nena, daß sie es nicht nennen durfte.

Vielleicht krallte sich dieses Wissen in ihrem Inneren fest und erstickte sie.

Martin Velsmann hatte plötzlich das Gefühl, vor ihm öffne sich ein Abgrund. Er hatte etwas gehört, das ihn schüttelte, etwas, das er noch nicht entschlüsseln konnte. Aber das war anfangs bei jedem Blick in den Abgrund so.

Er lauschte.

Alles blieb still.

Er zog sich in sein Zimmer zurück und legte sich angezogen auf das Bett. Durch die dünne Wand hörte er nebenan unterdrückte Stimmen. Es war zwei Uhr in der Nacht. Martin Velsmann konnte nicht einschlafen.

4.

Es war so, wie er es befürchtet hatte. Laila und Tibor freuten sich, ihren Vater zu sehen. Die Umarmung war liebevoll, aber gleich darauf zogen sich die Kinder wie auf ein geheimes Kommando wieder zurück. Sie nahmen diese Haltung ein, die Martin Velsmann gut kannte. Es war die Haltung von unversöhnlichen, stummen Anklägern.

Warum hast du nicht mehr Zeit für uns? Wie konnte es

überhaupt so weit kommen, daß ihr getrennt lebt? Schließlich haben wir nicht darum gebeten, auf die Welt zu kommen.

Während sie mit dem Auto vom Bahnhof in seine Wohnung fuhren, beobachtete ihn sein Sohn, als warte er auf den kleinsten Fehler. Seine Tochter gähnte und zog eine Grimasse. Irgend etwas war nicht so, wie sie es erwartet hatten. Martin Velsmann bog in die Sebastianstraße ein, in der er nach dem Auszug von Andrea und ihrer gemeinsamen Kinder allein wohnte und dachte: Vielleicht bilde ich mir auch alles nur ein. Ich werde sie in Ruhe lassen. Ich werde ihnen keine Vorschriften machen. Sie haben Schulstreß gehabt. Vielleicht ist es in Mecklenburger Schulen besonders hart. Ich will keinen Streit.

Plötzlich sagte Laila liebenswürdig: »Ich koche heute abend für uns, Papa. Was willst du essen?«

Überrascht sagte Martin Velsmann: »Oh, irgendwas, was du kannst, Schatz.«

Sie schmollte. »Du glaubst wohl nicht, daß ich was kochen kann?«

»Ich wollte nur sagen, es soll dir Spaß machen. Koche, was dir Spaß macht. Es wird mir auf jeden Fall schmecken.«

Laila war noch immer leicht beleidigt, schwieg jedoch. Velsmann trug ihre beiden Reisetaschen die Treppen hoch in den vierten Stock.

Tibor sagte: »Mama läßt dich grüßen. Sie ist jetzt völlig abgetaucht in ihr Vineta.«

»Ich hatte die Hoffnung«, entgegnete Velsmann, während er keuchend die Taschen schleppte, »ihr Vineta tauche endlich auf.«

»Ja, tut es auch«, warf Laila über die Schulter zurück. »Tibor meint es anders.«

Ich weiß, wie Tibor es meint, mein Schatz, dachte Velsmann. Er beklagt sich, daß auch die Mutter ihr unverantwortliches Eigenleben lebt. Er war sich im klaren darüber, daß seine Kinder zu ihm geflüchtet waren, um seine Aufmerksamkeit zu spüren, weil Andrea beschäftigt war. Ausgerechnet jetzt, dachte er. Wie soll ich das schaffen?

Sie erreichten die Wohnung. Beim Eintreten sahen sich die Kinder um, als erwarteten sie einen Überfall.

»Muß mal gelüftet werden«, entschuldigte sich Velsmann. »Ich war die Nacht über nicht zu Hause.«

Laila blickte ihn mißtrauisch an. Tibor sprach es aus: »Hast du eine Freundin, Papa?«

»Was? Nein! Ich war in einem Fall unterwegs. Es war zwar nicht weit von hier entfernt, aber ich hatte einfach keine Lust, in meine Wohnung zu fahren, und habe dort übernachtet.«

»Du brauchst dich nicht zu entschuldigen«, sagte Tibor. »Wenn du was sagst, klingt es immer wie eine Entschuldigung.«

»Und woher kommt das wohl? Könntet ihr beide daran vielleicht auch einen klitzekleinen Anteil haben?«

»Was willst du damit sagen?« Laila drehte sich schwungvoll zu ihm um und blitzte ihn an.

»Nichts, gar nichts. Ich zeige euch, wo ihr Bettzeug findet. Eure alten Zimmer sehen inzwischen ein wenig anders aus, aber die Betten stehen noch.«

»Wir finden uns schon zurecht, Papa«, sagte Laila. »Ach, es ist echt schön, wieder mal hier zu sein.«

»Wirklich? Freust du dich?«

»Ja! Klar doch! Du etwa nicht?«

»Doch! Riesig! Ich werde sehen, was ich machen kann, um so oft wie möglich mit euch zusammen zu sein. Wir machen uns eine gute Zeit, Kinder! Ich gebe euch die Schlüssel, dann seid ihr unabhängig, und ihr kennt euch ja hier aus.«

»Kann man sagen.«

»Ich verschwinde jetzt ins Büro. Ihr könnt mich dort jederzeit erreichen, auch unterwegs, ich habe das Handy immer bei mir. – Also bis heute abend. Sagen wir um sieben?«

Laila nickte. »Ich haue mich erstmal aufs Sofa. Heute nacht war es echt stressig, aber der Ferienbeginn muß gefeiert werden.«

Tibor sagte: »Ich werde in diese abgefahrene Michaelkapelle gehen. Und dann mal sehen.«

Martin Velsmann winkte ihnen zu und verließ die Wohnung. Im Hausflur blieb er einen Moment lang stehen, gegen die Wand gelehnt. Es ist harte Arbeit, dachte er. Ich muß versuchen, daran etwas zu verändern. Das darf nicht so weiter gehen, daß wir uns gegenseitig belauern wie Feinde. Oder bilde ich mir das auch wieder ein?

Die Hitze schlug draußen auf ihn ein. Es war schweißtreibend, einfach nur langsam zu gehen. Er beschloß dennoch, nicht das Auto zu nehmen. Auf dem Weg ins Präsidium hatte er Gelegenheit, sich alles nochmal durch den Kopf gehen zu lassen. Die Kinder waren bis zum Abend versorgt. Er konnte sich also auf das Notwendige konzentrieren.

Beim Gehen in Richtung der Fuldaauen telefonierte er mit seinem Assistenten und ließ sich die neuesten Informationen geben. Die Leute vom Ministerium hatten herumgenörgelt. Hubert Gell hatte ihnen nicht gesagt, sie sollten zum Teufel gehen.

Martin Velsmann beauftragte Freygang, die Rufnummer des Professors Heinrich in Orb zu suchen. Eine knappe halbe Stunde später traf er in seinem Büro ein.

Tosca Poppe empfing ihn mit einer geringschätzigen Kopfbewegung. »Keuper«, murmelte sie.

Velsmann sah den Staatsanwalt in seinem Büro stehen, gegen die Schreibtischkante gelehnt. Er ging hinüber. Gleich beim Eintreten sagte Keuper: »Martin! Endlich! Sie wollten sich doch melden!«

»Es gibt nichts Neues. Jedenfalls nichts, was uns voranbringt.«

»Übrigens geht es nicht, daß Sie im Bergwinkel Urlaub machen. Ihre Übernachtung werden Sie selbst bezahlen.«

»Ich mache keinen Urlaub. Natürlich zahle ich alles selbst – auch wenn ich dienstlich unterwegs war.«

»Was haben Sie herausgefunden?«

»Alles, was ich bisher habe, sind ehrlich gesagt Vermutungen, Spekulationen. Allerdings kommt in …«, er blickte auf die Armbanduhr, »… einer Stunde jemand, der eine Aussage machen will. Ich möchte aber nicht, daß es an die große Glocke gehängt wird. Sonst ist die Dame nämlich gleich wieder verschwunden. Ich werde sie allein vernehmen und auch das Vernehmungsprotokoll selbst tippen. Wenn ich damit fertig bin, melde ich mich sofort bei Ihnen. Ist das für Sie in Ordnung?«

»Das muß ich wohl so akzeptieren.«

»Ja. Das müssen Sie wohl, Herr Staatsanwalt.«

Freygang kam herein und legte ihm einen Zettel mit einer Telefonnummer auf den Tisch. Dann klingelte sein Handy, und er verschwand wieder. Auf dem Zettel standen Name und Rufnummer des Professors. Neben das Telefon hatte die Spurensicherung Fotos der Toten gelegt. Velsmann nahm sie aus der Hülle und betrachtete sie eingehend. Tosca Poppe sah ihm über die Schulter.

»Was für ein hübsches Kind die gewesen sein muß«, sagte die Polizeiaspirantin.

Martin Velsmann starrte auf einen verstümmelten, nackten Körper. Die Einstiche waren sorgfältig vom Blut gereinigt. Schmale, schwarze Schlitze in weißem Fleisch. Er zählte. Tosca blickte ihn mißbilligend an.

»Tatsächlich dreiunddreißig.«

Das Gesicht der Toten sah friedlich aus. Ein ebenmäßiges Gesicht mit breiten Backenknochen, großen, jetzt geschlossenen Augen, einem schön geschwungenen Mund, der selbst noch in der Todesstarre verheißungsvoll zu lächeln schien. Martin Velsmann schüttelte diesen Eindruck ab. In ihrer linken Wange saß ein Messereinstich.

»Wer war sie? Woher kommt sie? Kennt sie denn verdammt noch mal keiner?« Martin Velsmann betrachtete weitere Fotos der Leiche, drehte einige hin und her. Er nahm die seltsame Tätowierung war. Sollte er die Bilder seiner Besucherin zeigen? Vielleicht war es nicht so abwegig, anzunehmen, daß Nena sie kannte? Hatte die Tote nicht gewisse Ähnlichkeit mit dieser Frau aus Karelien?

Karelien, dachte er, wo liegt das überhaupt genau? »Holen Sie mir einen Atlas, Tosca?« bat er.

Die Aspirantin rannte hinaus. Velsmann hörte, wie sie auf der Treppe bei jeder zweiten Stufe »Bomm, bomm, bomm!« machte. Gleich darauf war sie wieder da.

Karelien!

»Schon mal da gewesen?« fragte Martin Velsmann, während er blätterte. Dann deutete er mit dem Finger auf das Grenzgebiet zwischen dem seenreichen Finnland und dem seenreichen Rußland.

»Am Ende der Welt? Was soll ich da?«

»Ich weiß es nicht, aber vielleicht spielen sich da Dinge ab, die uns hier, in unserem verträumten, spießigen Mitteleuropa, in diesem allumfassenden Bergwinkel interessieren werden.«

»In Karelien? Glaube ich kaum. Da gibt es doch nur Eis und Eisbären.«

»Hören Sie, Tosca«, sagte Velsmann. »Um zwei kommt eine Zeugin, die ich selbst verhören werde. Bitte sorgen Sie dafür, daß mir niemand dazwischenfunkt. Ich will absolut mit der Frau allein bleiben. Sie ist übrigens aus Karelien.«

»Aha«, sagte Tosca. »Verstehe.«

»Ich will nicht mit ihr allein sein, weil sie aus Karelien ist, sondern weil sie sehr scheu ist. Wie ein Tier in freier Wildbahn, kapiert? Bei jedem Geräusch sucht sie das Weite. Und ich habe den Verdacht, sie kann uns weiterhelfen. Wenn wir Glück haben, liefert sie uns sogar eine richtig brauchbare Spur.«

Tosca sah ihn an und fragte nichts. Das war eine ihrer guten Eigenschaften. Wenig später wurde sie hinausgerufen, um eine Lieferung von Akten aus einer ostdeutschen Behörde entgegenzunehmen.

Als Freygang wieder auftauchte, informierte er seinen Chef in knappen Sätzen über den Gang der Dinge. Die Befragung der Bevölkerung hatte noch immer nichts Brauchbares ergeben. Drei Anrufer hatten auf etwas hingewiesen, dem nachgegangen wurde, aber die Ermittler hatten keine große Hoffnung auf eine wichtige Spur. Die Hunde hatten nun doch eine Witterung aufgenommen. Sie führte durch einen der hinteren Zäune in die Landschaft, endete jedoch an den Flußadern. Man hatte die Leiche wahrscheinlich bis zu einer kleinen, landwirtschaftlich genutzten Straße gefahren und dann irgendwo durch das weitläufige, flache Wasser bis in den Erlebnispark getragen.

Es schien wie verhext zu sein. Wahrscheinlich war es tatsächlich so, daß die Täter ganz systematisch und mit großer Kenntnis der Umgebung vorgegangen waren.

»Ach ja, dieses Rentnerehepaar, diese Uhls« – Freygang blickte auf seine Notizen – »diese Auhls haben sich an was erinnert.«

»Na sagen Sie schon!«

»Sie haben beim letzten Mal, als sie im Erlebnispark waren, eine Gruppe von jungen Frauen gesehen, drei oder vier, die sich umgesehen haben, als suchten sie etwas. Vielleicht waren es auch nur Kindergärtnerinnen, die ihre abgetauchten Bälger suchten. Aber diese Lisa Auhl sagt, es sei ihr vorgekommen, als seien das Leute gewesen, die sich für Mickymausfiguren und Dinos überhaupt nicht interessierten. Sie sagte wörtlich, sie hätten zu sehr geschminkt gewirkt.«

»Wofür sollten sie sich interessiert haben?«

»Keine Ahnung.«

»Soll ich die beiden Alten noch mal anrufen?«

»Ich glaube nicht, daß es sich lohnt. Sie wußten nur das, was sie gesagt haben.«

Velsmann überlegte. »Das war also alles, was ihnen aufgefallen war? Daß sie geschminkt wirkten?«

»Nein, nicht genau so, sondern daß sie zu sehr geschminkt wirkten für diese Umgebung.«

»Und über das sonstige Aussehen der Frauen sagten sie nichts?«

»Lisa sagte, die eine habe ausgesehen wie Karin Baal.«

»Karin Baal? War das nicht die Schauspielerin aus den fünfziger Jahren?«

»Ja, die mit den slawischen Backenknochen und Hotte Buchholz an der Seite.«

»Richtig. Na, das ist doch eine ganze Menge. Ich rufe die beiden doch nochmal an.«

»Kann ich jetzt gehen, Chef? Ich hab da noch eine Verabredung im Leichenschauhaus.«

»Was machen übrigens die Waldbrände?« fiel Velsmann ein. »Werden wir hier bald evakuiert?«

»Die Brände? Anscheinend konnte man sie in der Nacht weitgehend eindämmen. Inzwischen scheint es aber Trittbrettfahrer zu geben, die die Situation ausnützen und Brandstiftung als Sport betreiben. Das flackert jetzt überall auf.«

»Verflucht!«

»Chef?«

»Ja?«

»Keuper ist nicht gut auf Sie zu sprechen. Können Sie ihm nicht ein paar Brocken hinwerfen, damit er etwas zum Kauen hat? Ich meine, ich verstehe ihn sogar, er ist in einer verdammten Zwickmühle. Vorhin waren ja die Typen vom Ministerium da. Das sind vielleicht Arschlöcher!«

»Alfons, so was sagt man nicht von Vorgesetzen!«

»Arschlöcher, allesamt! Und Sie wissen es, Chef!«

»Was soll das? Eine offene Rebellion?«

»Entschuldigung.«

Velsmann instruierte auch seinen Assistenten über den erwarteten Besuch. Freygang versprach, ihn während des Verhörs abzuschirmen. Er wäre sowieso für seinen Chef durchs Feuer gegangen. Martin Velsmann entließ ihn. Dann wählte er die Festnetznummer der Auhls. Er ließ es lange läuten, doch es meldete sich niemand.

Martin Velsmann trat ans Fenster und sah hinaus. Im gegenüberliegenden bischöflichen Palais sah er Menschen herumgehen. Sie gestikulierten und sprachen miteinander, einer blieb stehen und warf die Arme zum Himmel.

Überall sind Menschen, dachte Velsmann, die etwas zu verhandeln haben. Aber leben sie nach ihren eigenen Standpunkten? Werden sie auch wie ich dauernd davon abgehalten, sich um die eigenen Angelegenheiten zu kümmern? Ich wäre gern mit meiner Frau zusammen. Und was mache ich? Ich kläre den Mord an einer Unbekannten auf.

Richtig, dachte er, ich bin Polizist geworden. Warum eigentlich? Er versuchte, sich zu erinnern. Damals dachte ich, Verbrecher seien Rebellen, die den falschen Weg einschlagen. Sie rächen sich an den Falschen. Aber irgendwie besaßen sie meine Sympathie – und vielleicht auch meinen Charakter. Und mein Gewissen sagte mir, ich müsse das der Gesellschaft verständlich machen. Bin ich wirklich deshalb zur Polizei gegangen? Es kam ihm absurd vor. Es war so lange her. Irgendwie mußte sich die Weltkugel komplett gedreht haben.

Nena kam um Punkt zwei Uhr.

Und er hatte das Gefühl, einer alten Bekannten zu begegnen.

Sie sah müde aus, hatte dunkle Ringe unter den Augen. Ihre Bewegungen wirkten sehr alt.

Martin Velsmann setzte sich mit Nena in einen der kleinen, spärlich eingerichteten Verhörräume. Er wußte, hier konnte man sie zwar durch eine der eingebauten blinden Scheiben von nebenan aus sehen, aber nicht hören. Das war ihm wichtig.

Nena wirkte nervös. Sie bat darum, rauchen zu dürfen. Ihre Hände zitterten. Es war offensichtlich, daß sie sich in ihrer Haut sehr unwohl fühlte. Ihr Gesicht zeigte kleine rötliche Flecken. Deshalb sagte Martin Velsmann: »Denken Sie bitte daran, daß Sie freiwillig gekommen sind. Sie können das Gespräch jederzeit abbrechen und gehen.«

Velsmann nahm zunächst ihre Personalien auf. Ihre Adresse kannte er schon. Sie wohnte mit ihrem Freund Danilo Wagner zusammen, der nach ihren Angaben einen Videohandel im selben Haus betrieb. Angehörige hatte sie keine. Jedenfalls nicht in Deutschland. In Karelien gab es eine bei einem Unfall verstorbene Schwester, die zweite Schwester war vermißt. Es gab eine nach einem Schlaganfall gelähmte Großmutter im Altersheim, in Weißrussland einen Onkel und eine Tante. Ihre Eltern waren längst verstorben. Ihr Bruder Paavo war angeblich in Tschetschenien vermißt. Sie wußte nicht, wie alt sie war. Sie wußte nur, wann sie achtzehn geworden war. Velsmann ließ sich ihren Ausweis zeigen. Sie war achtundzwanzig. Ihr voller Name lautete Nena Raikiinen. Geburtsort Mikkeli.

Nachdem sie zwei Zigaretten hintereinander geraucht hatte, begann sie erst stoßweise, dann schnell zu sprechen. Eine Schleuse schien sich zu öffnen, und die Sätze ergossen sich aus einem gequälten Inneren heraus, monoton, scheinbar ohne daß sie nachdenken mußte. Es wirkte, als habe sie ein fertiges, vorformuliertes Programm in sich. Velsmann hatte Mühe, mit dem Schreiben nachzukommen. Er achtete nicht auf korrekte Schreibweisen, hörte nur zu und hackte in die Tastatur.

Einen derart stringenten, fast druckreifen Bericht über tief emotionale Dinge hatte er noch nicht gehört. Er glaubte ihr nicht. Es konnte nicht sein, daß sie, Nena Raikiinen, das alles wirklich erlebt hatte, aber sie wirkte nicht so, als flunkere sie. Ihre Stimme wurde ruhiger, sie erzählte wie jemand, der ihn einfach nur teilhaben lassen wollte. Warum sollte sie lügen?

Martin Velsmann konnte trotzdem nicht glauben, was sie ihm anvertraute.

Sie breitete vor ihm ein Leben voller Gewalt, Repression und erzwungener Liebe aus. Ein Leben, das schon in der Kindheit mit Qualen begann. Ein Leben in Abhängigkeit von Menschen, von Fremden und von Familienangehörigen, die ihr systematisch weh getan hatten.

Aber warum? Aus Sadismus? Oder um sie zu einem willenlosen Werkzeug zu machen? Wofür?

Daß sie daran nicht zugrunde gegangen ist, dachte Martin Velsmann, ist ein absolutes Wunder.

Oder sie lügt doch.

Velsmann unterbrach sie kaum. Er ließ sie eine geschlagene Stunde lang reden, und seine Finger verkrampften sich bereits auf der Tastatur. Er mußte sie zwischendurch massieren und ausschütteln. Einmal sagte er: »Nennen Sie mir nur einen einzigen Namen, eine einzige Adresse. Aus Karelien, aus Deutschland, aus Weißrussland – irgendeinen konkreten Anhaltspunkt. Ich muß etwas in die Hand bekommen.«

Sie schüttelte den Kopf. »Ich habe es Ihnen schon gestern nacht gesagt, daß ich das nicht kann. Dann bringen sie mich um.«

»Aber Sie wollen doch, daß wir Ihren Peinigern das Handwerk legen?«

Nena nickte.

»Wissen die, daß Sie hier sind?«

»Um Himmels willen!«

»Wer sind die Leute im Hintergrund? Warum sind Sie derart gequält worden? Ihre Aussage hat für uns überhaupt keinen Wert, Nena, wenn wir der Sache nicht nachgehen können. Wenn Sie schweigen, schützen Sie diese Leute.«

Sie sah verzweifelt aus und schüttelte wieder nur den Kopf.

Martin Velsmann legte ihr die Fotos der Toten vor. Sie wurde blaß.

Jemand kam in diesem Moment herein und schrie etwas über die Schulter zurück in den Korridor. Nena Raikiinen zuckte zusammen, sie duckte sich instinktiv bei dem Lärm und knurrte durch die Zähne. Velsmann glaubte, nicht richtig gehört zu haben, aber der Laut, den sie von sich gab, klang tatsächlich wie von einem Tier, das die Lefzen zurückzog. Es war ein langgezogenes Knurren.

Der Kollege aus dem Labor entschuldigte sich für die Störung. Er legte einen braunen Umschlag auf Velsmanns Schreibtisch und verschwand sofort wieder. Nena richtete sich langsam wieder auf. In ihr Gesicht kam das Leben zurück. Sie lächelte Velsmann an.

»Nena. Schauen Sie sich die Fotos an. Kennen sie diese Frau?«

Sie sah unglücklich aus. Es war offensichtlich, daß sie nicht so antworteten wollte, wie sie konnte. Oder daß sie nicht so antworten konnte, wie sie wollte. Velsmann wartete gespannt.

»Ja und nein«, sagte sie. »Es ist Julia. Sie stammt wie ich aus Mikkeli, aber ich darf sie nicht kennen, weil sie sich gegen mich gewandt hat. Sie hat sich schlecht verhalten. Solche Menschen meidet man lieber.«

Martin Velsmann schluckte. »Sie kennen sie aus ihrer Heimatstadt?«

»Ja.«

»Was tat sie hier?«

»Nun, arbeiten – wie ich.«

»Als was?«

»Als Prostituierte. Julia war aber auch in andere Sachen verstrickt. In verwerfliche Dinge. Darüber rede ich nicht. Es ist ihre Angelegenheit.«

»Sie wurde ermordet! Könnten diese anderen Sachen damit zu tun haben?«

»Schon möglich.«

»Inwiefern denn?«

»Sie war – unzuverlässig. Keiner konnte richtig mit ihr. Sie war so verschlossen. Man vertraute ihr nicht. Sie tat Dinge, die nicht abgesprochen waren.«

»Nena, jetzt reden Sie doch nicht schon wieder um den heißen Brei herum! Haben Sie im gleichen Milieu gearbeitet? Arbeiten Sie auch noch als Prostituierte?«

»Natürlich.«

»Wo? Arbeiten Sie legal? Sind Sie organisiert?«

»Das kann ich nicht sagen.«

»Ich könnte Sie dazu zwingen.«

Sie schüttelte nur den Kopf.

»Was für Dinge tat diese Frau? Es ist wichtig! Es führt uns möglicherweise zu ihrem Mörder!«

»Das glaube ich kaum. Es ist unwichtig. Zu ihrem Mörder führt da gar nichts. Vertrauen Sie mir einfach. Ich bringe Sie nicht auf eine falsche Fährte.«

»Das klingt fast so, als würden Sie den Mörder kennen.«

»Ich? Sind sie verrückt? Ich habe weiß Gott schlechten Umgang gehabt, mit mancherlei Gesindel, aber nicht mit Mördern. Wenn ich Leuten begegne, die schlimme Dinge tun, dann schalte ich völlig ab. Verstehen Sie? Das geht bei mir ganz automatisch, ohne Anstrengung. Nein. Da müßte ich ja eine ganz andere Person sein, als ich bin.«

»Wissen Sie, wie diese Julia mit Nachnahmen heißt?«

Sie zuckte die Schultern. »Julia, eben. Wir nannten uns immer nur beim Vornamen.«

»Na gut. Erzählen Sie weiter. Geben Sie mir irgendeinen Anhaltspunkt, mit dem ich was anfangen kann! Irgend etwas Konkretes, sonst hat das Ganze doch überhaupt keinen Wert! Warum begreifen Sie das nicht!«

Solange sie von sich sprechen durfte, hatte es sie erleichtert, aber jetzt übte er Druck aus. Und sie flüchtete.

»Ich habe alles gesagt. Meine Zigaretten sind auch alle. Jetzt gehe ich.«

Velsmann blickte zerstreut auf den Bildschirm. Das Protokoll hatte er. »Nur noch eine Frage. Was ist mit Marlene? Welche Beziehung haben Sie zu der Frau von Hirschgraben?«

Nena sagte schnell: »Marlene ist in Ordnung. Sie hat nur diese ständigen Depressionen. Dann ist sie völlig unansprechbar. Aber wir haben alle unsere Macken. Ich bin manchmal auch völlig abgedreht. Dann könnte ich nur noch töten.«

»Wie bitte?«

»Ich rede nur so daher! Haben Sie noch nie so was gedacht? Haben Sie noch nie gedacht: Den bringe ich um!«

»Das steht jetzt nicht zur Debatte. Ich bin Polizist.«

»Kann ich jetzt bitte gehen?«

»Natürlich, Nena. Sie sind ein freier Mensch!«

»Danke. Und alles, was ich gesagt habe, bleibt zwischen Ihnen und mir! Es bleibt unser Geheimnis. Erst wenn ich meine Einwilligung gebe, und das muß nicht durch Worte sein, dürfen Sie es weitergeben!«

»Versprochen.«

»Darf ich Sie anrufen?«

»Ich würde mich freuen.«

Als sie ging, tat es Martin Velsmann leid. Es sind die Worte, die uns trennen, dachte er. Aber was haben wir darüber hinaus? Können wir in die Gehirnwindungen des anderen eindringen? Natürlich nicht. Und wenn wir es könnten, kämen wir seinem Geheimnis auch nicht näher.

Er fluchte leise. Was gibt es, dachte er, um einen anderen Menschen zu verstehen, um ihm nahe zu sein? Vielleicht den Liebesakt, doch wenn der vorbei ist, spürt man die Einsamkeit und Leere um so stärker. Wir sind einfach füreinander Fremde. Irgend etwas an uns ist völlig falsch konstruiert.

Aber wie ein Tier hat sie sich nun wirklich nicht aufgeführt, dachte Martin Velsmann. Das, was sie gestern nacht im Hotel gesagt hat, war wahrscheinlich nur ein Satz zum Eingewöhnen. Eine Art abschreckender Visitenkarte, um Angriffe im Keim zu ersticken. Angriffe schien diese junge Frau in der Tat jederzeit zu erwarten.

Er seufzte und rief den Psychiater in Orb an.

Überraschenderweise war er sofort am Apparat, ein Sekretariat schien der Professor nicht zu besitzen. Martin Velsmann erklärte ihm, worum es ging.

Der Arzt schwieg einen Moment. Dann sagte er: »Dann müssen Sie schon zu mir kommen. Am Telefon kann ich nicht über Patienten sprechen.«

»Aber wir ermitteln in einem Mordfall.«

»Tut mir leid. Wir haben unsere Vorschriften. Oder geben Sie am Telefon Auskünfte über Verdächtige?«

Velsmann notierte die Adresse. Er stutzte einen Moment, als er begriff, daß es sich um die Klinik handelte, von der Nena gesprochen hatte. Dort arbeitete also ihr Psychiater. Das hatte sie ihm nicht gesagt. Aber war es wichtig? Er ließ sich den Weg erklären und kündigte sich für die nächsten zwei Stunden an.

Bevor er losfuhr, nahm er sich noch einmal das Protokoll vor. Er versuchte, sich auf Wortwahl und Rechtschreibung zu konzentrieren. Immer wieder blieb er am Inhalt des Geschilderten hängen. Es war unfaßbar. Seine Gedanken schlugen Kapriolen. Er mußte sich mit Gewalt von dem bizarren Bild losreißen, daß diese Lebensbeichte ihm bot.

Das war nicht ein Leben – es waren mehrere sich überlagernde Leben. Und das war der Punkt, an dem er diesem Protokoll tief mißtraute.

Eine halbe Stunde später saß er im Auto. Während der Fahrt nach Süden in die Waldregion des Spessart konnte er nachdenken. Im Moment schien noch alles reichlich verworren. Nichts paßte zusammen. Nenas Schilderungen gaben Einblicke in einen Bereich, von dem er nur ahnen konnte, daß er auch mit dem Mord im Erlebnispark zu tun hatte, doch er mußte schon weit ausholen, um beides zusammenzubringen. Die konkreten Spuren dagegen waren dürftig.

Immerhin hatte er Witterung aufgenommen und hielt doch ein paar Fäden in der Hand, die irgendwohin führten. Vielleicht war einer dabei, an dem wirklich etwas Brauchbares hing.

Im Moment ergab es jedenfalls keinen Sinn, irgendwelche Indizien auszugrenzen. Er mußte das Verdachtsmodell im Gegenteil so weit wie möglich spannen. Es war wie Hochseefischen mit übergroßen Netzen in der Hoffnung, daß ein Heringsschwarm sich verfing.

Von dem Gastwirt in Huttenstein hatte er allerdings nur harmlose Dinge erfahren. Er hatte ihn beim Bezahlen der Rechnung nach Nena ausgefragt. Für ihn war sie nur ein Gast, der schon ein paarmal im Hotel übernachtet hatte. Andere junge Frauen? Ein paar Durchreisende. Aber nichts, was die Version von Markus Hirschgraben bestätigt hätte. Martin Velsmann nahm sich vor, dem Wirt dennoch die Fotos der ermordeten Julia vorzulegen. Vielleicht war sie schon einmal in Huttenstein aufgetaucht.

Die Klinik lag am südlichen Ortsrand. Velsmann mußte den Kurort ganz durchqueren, was bei dem einsetzenden Feierabendverkehr nur langsam ging. Schließlich kam er zur angegebenen Adresse und sah die Klinik. Sie lag unscheinbar an einer leichten Anhöhe. Die dicken Mauern um das Gelände verwunderten ihn. Am Eingang stand ein Pförtner, dem er Namen und Anliegen nennen mußte, dann durfte er auf den Parkplatz fahren. Zwei ältere Männer mit großen, bleichen Blumensträußen in der Hand nahmen zu Fuß den gleichen Weg und verschwanden durch die gläserne Eingangstür.

Martin Velsmann stellte das Auto ab und trat in die Vorhalle. Die beiden Besucher gingen gerade durch eine Schwingtür zur Linken in einen flachen Gebäudeteil, der hinter ihnen sofort von einem Angestellten in dunkelblauer Uniform geschlossen wurde.

Hinter einem Tresen empfing ihn eine freundliche junge Frau in einem dunkelgrünen Kittel, zu dem sie einen orangefarbenen Seidenschal trug. Sie wies ihm den Weg in den zweiten Stock. Velsmann ging nach rechts und benutzte die geschwungene Treppe.

Stimmung und Atmosphäre im Gebäude waren irgendwie unwirklich. Er blickte sich um. Kein Mensch war zu sehen, weder Patienten noch medizinisches Personal. Nicht einmal die sonst in Krankenhäusern üblichen mit Eimern und Mops bewaffneten Reinigungskräfte ließen sich blicken.

Professor Heinrich besaß ein großes, mit viel Grün eingerichtetes Büro. Im Nebenzimmer saß eine Schreibkraft, aber sie war offenbar nicht für das Telefon zuständig, denn der Arzt nahm bei jedem Klingeln den Hörer ab und ließ sich Zeit, während Martin Velsmann warten mußte.

»Also«, sagte der Psychiater schließlich. Er war ein auffallend kleiner und untersetzter Mann mit einem nach oben gebogenen Schnauzbart und fast kahlem, eckigem Schädel. »Was kann ich für Sie tun?«

»Es geht um Ihre Patientin Nena Raikiinen. Sie hat in Fulda eine freiwillige Aussage gemacht, die mich zu Ihnen führt. Frau Raikiinen behauptet, von Ihnen betreut zu werden.«

»Das stimmt.«

»Frau Raikiinen war Insassin dieser Klinik?«

»Ja. Zwei Jahre lang. Zwischen 1997 und 1999.«

»Können Sie darüber sprechen, an welcher Krankheit sie litt?«

»Das kann ich, wenn auch nur in groben Zügen. Ich muß dazu nicht einmal in die Akten sehen. Denn d...dieser Fall war außergewöhnlich.«

Martin Velsmann bemerkte, daß der Psychiater einen Sprachfehler hatte, er stotterte bei bestimmten Konsonanten.

»Erzählen Sie davon, soweit Sie es verantworten können.«

»Frau Raikiinen ist das, was wir eine multiple Persönlichkeit nennen. Sie besitzt kein eindeutiges Ich-Profil. Etwas in ihrer Vergangenheit hat sie mehrfach zerbrochen.«

Velsmann versuchte, die Worte des Psychiaters mit dem zu verbinden, was Nena ihm erzählt hatte. Er fragte: »Konnten Sie sie heilen?«

»Ja und nein. Sie wurde entlassen, weil sie k...eine Gefahr mehr darstellt. Weder für sich noch für andere. Aber reparieren kann einen solchen Schaden niemand. Frau Raikiinen hält sich regelmäßig bei uns zur Beobachtung auf. Das war die Auflage.«

»Was meinen Sie damit, wenn Sie sagen, sie stelle jetzt keine Gefahr mehr dar? War sie denn gefährlich?«

»Ja. Vor allem für sich natürlich. Zerb...rochene Persönlichkeiten wie sie neigen zu selbstzerstörerischen Handlungen. Sie sind in Suizidgefahr. Und es muß nicht einmal einen Grund dafür geben. Sie hassen sich selbst.«

»Ich hatte bei dem Gespräch in der Dienststelle den Eindruck, Frau Raikiinen fürchte sich vor etwas.«

»Es ist eine Furcht, die aus dem Inneren kommt. Das muß k...keinen äußeren Grund haben.«

»Sie sprach von Männern, die sie gequält und vergewaltigt haben.«

»Ja. Ich weiß. Nun, es ist nicht die Aufgabe des Psychiaters, den Wahrheitsgehalt dieser Erinnerung zu überprüfen. Uns interessiert nur die Auswirkung. Und die läßt sich nur als seelischer Scherbenhaufen begreifen. Nena Raikiinen ist ein Spiegel, der blind geworden ist. Ein zerborstener Spiegel. Mit Scherben, die ihr sehr weh tun.«

»Stellt sie eine Gefahr für ihre Umgebung da?«

»Darüber kann ich nicht sprechen. Wie gesagt, sie ist ja frei und lebt ihr eigenes Leben. Mir ist keine Klage zu Ohren gekommen. Solange sie die Auflagen einhält, haben wir keinen Grund, sie einzuschränken.«

»Sie arbeitet wahrscheinlich ungemeldet als Prostituierte. Ich überlege, ob ich sie nicht festsetzen soll.«

»Das interessiert mich nicht. Ihr Gewerbe oder die Verpflichtungen der Polizei beeinflußen ihr Krankheitsbild überhaupt nicht. Ich rate allerdings davor ab, gegen sie Gewalt anzuwenden. Das könnte dann tatsächlich dramatische Auswirkungen haben.«

»Frau Raikiinen sprach von okkulten Praktiken, an denen sie beteiligt gewesen sein will. Von Orten wie der Wewelsburg, wo man sie offenbar im Zusammenhang mit irgendwelchen Ritualen mißbraucht hat. Teufelskult, Blut, ekelhafte Sachen. Glauben Sie, daran könnte etwas Wahres sein?«

»Das weiß ich nicht. Darüber zu spekulieren überstiege meine K...kompetenz. Irgend etwas muß allerdings in ihrer Vergangenheit passiert sein. Sonst ließe sich ihr Zustand nicht erklären.«

»Wir haben im letzten Winter im Kinzigtal mehrere Fälle von Satanismus gehabt. Deshalb bin ich sehr hellhörig geworden. Und wir haben einen Mord in Stahlau. Eine weibliche Leiche mit dreiunddreißig Messerstichen im Leib. Deshalb wäre ich Ihnen dankbar, wenn Sie sich anstrengten, mir etwas Brauchbares mitzuteilen.«

Der Psychiater blickte ihn ausdruckslos an. »Ich mache keine P...olizeiarbeit, ich versuche nur, schwerkranken Menschen zu helfen.«

Martin Velsmann sagte: »Frau Raikiinen erzählte von einem verwirrten Leben. Vieles an ihrer Aussage, auf deren Einzelheiten auch ich übrigens nicht eingehen darf, kann einfach nicht stimmen. Soviel kann eine einzelne junge Frau von achtundzwanzig Jahren nicht erlebt haben.«

Das Telefon klingelte. Professor Heinrich hob die Hand und nahm den Hörer ab, als erwarte er eine konspirative Nachricht. Er lauschte eine Weile in die Hörmuschel und legte dann wieder auf. Dann blickte er seinen Besucher abwesend an. Schließlich sagte er: »Was ich sagen kann, bezieht sich jetzt nicht auf Nena Raikiinen. Ich meine es ganz allgemein. Ziehen Sie also bitte keine falschen Schlüsse daraus. Multiple Persönlichkeiten sind Menschen, die gepeinigt wurden. Wir kennen das aus den deutschen Archiven, die sich mit den Folterkellern der Gestapo, den Konzentrationslagern beschäftigten. Die Wahrnehmung von Menschen, die über einen langen Zeitraum gequält wurden, muß aus Selbstschutz verzerrt sein. Was ist Wahrheit, was psychopathische Lüge? Das ist der Grenzbereich, mit dem ich mich ständig beschäftige. Es k...kommt vor, daß sich Leute mit traumatischen Erlebnissen unbewußt eine falsche Erinnerung konstruieren. Und es kann sein, daß sie dann falsche Schuldige suchen. Dann entstehen unter Umständen Bilder eines prototypisch Bösen. Je böser, desto sinnvoller für den Kranken.«

»Sie meinen also, Frau Raikiinen reime sich vieles zurecht.«

»Ich spreche nicht von Frau Raikiinen! Das d...ürfte ich mit diesen Einzelheiten gar nicht. Ich meine das allgemein. Ich breite praktisch vor Ihnen einen Querschnitt durch solche Krankheitsprofile aus, die sich allesamt in diesen Punkten ähneln. Die Klinik hier ist voll mit solchen Menschen. Alle haben dieses Problem, ein tiefes Trauma kompensieren zu müssen. Nehmen Sie es einfach so hin.«

»Aber kann jemand, der eine multiple Persönlichkeit ist, plötzlich rückfällig werden, unkontrollierbar?«

»Was heißt rückfällig? Zurück in welchen früheren Zustand? Frau Raikiinen hat ja nichts verbrochen. Die Verb...rechen sind an ihr begangen worden.«

»Jetzt sprechen Sie von Nena. Ich meinte es allgemein.«

»Seien Sie nicht spitzfindig, Herr Kommissar. Worauf wollen Sie hinaus?«

»Jemand mit einem so komplizierten Persönlichkeitsbild, müßte der nicht ständig unter Kontrolle sein? Ich weiß, daß es Fälle gab, in denen psychisch Kranke ausrasteten. Sie übten völlig unvorbereitet unmotivierte Gewalt aus. Hinterher kam die Frage auf, wieso sie überhaupt frei herumlaufen durften.«

»Ich sagte ja, es ist ein Grenzbereich. Aber wollen Sie entscheiden, ob Sie einen Menschen festsetzen, der überhaupt nichts angerichtet hat, nur weil er psychische Probleme hat?«

»Ich weiß, das sind schwierige Fragen. Und ich bin froh, daß ich nicht darüber zu entscheiden habe.«

Der Arzt schnellte in seinem Schreibtischsessel nach vorn. »Sollte es für Ihre Ermittlungsarbeit konkrete Fragen geben, die ich aus den Krankenakten beantworten kann, dann rufen Sie mich jederzeit an. Jederzeit, hören Sie!«

»Noch eine Frage. Frau Raikiinen scheint mit einer weiteren Patientin von Ihnen befreundet zu sein – Marlene Hirschgraben. Sie kennen sie?«

Professor Heinrich überlegte auf eine Art, die Velsmann gekünstelt vorkam. Dann sagte er: »Die beiden sind befreundet? Das ist mir neu. Ja, ich kenne Frau Hirschgraben. Sie war Insassin. Ich glaube, es handelte sich bei ihr um depressive Störungen, eine familiäre Mißbrauchsgeschichte. Einzelheiten müßte ich heraussuchen.«

»Das ist im Moment nicht nötig. Ich wäre Ihnen aber dankbar, wenn Sie uns die Akten beider Patientinnen, soweit Sie es verantworten können, zur Verfügung stellen könnten.«

»Dazu b...enötige ich ein Amtshilfeersuchen der zuständigen Staatsanwaltschaft.«

»Das besorge ich. – Vielen Dank.«

Als Martin Velsmann hinunterging, hatte er das Gefühl, er taste sich im Dunkeln mit ausgestreckten Händen Schritt für Schritt vorwärts, immer gewärtig, gegen eine Wand zu laufen.

Will ich überhaupt wissen, was sich da abspielt? dachte er. Ich will kein Experte für solche Krankheiten werden.

Er zog sein Handy aus der Tasche und rief seine Kinder an. Laila berichtete, daß Tibor in das astronomische Museum am Universitätsplatz gegangen sei. Sie selbst sei gerade aufgewacht und wolle gleich Gemüse einkaufen.

»Geht's dir gut, Schatz?« fragte Martin Velsmann.

»Ich brauche neue Schuhe. Gibt es hier ein Foot Locker? Kann ich mir ein Paar kaufen? Meine alten ätzen mich echt an.«

»Geh nur, und kauf dir welche. Du wirst in der Innenstadt schon einen passenden Laden finden. Ich kenne mich da nicht aus. Oder hast du kein Geld? Ich gebe dir das Geld später zurück.«

»Okay. Dann suche ich mal was Passendes. Bis später, Papa!«

Martin Velsmann war froh, daß es in der Welt ganz einfache, kleine Dinge und Befürfnisse gab. Neue Turnschuhe. Läden, in denen man Gemüse und Fleisch fürs Abendessen einkaufen konnte. Ausländische Verkäufer auf dem Markt am Rathaus, die ihre Äpfel und Nektarinen liebevoll polierten, bis sie verführerisch glänzten.

Er stieg ins Auto. Als er im Präsidium anrief, berichtete Tosca Poppe, Nena Raikiinen habe sich noch einmal gemeldet. Sie habe nachgefragt, ob sie eine Nacht im Polizeigefängnis verbringen könnte.

Martin Velsmann wollte nicht seinen Timer aus der Aktentasche ziehen und ließ sich ihre Nummer geben. Er ließ es lange klingeln, dann wurde er in die Mailbox geleitet.

Er überlegte. Gab es eine neue Situation? Wenn die junge Frau eine solche Frage stellte, mußte sie einen bestimmten aktuellen Grund dafür haben.

Vielleicht wuchs die Bedrohung, der Nena sich ausgesetzt fühlte. Vielleicht war es auch nur ihrer psychischen Unausgeglichenheit zuzuschreiben, daß sie jetzt, ein paar Stunden nach ihrem Gespräch im Präsidium, bei dem Velsmann sie auf diese Möglichkeit hingewiesen und sie entrüstet abgelehnt hatte, auf eine solche Idee kam.

Sie ist sprunghaft, dachte er. Das zumindest ist ein deutlicher Charakterzug.

Er rief noch einmal an. Sie war nicht zu erreichen. Er nahm sich vor, es im Stundentakt immer wieder zu versuchen.

Im Präsidium setzte er sich noch einmal an den Computer und sah sich das Gesprächsprotokoll an. Er begriff, daß er mit all diesen Aussagen nichts anfangen konnte, solange Nena ihm keine konkreten Angaben machte. Vorher konnte er sie auch nicht schützen.

Aber brauchte sie überhaupt Schutz?

Etwas ist nicht nur für sich da, sondern verdeckt auch etwas anderes.

Er beorderte seine beiden Assistenten zu sich. Tosca hatte ihn schon die ganze Zeit über angeblickt, als platze sie vor Neugier. Martin Velsmann weihte beide in die Einzelheiten ein, die er erfahren hatte. Tosca machte Gesten, als wolle sie sagen: Na also, habe ich doch schon längst gewußt! Alfons Freygang ließ Euromünzen durch seine Finger wandern.

Martin Velsmann schloß nach einer Weile. »Meine größte Sorge ist, daß wir es jetzt wieder mit irgendwelchen Sekten zu tun haben, mit Ritualmördern, mit Satanismus ... Ich glaube, dann packe ich meine Koffer.«

Tosca Poppe sagte: »Luzifer war der Engel, der ›Non Serviam‹ sprach ...«

»Oh, unsere Tosca«, sagte Freygang.

»… das heißt: ›ich werde nicht dienen‹«, fuhr sie mit einem giftigen Seitenblick fort. »Diese Haltung ist bei den Kids in meiner Heimat hochlebendig. Warum sollen nicht inzwischen auch im Westen irgendwelche Spinner so denken? Ritualmörder, Spaßmörder, Kein-Bock-Mörder!«

»Willst du damit sagen, sie bringen sich aus Jux und Langeweile gegenseitig um?«

»Würde mich nicht wundern.«

»Nonsens«, sagte Freygang. »So was kennen wir doch aus der harmlosen Popkultur. Tu, was du willst, haben schon die Rolling Stones gepredigt, und alle, von Pink Floyd bis Jimmy Cliff, haben es nachgesungen. Lies mal Michael Endes Unendliche Geschichte oder meinetwegen Samuel Beckett – überall: Tu, was du willst. Übersetzt: Ich werde nicht dienen. Was hat das mit Satanismus zu tun?«

»Mein Gott, Alfons, Satanisten berufen sich nun mal nicht auf Pink Floyd, sondern auf Luzifer. Er ist es, der diesen Satz als allererster sprach. Verstanden?«

»Aber daraus gleich zu schließen, es gäbe eine geheime Sekte, vielleicht sogar eine Art Todesschwadron – ich weiß nicht.«

»Mal langsam«, wandte auch Martin Velsmann ein. »Bisher haben wir es ja nur mit einer einzigen Leiche zu tun. Und ich hoffe, es bleibt auch dabei. Was Nena Raikiinen mir erzählt hat, steht ja auf einem anderen Blatt. Zwischen den beiden Vorgängen sehe ich noch keine Verbindung, auch wenn sich die beiden Frauen offenbar kannten. Es gibt im Moment nur einen rein zeitlichen, also äußerlichen Zusammenhang. Das sollten wir nicht durcheinanderbringen. Obwohl mir diese merkwürdige Gemeinsamkeit der Herkunft Kummer bereitet. Warum kommen beide aus Karelien? Was ist mit Karelien? Irgendwas ist da im Busch. Ich kann es nur noch nicht sehen.«

»Unsere Welt ist doch voll mit Ritualspinnern!« erklärte Tosca. »In Thüringen gibt es Selbstmord-Foren im Internet, die jährlich mehrere Kinder und Jugendliche das Leben kosten. Sie kündigen ihren Freitod an und feiern ihn dann. Außerdem kenne ich die Rituale der Dark-Wave-Szene und der Gothic-Welt. Was meint ihr, was da abläuft! Die haben einen derartigen Hang, sich in allem zu wälzen, was nach Tod riecht – es ist krank.«

»Ich glaube nicht an dieses Zeug«, verkündete Freygang. »Letztlich sind es immer hochkriminelle Hintergründe gewesen, die zählten. Geld, Einfluß, Macht. Alles andere ist nur Ablenkung. Stimmt doch, Chef?«

Martin Velsmann sagte: »Es ist schon richtig, daß wir uns nicht in die Irre führen lassen dürfen durch Details wie dreiunddreißig Messerstiche. Es kann sich dabei durchaus um eine falsche Fährte handeln. Nachgehen müssen wir ihr trotzdem. Wir dürfen uns auf keinen Fall den Blick auf die Tatsachen verstellen lassen. Im Moment haben wir noch gar nichts in der Hand, mit dem wir es uns leisten könnten, bestimmte Hypothesen auszuschließen.«

»Hubert Gell hat beschlossen«, sagte Tosca, »für morgen mittag eine Pressekonferenz einzuberufen.«

»Wie schön, daß ich nebenbei davon erfahre«, sagte Velsmann.

»Ich habe den bisherigen Stand der Dinge auf diesen Blättern zusammengefaßt, wenn Sie einen Blick drauf werfen würden? Falls Sie es absegnen, haben Sie zumindest für morgen eine Grundlage in der Hand.«

Velsmann beschloß, die Beschäftigung mit Nena Raikiinen erst einmal zurückzustellen. Zwar hielt ihn eine eigentümliche Faszination davon ab, aber er mußte den Mord an dieser

Julia aus Mikkeli aufklären. Dafür brauchte er vorzeigbare Fortschritte. Es war außerdem an der Zeit, daß die finnische Polizei ihm zuarbeitete. Vielleicht sollten sie auch Interpol einschalten. Er mußte alles über die Tote in Erfahrung bringen.

Tosca brachte ihm die nötigen Adressen. Dann formulierte er ein Fax in englischer Sprache und schickte es ins finnische Mikkeli. Da er den Nachnamen der Toten nicht in Erfahrung gebracht hatte, glaubte er nicht, rasch eine Antwort erwarten zu können. Deshalb verabschiedete sich Martin Velsmann aus dem Amt. Tosca Poppe würde bis zwanzig Uhr im Büro bleiben und ihn über Neuigkeiten auf dem Laufenden halten.

Martin Velsmann ging hinaus. Die Hitze stand in den Straßen. Von der Rhön her kamen dunkle Wolken herüber. Vielleicht gibt es endlich ein reinigendes Gewitter, dachte er. Einen richtigen Regen könnten wir alle gebrauchen.

Dann dachte er nur noch an seine Kinder.

5.

Noch bevor Martin Velsmann begriff, was er da in der Hand hielt, machte er andere Wahrnehmungen.

Er sah, daß die Gewitterwolken schon wieder abgezogen waren. Aus einem blauschwarzen Himmel waren ein paar schwere Tropfen gefallen, dann stieg die Sommerhitze schon wieder wie eine Brandmauer. Abkühlung brachten nur regelmäßige, kalte Duschbäder, aber auch das Waschwasser begann allmählich, lauwarm zu werden.

Martin Velsmann sah, daß Laila und Tibor die Straße herunterkamen. Es war ihr letzter Tag in Fulda, und sie hatten am Morgen trotz einer Ozonwarnung eine Jogging-Runde durch den Schloßpark eingelegt. Jetzt liefen sie schweißtriefend aus und winkten zu ihm empor. Er stand am Fenster wie ein Wächter über alle Dinge, aber er fühlte sich müde. Seine Kinder in seiner Nähe zu sehen bereitete ihm Glücksgefühle, doch sein Alltag verlor in Hitze und Anspannung alle freundlichen Farben.

Er öffnete die Wohnungstür. Dann griff er wieder zu dem braunen Päckchen. Der Postservice hatte es am frühen Morgen gebracht. Es trug keinen Absender. Ein längliches Stück. Vielleicht ein Buch. Als er die Verpackung aufriß, sah er, daß es sich um eine Videokassette handelte.

Mit unguten Gefühlen wendete Martin Velsmann die Kassette hin und her. Sie trug keinen Aufdruck.

Die Kinder kamen herein und ließen sich prustend auf das Sofa fallen.

»Ab unter die Dusche!« rief Martin Velsmann.

»Geh du zuerst«, bot Tibor seiner Schwester großzügig an.

Laila verschwand hüftwackelnd im Bad.

Velsmann legte die Kassette in den Recorder. Es flimmerte auf dem Fernsehschirm. Dann tauchte ein Bild aus dem Halbdunkel auf. Er sah einen Raum. Die Kamera schwenkte. Dann sah er einen nackten Arm. Eine offene Wunde. Eine geballte Faust.

Er ahnte langsam, was ihn erwartete.

Er stoppte das Band mit der Fernsehbedienung. Sein Sohn war neugierig geworden.

»Was schaust du dir an? Einen Porno?«

»Nein, nichts. Polizeimaterial. Ich werde es später ansehen, wenn ich euch zum Zug gebracht habe. Es ist nichts für Kinderaugen.«

»Du hast eine Ahnung! In Mecklenburg dienen Hardcore-Pornos sogar als Unterrichtsmaterial in der Schule.«

»Ist das wahr? In welchem Fach denn?«

»Sozialkunde. Und im Internet haben wir längst freien Zugang zu Pornografie mit Kindern und Tieren. Was es da alles gibt!«

Erschüttert sagte Velsmann: »Und du schaust dir das an?«

»Na klar! Ich muß doch wissen, was mich als Erwachsener erwartet.«

»Als Erwachsener erwartet dich auch, deine Aufgaben zu erfüllen. Wie steht es damit?«

»Alles bestens. Mama sagt immer, ich sei viel zu fleißig. Ich soll rumhängen, gar nichts tun, das sei angemessen für mein Alter. Mir macht aber mehr Spaß, was zu tun.«

»Ihr spielt noch Streetball?«

»Jedes Wochenende. Ich laufe viel und schwimme.«

»Hast du nicht Lust auf Tennis? Dann könnten wir mal ein Match riskieren.«

»Wie denn? Du schlägst in Fulda auf, und ich returniere in Barth, oder wie?«

»Wir werden schon Gelegenheit haben, auf demselben Platz zu stehen, mein Kluger.«

»Weiß nicht. Dafür bin ich wohl schon zu alt.«

»Na hör mal! Mit siebzehn!«

»Siebzehn ist ein Jahr vor achtzehn. Dann geht alles rasend schnell bergab.«

»Wie du meinst. Laila kommt aus dem Bad.«

Tibor verschwand. Laila trocknete sich die Haare ab. »Echt

schön eine Dusche. In Mecklenburg ist es auch heiß. Aber hier? Puh!«

»Spielst du Tennis, Laila?«

»Squash. Wir haben ein Mittelpunkt-Sportcenter im Ort. Da spielen praktisch alle. Papa? Kommst du bald nach Barth?«

»Ja, meine Kleine. Irgendwann in diesem Sommer besuche ich euch.«

»Ich meine, richtig. Um mit uns zusammenzusein.«

»Das hat deine Mutter auch vorgeschlagen. Ich bin aber hier in Amt und Würden. Hier laufen Mörder herum, die nur von mir persönlich dingfest gemacht werden wollen. Ich kann nicht vor ihnen davonlaufen.«

»Schade.«

»Ich sehe aber Lichtblicke. In ein oder zwei Jahren beende ich den Dienst und gehe in den Vorruhestand. Das heißt, wenn unsere Finanzexperten, Gesundheitsgurus und die Wirtschaft uns das gestatten. Dann komme ich nach Barth, und wir leben zusammen und gehen uns auf die Nerven.«

»Cool!«

Die Kinder packten. Martin Velsmann warf verstohlene Blicke auf die Videokassette. Er würde sich das Band erst ansehen, wenn er allein war. Die ersten Bilder hatten ihm schon zugesetzt.

Als sie im Auto zum Bahnhof fuhren, waren die Kinder einsilbig. Sie sahen angestrengt nach draußen. Wären sie lieber noch in Fulda geblieben? Martin Velsmann hatte es ihnen angeboten, doch sie beharrten darauf weiterzufahren. Am Bodensee fand ein Skatertreffen statt. Dann ging es nach Rom und auf eine Italienrundreise. Martin Velsmann fand es beruhigend, daß Bildung in den Planungen seiner Kinder eine

Rolle spielte. Er hätte es allerdings auch akzeptiert, wenn sie den ganzen Sommer über skaten würden.

Der Abschied war kurz und herzlich. Sie standen einen Moment zu dritt auf dem Bahnsteig und hielten sich umarmt. Martin Velsmann spürte etwas Unzerstörbares in dieser Berührung. Neue Kraft durchströmte ihn. Er war so dankbar und glücklich darüber, daß er Laila und Tibor noch Geld für ein paar Extras zusteckte. Gleich darauf fand er seine Reaktion unangemessen und ärgerlich, aber da fuhr der Zug schon aus dem Bahnhof. Die Kinder winkten im offenen Fenster, so lange es ging. Dann verschwand der Zug in einer Linkskurve.

Martin Velsmann blieb einen Moment wie betäubt in der Vormittagshitze stehen. Er fühlte sich so allein wie schon lange nicht mehr. Nein, Einsamkeit brauchte er wahrhaftig nicht. Er sehnte sich so nach seiner Familie, daß er sich für einen Moment zusammenkrümmte. Sein Kopf begann zu schmerzen. Verdammter Mist, dachte er. Dann riß er sich zusammen und fuhr in seine Wohnung zurück.

Er schaltete Recorder und Fernseher ein, setzte sich in den Sessel und ließ die Kassette laufen.

Hinterher saß er lange da und rührte sich nicht. Er spielte für Momente ganz ernsthaft mit dem Gedanken, alles hinzuwerfen. Was für eine Erlösung wäre das! Er würde packen, einen Schrieb formulieren, in dem er den Dienst quittierte, und losfahren. Am Abend wäre er am Meer. Bei Andrea. Sie würden sich gemeinsam den Sonnenuntergang anschauen. Alles würde reingewaschen.

Er würde den Schmutz abstreifen. Und endlich das Gefühl haben zu leben.

Aus diesen Gedanken riß ihn das Telefon.

Es war Nena Raikiinen.

»Hat es Sie angemacht?« fragte sie.

»Wo sind Sie?« Martin Velsmann schrie es fast.

»Jedenfalls nicht zu Hause«, sagte sie.

»Geht es Ihnen gut?«

»Das sollten Sie wissen, wenn Sie das Band gesehen haben.«

»Nena, was ist los? Das ist doch alles grauenhaft! Kommen Sie in die Dienststelle! Ich beschütze Sie, wenn Sie wollen, rund um die Uhr! Oder wir treffen uns in Ihrer Wohnung! Sagen Sie mir, was ich für Sie tun soll!«

Martin Velsmann spürte etwas in sich, das er nicht für möglich gehalten hatte. War es ein Liebesgefühl? Ein Beschützerinstinkt? Er wollte mit dieser Frau zusammensein. Er hatte das Bedürfnis, sie zu umarmen und festzuhalten, obschon sie seine Tochter hätte sein können.

Verdammter, sentimentaler Spießer, beschimpfte er sich selbst. Du hättest deine Kinder nicht abreisen lassen dürfen. Jetzt machen deine Sehnsüchte mit dir, was sie wollen.

Sie sagte: »Wenn es Ihnen gefallen hat, schicke ich Ihnen mehr davon! Es gibt da noch ganz andere Sachen! Viel schärfere!«

»Nena, sagen Sie mir, wo ich Sie treffen kann! Sie sind in Gefahr! Irgendwann geht jemand zu weit, und dann ist es aus mit dem Spaß! Wenn man dabei überhaupt von Spaß reden kann. Ich werde mit diesem Zeug Schluß machen, das verspreche ich Ihnen!«

»Hören Sie, Kommissar. Sie gehen von falschen Vorstellungen aus. Haben Sie mich schön gefunden? Nur darauf kommt es doch an! Fanden Sie mich geil? Sind Sie scharf auf mich?«

Martin Velsmann biß sich auf die Lippen. Das konnte nicht wahr sein.

»Nena, verdammt noch mal, ich verbiete Ihnen, so zu reden! Sie sind nicht in der Situation, dies alles auf die leichte Schulter zu nehmen! Was ist nur mit Ihnen los?«

»Schade, mein Kommissar. Es könnte schön sein.«

Martin Velsmann atmete tief durch. Er fühlte sich alt und müde. Dann sagte er: »Ich verstehe. Sie treiben Ihr Spiel. Ich kann Sie nicht daran hindern. Seien Sie vorsichtig. Das kann schnell zu Ende sein. Dies ist eine Dimension des Verbrechens, der Sie garantiert nicht gewachsen sind! Lassen Sie uns das übernehmen!«

»Ach, mein Kommissar ...«

»Nena, Herrgott, ich will Sie da rausholen!«

»Das wäre schön«, sagte sie langsam, »aber dafür ist es zu spät. Es ist zu spät für romantische Gefühle. So ist mein Leben nicht. Es ist niemals schön gewesen. Jetzt ist es echt die Hölle. Das heißt – manchmal. Manchmal genieße ich es auch. Zum Beispiel bei der Vorstellung, Sie sehen mich und wollen mich.«

»Nena, Sie haben in der Polizeidienststelle angerufen. Sie wollten Schutz. Ich biete Ihnen diesen Schutz. Kommen Sie!«

»Es war nur eine Laune, die vorüber ist. Nein, ich brauche keinen Schutz. Sie wissen doch gar nicht, was wirklich passiert! Schutz wovor? Können Sie sich denn vor Ihren eigenen Höllenhunden schützen? Polizisten halten Gitter für undurchdringlich! Daß ich nicht lache, mein Kommissar! Die wirkliche Gefahr kommt von innen. Verstehen Sie? Von innen!«

Die Verbindung wurde unterbrochen.

Martin Velsmann legte das Handy auf den Tisch. Er wischte sich den Schweiß von der Stirn und versuchte, klar zu denken.

Er ließ das Videoband noch einmal zurückspulen und sah es sich ein zweites Mal an.

Nena saß splitternackt auf einem Stuhl. Fesseln an Armen und Beinen banden sie fest. Die Kamera glitt näher, und sie blickte den Zuschauer an. Ein Mann mit heller Haarfarbe und breitem Rücken machte sich an ihr zu schaffen. Die Kamera filmte so, daß er nicht zu identifizieren war.

Der Mann war vollständig bekleidet. Jetzt löste er ihre Beinfesseln. Er zog ihren Unterleib zu sich heran und vergewaltigte sie. Im immer brutaler werdenden Rhythmus stieß er in sie hinein. Die Kamera näherte sich und fing ihr Gesicht in Großaufnahme ein.

In ihren Augen stand das nackte Entsetzen.

Dann lächelte sie.

Dann verzog sich ihr schönes Gesicht im Schmerz.

Nena blickte den Zuschauer an. Tränen liefen über ihr Gesicht. Sie bebte.

Als der Mann mit ihr fertig war, zog er ein Messer und stieß es ihr in die Brust. Er ritzte ihr Fleisch, bis Blut floß. Er hörte sie schreien. Der Mann leckte das Blut auf, er saugte an ihren Brüsten. Dann griff er grob nach ihrem Hals und würgte sie, bis sie ganz weiß wurde. Er riß ihren Kopf an den Haaren nach hinten und setzte das Messer an ihre Kehle. Der Schnitt, den er ausführte, verletzte sie nicht. Er vollführte ihn nur zum Schein. Dann stieß er ihr noch einmal das Messer in die Brust. Er ließ das Messer fallen. Er leckte ihr Blut. Dann stieß er mit dem Unterleib noch einmal zwischen ihren Schenkeln zu. Wieder und wieder, in einem Stakkato der Gewalt.

Schließlich sank er an ihrem Körper zusammen.

Nena ließ den Kopf hängen. Als sie wieder in die Kamera schaute, war ihr Blick tot. Und ihr Gesicht wie ausgelöscht.

Martin Velsmann fühlte, wie sein eigener Körper schmerzte.

Das Bild erlosch. Nur ein Flimmern blieb übrig. Der Film versank in den Tiefen dieses ekelhaften Universums.

Velsmann schlug die Hände vor das Gesicht.

Er hätte schreien können.

Eine neue Dimension des Verbrechens, dachte er.

Er fühlte sich nicht imstande, etwas anderes zu denken. Und er fühlte sich nicht imstande, den Kampf dagegen aufzunehmen.

Zweiter Teil

Flammen

6.

»Aus Mikkeli? Stellen Sie durch!«

Martin Velsmann hörte ein Rauschen. Er stellte sich vor, daß der Anrufer auf dem Grund eines der hunderttausend finnischen Seen saß. Dann vernahm er eine weit entfernte, knarrende Stimme. Sie sagte in einwandfreiem, aber seltsam betonten Deutsch: »Polizei Deutschland?«

Martin Velsmann nannte Namen, Dienstgrad und Amtssitz. Wieder das Rauschen.

Dann sagte die Stimme: »Hier spricht Polizeihauptmann Evind Jokkelsoi. Wie ich höre, fahnden Sie nach einer Frau namens Julia Raikiinen. Ich kann Ihnen weiterhelfen. Es ist mit Interpol abgestimmt. Ich faxe Ihnen alles, was ich habe. Oder wollen Sie es als elektronische Post?«

»Raikiinen? Sagten Sie, die Frau heiße mit Nachnahmen Raikiinen?«

»Julia Raikiinen aus Mikkeli. Das ist doch die Person, die Sie suchen? Ich habe Ihr Amtshilfeersuchen hier auf dem Tisch.«

»Ihren Nachnamen kannten wir bisher nicht. Ich frage deshalb, weil wir es hier neben Julia Raikiinen auch mit einer gewissen Nena Raikiinen zu tun haben.«

»Wollen Sie auch über Nena Raikiinen Material haben?«

»Haben Sie denn Material über sie?«

»Natürlich. Sie sind ja Schwestern. Es gibt zwei recht ausführliche Akten über die ganze Familie Raikiinen.«

»Die beiden sind Schwestern?!«

»Ja. Sie wohnten bis vor sieben Jahren in Mikkeli. Dann zogen sie Richtung Osten nach Tohmajarvi an der Straße nach Vyartsilya, das liegt schon in Rußland. Danach verlieren sich allerdings ihre Spuren, wie auch die der ganzen Familie. Deshalb legten wir auch Akten an, obwohl sie nicht gegen die Gesetze verstoßen haben. Es erschien uns aber ein paar Nachforschungen wert, daß es in unserer ländlichen Gemeinde eine Familie gibt, in der mehrere Menschen plötzlich verstarben. Oder spurlos verschwanden, wie beispielsweise der Bruder Paavo, von dem wir bis heute nicht wissen, was mit ihm geschah. Wir Finnen sorgen uns eben umeinander.«

»Sie hatten seitdem keine Erkenntnisse mehr über Julia und Nena Raikiinen?«

»Später haben wir noch einen Eintrag der besagt, die Schwestern hätten sich in Deutschland niedergelassen. Irgendwo im Westen Ihres Landes, aber das scheint mir nach den Unterlagen, die ich habe, nicht ganz eindeutig zu sein.«

»Wissen Sie genauer, wo in Deutschland die beiden gewohnt haben?«

»Warten Sie! Hier taucht der Name einer Stadt auf – sagt Ihnen Paderborn etwas?«

»Dorthin zogen die Schwestern?«

»Das wissen wir nicht genau. Wir hatten keinen Grund, nachzuforschen. Es existiert jedoch ein Hinweis. Sie hatten dort offenbar Bekannte. Vielleicht haben sie sich dort sogar angemeldet. Das müßten eigentlich Ihre Einwohnerbehörden besser wissen.«

»Wenn sie legal hergezogen sind, gewiß. Und Sie sind ganz sicher, daß wir von denselben Frauen sprechen? Julia Raikiinen, Nena Raikiinen? Beide etwa achtundzwanzig Jahre alt und Schwestern?«

»Aus Mikkeli. Töchter von Janne und Lizzabet Raikiinen. Andere Raikiinens außerhalb dieser Familie haben wir hier nicht, auch nicht in den angrenzenden Gemeinden. Nena ist ein Jahr jünger. Eine Verwechslung dürfte wohl ausgeschlossen sein. Ich kann Ihnen auf dem Weg der Amtshilfe die Akten zugänglich machen. Stellen Sie den üblichen formlosen Antrag, dann haben Sie in ein paar Tagen alles auf dem Tisch.«

»Julia ist vor ein paar Tagen in Deutschland ermordet worden.«

Wieder das Rauschen in der Leitung. Dann die unveränderte Stimme. »Also lebt in der Familie außer der Großmutter, entfernten Verwandten in Weißrussland und unter Umständen noch dem Bruder nur noch Nena. Sie – ist doch am Leben?«

»Soweit ich weiß, ja. Vom Bruder gibt es offiziell keine Todesnachricht?«

»Nein. Er ist einfach nur verschwunden, angeblich nach Tschetschenien. Das ist eine unglückliche Familie.«

»Was wissen Sie über Nena?«

»Ein wenig, aber ich schicke Ihnen besser die Akten.«

»Kollege Jokkelsoi? Wie ist es in Karelien?«

»Ein wunderschönes Land. Still, friedlich, leer. Wenn man das mag. Im Moment regnet es allerdings. Ziemlich kühl für die Jahreszeit.«

Martin Velsmann stellte sich Regen und kühle Temperaturen vor. »Habt Ihr viel Polizeiarbeit dort oben?«

»Natürlich. Die Finnen besaufen sich jeden Tag. Je jünger, desto heftiger. Wissen Sie, was regelmäßiger Genuß von selbstgebranntem, reinem Alkohol, den man aus Tassen trinkt, anrichten kann? Auf den Straßen geht es dementsprechend zu.«

»Und sonst? Raub, Mord, Totschlag, Vergewaltigungen?«

Velsmann sah förmlich, wie der Beamte auf der anderen Seite energisch den Kopf schüttelte. »Die Finnen sind friedlich. Ein bißchen naiv und kurios, aber freundliche Leute. Sie bringen sich nicht mal selbst um.«

»Herzlichen Glückwunsch!« sagte Martin Velsmann und wunderte sich über den seltsamen Humor des Finnen. Nach ein paar ausgetauschten Floskeln verabschiedete er sich.

Er konnte es nicht begreifen.

Sie waren Schwestern!

Warum hatte Nena ihm davon nichts erzählt?

Martin Velsmann winkte seine Assistenten herein und erklärte ihnen die Sachlage. Tosca vollführte eine Geste mit vorgeneigtem Oberkörper, als erstarre sie vor Überraschung zu Stein. Freygang nahm das Gehörte männlich gefaßt entgegen.

Velsmann sagte: »Sie schreiben das in die Unterlagen. Wir werden weiterhin im Stundentakt rund um die Uhr versuchen, Nena Raikiinen telefonisch zu erreichen. Das machen am besten Sie, Tosca. Ich fahre zu der Anschrift, die sie mir gegeben hat, und versuche, mir die Wohnung anzusehen. Sie lebt angeblich mit einem Freund zusammen, der einen Videohandel betreibt. Ihm werde ich ein paar Fragen stellen. Danach melde ich mich wieder.«

Tosca sagte: »Das kann ich doch machen. Dann sind Sie hier jederzeit ansprechbar.«

Velsmann griff schon nach seiner Tasche und schüttelte nur den Kopf.

Freygang meinte: »Jetzt wissen wir also, daß die Ermordung dieser Julia auch irgendwas mit Ihrer Nena Raikiinen zu tun hat.«

»Ich bin nicht froh drüber, aber meine Beschäftigung mit meiner Nena Raikiinen war zumindest nicht vertane Zeit. Ich kann es nun zumindest rechtfertigen.«

Tosca sagte: »Wenn die Aufklärung des Mordes an Julia über Nena führt, und diesen Verdacht müssen wir jetzt hegen, dann schlage ich vor, daß wir ganz groß nach ihr fahnden. Wir schalten das LKA ein. Die Zielfahnder werden sich sicher freuen, im Sommerloch was zu tun zu kriegen.«

»Wir müssen ein ordentliches Bild von ihr beschaffen, technisch gesehen. Sonst hat eine Fahndung keinen Sinn.«

»Es sei denn, Sie kitzeln Ihre kreative Seite ein bißchen und zeichnen uns eins, Chef«, sagte Freygang. »Sie haben ihr doch ins Gesicht gesehen.«

»Das sollen besser die Kollegen in der Kartei machen.«

»Oder wir warten auf die Unterlagen aus Mikkeli. Vielleicht ist ein brauchbares Bild dabei. Möglicherweise hat diese gelähmte Großmutter, von der Jokkelsoi sprach, ein Fotoalbum.«

»Fragen Sie in Mikkeli nach, Alfons.«

Tosca sagte: »Etwas ist doch seltsam.«

»Tosca hat einen Einfall!« bemerkte Freygang spöttisch.

»Erstens: Wir rücken diesem Markus Hirschgraben auf die Pelle. Denn er und seine Frau wissen doch garantiert mehr als die paar gesellschaftskritischen Betrachtungen in holprigem Deutsch, die der große Publizist zuweilen absondert. Zweitens: Wir müssen uns überlegen, warum Nena Sie in derselben Nacht im Hotel in Huttenstein aufsucht, in der der Mord an ihrer Schwester geschieht. Irgendwas drängt sie geradezu, die Nähe eines Polizisten zu suchen. Das ist doch seltsam, oder?«

Martin Velsmann mußte sich eingestehen, daß er darüber zwar nachgedacht, aber den Gedanken beiseite geschoben hatte. Etwas hatte ihn von den Konsequenzen dieser Überlegung ferngehalten. Er hatte sich eingeredet, es sei Zufall. Wegen Befangenheit abgelehnt, dachte er.

Auf dem Weg nach Künnzell hörte Martin Velsmann im Autoradio, daß die Brände wieder aufloderten. In den Ortschaften östlich von Fulda wurde bereits Vorsorge für eine eventuelle Evakuierung getroffen. Ein Notplan der Regierung wurde ebenfalls angekündigt. In der Nacht war ein Ostwind aufgekommen, der die Flammen entfacht hatte. Es gab die ersten beiden Todesopfer des Feuers zu beklagen, ein ziviles Opfer und einen Feuerwehrmann. Ein Polizeisprecher vermutete, daß jetzt Brandstifter am Werk waren, um die begehrten Ausläufer des Biosphärenreservats durch illegale Brandrodung als Bauland zu gewinnen. Fulda war noch nicht gefährdet.

Velsmann schaute durch die Autospiegel nach hinten. Von Rauchfahnen war nichts zu sehen. Aber die Hitze lag unvermindert über allem. Er spürte, wie sein weißes Sommerhemd schon jetzt durchgeschwitzt war. Er hatte vergessen, Andrea am Telefon zu fragen, ob es auf dem Darß auch so heiß war.

Auf den Straßen war nicht viel Verkehr. Als er die angegebene Adresse erreichte, sah er, daß der Videohandel, von dem Nena Raikiinen gesprochen hatte, sich im selben Haus befand. Martin Velsman blickte an der Hausfassade hoch. Ein schmuckloser, schmutzigweißer Bau mit sieben Stockwerken, die balkonlosen Wohnungen mußten klein sein. Der Laden füllte aber die ganze Breite des Erdgeschosses aus. Über dem Eingang hing ein rotes Schild mit dem schreienden Aufdruck »Home of Entertainment«. In den Fensterscheiben klebten bunte Werbeplakate für die Renner der Saison. Martin Velsmann parkte sein Auto in einiger Entfernung und betrat das Geschäft.

Aus mehreren Fernsehern dröhnten Stimmen und Soundtracks. Jemand schrie um Hilfe. Ein Krachen und Splittern. Dann eine Kinderstimme, die staunend fragte, ob auf diesem Stern alle so aussähen. Hinter der Theke mit der Computerkasse stand ein kräftiger, junger Mann mit kurzen, nach vorn gebürsteten, blonden Haaren. Velsmann erinnerte sich, daß ein populärer englischer Fußballspieler eine solche Frisur trug. Die Augen des Mannes waren groß und dunkel. Sein Gebiß war groß und weiß. Er sagte mit einer Stimme, die zu zerfließen schien: »Tag, der Herr. Was kann ich für Sie tun?«

»Ich suche Nena Raikiinen. Wo kann ich sie finden?«

»Wer sind Sie?«

Martin Velsmann zeigte seinen Ausweis. »Sie sind doch sicher Nenas Freund, mit dem sie zusammenlebt?«

Der Mann zögerte. Dann lächelte er herzlich. »Danilo Wagner. Ja, wir leben zusammen. Wir haben eine gemeinsame Wohnung im ersten Stock, und ich betreibe diese Videothek hier.«

»Wo ist Nena?«

»Hat sie was ausgefressen?«

»Beantworten Sie nur meine Fragen.«

»Ich weiß nicht, wo sie sich herumtreibt. Seit zwei Tagen ist sie verschwunden. Ich weiß nicht, wo sie ist.«

»Und das soll ich Ihnen glauben?«

»Müssen Sie nicht. Ist aber die Wahrheit. Warum soll ich Ihnen was erzählen?«

»Ihre Freundin ist seit zwei Tagen spurlos verschwunden. Und Sie stehen hier und schauen sich Videos an?«

»Das ist mein Job. Ich lebe davon, Videos zu verleihen, und hin und wieder kann ich auch welche verkaufen. Ich muß mich auf dem laufenden halten. Wissen Sie überhaupt, wie viele neue Filme in jedem Monat rauskommen?«

»Sorgen Sie sich nicht um Nena?«

»Sie verschwindet oft. Und kommt dann wieder. Wir führen kein konventionelles Zusammensein.«

»Also eher ein unkonventionelles?«

»Kann man sagen.«

»Was ist sonst noch unkonventionell an Ihrem Zusammensein?«

Danilo Wagner sah ihn mißtrauisch an. Dann sagte er: »Wir fesseln uns nicht. Ich meine, wir engen uns nicht ein. Jeder von uns kann machen, was er will. Jeder hat auch andere Kontakte. Single-Club, Sauna – was eben angesagt ist. Aber das geht Sie schon nichts mehr an.«

»Sie wissen, daß Nena krank ist?«

»Krank war, meinen Sie. Das weiß ich natürlich. Sie hat die Klinik längst verlassen.«

»Der behandelnde Psychiater verriet mir, daß sich Nena regelmäßig bei ihm melden müsse. Wenn sie verschwunden ist, kann sie kaum die Termine wahrnehmen. Das bringt ihr jede Menge Schwierigkeiten ein. Wenn Sie also doch wissen, wo ich Nena finden kann, dann verraten Sie es mir bitte.«

»Ich weiß es nicht, ehrlich. Ich habe den Arzt aber schon angerufen. Nena muß sich erst am Freitag bei ihm melden. Bis dahin wird sie wohl wieder auftauchen.«

Ein Kunde betrat den Laden. Danilo Wagner wandte sich dem Eintretenden eilfertig zu, und Martin Velsmann zog sich zwischen die Regale zurück. Er sah sich um. Das Angebot an Filmen war umfassend. Vor allem Horrorfilme, Action und

Pornos schienen hoch im Kurs zu stehen. Velsmann wartete ab, bis der Kunde sich drei Kassetten herausgesucht hatte und wieder verschwand.

Martin Velsmann sagte: »Ich habe vor kurzem ein Video gesehen, auf dem es hart zur Sache ging. Eine Frau wurde vergewaltigt, und der Mann an der Kamera schien daran gewaltigen Gefallen gefunden zu haben. Zeigen Sie mir solche Filme.«

»Sind Sie verrückt? Sie meinen Snuffs? So was führe ich doch nicht! Dürfte ich ja gar nicht! Keine einzige Videothek in Deutschland verkauft so was über den Ladentisch. Ich habe nur das Programm der kommerziellen Anbieter. Auch Pornos ab achtzehn natürlich. Und auch alte Filme und sogar Kinderfilme. Hier in der Gegend ist alles gefragt – nur kein Snuff, verstehen Sie?«

»Wenn Sie es nicht über den Ladentisch verkaufen, dann vielleicht darunter?«

»Nein.«

»Ich verstehe. Sollte Ihnen doch einfallen, daß Sie hier in irgendeinem der hinteren Regal solche schmutzigen Filme besitzen, dann rufen Sie mich an.«

Der Mann schüttelte nur den Kopf.

Velsmann sagte: »Und jetzt würde ich gern einen Blick in Ihre gemeinsame Wohnung werfen.«

»Haben Sie einen Durchsuchungsbefehl?«

»Ich kann mühelos einen beschaffen. Allerdings würde es sich für Sie günstig auswirken, wenn Sie freiwillig mitmachten.«

»Unsere Wohnung ist privat. Versuchen Sie, einen Durchsuchungsbefehl zu kriegen, denn dann müßten Sie ja wohl einen konkreten Verdacht artikulieren können, oder?«

»Wie Sie wollen.«

»So sind die Spielregeln.«

Martin Velsmann kannte die Spielregeln und begab sich auf den Rückzug. »Rufen Sie mich an, wenn Nena auftaucht. Und zwar unverzüglich, wenn ich Sie ganz höflich bitten darf.«

Er ließ sich die Festnetznummer der Wohnung geben.

Der Mann nahm die Visitenkarte entgegen und besah sie unschlüssig.

Martin Velsmann blieb stehen. »Was wissen Sie übrigens von Nenas Schwester?«

»Welche? Nena hat zwei. Und dann noch einen Bruder.«

»Julia.«

»Julia ist tot. Ich habe es in der Zeitung gelesen. Vielleicht ist Nena deshalb verschwunden. Sie ist sehr sensibel. Manches erträgt sie einfach nicht. Sie rennt dann herum, bis sie sich wieder beruhigt hat.«

»Warum haben Sie sich nicht bei der Polizei gemeldet, als Sie von Julias Tod hörten? Das finde ich ein bißchen seltsam. Wir haben Aufrufe an die Bevölkerung verfaßt, weil uns die Identität der Toten unbekannt war. Ich mache Sie darauf aufmerksam, daß jeder Bürger verpflichtet ist, sachdienliche Hinweise zu geben, die für die Aufklärung wichtig sein können. Wir könnten es, wenn wir schlechter Laune sind, als Spurenvertuschung auslegen, wenn Sie uns nicht sagen, was Sie über Julia wissen.«

»Mein Gott, ich habe Julia nicht ein einziges Mal gesehen! Nena hat mir von ihr erzählt, ja, aber selbst sie sah ihre Schwester ganz selten. Julia war mal hier, mal dort, immer unterwegs. Sie arbeitete in irgendwelchen Bordellen, war als Call-Girl wohl ziemlich erfolgreich. Nena erzählte, daß sie ständig engagiert wurde, auch mal hier in den Ami-Unterkünften der Umgebung, meistens allerdings ins Ausland. Ich kannte sie praktisch nicht!«

»Das soll ich Ihnen glauben?«

»Müssen Sie wohl. Es entspricht den Tatsachen. Außerdem geht mich das nichts an, ich arbeite nämlich nicht in Julias Branche.«

»Aber Ihre Freundin arbeitet in dieser Branche. Das wissen Sie hoffentlich.«

»Na und? Macht sie das irgendwie verdächtig?«

»Ist sie legal?«

»Ja sicher.«

»Sie hat das anders dargestellt.«

»Haben Sie Nena verhört, oder was?«

»Wir sprachen miteinander.«

»Waren Sie dazu befugt?«

»Herr Wagner, passen Sie auf! Ich lade Sie für morgen früh, neun Uhr, ins Präsidium vor. Dort erzählen Sie meinen Vorgesetzten ein bißchen mehr davon, was Sie wissen. Und ich rate Ihnen, sich gründlich zu erinnern. Denn früh am Morgen haben wir garantiert schlechte Laune. Außerdem kann es durchaus sein, daß auch Nena in Gefahr ist. So wie es Julia auch war, ohne daß jemand etwas für sie getan hat.«

»Deshalb hat Nena ja mich. Ich bin ihr Pitbull. Ich passe gut auf sie auf. Wau!«

»Dann tun Sie das auch weiterhin. Denn ich befürchte, sie hat es zunehmend nötig. Jedenfalls nötiger, als Sie offensichtlich denken.«

Martin Velsmann war verärgert, doch er merkte, daß die Hitze verhinderte, diesen Ärger zu einem Vulkan zu machen.

Ich habe die Untat nicht gesehen, dachte er, aber eigentlich bin ich regelrecht dabei gewesen. Denn ich habe sie gewittert. Wann, wenn nicht jetzt, werden solche Dinge geschehen? Es ist die reife Zeit.

Er schrieb und schrieb, nannte Namen und Anschriften. Er wollte, daß alles auf den Tisch kam. Dann würde er einen Schlußstrich ziehen. Und bevor die kamen, die ihn dafür haßten, würde er Fakten geschaffen haben. Und sie mußten sich von dem Verdacht reinigen. Nicht er.

Sie.

In seinen Augen waren alle schuldig. Auch die, die gar nichts taten. Das waren sogar die Schlimmsten. Sie versteckten sich in ihrem Alltag, sahen nur zu und verurteilten die Falschen. Sie waren so verdammt anspruchslos, ohne jede Haltung! Niemand war jemals aufgestanden. Niemand hatte gewagt, was er jetzt tun würde. Die Rechnung präsentieren. Den Schlußstrich ziehen. Ende der Fahnenstange.

Früh am Morgen hatte er einen Anruf erhalten. Jemand hatte ihn beschimpft, ja sogar bedroht. Er hatte angekündigt, bis ganz nach oben zu gehen, dann würde man schon sehen, wer am längeren Hebel saß. Er oder die Kakerlake, die er zerquetschen würde. Das kannte er schon. Es waren die üblichen Drohgebärden, die übliche Sprache. Jeder baute sich vor ihm auf. Jeder wollte ihn provozieren, um ihn aus der Reserve zu locken.

Aber er hatte sich in der Gewalt gehabt und sich Namen und Anschrift geben lassen. Der Anrufer hatte sie ihm auch genannt. Er saß als kleine Charge in einem Ministerium. Dieser Idiot!

Und jetzt rächte er sich. Er verunglimpfte ihn in aller Öffentlichkeit. Mit seinem kalten, gezügelten Zorn wollte er ihn fertigmachen. Der sollte ihn nicht noch einmal anrufen und beleidigen.

Aber hatte er nicht noch ganz andere Möglichkeiten?

Er fühlte seine Macht. Jeder von ihnen zitterte doch, wenn die Beobachtungen erschienen. Erst hatte man ihn belächelt, jetzt fürchtete man ihn. Das Blatt ging inzwischen reißend weg. Er erhöhte ständig die Auflage, er konnte inzwischen davon leben, Indiskretionen zu begehen. Er schaute ganz tief in ihre Gedanken und Absichten, kannte ihre Pläne. Denn sie waren ganz leicht zu durchschauen. Die Gier machte sie unvorsichtig, sie öffnete die Schlüssellöcher zu ihrem Inneren. Und er sah hindurch. Deren Türen standen für ihn ganz weit offen.

Und wen er nicht auf diese Weise schaffte, den beseitigte er mit anderen Mitteln.

Dazu war er berechtigt. Es war Notwehr.

Er blickte nach draußen. Der Hof lag ruhig in der Hitze da, nichts regte sich. Er hatte das Gefühl, daß sich an diesem unwirklich heißen Tag in der Kette anderer unfaßbar heißer Tage noch etwas ereignen würde. Würden sie wieder da sein? Würden sie wieder in Schwärmen einfallen, den Ort überschwemmen? Mit ihrer Schönheit, mit ihrer erschreckenden Regungslosigkeit? Mit diesen Blicken, an denen alles abprallte?

Wenn ja, dann wollte er diesmal einigen von ihnen folgen. Nur einmal wollte er es riskieren, zu ihnen vorzudringen. Um was zu erfahren? Um zu wissen, was sie taten, wenn sie hier nicht Unsicherheit verbreiteten, die Gier anstachelten, sogar Angst einflößten. Um zu wissen, woher sie kamen und wohin sie gingen. In welche Lasterhöhle sie abtauchten, wo sie im Dunkeln bis zum Morgengrauen ihr Unwesen trieben.

Diese Wesen – diese ganz und gar unwirklichen Gestalten wie aus Fieberträumen.

Auch sie mußten Namen und Adressen haben.

Seine abwesenden Blicke nahmen plötzlich wahr, daß sich auf dem Hof etwas bewegte. Ein Auto. Er sah gespannt aus dem Fenster und begriff, daß dieser Kommissar schon wieder auf seinen Hof einbog und zwischen den Nebengebäuden parkte. Leise fluchend verstaute er schnell seine Hefte und die Ordner mit den Zeitungsausschnitten, auf denen er mit Tinte und Stiften seine Spur gezogen hatte. Er schloß seine Dateien und fuhr die Computer herunter.

Abrupt stand er auf. Dann besann er sich und setzte sich wieder.

Er sah durch die fleckigen Fenster und wartete ab.

»Marlene? Frau Hirschgraben? Kann ich mit Ihnen sprechen?«

Martin Velsmann hatte an der Haustür geklingelt. Aus dem Wohnungsinneren hatte ihre Stimme gefragt, wer draußen sei. Als er seinen Namen nannte, öffnete sie zaghaft.

»Was wollen Sie denn? Sie waren doch schon mal da?«

»Darf ich rein kommen? Ich habe nur ein paar Fragen. Es dauert nicht lange.«

Sie trat einen Schritt zurück und ließ ihn herein. Dabei blickte sie zu Boden. Dann sah sie an ihm vorbei über den Hof und schloß schnell die Tür.

Martin Velsmann wußte eigentlich nicht, was er von der Frau erwartete und was er herauskriegen wollte, aber sein Instinkt sagte ihm, daß sie etwas wußte, das wichtig war. Vielleicht nicht in dem Sinn, daß sie es mit Bewußtsein wußte oder daß sie an etwas beteiligt war, das er aufzuklären hatte.

Möglicherweise konnte sie die Nahtstelle für Zusammenhänge sein, ein Licht, das neue Blicke auf die Dinge erlaubte. Vielleicht mußten ihm nur die richtigen Fragen einfallen.

Er fragte sie zuerst nach ihrer Zeit in der Klinik. Sie hob den Kopf und schaute ihn fest an. Ihre Augen waren ganz klar, und in ihnen glitzerte es. Er wußte sofort, daß er den richtigen Weg eingeschlagen hatte.

»Davon wissen Sie? Von wem?«

»Von Nena Raikiinen. Ist Nena nicht Ihre Freundin?«

»Die Klinik hat mir sehr geholfen. Ich war ja fix und fertig. Der Arzt hat alles von mir zu hören bekommen, und dann hat er das Richtige gemacht.«

»Er konnte Ihnen also helfen.«

»Als einziger.«

»Weshalb waren Sie dort?«

»Ich spreche nicht gern über die Einzelheiten.«

»Gut, Sie müssen nicht. Erzählen Sie mir von ...«

»Mein Vater hat mich als Kind mißbraucht.«

Velsmann schwieg. »So was sind schlimme Geschichten«, sagte er dann hilflos. »Sind Sie drüber hinweggekommen?«

»Ich bekomme oft Schmerzen am ganzen Körper. Noch öfter habe ich Depressionen. Dagegen nehme ich jeden Tag die Medikamente. Gegen die Schmerzen gibt es keine Abwehrmöglichkeit. Ich erfriere in mir selbst, gleichzeitig ist mir, als verbrenne ich.«

»Sie kennen Nena Raikiinen aus dem Krankenhaus, nicht wahr?«

»Sicher. Wir haben uns im Krankenhaus kennengelernt.«

»Was wissen Sie über Nena?«

»Was soll ich wissen? Sie ist sehr – emotional. Hat sie was angestellt?«

»Nein. Sie ist verschwunden.«

»Fragen Sie ihren Freund. Diesen Danilo. Das ist ein ganz cleverer Junge, der weiß alles.«

»Ich habe ihn gefragt, er weiß nichts. Jetzt frage ich Sie.«

»Dann will er nicht damit rausrücken. Bisher wußte er immer, wo Nena abgeblieben ist. Die hängen immer zusammen. Ich habe so was noch nie gesehen.«

»Wie meinen Sie das?«

»Es geht mich nichts an.«

»Sie wissen, daß Nenas Schwester Julia ermordet wurde?«

Sie zuckte zusammen. »Markus hat es mir vor zwei Tagen erzählt.«

»Nena hat nicht darüber gesprochen?«

»Ich habe Nena seit mindestens vier Wochen nicht gesehen oder mit ihr geredet.«

»Wer könnte ein Motiv gehabt haben, Julia Raikiinen zu töten?«

»Mein Gott. Es ist so furchtbar. Hört das nie auf?«

»Was meinen Sie damit?«

»Diese Gewalt. Dieser Kampf gegen die Frauen. Diese Mordgier. Was haben wir euch getan?«

»Wen meinen Sie?«

»Sind Sie etwa kein Mann? Ihr führt doch ständig einen Krieg gegen uns. Kaum sind wir geboren, da stürzt ihr euch auf uns und macht uns fertig. Hört das nie auf?«

»Sie übertreiben. Ich führe keinen Krieg gegen irgendeine Frau.«

»Sie sind vielleicht die Ausnahme.«

»Mir kommt es manchmal eher so vor, als wollten Männer Frauen unaufhörlich beschützen. Da steckt das Problem.«

»Beschützen? Na, ich weiß nicht.«

»Wir wollen den Frauen helfen, das entspricht wahrscheinlich unserer eingebleuten Rolle. Ja, wir haben einen blendend funktionierenden Beschützerinstinkt. Damit diskriminieren wir Frauen auch, aber nur weil wir glauben, es sei zu ihrem Besten. Weil wir Gefahren von ihnen fernhalten wollen, weil wir für sie verantwortlich sind.«

»Ist das nicht furchtbar?«

»Tja, ich weiß nicht. Ich kenne Frauen, die dafür sehr dankbar sind, andere nutzen das sogar als ihre Chance. Das jedenfalls ist nicht mein Thema, Frau Hirschgraben. Erzählen Sie mir bitte über Nena und Julia Raikiinen, was Sie wissen.«

Die Frau ließ sich auf das Sofa fallen. Sie fuhr sich müde durchs Haar. Wenn sie in ihrem Gesicht nicht diesen grauen, kraftlosen Zug hätte, könnte sie als schön gelten. Martin Velsmann hielt in seinem Gedanken inne. War es nicht das, was sie meinte? Daß Männer Frauen sofort und immer nur nach ihrer äußerlichen Attraktivität beurteilten? Daß sie nicht in sie hineinschauten und den Menschen sahen?

Das sind wohl die Spielregeln, dachte er. Das biologische Gesetz.

Nach diesen Regeln beurteilen auch Frauen Männer. Taugt er für mich, kann er mir was bieten, ist er potent genug, kann ich mich ihm anvertrauen?

Nicht mein Thema, dachte er. Oder doch?

Beurteilt Andrea mich auch so?

Er erschrak. War Andrea, ohne daß er es bemerkt hatte, zu einem negativen Ergebnis gekommen?

Marlene Hirschgraben blickte ihn an. »Mir ist alles zuviel. Manchmal möchte ich nur noch in der Klinik sein. Dort war alles einfach. Alles an seinem Platz. Da war ich nicht krank, sondern konnte mir die Krankheit wie etwas außerhalb von mir ansehen. Hier finde ich mich nicht zurecht. Nena und Julia? Sie tun das, was ich nicht kann. Sie zahlen es den Kerlen zurück – und verdienen noch daran. Mich haben sie fertig gemacht.«

Martin Velsmann war ihre Sicht unangenehm. Er kannte das aus feministischen Auftritten der letzten Jahre, aber Marlene Hirschgraben besaß den persönlichen Hintergrund für eine solche Haltung, ein Schicksal, das er respektieren mußte. Er fragte:

»Die beiden sind Prostituierte, nicht wahr?«

»Natürlich.«

»Haben Sie auch in diesem Gewerbe gearbeitet, Frau Hirschgraben?«

»Natürlich nicht. Davon spreche ich ja. Dazu war ich leider nie in der Lage.«

»Seien Sie froh darüber! Oder glauben Sie, Huren seien Heldinnen, die irgendeine Art von Gerechtigkeit herstellen?«

»Manchmal glaube ich das.«

»Julia Raikiinen ist tot. Wer kann sie ermordet haben?«

»Darüber weiß ich nichts. Ich habe mit dem Milieu, in dem sie tätig ist, nichts zu tun. Ich war so weit von der Prostitution entfernt wie ... Fragen Sie Nena.«

»Nena ist untergetaucht«, wiederholte er.

Sie blickte auf. »Dann kann ich Ihnen nur raten, sich an diesen Danilo zu halten. Der weiß ganz bestimmt Bescheid.«

Velsmann überlegte. Sagte sie die Wahrheit? Wußte dieser Danilo Wagner wirklich mehr, als er zugegeben hatte? Er hatte nicht den Eindruck gemacht, besonders gerissen zu sein. Velsmann fühlte sich unsicher. Täuschte ihn in letzter Zeit seine Menschenkenntnis? Auch bei Nena Raikiinen hatten seine üblichen moralischen Einschätzungen bisher nicht gegriffen.

Was war los mit diesen Menschen?

Er konnte diese Frage auch anders stellen. Was war los mit ihm selbst? Veränderte sich in letzter Zeit seine Wahrnehmung? Funktionierten seine Instinkte nicht mehr?

»Sie können mir also weiter nichts sagen?«

»Nehmen Sie sich den Wagner vor. Wenn er behauptet, nichts zu wissen, dann lügt er. Er ist einer von diesen üblen Kerlen.«

»Sie leben mit einem Mann zusammen, Frau Hirschgraben. Einen Mann zumindest nehmen Sie also, wenn ich das richtig verstehe, aus Ihrer düsteren Sicht der Dinge aus?«

»Markus ist in Ordnung. Natürlich hat er seine Schattenseiten. Er ist menschenscheu und oberkritisch. Manchmal tut er Dinge, die ich keineswegs dulden kann. Ich kenne ihn wirklich gut, aber er ist unberechenbar.«

»Ich will Sie nicht weiter belästigen. Ich danke Ihnen. Es kann aber sein, daß ich mich noch einmal melde. Grüßen Sie Ihren Mann von mir. Und sagen Sie ihm, daß ich auf seinen Anruf warte.«

Als Martin Velsmann in den Hausflur trat, fiel ihm in einer Ecke ein Bündel Kleider auf. So weit er sehen konnte, waren es schwarze Kleider, obenauf lag ein Kopfschutz, wie ihn Motorradfahrer tragen. Daneben lag ein graugrüner Müllsack mit einem Aufdruck der Region. Seltsam berührt ging er hinaus und über den Hof.

Plötzlich sah er eine Bewegung hinter den fleckigen Stallfenstern zur Rechten. Einem Gedanken folgend, ging er hinüber.

Markus Hirschgraben stand in erwartungsvoller Haltung inmitten des langgestreckten Raumes da. In seiner Hand hielt er eine große Rolle aus festem Packpapier. Er hob sie wie eine Waffe. Als Martin Velsmann auf ihn zutrat, senkte er die Hand.

»Was wollen Sie hier?« fragte er feindselig.

»Herr Hirschgraben, etwas macht mir zu schaffen. Warum haben Sie die Generaldirektion der Polizei in Schlüchtern und dann mich ausgerechnet an dem Tag angerufen, an dem im Stahlauer Erlebnispark eine Frau ermordet wurde? Ist das nicht ein merkwürdiger Zufall?«

»Wenn Sie damit irgendeinen Verdacht äußern wollen, dann bemühen Sie sich doch, Ihren Worten einen genaueren Ausdruck zu verleihen, Herr Kommissar.«

»Was wissen Sie über den Mord an Julia Raikiinen?«

»Nichts.«

»Haben Sie damit irgend etwas zu tun?«

Hirschgraben lachte tonlos. »Halten Sie solche Spekulationen nicht selbst für idiotisch? Würde ich Sie anrufen, wenn ich irgend etwas mit dem Mord zu tun hätte? Es würde die Polizei ja wirklich direkt zu mir ins Haus führen.«

»Es führte mich direkt in Ihr Haus. Sie haben mich geholt. Vielleicht halten Sie dies für eine gute Tarnung? Wo waren Sie in der Mordnacht?«

»Hier auf dem Hof. Fragen Sie meine Frau. Und fragen Sie meinen Hund, er ist Zeuge.« Hirschgraben lachte erneut tonlos und reckte seine kräftige Gestalt. »Glauben Sie mir, es war Zufall, daß ich Sie an jenem Morgen anrief, mehr nicht. Ich hätte es an jedem Morgen der zurückliegenden drei Monate tun können. Allerdings sehe ich eben, was sich um uns herum zusammenbraut. Ich muß nicht warten, bis Blut fließt. Ich sehe, wann und wo die Waffen herausgeholt werden. Leider im Gegensatz zu euch von der Polizei.«

»Wann und wo werden die Waffen herausgeholt? Welche Waffen? Was wissen Sie von solchen Dingen? Berichten Sie mir davon!«

»So genau weiß ich es nun auch wieder nicht, aber bald wird es vermutlich jeder wissen.«

»Mein Gott, ich stelle Sie als allwissendes Medium an, wenn Sie wollen.«

»Das ist kein Witz. Ich sehe bestimmte Entwicklungen nur einfach glasklar.«

»Zum Beispiel?«

»Wir sind an einem Punkt angekommen, wo der Verfall der Werte zu Untaten führen muß! Verstehen Sie? Die Dinge entwickeln sich bis zu einem Punkt, an dem sie sich zwangsläufig von selbst entladen. Ich bin nur ein kleiner Blattmacher, aber selbst in mir spüre ich doch diese Mordlust, wenn ich sehe, was um uns her passiert! Sex, Geld, Verrohung der Manieren. Jeder rafft nur noch seinen kleinen Gewinn zusammen. Man kann doch nur noch draufschlagen, um die Menschen zur Besinnung zu bringen!«

»Wie kommt es, daß ich immer, wenn ich mit Ihnen spreche, finde, daß Sie Phrasen dreschen? Werden Sie doch einmal konkret! Wenn Sie wirklich mehr wissen, dann helfen Sie mir, kommendes Unheil zu verhindern! Die Opfer werden ihnen dankbar sein!«

»Ich tue das auf meine Art. Sie werden bald begreifen, was ich meine. Warten wir es ab! Es wird bald jeder eine Leiche im Keller haben.«

»Herr Hirschgraben, leben Sie wohl. Kümmern Sie sich um Ihre Frau.«

Martin Velsmann fuhr nach Fulda zurück. Er ließ sich Zeit. Manchmal genoß er es, über die Straßen zu rollen, als lebte er in einem anderen Jahrhundert. Und er amüsierte sich über die Empörung der anderen Autofahrer, die ihm einen Vogel zeigten, nur weil er die Geschwindigkeitsbegrenzungen nicht überschritt. An der Abfahrt zur Mülldeponie Hohenzell lag ein Golf auf dem Dach. Kollegen der Streifenpolizei schienen die Unfallstelle im Griff zu haben. Velsmann hielt am Straßenrand und stieg aus, um sich das bestätigen zu lassen. Dann fuhr er weiter.

Langsam paßten gewisse Dinge zusammen. So absurd war es nicht, Moral und Gewissen als Leitfaden anzunehmen. Auch deren Verletzung ergab manchmal ein Motiv und dann eine Spur. Wenn wir erstmal, dachte er, den Computern das Feld überlassen, verlieren auch die Verbrechen ihr menschliches Maß. Solche Überlegungen leuchteten aber den jungen Technokraten im Polizeiapparat nicht ein.

Dennoch war Martin Velsmann mit sich nicht zufrieden. Es fehlte ihm noch der Angelhaken, an dem die wenigen Anhaltspunkte hochgezogen werden konnten, damit er sie sich anschaute.

Im Büro erwarteten ihn beide Assistenten mit müden Gesichtern. Sie beobachteten die Telefone, als müßte der nächste Anruf endlich den Feierabend bringen.

Martin Velsmann warf einen Blick auf die Unterlagen auf seinem Schreibtisch. Es gab noch immer nichts wesentlich Neues. Jemand hatte allerdings ausgesagt, vor wenigen Tagen einen Reisebus voller junger Frauen auf dem oberen Parkplatz des Erlebnisparks gesehen zu haben.

Velsmann schob den Zettel mit der Telefonnummer zu Freygang hinüber. »Geht dem Hinweis mal nach. Vielleicht hat der Anrufer sich den Namen des Busunternehmens oder das amtliche Kennzeichen eingeprägt.«

»Klar.«

»Habt Ihr mit Nena Verbindung bekommen?«

Tosca schüttelte den Kopf. »Die hat nur noch ihre Mailbox an.«

»Verschollen im Universum der Pixel und elektronischen Impulse«, sagte Freygang.

»Vielleicht sollten wir tatsächlich eine Fahndung rausgeben«, überlegte Velsmann. »Ich würde allerdings lieber noch damit warten, weil ich Nena Raikiinen in erster Linie als Kranke ansehe, die Hilfe braucht. Eine Fahndung könnte bewirken, daß sie panisch reagiert, und dann geht alles daneben.«

»Ich glaube, daß sie wieder auftaucht«, sagte Freygang.

Martin Velsmann sagte: »Langsam ärgert mich, daß uns der Psychiater nicht mehr Fakten liefert. Der Kerl verschanzt sich hinter seinen medizinischen Geheimnissen, als hüte er einen Schatz. Ich sollte ihm noch mal auf den Zahn fühlen.«

»Können wir ihn vorladen?«

»Nein. Er ist ja im Recht. Es gibt diese ärztliche Schweigepflicht.«

»Wissen wir, ob sich Nena nicht bei ihm versteckt?«

Martin Velsmann überlegte. »Ich werde ihn direkt fragen. Ich denke aber, das würde er uns nicht verheimlichen.«

»Was haben wir noch?«

»Ich besitze von diesem Danilo Wagner jetzt auch die Nummer des Netzanschlusses. Marlene Hirschgraben hält ihn für einen gerissenen Hund, der mehr weiß. Ich übernehme es, hin und wieder anzurufen.«

»Dann bedienen wir weiter den Handy-Anschluß«, sagte Tosca. »Manchmal hatte ich schon den Eindruck, diese Nena säße neben der Mailbox und amüsiere sich. Ich habe das ungute Gefühl, die führt uns vor.«

Martin Velsmann sagte: »Die Soko Stahlau ist inzwischen genehmigt; das bedeutet ab morgen früh, Punkt neun Uhr, wenn wir Wagner verhören, für uns und zwei Kollegen von der Fuldaer Kripo Ausnahmezustand.«

Tosca sagte: »Aber wenn wir keine neuen Indizien finden, können wir auch mit zwei Mann mehr nichts tun, als die dünnen Erkenntnisse, die wir haben, hin und her zu wenden wie doppelt bedruckte Spielkarten. Noch sehe ich kein neues Bild.«

»Wir bekommen zwei Profiler vom LKA gestellt, die nichts anderes zu tun haben, als ein Täterprofil zu erstellen«, sagte Velsmann.

»Warten wir auf die Unterlagen aus Mikkeli«, meinte Freygang, »dann sind wir vielleicht schlauer. Soll ich dort noch mal nachhaken?«

Velsmann nickte. »Tun Sie das.«

Tosca fragte: »Wer kommt in die Soko?«

»Ich denke Müller und Gebhardt. Sie sind am ehesten von ihrem Papierkram freizustellen«, erwiderte Velsmann.

»Sag schon mal deine täglichen Piercingtermine ab, Tosca!«

»Und du vergiß deine dämlichen Comedysendungen.«

»Geht klar, Tosca.«

Velsmann fühlte Sympathie für seine jungen Kollegen und sagte: »Wenn Ihr beide wollt, macht den Rest des Tages frei. Es kommen tatsächlich anstrengende Tage auf uns zu, in denen wir vielleicht rund um die Uhr am Ball bleiben müssen. Und ich will, daß Ihr dann fit seid. Bleibt nur telefonisch erreichbar.«

7.

Mitten in der Nacht machten sie sich auf. Sie schliefen nicht. Die Dunkelheit um sie herum sorgte für das, was sie Schlaf nannten. Und sie gebar ihre Ungeheuer.

Zu dritt packten sie alles Notwendige ein, das schon bereitgelegt war. Sie machten es immer gemeinsam. Daran waren sie gewöhnt. Nur einmal, ganz zuletzt, hatte eine aus ihrer Mitte es allein getan. Es war eine persönliche Angelegenheit gewesen. Zuerst hatte man sie dafür bestrafen wollen. Man hatte sie amputieren wollen, wie es ihre eigenen Regeln vorsahen. Dann verzieh man ihr. Denn sie konnte die anderen davon überzeugen, daß es für diese Tat tausend gute Gründe gab.

Und keine Zeugen.

Und nur eine einzige, die schärfste Waffe – den Haß.

Die Nacht war warm. Sie zogen hauchdünne Handschuhe an, Turnschuhe, einen Gesichtsschutz mit ausgeschnittener Augenpartie aus Baumwolle, schwarze, leichte Kleidung. In Hemd und Hose, mit einem dunklen Überzug, der sich bauschte, weil dessen Taschen ihre Waffen und Werkzeuge verbargen, glichen sie beim schnellen Aufbruch Vögeln, die davonflatterten. Sie verließen um halb drei Uhr zu Fuß das Haus. Fahrzeuge benutzten sie nicht, sie wollten keine Spuren hinterlassen.

Es verabschiedete sie niemand. Sie waren jetzt auf sich allein gestellt.

Auch daran waren sie gewöhnt. Man hatte ihnen Trost mit auf den Weg gegeben. Jemand hatte am Ende des Vorabends gesagt: »Die zivilisierten Völker sind für das Gift der Barbarei so anfällig wie das blanke Eisen für den Rost. Menschengemeinschaft und Stahl, beides glänzt nur an der Oberfläche.« Sie hatten es verstanden. Sie nahmen das Gift der Barbarei dankbar aus seinen Händen entgegen und trugen es in die Menschengemeinschaft hinaus.

Der Weg durch die Nacht war kein Problem. Sie kannten die Landschaften in dieser Gegend wie eine Geruchsspur. Durch einen Wald gingen sie, als wären sie Blätter, die der Wind vor sich her treibt. Durch einen Bach wateten sie mit Schwimmhäuten. Die Wiesen und Äcker mit ihren Zäunen und Stacheldrähten öffneten ihnen auf einen Fingerzeig hin die geheimsten Pfade. Vor ihnen teilten sich auch die tieferen Wasser.

Die Nacht lag vor ihnen wie ein geöffnetes Buch mit allen seinen Lesezeichen. Deshalb brauchten sie weder Karte noch Kompaß. Sie waren daran gewöhnt, im Dunkeln schärfer zu sehen und zu hören als andere. Wie Raubtiere.

Als das Dorf in Sicht kam, dachte eine von ihnen plötzlich daran, daß sie einen Anruf vergessen hatte. Sie hatte etwas erklären wollen, doch diese Erinnerung machte sie wütend und sie schüttelte sie ab. Denn das war nun unwichtig. Hier in der Einsamkeit führte sowieso niemand ein Handy mit sich. Die Gefahr, das Ausschalten des Gerätes zu vergessen, wäre zu groß gewesen. Dann würde es plötzlich mitten in der stillsten Nacht anschlagen. Oder »Für Elise« würde erklingen, wenn irgendein Lichtstrahl schon auf die Schneide des erhobenen Werkzeuges fiel und das Urteil mit solchen Lauten unterbrach.

Nein, hier draußen brauchten sie keinen Ariadnefaden, der

sie mit dem gewöhnlichen Leben verband. Das störte nur, war klein und häßlich und hatte mit den Gewohnheiten der anderen zu tun. Hier galt nur der gegebene Auftrag, der schnell und geräuschlos ausgeführt werden mußte. Dafür waren sie ausgesucht. Das war ihr Leben. Und es war schön und erregend. Um dies zu tun, hatten sie eine lange Strecke zurückgelegt, wenn auch nicht freiwillig. Alles mündete folgerichtig in solche Taten.

Als sie nach einer Stunde an ihrem Ziel ankamen, war es ihnen, als wären sie gerade erst losgegangen. Es hatte sie keine Anstrengung gekostet. Ihr Atem ging ganz ruhig. Sie blickten gleichzeitig auf die Armbanduhren und verglichen die Zeit. Es war elf Minuten vor vier.

Noch zeigte sich kein Lichtschimmer am Horizont, und so verschmolzen sie weiter konturenlos mit der Nacht. Es war, als zögen sie die Dunkelheit wie einen Schleier mit sich. Das wußten sie, und das liebten sie besonders. Die Vorstellung, die Nacht sei ein Leib, der sie beschützte; ein warmer Leib, der sie immer wieder neu gebar wie eine zuverlässige, unantastbare Mutter, die für sie da war. In solchen Augenblicken gab es keine Angst mehr, jede Bewegung war selbstverständlich und gründlich, jeder Gedanke wurde klar.

Ganz am Anfang hatten sie manchmal gewünscht, daß es immer so gewesen wäre. Sie hatten sich danach regelrecht gesehnt, aber so war es eigentlich nie gewesen. Es war ihnen vorenthalten worden. Aus diesem Grund waren sie prädestiniert für ihre Aufgaben. Und ihre anfängliche Verzweiflung darüber hatten sie schon längst betäubt durch den Blutzoll, den die anderen zahlten. Mit dem Flehen, mit Blut und Tränen. Das war ihr Lohn.

Als sie angekommen waren, standen sie eng zusammen

und verständigten sich mit Blicken. Zwei waren blutjung, eine etwas älter, doch auch sie war noch in dem Alter, in dem Gleichaltrige an etwas ganz anderes dachten als an die Schmerzen, als an den Tod.

Die Straßen lagen ruhig. Sie passierten die ersten Häuser. In der Ferne bellte ein Hund, verstummte dann wieder. Sie lauschten. Die Gartengrundstücke vor ihnen blieben still. Sie hatten es sich angewöhnt, niemals direkt auf das Ziel loszugehen. Deshalb schwärmten sie jetzt aus. Eine verschwand nach links im Dunkeln, eine nach rechts, die Ältere kletterte so flink über den Gartenzaun, daß es einem Schweben glich. Dann über einen zweiten, der noch höher war.

In der Ferne tauchte im Licht einer Straßenlaterne das Haus auf, in dem das Opfer schlief.

Zehn Minuten vergingen. In der mondlosen Nacht rührte sich nichts, was ihren Verdacht erregt hätte. An der Rückfront des Hauses trafen sie wieder zusammen. In solchen Momenten vor der Erfüllung eines Auftrages fühlten sie sich leicht. Jedes Schuldgefühl fiel von ihnen ab. Sie wußten, sie befreiten das Opfer, ein weiteres in einer endlosen Reihe, an diesem Ort, an anderen Orten, von einem verächtlichen Leben. Es war berechtigt. Das Schlachten war berechtigt.

Die Nacht tat es. Die Dunkelheit. Nicht sie.

Es gab dafür einen Grund, den man ihnen mitgeteilt hatte.

Vor dem Haus, dort, wo die Straße entlangführte, entstand plötzlich ein Geräusch. Sie blieben regungslos stehen, eine mit einem Finger auf den Lippen. Was war da? Ein schleifendes Geräusch, ein weicher, kraftloser Ton, dann das Fallen eines Gegenstandes.

Der Zeitungsbote auf seinem Fahrrad. Er mühte sich vorbei.

»Tüchtiger kleiner Kerl«, murmelte eine. »Fahr nur zu.«

Das Geräusch entfernte sich wieder, verlor sich in der Ferne.

»Dann sind jetzt wir dran«, flüsterte eine andere.

»Wie machen wir es?«

Sie hielt drei Schlüssel hoch. »Die Hintertür. Die Vordertür. Das Kellerfenster, die Tür dahinter.«

In solchen Momenten waren sie nicht wie zerborstene Spiegel, in deren Scherben sich trügerische Wahrheiten zeigten. Sie fühlten sich unbeschädigt. Ganz bei sich. Allein mit ihrer eindeutigen Bestimmung. Wenn sie darüber nachgedacht hätten, wären sie vielleicht zu dem Schluß gekommen, daß Krisen nicht alles auseinanderfallen lassen, sondern die Einheit der zerbrochenen Teile bewirken.

Sie entschieden sich schnell für einen Weg. Die Entscheidung dafür trafen sie wortlos. Dann waren sie im Dunkeln verschwunden. Kurz darauf störte nichts mehr die Stille und die Bewegungslosigkeit der Nacht.

Aber in dem Haus bewegten sie sich. Das Haus lag im Schlaf. Es atmete. So nahmen sie es wahr. Alles um sie herum lebte. Sie spürten deutlich, wie beseelt die Welt war. Auch die Steine sprachen, als die Mauern ihnen nachgaben. Sie wurden durchlässig. Das Holz der Treppe sprach zu ihnen, je höher sie kamen, umso deutlicher. Es sprach zu ihnen mit einer immer eindringlicheren, mit einer warnenden Stimme. Ebenso die Türen, wenn man die Schlüssel einführte und die Klinken herunterdrückte. Aber das waren sie gewohnt. Sie achteten nicht darauf.

Während sie leise vorwärtsgingen, wußten sie, daß sie bald das furchtbare Schauspiel betrachten würden. Danach würde es Berichte des Abscheus geben. Wie Albinokrebse würden die blinden Medienleute und die Polizisten überall herumkrabbeln. Es bedeutete ihnen nichts. Dafür hatten sie nur Verachtung.

Als sie den Befehl erhielten, waren sie unschuldig gewesen. Nun, in dieser Nacht, verwandelte sich der Schatten, den sie durch ihre Welt zogen, in ein wildes Tier. Früher, als es anfing, erschraken sie darüber. Inzwischen wollten sie es. Sie handelten danach, aber es bedeutete ihnen nichts, außer daß sie hinterher jene bestätigt hatten und dafür auch belobigt wurden, die sagten: »Wo immer man diese Menschen betrachtet, die sich zu Herren aufwerfen, leben sie vom Blut und dem Gemetzel auf den Schlachtfeldern. Warum sollen wir ihnen nicht gleichen!«

Weshalb sollten sie also Skrupel haben?

Als sie vor der Tür standen, hinter der das Opfer schlief, hielten sie inne. Alles blieb friedlich. Es wirkte auf sie wie eine Einladung. Sie verständigten sich mit Gesten. Die Tür zu der obersten Wohnung war verschlossen. Das war zu erwarten gewesen.

Sie besaßen für alle Türen einen Schlüssel.

Dann traten sie ein.

Spätestens jetzt fielen alle Rechtfertigungen von ihnen ab. Man hatte sie ihnen abgewöhnt. Sie kannten ihr eigenes Leben, und darin hatte es schlimme Dinge gegeben. So schlimme Dinge, daß sie deshalb nicht das Leben der anderen wahrnahmen. Sie sahen es einfach nicht. Es verbarg sich hinter der Mauer ihrer eigenen Schrecken. Die Mühseligkeiten, die Krankheiten, der Schmerz und die Verdammnis blieben für sie unsichtbar. Das alles kannten sie nicht. Sie fühlten kein Gewissen. Wenn ihr Herz bedrückt war, dann nur, weil es unmöglich war, noch mehr Leiden zu erfinden. Es ging aber nicht um Grausamkeit, nicht um die Qualen der Leiber, sondern um Rache. Und jeder konnte sich nur einmal rächen. Jeder immer wieder aufs neue in der nächsten Aufgabe, die ihm zugeteilt wurde. Dann war es zu schnell vorbei. Und das war für niemanden schlimmer als für sie selbst.

Drinnen, im hinteren Zimmer, hörten sie eine undeutliche Stimme. Das Opfer murmelte in irgendeinem Traum, der es nicht warnte. Wozu waren Träume gut, wenn sie nicht die Todesgefahr anzeigten? Eine der Jüngeren zog als erste das Werkzeug. Die anderen beiden traten ebenfalls in das dunkle Zimmer. Durch das geöffnete Dachfenster drang der Geruch des Gartens. Es roch nach Hitze, Laub und geheimnisvoller Erde. Hinten an der Wand, unter der Schräge des Daches, stand das Eisenbett.

Sie fühlten die Kälte des Bettgestells unter ihren Händen. Dann tasteten sie dorthin, wo der warme Körper lag, ausgestreckt in seiner nächtlichen Hilflosigkeit. Es rührte nicht ihr Mitleid. Eine trat ans Kopfende, die andere blieb am Fußende stehen. Eine der ganz Jungen sollte damit beginnen.

Das Opfer wälzte sich im Schlaf herum. Sein Atem ging pfeifend. Wieder kamen undeutliche Laute aus seinem Mund. Dann lag es ganz still.

Die am Kopfende wollte nicht wissen, was die Schlafende träumte. Sie träumte selbst niemals. Das hatte sie sich abgewöhnt. Oder waren andere dafür verantwortlich gewesen? Ihre Träume fanden jetzt im Wachzustand statt. Wenn sie in der Dunkelheit schlief, sah sie nur alte, unbrauchbare Bilder. Und wenn sie aufwachte, waren die neuen da und überlagerten mit frischen Farben das andere, als sei es nicht wahr gewesen.

Sie griff zu, packte den Kopf der Schlafenden. Ihre Hand verschloß deren Mund.

Unten hielt die andere deren Beine fest.

Und die dritte stach zu.

Es gab schmatzende Geräusche, die sie schon kannten. Das waren die Begleiterscheinungen. Es gab das wilde Um-sich-Schlagen des Opfers. Das erstickte, unsinnige Schreien, wenn die Kreatur sich nicht in das Unvermeidliche fügen wollte. Die aufgerissenen Augen in der Dunkelheit, die nichts sahen, was ihr Schicksal erklärt hätte. Nicht den Mörder. Nicht den Tod. Nur Dunkelheit.

Dunkelheit war der Tod.

Immer wieder fuhr das Messer in die Wunden. Langsam wurde das Opfer ruhig. Die Stiche wurden jetzt genauer gesetzt. Es sollte durchaus schön aussehen.

Die Tat sollte ein Gesicht haben, in das andere verstört blicken konnten.

Dann lag das Opfer still und wurde ein unwichtiger, ein verschwindender Teil der ruhigen Nacht, in der sich nichts regte.

Das Lauteste, das zu hören war, schien der Herzschlag der drei Eindringlinge zu sein. Drei Herzen klopften in drei lebendigen Körpern, deren Wärme täuschte. Die Ältere dachte: Ein Teil von mir liegt auch dort. Ein Teil von mir ist hingestreckt. Das ist es, was ich sehe, wenn ich träume. Und sie konnte sich nicht dafür entscheiden zu denken, daß der andere Teil ein ungerechtes Urteil vollzogen hatte. Dieser Gedanke lag irgendwo versteckt in einem fremden Gehäuse ihres Wesens, zu dem sie keinen Zugang besaß. Sie besaß alle Schlüssel, aber nicht zu ihrer eigenen, zu dieser endgültig verschlossenen Tür.

Das Urteil hatte das Opfer selbst vollzogen. Es hatte sich durch sein vergangenes Tun dafür entschieden zu sterben.

Dafür gab es weder Schuld noch Verantwortung. Es war eine Sache, die sich von selbst vollzog.

Die Mörderin wischte ihr Messer am Bettzeug ab und steckte es in ein Futteral, dann in den Umhang. Die beiden anderen blickten noch einmal auf das Bett und die Tote, um zu überprüfen, ob das Bild der Tat ihrem Plan entsprach. Sie waren zufrieden. Dann zogen sie sich zurück, langsam rückwärts gehend.

Hinterließen sie verräterische Spuren?

Darauf wies nichts hin.

Es gab nur das vollzogene Urteil, das für sich selbst sprach. Diesen Selbstmord, der einem fremden Willen überlassen worden war.

Sie vollführten den ganzen Weg durch das Haus im Rückwärtsgang. Vor ihren Augen entfernte sich der Tatort langsam wie eine schon jetzt einsetzende Erinnerung. Hinter ihnen gingen leise die Türen zu, wichen die Mauern der Räume zurück und schlossen sich wieder, entfernte sich der teppichbelegte Flur, die Kellertreppe, der Keller. Das Gitter des Kellerfensters.

Ihre Füße hinterließen im trockenen Gras des Gartens keine Abdrücke. So leicht gingen sie davon.

Und kein Gewissen hinterließ einen Abdruck in ihrer Seele.

8.

Der Alarm erreichte Martin Velsmann in dem Moment, als er anfing, die Unterlagen des finnischen Polizisten zu studieren. Die beiden Aktenordner waren um neun Uhr am Morgen mit der Expreßpost gekommen, ein rotes Band umschnürte das Päckchen. Als er es aufgerissen hatte, stürmte sein unmittelbarer Vorgesetzter, Hauptkommissar Friedrich, in sein Büro. Velsmann sah seiner Miene schon von weitem an, daß etwas Unangenehmes geschehen war.

Friedrich schnaufte. »Wir haben die zweite Leiche. Wir müssen sofort mit der Soko antreten. Wo bleiben eigentlich die angekündigten Profiler? Und die Zielfahndung nach dieser Nena Raikiinen läuft ebenfalls mit Hochdruck an. Wir müssen auch der allerkleinsten Spur nachgehen, und wenn wir die ganze Region umpflügen. Der General steht kurz vor seinem dritten Herzinfarkt.«

Mit dem General meinte Friedrich den Polizeipräsidenten Hoffmann, der gewohnt war, einen Kommißton zu pflegen.

Martin Velsmann unterbrach das Aktenstudium nur widerstrebend und ließ sich aufklären. Hausbewohner im Ort Elmdorf waren mißtrauisch geworden. Eine junge Frau, die unterm Dach wohnte, hatte sich zwei Tage lang nicht gezeigt. Der Hund eines Besuchers der Vermieter hatte so lange vor ihrer Wohnungstür gebellt, bis der Vermieter die Tür aufbrach und die Tote in ihrem Bett fand.

»Elmdorf, an der Straße nach Schlüchtern?« fragte Velsmann.

»Ein Ort, in dem ich nie war, aber der mir schon jetzt suspekt ist«, sagte Friedrich. »Aufgebrachte Bewohner des Ortes machen nämlich Randale, sie fordern Konsequenzen.«

»Von wem denn?«

»Das wissen sie vermutlich nicht mal selber.«

»Es ist nackte Angst«, sagte Velsmann. »Das kann sehr gefährlich werden.«

»Wenn der Mob auf die Straße geht und die Vernunft zu Haus läßt, dann gute Nacht«, bestätigte Friedrich.

Martin Velsmann ließ schweren Herzens die finnischen Akten liegen und rief seine Assistenten zusammen. Tosca verließ eine Unterrichtsstunde mit Schießunterweisung nur ungern, Freygang hing an Telefonen und war erleichtert über eine Unterbrechung des Büroalltags. Sie machten sich auf den Weg. Der Tatort lag sieben Kilometer südlich von Huttenstein. Unterwegs ließen sie sich über Funk instruieren.

Während der Fahrt ließ Martin Velsmann die Autofenster unten und öffnete das Wagendach. Er hoffte, die Hitze würde vom Fahrtwind fortgeblasen. Die Glut kam von allen Seiten. Die Felder wirkten kraftlos, mattgrün und gelb.

Wieder fuhr Velsmann über die schmalen Serpentinenstraßen, zu beiden Seiten die grüne Mauer des Waldes mit Durchblicken auf das Sinntal. Für die große, alte Jugendstilvilla in der Einsamkeit der Felder und Wälder, die ihm beim letzten Vorbeifahren so gefallen hatte, fand er diesmal keinen Blick. Er war angespannt und in seine Gedanken versunken. Nur einmal nahm er eine Hand vom Lenkrad, griff nach dem Mikrofon seiner Freisprechanlage und fragte: »Sollte man nicht Sperren an den Landstraßen aufbauen? Ich sehe hier keinerlei polizeiliche Aktivitäten.«

Die Antwort Friedrichs war negativ. Dann eben nicht, dachte Velsmann und blickte aus dem Seitenfenster.

Etwas Düster-Verschlossenes lag über der Landschaft, aber dann kamen die hellen Häuser von Elmdorf in Sicht. Unbewußt atmete Velsmann auf. Auch seine Assistenten hatten die ganze Fahrt über geschwiegen. Als sie am Tatort ankamen, bemerkten sie schon von weitem, daß der ganze Ort auf den Beinen zu sein schien.

Velsmann setzte seine Polizeisirene aufs Dach und schaltete sie ein. Drei Minuten später hielten sie vor der angegebenen

Adresse, ein Vierfamilienhaus mit blau glänzenden Dachziegeln in einem großen Garten.

Alexander Keuper stieg gleichzeitig mit ihnen aus seinem Auto, in dem er offensichtlich gewartet hatte. Er empfing Velsmann und seine Assistenten mit entsetzter Miene.

»Das ist eine Katastrophe! Etwas Schlimmeres konnte nicht passieren!«

Velsmann bemühte sich, gelassen zu bleiben, obwohl auch er ein unangenehmes Kribbeln unter der Kopfhaut spürte. »Sind Sie über alles informiert?«

»Friedrich rief mich mitten in einem Ortstermin in Schlüchtern an. Ich war schon im Haus und habe mir den Tatort angesehen. Jetzt gibt es keine anderen Prioritäten mehr als diesen Fall.«

»Haben wir nicht zwei Fälle? Oder wissen wir schon, daß die beiden Mordfälle miteinander zu tun haben?«

»Die Tote ist eine junge Frau! Alleinstehend. Allerdings keine Ausländerin. Aber die Mordumstände – kommen Sie, sprechen Sie mit den Hausbewohnern. Die Vermieter scheinen vernünftige Leute zu sein.«

Martin Velsmann gab seinen Assistenten Anweisungen, und sie verteilten sich in der unteren Etage. Als Velsmann mit dem Staatsanwalt die Treppen hochstieg, drang etwas in seine empfindlichen Sinne, das ihm wie ein Hauch des Todes vorkam. Je höher sie kamen, desto deutlicher wurde er. Velsmann machte sich klar, daß es der Geruch der Leiche sein mußte, die in dieser Hitze mindestens zwei geschlagene Tage lang gelegen hatte. Oder es war eine andere Art von Tod, den er wahrnahm, etwas, das darüber hinausging.

Die Tote befand sich noch in ihrem Bett. Überall in der Wohnung versuchten bereits die Spurenexperten mit Spray,

Pulver und Pinseln, die Gegenstände zum Reden zu bringen. Der Arzt, der auch die Leiche von Julia Raikiinen untersucht hatte, war gerade fertig geworden und gab seine Einschätzung ab, die zu diesem frühen Zeitpunkt noch wenig aufschlußreich war. Er deutete aber vielsagend auf die vielen Einstiche.

Martin Velsmann trat an das Eisenbett und sah sich die Tote an. Eine junge, hübsche Frau, vielleicht fünfundzwanzig Jahre alt, dunkles langes Haar, längliches Gesicht, auseinanderstehende Augen, die nun aufgerissen waren.

Warum schloß niemand diesen letzten, entsetzten Blick auf die Mörder, dachte er. Hoffen wir, in diesem Blick wie in einem Spiegel den Täter zu erkennen?

Er beugte sich über die junge Frau, um ein Amulett an ihrem Hals zu studieren. Der Gedanke überfiel ihn, daß eine Lebende instinktiv vor ihm zurückweichen würde.

Das zerfetzte, dottergelbe Nachthemd der Toten wies so viele Einstiche auf, daß Velsmann keine Lust verspürte, sie zu zählen. Er ahnte, wie viele es sein würden. Einer saß im Hals, dicht neben dem Kehlkopf. Er hatte plötzlich den Eindruck, die Einstiche seien Münder, deren aufgeworfene Lippen in dem weißen Fleisch etwas erzählen wollten.

Hubert Gell machte ihn mit den Vermietern bekannt. Ein Ehepaar in mittleren Jahren. Sie wohnten im Parterre, dort, wo hinter der Terrasse der ausgedehnte Garten lag. Sie hießen Werner. Die dürre, lang aufgeschossene Frau war tagsüber im Haus, er arbeitete im Schlüchterner Stellwerk der Bahn. Velsmann sah dem Mann an, der weiche Gesichtszüge hatte und matt lächelte, wie unangenehm ihm alles war. Er kannte solche Gesichter, in denen der Wunsch sichtbar wurde, allem zu entgehen.

»Erzählen Sie mir, wer die Tote ist«, sagte Velsmann.

Der Mann schüttelte den Kopf und strich über sein dünnes Haar. »Es ist unfaßbar. Und daß es nachts geschehen sein muß, während wir unten schliefen – ich kann es noch nicht glauben.«

»Wer ist die Tote?«

»Ihr Name ist Nadja Henz. Sie zog vor einem Dreivierteljahr ein. Arbeitet in Schlüchtern bei der Postbank. Jedenfalls gab sie uns diese Auskunft. Wir haben ihre Angaben natürlich nie nachgeprüft und hatten keinen Ärger mit ihr. Sie kam und ging. An Wochenenden fuhr sie oft nach Göttingen, wo ihre Eltern wohnen.«

Velsmann ließ sich die Adresse holen und notierte sie mit der Telefonnummer. Dann ließ er sich den Ausweis der Toten geben, die einer der Spurentechniker ihrer Handtasche entnommen hatte. Nadja Henz, geboren am 12. 5. 1980 in Göttingen. Er wendete den Ausweis herum, er war 1999 in Fulda ausgestellt worden. Er behielt den Ausweis und sah die Vermieter an.

»Erzählen Sie ruhig weiter.«

Die Frau sagte: »Sie hat einen Freund. Er kam manchmal zu Besuch. Ein gewisser Tom Hauser. Ein freundlicher Typ, allerdings ein bißchen laut.«

»Seine Anschrift?«

»Die haben wir nicht.«

Der Mann sagte: »Er kam immer mit dem Auto. Es trug eine HU-Nummer.«

»Welchen Autotyp fuhr er denn?«

»So ein Fluchtauto, das man nicht identifizieren kann.«

»Wie bitte?«

»Ich meine, so einen Japaner. Dunkelgrau. Vielleicht Mitsubishi.«

»Genau wissen Sie es nicht? Auch das genaue Kennzeichen nicht?«

»Nein.«

»Gut. Das kriegen wir heraus. Alfons, das ist was für Sie. Herr Werner, ist Ihnen in letzter Zeit irgendwas aufgefallen? War Nadja anders? Waren ihre Verhaltensweisen ungewöhnlich? Wirkte sie nervös oder unruhig oder ängstlich?«

»Nein.«

»Doch, schon«, sagte die Frau vorsichtig. »Vor vier Wochen kam sie mit einem blauen Auge nach Hause. Als ich sie fragte, sagte sie, jemand habe sie unabsichtlich im Bus mit dem Ellenbogen gestoßen. Es klang aber nicht glaubwürdig. Danach kam ihr Freund lange nicht zu Besuch. Vielleicht gibt es da einen Zusammenhang?«

»Sehr gut beobachtet!« Velsmann nickte. »Hatte die Tote Freundinnen?«

»Nicht, daß wir wüßten. Einmal kam eine Arbeitskollegin. Etwa in ihrem Alter. Meinem Mann gefiel sie nicht, er sagte damals, ich erinnere mich deutlich, sie sehe irgendwie – nuttig aus. Nicht wahr, Heinz?«

»Habe ich das gesagt? Na ja, ich suchte nach einem passenden Wort. Diese Person war so grell geschminkt, irgendwie gewöhnlich. Jedenfalls nicht mein Fall.«

Das Gesicht seiner Frau, deren Augenlider stark nachgezogen und auf deren Mund dicker, dunkler Lippenstift saß, verzog sich zu einer überraschten Grimasse.

»Über diese Kollegin wissen Sie nichts Näheres?«

»Nur, daß sie wohl in der Filiale der Bank zusammenarbeiteten. Jedenfalls haben wir das vermutet. Es ist diese Postbank gegenüber der Stadtschule.«

Velsmann sah, daß Tosca sich alles notierte. Er blickte unschlüssig im Zimmer umher. Dann nickte er dem Ehepaar zu.

»Wir werden uns sicher noch weiter unterhalten. Bitte halten Sie sich zur Verfügung. Für den Moment danke ich Ihnen.«

Der Staatsanwalt fragte: »Wie sehen Sie die Sache, Martin?«

»Noch sehe ich gar nichts. Und einen Zusammenhang mit dem Mord an Julia Raikiinen kann ich auch nicht erkennen. Vielleicht gibt es ihn, vielleicht auch nicht. Die dreiunddreißig Messerstiche überzeugen mich nicht. Auch die Brände weiten sich nur aus, weil Trittbrettfahrer mit ganz anderen Motiven auf den Zug aufspringen und die Natur imitieren. Das ist doch alles viel zu primitiv.«

»Sie gehen also von zwei Mördern aus?«

»Das muß ich vorerst wohl. Wir müssen schon mehr Beweismaterial als dreiunddreißig Einstiche finden.«

»Dann suchen und finden Sie es, um Gottes willen! Es kann doch nicht sein, daß in dieser Region Serienkiller ihr Unwesen zu treiben beginnen. Das ist ja schlimmer, als wir uns das in früheren Jahren vorgestellt haben, als hier noch die Amerikaner waren. Damals blieb alles ruhig. Heute sind die Streitkräfte weg, und der Teufel ist los.«

»Ruhig bleiben, Herr Staatsanwalt. Hysterie bringt uns nicht weiter. Es kann alles Zufall sein. Ein Verrückter oder auch zwei laufen herum und wollen uns auf falsche Fährten locken. Sie tun so, als sei eine Satanssekte im Kinzigtal unterwegs. Ich glaube einfach nicht an einen Serienmord.«

»Aber die Morde bleiben und auch die Begleitumstände. Verschließen Sie sich nicht vor den eindeutigen Indizien, Martin! Ich habe den Eindruck, die Vorfälle des letzten Winters stecken Ihnen noch so sehr in den Knochen, daß Sie partout eine andere Theorie entwickeln wollen.«

»Ich will mich nur nicht festlegen. Im Moment kommt es mir so vor, als wolle hier jemand eine Leiche entsorgen und kommt sich schlau vor, wenn er andere Tatumstände kopiert.«

Tosca Poppe kam näher und hielt Velsmann ein kleines Plastiktütchen unter die Nase. »Das haben die Techniker im Treppenhaus gefunden.«

»Und was ist das?«

»Ein umgedrehtes Kreuz. Das Zeichen von Satanisten.«

»Sehen Sie!« Die Stimme des Staatsanwaltes klang plötzlich schrill.

Martin Velsmann starrte das kleine, schwarze Kreuz aus Metall an. »Wieso im Treppenhaus? Glaubt etwa jemand im Ernst, die Täter verlieren so was zufällig beim Raufgehen oder Runtergehen? Es ist ein Gruß an uns. Wir sollen einen Schluß daraus ziehen. Und welchen ziehen wir wohl, Herr Keuper?«

»Eine Satanssekte«, sagte der Staatsanwalt erstickt. »Ich sage es ja ununterbrochen.«

»Unsinn«, sagte Velsmann betont grob. »Kennen Sie nicht die Grundbegriffe der Erkenntnistheorie? Ein Ding bedeutet nicht nur sich selbst, sondern verstellt den Blick auf ein anderes Ding. Jetzt bin ich noch überzeugter, daß uns jemand an der Nase herumführen will.«

»Und warum sollte er das?«

»Einfach um von anderen Motiven abzulenken. Wenn ich auch noch nicht weiß, von welchen anderen.«

»Chef?« Tosca hob den Zeigefinger. »Wir fanden noch was.«

»Und?«

»Blut am Zaun. Da hing eine Katze mit durchgeschnittener Kehle. Sie lag im Gebüsch des Gartens.«

Velsmann sagte nichts.

Alexander Keuper fragte: »Wer hat sie gefunden?«

»Ein Mann von der freiwilligen Feuerwehr des Ortes.«

»Was?! Hier in diesem Garten?«

»Die haben hier am Morgen angefangen, überall herumzuschnüffeln. Eine Art Bürgerwehr. Behaupten, jetzt müsse saubergemacht werden. Daß jetzt die Verdächtigen vorgeführt werden müßten.«

Velsmann atmete tief durch. »Ich höre wohl nicht richtig. Bringt mir den Mann sofort und auf der Stelle her! Ich werde ihn in Eisen legen!«

»Aber Chef!«

»Gut. Ich lege ihn nicht in Eisen. Ich teere und federe ihn. Her mit dem Kerl!«

Alfons Freygang brachte inzwischen die Mieter aus dem ersten Stock herunter. Es war ein junges Ehepaar mit zwei kleinen Kindern. Er arbeitete bei einer Spedition, sie war den Vormittag über im örtlichen Kindergarten tätig, in dem auch ihre eigenen Kinder untergebracht waren. Das Paar wirkte eingeschüchtert.

Velsmann muße sie beruhigen. Er fragte geduldig, doch aus ihnen war nichts Vernünftiges herauszukriegen.

Die Mieter im zweiten Stock waren verreist, sie verbrachten ihren Jahresurlaub auf Menorca.

»Es kann nicht sein«, dachte Martin Velsmann laut, »daß hier Täter mitten in der Nacht auftauchen, durch den Keller ungehindert eindringen, durch das ganze Haus spazieren und in einer abgeschlossenen Wohnung unter dem Dach einen

Mord begehen – ohne daß irgend jemand irgend etwas bemerkt!«

»Und doch ist es so«, sagte Freygang. »Niemand will etwas gehört oder gesehen haben. Die Spuren im rückwärtigen Garten weisen übrigens eindeutig darauf hin, daß es drei Täter waren. Vielleicht auch Täterinnen – oder Kinder. Die Fußabdrücke sind klein und leicht und lassen eine solche Vermutung zu. Sie besaßen offensichtlich Schlüssel zu den Türen. Und sie kannten sich aus.«

»Sie wußten also genau, wo das Opfer wohnte. Und sie haben keinen Umweg genommen, um zu ihm zu gelangen. Das läßt die Vermutung zu, man kannte sich von Angesicht. Vielleicht kommen die Täter aus dem Freundes- oder Kollegenkreis.«

Tosca nickte. »Wir leuchten also das Umfeld aus.«

»Und die Täter besaßen die Schlüssel zu den Türen. – Was sagen unsere Vermieter dazu?«

Die Frau schüttelte fassungslos den Kopf. »Das kann ich mir nicht erklären. Es ist ausgeschlossen.«

»Es ist ausgeschlossen«, wiederholte Velsmann leise.

»Chef«, sagte Tosca. »Zu solchen Schlössern, wie es sie hier gibt, kann man jederzeit Nachschlüssel machen lassen. Es gibt kein einziges Sicherheitsschloß im ganzen Haus. Jeder Schrotthändler macht Ihnen solche Nachschlüssel. Vielleicht hatten sie auch Dietriche.«

»Vielleicht hatten sie auch Dietriche«, murmelte Martin Velsmann. »Aber welches Motiv hatten sie? Wollten sie ihre Nachschlüssel ausprobieren? Nein. Sie hatten ein handfestes Mordmotiv. Drei Täter oder Täterinnen. Hätte nicht einer ausgereicht?«

»Wir sind doch auch beim Mord in der Tropfsteinhöhle

von mehreren Tätern ausgegangen. Zumindest, was die Logistik angeht.«

»Stimmt, Herr Keuper. Aber jetzt kommen Sie mir nicht wieder damit, daß beide Morde die gleiche Handschrift erkennen lassen. Hier haben offenbar drei Täter den Mord gemeinschaftlich ausgeführt. Drei Mörder mit einem handfesten Mordmotiv. Welches? Könnt ihr mir das sagen?«

»Chef«, sagte Freygang, »in der Vergangenheit der Ermordeten muß es etwas geben, das wir herausfinden ...«

»Alfons!« sagte Martin Velsmann. »Kommen Sie mir nicht mit Polizeilyrik! Natürlich muß es in der Vergangenheit der Toten irgendwas gegeben haben, was jetzt zu diesen Mord führte. Das ist ja klar. Und wir werden es herausfinden, verlassen Sie sich darauf!«

»Klar, Chef!«

»Was ist in dieser Gegend los? Wer kommt hier und geht? Und warum gibt es keine Zeugen? Statt dessen macht sich jetzt der Mob breit! Packt die Leute, die hier Hobbypolizei spielen wollen, am Kragen und jagt sie zum Teufel!«

»Da kommt schon einer, Chef!« Freygang deutete auf einen Mann in der dunkelblauen Uniform der freiwilligen Feuerwehr, der von einem Polizisten herangeführt wurde. Ein großer Mann mit Mittelscheitel und kräftigem Schnauzer.

»Sie haben die Katze gefunden!« herrschte Martin Velsmann ihn an.

»Ja. Ich habe die Katze gefunden!« erwiderte der Uniformierte stolz.

»Sie heißen?«

»Manfred Kluge. Auch Fred Kluge.«

»Ja wie nun!«

»Sie können mich nennen, wie Sie wollen. Sehen Sie, damals in den siebziger Jahren, wollten alle wie Amis heißen, deshalb ...«

»Erzählen Sie mir nicht Ihre Lebensgeschichte!« Martin Velsmann bemerkte die mahnenden Blicke des Staatsanwaltes. »Was hatten Sie am Tatort auf diesem Grundstück überhaupt zu suchen?«

»Na, Tatspuren! Was denn sonst?«

»Auf einem fremden Grundstück, das Sie nichts angeht?!«

»Wir wollen der Polizei helfen, damit diese Schweinehunde gefaßt werden und endlich wieder Ruhe in unser schönes Sinntal einkehrt. Und die Katze ist mit Sicherheit eine wichtige Spur! Ich sage immer: Satanssekten sind hier aktiv! Überall verstecken die sich. Die haben doch Lunte gerochen, nachdem die Sachen des letzten Winters hier bekannt wurden!«

»Die Satanisten aus Gelnhausen sind hinter Schloß und Riegel!«

»Glauben Sie! Ich könnte Ihnen Sachen erzählen!«

»Was für Sachen?!« herrschte Martin Velsmann ihn an.

»Chef?« Tosca Poppe trat dicht an Velsmann heran. »Da hinten liegt eine Leiche.«

Martin Velsmann blickte sie irritiert an. Dann verstand er. Er sagte: »Gut. Mein Assistent Freygang wird Ihre Aussage zu Protokoll nehmen. Lassen Sie sich aber gesagt sein, wenn Sie uns hier in die Quere kommen, werde ich ungemütlich! Sie haben hier nicht Polizei zu spielen!«

Verblüfft sah der Feuerwehrmann ihn an. Dann lachte er boshaft. »Ist ja wohl ein starkes Stück! Wenn ich das meinen Kameraden erzähle, dann erfahren Sie von uns überhaupt nichts mehr!«

Velsmann trat ganz dicht an ihn heran. »Wenn Sie sich partout nützlich machen wollen, dann gehen Sie und löschen Sie die Feuer in der Rhön. Pinkeln Sie rein!«

»Ein Irrer«, sagte der Mann. »Was ist der? Kommissar?«

Freygang sagte: »Hauptkommissar Martin Velsmann, ältester und erfolgreichster hessischer Polizist.«

Martin Velsmann ging hinaus.

Der Staatsanwalt lief ihm nach. »Martin. Draußen steht die Presse. Sagen Sie den Herrschaften ein paar Worte. Irgendwas, das sie beruhigt.«

»Etwas, das sie beruhigt? Vielleicht Selbstmord mit dreiunddreißig Einstichen? Mir fällt dazu nichts ein. Sagen Sie es ihnen.«

Keuper rang die Hände. Dann machte er kehrt und ging vor das Haus. Velsmann wich einigen Spurenexperten in weißen Overalls aus. Die Türen zu allen Wohnungen standen offen, auch die zum ersten Stock.

Er winkte die Vermieter heran und ging hinein. Die Leute folgten ihm. In der Wohnung war es dunkel. Velsmann bat den Vermieter, ein Rollo hochzuziehen. Als Tageslicht einfiel, sah er sich um.

»Hat man die Urlaubsanschrift der Mieter?«

»Sie haben uns hinterlassen, wo sie zu erreichen sind. Die fahren seit zwölf Jahren immer in dasselbe Hotel.«

»Gut. Geben Sie mir das bitte. Ich werde es überprüfen.«

»Das sind anständige Leute, glauben Sie mir.«

»Natürlich.«

Martin Velsmann wußte selbst nicht genau, was er suchte. Er ging in der Wohnung herum. Sie war so steril wie eine Zahnarztpraxis, den Fußboden bedeckten gemusterte Kacheln, an den Wänden hing Landschaftstapete. Kaum vorstellbar, daß hier Menschen lebten und sich wohl fühlten. Im

Wohnzimmer erblickte er mehrere Reihen von gerahmten Tierfotos. Auf dem Küchenboden lag ein sorgfältig aufgeschichteter Stapel grauer Müllsäcke mit rotem Aufdruck.

Er nahm einen in die Hand und faltete ihn auseinander. Der Aufdruck verwies auf die Stadtwerke des Luftkurortes Schlüchtern. Unschlüssig faltete er den Sack wieder zusammen und legte ihn zurück.

Hier würde er nichts finden.

Aber da war etwas, das an ihm nagte.

Er versuchte, sich den vermutlichen Tathergang ins Bewußtsein zu rufen. Mehrere Eindringlinge in der Nacht, sie besaßen Schlüssel, sie wußten, wo sie ihr Opfer zu finden hatten. Woher hatten sie die Nachschlüssel? Vielleicht vom Opfer selbst? Zumindest ein Täter mußte das Schlüsseloriginal in der Hand gehabt haben. Er war vermutlich im Haus gewesen. Dann mußte es einen Zusammenhang mit der Toten geben, den er bisher noch nicht kannte. Wer war die grell geschminkte Besucherin der Ermordeten gewesen?

Die Tote Julia Raikiinen in der Tropfsteinhöhle fiel ihm ein. Die Müllsäcke. Hatte nicht jemand zu Protokoll gegeben, eine Gruppe auffällig geschminkter junger Frauen im Erlebnispark von Stahlau gesehen zu haben?

Grelle Schminke. Müllsäcke. Der Kontrast. War das ein Kommentar? Wollte jemand auf diesen Kontrast hinweisen?

Nein, dachte er, so bizarr denkt niemand im Kinzigtal.

Seine Gedanken gerieten durcheinander. Er rieb sich die schmerzenden Schläfen, hinter denen Kopfschmerzen begannen. Selbst im Treppenhaus stand die Hitze.

Martin Velsmann wollte zurück ins Präsidium, um die Akten aus Karelien einzusehen. Hier würde er nichts finden, das ihn weiterbrachte. Dafür waren die Spurentechniker besser geeignet. Er mußte herausfinden, warum Nadja Henz sterben mußte. Ihr Freund Tom Hauser und die auffällig geschminkte Kollegin mußten her. Hier, in dieser sterilen Helligkeit, blieb alles dunkel.

Beim Heruntergehen rief er im Treppenhaus laut nach seinen Assistenten. »Wir fahren zurück! Ich habe Aufgaben für euch!«

Als die beiden von oben kamen, rief Tosca schon von weitem: »In ihrem Küchenregal stehen nur vegetarische Kochbücher!«

»Deshalb hat man sie zu Ragout verarbeitet!« sagte Freygang.

Velsmann warf beiden einen strafenden Blick zu. Dann gingen sie hinaus.

Draußen war Hubert Gell damit beschäftigt, gestenreich auf die Presseleute einzureden.

»Schönen Tag noch, Alexander«, sagte Velsmann im Vorübergehen.

»Herr Hauptkommissar!« rief eine kleingewachsene, korpulente Frau in einem Kleid mit Rüschen am Kragen, die Velsmann als ewig unglücklich verliebte Journalistin der Fuldaer Post kannte. »Was wissen Sie?«

Velsmann blickte über die Schulter zurück. »Ich weiß, daß ich jetzt in mein Auto einsteige und nach Fulda fahre. Morgen um zehn machen wir eine offizielle Pressekonferenz in der Dienststelle. Dann erfahren Sie vom Herrn Staatsanwalt alles, was Sie brauchen. – Nicht wahr, Herr Keuper?«

»Warum sind Sie so!« stöhnte der Staatsanwalt.

Während sich der flaschengrüne Scorpio in Bewegung setzte, hob Alexander Keuper abwehrend die Hände, als wolle er das Ungemach beschwören. Velsmann sah ihn im Rückspiegel kleiner werden.

Schon die ersten Seiten der Akten brachten Erstaunliches zu Tage. Hauptkommissar Hubert Gell saß eine Weile neben Velsmann und sah ihm über die Schulter.

»Donnerwetter!« sagte er einmal. »Ist ja ein Ding!«

Martin Velsmann sagte gar nichts. Er überblätterte die in finnischer Sprache geschriebenen Unterlagen, las die englischen Übersetzungen und machte sich hin und wieder Notizen. Er begriff, daß diese Unterlagen der Schlüssel zu vielem waren. Und daß Nena Raikiinen im Mittelpunkt dessen stand, was in letzter Zeit geschehen war.

Aber sie blieb verschwunden.

Er konnte nicht mit ihr reden.

Das Verhör mit ihrem Freund Danilo Wagner hatte am Morgen kaum etwas ergeben, das sie im Moment weiter brachte. Immerhin hatte er zugegeben, selbst schon Pornofilme auf Videomaterial gedreht zu haben. Aber die Filmproduktion war inzwischen pleite gegangen. Ein Anruf bei seinem Steuerberater bestätigte das. Wagner schien inzwischen auch ehrlich besorgt über das Verschwinden Nenas zu sein. Seine Selbstsicherheit war wie weggeblasen.

Velsmann fragte sich, ob er nicht doch einen Hausdurchsuchungsbefehl für die Wohnung in Künnzell beantragen sollte. Vielleicht war es sogar angebracht, einen Lokaltermin zu vereinbaren. Dann konnte man unter gleichen Lichtverhältnissen den Videofilm nachstellen, den Nena ihm geschickt hatte. Denn der Vergewaltiger des Films lief ja noch immer frei herum. Auch Wagner kam für die Besetzung des männlichen Parts durchaus in Frage.

Martin Velsmann holte sich die Einwilligung von Hauptkommissar Gell. Das Papier kam in diesem Moment, Revierleiter Friedrich brachte es persönlich. Gleichzeitig meldete sich Gebhardt von der neuen Soko telefonisch. Velsmann lauschte seinem Bericht.

»Die Angaben über die Arbeitsstelle dieser Nadja Henz stimmen. Bei der Postbankfiliale arbeitet allerdings niemand, wie ihn die Vermieter beschrieben haben. Niemand, der als stark geschminkt oder auch nur als gleichaltrig in Frage kommt. Da sind zwei ältere Frauen und sonst nur männliche Angestellte. Die Eltern der Toten sind benachrichtigt worden. Sie werden gerade vernommen. Das Protokoll geht uns morgen früh zu.«

Velsmann bedankte sich und legte auf. Er grübelte einen Moment über das Gehörte nach und konzentrierte sich wieder auf das Aktenstudium. Er nahm sich vor, seinem finnischen Kollegen eine gute Flasche Rotwein zu schicken. Vielleicht besser Cognac. Oder tranken finnische Polizisten nicht?

Was Jokkelsoi ihm da überlassen hatte, las sich wie das Exposé eines reißerischen Thrillers.

9.

Martin Velsmann glaubte die Bedrohung mit Händen greifen zu können. Er hatte es nach dem Studium der Akten im Büro nicht mehr ausgehalten, sich ins Auto gesetzt und fuhr nun aus Fulda heraus.

Bevor er sich versah, war er wieder auf der Landstraße nach Elmdorf. Er fuhr instinktiv über die kurvenreiche Strecke.

Seine Gedanken bewegten sich um das, was er gelesen hatte. Er ließ den Wagen rollen. Wenig später hielt er am Straßenrand und blickte auf die Villa, die vor wenigen Tagen seine Phantasie so stark beschäftigt hatte. Er seufzte. Vielleicht sollte er ein solches Haus kaufen. Vielleicht gab es so was am Meer. Dort würde er für den Rest seiner Tage mit Andrea und den Kindern wohnen. Fulda, das Kinzigtal weit weg. Die Polizeiarbeit weit weg. Hitze und Dreck vergessen.

Dieser Gedanke beflügelte ihn. Er bewirkte, daß er mit etwas weniger Unruhe in seinem Inneren weiterfahren konnte. Er lenkte den Wagen auf die Fahrbahn zurück. Die Villa verschwand hinter ihm in einer Kurve. Seltsam, dachte Velsmann, das schöne Haus wirkt völlig verlassen, obwohl ein so großes Haus für viele Menschen eingerichtet sein sollte, um sie zu beherbergen. Der Garten schien in Schuß zu sein, am Zaun fiel ihm ein Holzstapel auf, der offenbar frisch aufgeschichtet worden war. Vielleicht frage ich einmal, dachte er, ob die Villa zum Verkauf steht. Dann erblickte er hinter dem Haus einen dort parkenden Reisebus in blauen Farben. Irgend jemand wohnte dort also und ging seinem Gewerbe nach.

Ich sollte ans Meer ziehen, dachte er. Ein Haus am Meer, Sonnenuntergänge, Vogelflug. Dort ist alles weiter.

Velsmann fuhr auf dem Weg, den er schon kannte, nach Elmdorf. Er hatte das Gefühl, etwas übersehen zu haben, und wollte deshalb an den Tatort zurückkehren. Manchmal waren es Winzigkeiten, die weiterhalfen. Jetzt, wo die Tote in die Gerichtsmedizin abtransportiert worden und die Spurensuche beendet war, präsentierte sich der Tatort wieder so, wie er vor dem Mord gewesen war. Man konnte in Gedanken die Zeit zurückdrehen. Irgendwas mußte zu finden sein.

Was er zuerst sah, war, daß der Ort nicht mehr so sein würde, wie er gewesen war. Überall standen Bewohner auf den Straßen. Sie trafen sich vor den wenigen Geschäften, an Gartenzäunen. Mütter hielten ihre verängstigten Kinder fest an der Hand. Eine Gruppe junger Männer trank an der Bushaltestelle Bier aus Dosen und diskutierte laut. In der Nähe stand der rote Kastenwagen der freiwilligen Feuerwehr.

Martin Velsmann parkte sein Auto in einigem Abstand vom Tatort und ging zu Fuß durch den Ort.

Man sah ihn mißtrauisch an. Plötzlich wies eine junge Frau mit dem Finger auf ihn und rief: »Das ist doch dieser Polizist aus Fulda! Der hat doch was mit der Sache zu tun!«

Mehrere Menschen drehten sich um und kamen auf ihn zu. Martin Velsmann traute seinen Augen nicht. Sie nahmen eine bedrohliche Haltung ein. Jemand baute sich breitbeinig vor ihm auf und schien ihn nicht weitergehen lassen zu wollen.

»Guten Tag!« sagte Velsmann. »Wann hört die Hitze endlich auf?«

»Wir reden hier nicht mehr übers Wetter, Herr Polizist«, sagte ein älterer Mann. »Hier gibt es nur noch ein Thema. Und wir fragen uns, was tut die Polizei, um uns zu schützen!«

»Wo waren Sie alle zur Tatzeit?« fragte Velsmann.

Jemand lachte. Sie redeten durcheinander.

Velsmann deutete mit dem Finger auf die junge Frau, die ihn erkannt hatte. »Sie da! Wo waren Sie in der Nacht, als der Mord geschah?«

Die junge Frau schwieg verlegen. Sie brachte nichts heraus. Dann bekam sie einen roten Kopf und zog sich zurück.

»Und die anderen? Ich habe Sie etwas gefragt!«

»Langsam, Freundchen!« Ein stämmiger Mann im blauen Overall trat auf ihn zu. »Was wollen Sie denn damit andeuten?«

»Ich deute gar nichts an. Ich habe eine Frage gestellt. Und wenn sie nicht zufriedenstellend beantwortet wird, lasse ich euch alle verhaften. Ihr kommt mir verdächtig vor!«

Einige lachten erneut. Der Stämmige blickte die anderen unsicher an. Martin Velsmann überreichte ihm seine Visitenkarte. »Rufen Sie mich an, wenn Sie zur Beantwortung meiner Frage in der Lage sind. Inzwischen passen Sie auf, was Sie tun. Wenn ihr hier Unruhe schürt, geht es euch wegen Landfriedensbruch an den Kragen.«

Er ging weiter. Als er über die Schulter zurückblickte, sah er die meisten, vor allem die Mütter mit ihren Kindern, davongehen. Nur wenige Männer blieben unschlüssig stehen.

Bevor Martin Velsmann im Parterre des Hauses klingeln konnte, klingelte sein Handy.

Andrea sagte: »Die Kinder sind jetzt am Gardasee. Sie lassen dich grüßen, Martin. Es hat ihnen bei dir gut gefallen. Sie sagen, sie hätten nun wieder einen Vater.«

»Warum sagen sie mir das nicht selbst! Ist es irgendwie ansteckend, mit mir zu sprechen?«

»Was ist denn mit dir los? Hast du Ärger?«

»Hier passiert ein Mord nach dem anderen. Rede von Glück, daß du in Mecklenburg am Meer bist.«

»Martin? Kannst du im August kommen?«

»Ich weiß es nicht. Es gäbe nichts, was ich lieber täte. Ich habe mir eben ein Haus angesehen, in dem ich mit dir am Meer wohnen wollte. Ich baue es hier ab und lasse es an der Küste wieder aufbauen. Ach, im Moment weiß ich gar nichts. Ich stecke so tief im Schlamassel, daß ich absolut nichts planen kann. Ich rufe dich heute abend an.«

Er beendete das Gespräch. Dann drückte er den Klingelknopf neben dem Namen Werner. Die Vermieterin öffnete.

»Ich wollte noch einmal durchs Haus gehen. Allein.«

»Bitte. Kommen Sie rein. Oben ist alles so geblieben. Nach der Beerdigung wird ausgeräumt. Dann müssen wir einen Nachmieter suchen.«

»Frau Werner, versuchen Sie sich noch einmal an diese Besucherin der Ermordeten zu erinnern, von der Sie mir erzählten. Sie wissen schon, die Geschminkte. In der Bank arbeitet sie nicht, das haben wir herausgefunden. Die kleinste Kleinigkeit kann von Bedeutung sein.«

Sie dachte nach. »Ich hörte, wie sie im Treppenhaus etwas sagte. Ich konnte es nicht genau verstehen, aber ich dachte damals, das müsse eine Ausländerin sein.«

»Wieso denn?«

»Na ja, ich habe nichts gegen Ausländer! Aber hier in unserer Gegend fällt halt jeder auf, der nicht von hier ist. Und wir haben am Ortsrand so ein Asylheim, da sitzen Ceylonesen. Und wenn die abends rausgehen, dann ist das irgendwie unheimlich – alle diese dunkelhäutigen Menschen. Außerdem soll in Schlüchtern eine Irrenanstalt für ausländische Geisteskranke gebaut werden. Können Sie sich das vorstellen? Geisteskranke Schwarze! Das ist doch grauenhaft!«

»Aus welchem Land kam diese Besucherin, Ihrer Meinung nach?«

»Ich weiß nicht. Also, sie war weiß. Ich würde eher denken, sie war aus dem Norden.«

»Was verstehen Sie unter Norden? Schottland, Island, die Faröer-Inseln?«

»Ihre Stimme hatte so einen Singsang. Ich würde eher sagen Skandinavien, die betonen ja die Silben falsch.«

»Könnte es Finnisch gewesen sein?«

»Ja, warum nicht? Vielleicht war es Finnisch!«

»Ich gehe dann mal hoch.«

»Es ist offen.«

Martin Velsmann spürte den Hauch des Todes nicht mehr. Es roch nach Ammoniak, ein Geruch, den er aus spanischen Urlaubhotels kannte. Man hatte gründlich saubergemacht.

In der Wohnung war alles abgedeckt. Noch versperrten Bänder einzelne Bereiche. Die Türen durften nicht angefaßt werden. Auf den Klinken klebten Folien. Auf einem Teppich im Schlafzimmer steckten Fähnchen mit Aufschriften. Die Matratze des Bettes war hochgeklappt.

Martin Velsmann trat ans Dachfenster. Sein Blick ging über den Ort. In der Ferne sah er sie zusammen stehen. Sie sind verängstigt, dachte er. Wer kann es ihnen verdenken? Etwas Unheimliches geht hier umher. Und es scheint unaufhaltsam zu sein. Türen und Wände scheinen für dieses Unheimliche keine Hindernisse zu sein. Ist es ein Wunder, daß die Bewohner in Panik verfallen? Am liebsten würden sie mit irgendwas kurzen Prozeß machen. Ihre Angst, dachte er, gerinnt in dieser Vorstellung, einen Verdächtigen zu finden. Wehe, sie finden einen. Vielleicht würden sie nicht zögern, ihn auszumerzen. Das ist diese verfluchte Provinzmentalität.

Aber so einfach kamen sie nicht davon. So einfach war es nicht.

Er setzte sich auf den Fußboden und lehnte den Kopf gegen die Wand. Was war hier geschehen? Welche mörderische Energie hatte in dieses Zimmer geführt? Was hatte Nadja Henz getan? Er ließ seine Blicke herumwandern, aber natürlich hatten sich die Täter und ihre Mordmotive spurlos verflüchtigt.

Was hatte die Ermordete getan, daß ihre Peiniger, angefüllt mit diesem Haß, eine so grauenhafte Tat ausgeführt hatten?

Sie hatten in Kauf genommen, entdeckt zu werden. Es

mußte also einen schwerwiegenden Grund gegeben haben, die junge Frau in dieser Wohnung, mitten in der Nacht, zu töten. Sie hätten es auch sonstwo tun können. Irgendwo in der Landschaft. Auf dem Weg von der Postbank nach Hause. In ihrem Auto. In der Landschaft bei einem Spaziergang.

Sie hatten sie in ihrem Bett ermordet.

Was bedeutete das?

Martin Velsmann starrte zu dem Eisenbett hinüber. Sag mir was, dachte er, gib dein Geheimnis preis. Du warst Zeuge der Tat.

Er seufzte.

Es sah schlecht aus um die Aufklärung eines Verbrechens, wenn man hoffte, Eisen würde reden.

Und doch – irgend etwas war nicht ganz idiotisch an diesem Gedanken.

Auch an einem anderen nicht. Vielleicht war es nicht abgrundtiefer Haß gewesen, der den Tod hierhergeführt hatte, sondern eine ganz kaltblütige Überlegung. Konnte man in den Mordumständen nicht etwas sehen, das einem eiskalten Plan, einer emotionslosen Hinrichtung glich?

Er erhob sich langsam.

Eine Hinrichtung?

Er hoffte, seine augenblickliche Verfassung lenkte seine Gedanken nicht völlig auf Abwege. Aber diese Gefahr bestand immer. Gedanken waren immer von Gefühlen abhängig.

Man hatte Nadja Henz nicht in ihrer Wohnung ermordet, sondern in ihrem Bett.

»Was hast du gesehen? Du mußt mir sagen, was du gesehen hast!«

»Ich habe alles gesehen!«

»So geht es doch nicht weiter! Ich sehe doch, wie du dich quälst. Du wirst noch krank!«

Marlene versuchte, ihm die Hände aus dem Gesicht zu nehmen. Er vergrub sich darin. Er wollte sie nicht ansehen. Nur ganz langsam ließ er es zu, daß sie ihm half. Sie redete ihm zu. Dann schaffte sie es, seine Hände in ihrem Schoß zu bergen.

»Markus! Sprich zu mir!«

»Ich weiß jetzt, woher sie kommen«, sagte er dumpf. »Es sind so viele! Was tun sie hier? Sie kommen ins Land, das weiß ich. Und dann verlieren sich ihre Spuren. Wo kriechen sie unter? Es ist mir ein Rätsel.«

»Wir kennen uns solange, aber ich habe keine Ahnung, ob ich dir glauben soll.«

»Ich phantasiere nicht.«

»Du bist einer gefolgt?«

»Es war nicht schwer. Wenn du abends im Auto lange genug wartest, dann triffst du sie. Sie machen sich nicht mal die Mühe, ihr Tun zu verbergen.«

»Du warst die ganze Nacht weg. Warst du wieder mit einer von denen zusammen?«

»Nein, nein. Darum geht es nicht. Ich will nur wissen, was mit ihnen los ist. Es geht nicht um Begierde, das mußt du mir glauben.«

»Ich weiß nicht ...«

»Ich brauche nur dich.«

»Und wohin sind sie gegangen?«

»Zu einem Haus, aber ich sage es dir lieber nicht. Es könnte ein Moment kommen, in dem solches Wissen gefährlich wird. Ich behalte es für mich. Wenn sie zu mir kommen, wehre ich mich. Du bist hilflos. Ich ziehe dich da nicht mit hinein. Du sollst nur wissen, daß ich an etwas dran bin. Bald werde ich es veröffentlichen, dann steht hier alles kopf. Glaub mir, nach dem, was ich jetzt weiß, ist das ein ganz großes Ding! Es geschehen ungeheure Sachen! Und ich werde alles rauskriegen. Im Moment kann ich es noch nicht fassen, aber ich lasse die Bombe platzen!«

»Sei vorsichtig«, flüsterte sie. »Es ist zu gefährlich. Mit wem legst du dich da an!«

»Es sind gefährliche Leute, doch sie wissen nicht, daß ich hinter ihnen her bin. Das können sie gar nicht ahnen. Diesen Vorteil nutze ich. Nur glaube ich inzwischen, daß die Verbindungen weiter gehen, als ich bisher angenommen habe. Das geht bis in höchste Kreise! Da zieht jeder an seinem Faden! Es besteht ja ein ungeheurer Bedarf!«

»Geh zur Polizei, Markus! Das wächst dir sonst über den Kopf! Du bist kein Privatdetektiv!«

»Nein, da ist doch keiner, der den Ernst der Lage begreifen würde.«

»Geh zu diesem Kommissar!«

»Der schnüffelt nur und begreift nichts.«

»Komm jetzt! Komm zu mir!«

»Diese Gier, Marlene! Du machst dir kein Bild davon! Was für eine Energie dahintersteckt! Und immer neue kommen ins Land! Ich frage mich, ob das wirklich bisher niemand bemerkt hat. Oder gibt es ein Komplott, das an den Grenzen beginnt und in das sogar die Polizei verwickelt ist? Vielleicht sollte ich mich tatsächlich an diesen Hauptkommissar aus Fulda halten. Der scheint zumindest vertrauenswürdig zu sein. Aber wer weiß das schon? Heutzutage sind doch alle korrupt. Du vertraust dich jemandem an, und in der Nacht steht er plötzlich in deiner Wohnung und hält dir das Messer an den Hals.«

»Komm doch!«

»Ist es dasselbe? Ich meine, was wir tun – und was sie tun? Ich kann es kaum glauben.«

»Komm zu mir!«

Die Leitungszentrale in Fulda berichtete von Eingängen, die mit dem Mord in Elmdorf in Verbindung stehen konnten. In mehreren Häusern des Ortes und der Umgebung, meist leerstehenden Ferienhäusern, war gleichzeitig eingebrochen worden. Man hatte aber nichts gestohlen, offenbar nur etwas gesucht. Und jemand hatte versucht, den Keller des Asylantenheims unter Wasser zu setzen.

Als Martin Velsmann davon hörte, fielen ihm sofort die feindseligen Bewohner des Ortes ein. Er beauftragte seine neuen Mitarbeiter von der Soko Stahlau, Müller und Gebhardt, das Landeskriminalamt davon in Kenntnis zu setzen. Dort mußte entschieden werden, ob die Delikte im Zusammenhang mit den beiden Morden untersucht werden sollten.

Nichts war mehr wie vorher.

Martin Velsmann flüchtete vor dem Papierkram im Büro. Die Täterprofile der Profiler hatten nur vage Ergebnisse gebracht. Alle anderen Routineuntersuchungen waren ebenso unergiebig. Die Soko hatte einen weiteren Aufruf herausgebracht, um Menschen anzusprechen, die irgend etwas beobachtet hatten. Die Abendnachrichten der privaten Fernsehsender brachten die beiden Mordfälle in allen Einzelheiten. Bisher war kein einziger brauchbarer Hinweis darüber eingegangen, daß sich irgendein Individuum verdächtig gemacht hatte. Die üblichen anonymen Anrufe, in denen jemand einen anderen aus privaten Gründen denunzieren wollte, waren schnell zu erkennen. Die Ermittlungen traten auf der Stelle.

Velsmann konnte sich einfach nicht auf die notwendige

Büroarbeit konzentrieren. Er setzte Tosca Poppe und Alfons Freygang darauf an. Freygang hatte schon herausgefunden, daß im Regierungsbezirk Hanau insgesamt achtundsechzig graue Mitsubishi angemeldet waren, davon neun unter weiblichem Namen. Man versuchte jetzt, mögliche Verdächtige einzukreisen, doch das erforderte Zeit und Geduld. Gebhardt war nach Göttingen gereist, um die Eltern von Nadja Henz noch einmal zu befragen, doch die standen unter Schock. Sie konnten sich den Tod ihrer Tochter nicht erklären. Über ihren Freund konnten sie nichts aussagen.

Noch immer versuchte das Team um Martin Velsmann in regelmäßigen Abständen, Kontakt mit Nena Raikiinen aufzunehmen. Inzwischen hing ihr Fahndungsfoto als Kopie aus den finnischen Unterlagen auf jedem hessischen Polizeirevier. Und in den Polizeicomputern befanden sich ausführliche Dateien mit ihren Daten, die Velsmann aus den Akten aus Mikkeli gefiltert hatte.

Um so überraschter war Martin Velsmann, als er plötzlich ihre Stimme hörte.

Gerade als er in die Kantine ging, um einen Kaffee zu trinken, rief sie an.

»Herr Kommissar? Kann ich Sie treffen?«

»Wissen Sie, wie oft wir Sie angerufen haben? Wo sind Sie? Warum melden Sie sich erst jetzt?«

»Ich bin ganz in Ihrer Nähe. Sagen Sie mir, wo ich Sie treffen kann.«

»Ist was passiert?«

»Ich kann nicht mehr. Ich gebe auf.«

Velsmann überlegte. Dann sagte er: »Treffen wir uns im Schloßpark. Dort, wo der kleine See ist. Sagen wir in einer Stunde?«

»Also gut. Um zwei am See.«

Die Verbindung wurde unterbrochen.

Martin Velsmann atmete tief durch. Dann grübelte er darüber nach, was Nena Raikiinens Bemerkungen bedeuten konnten. Sie gab auf? Das konnte vieles bedeuten. Vielleicht war sie einfach nur zu ein paar neuen Informationen bereit. Mit den beiden Morden war sie nicht in Zusammenhang zu bringen, aber aus ihren Akten ging hervor, daß sie in ihrer Heimat ein halbes Jahr lang im Gefängnis gesessen hatte. Wegen nachgewiesener Kindesmißhandlung.

Sie hatte eine Tochter gehabt, die später bei einem Autounfall unter ungeklärten Begleitumständen ums Leben gekommen war.

Martin Velsmann holte sich den Kaffee von der Theke und trank ihn im Stehen. Beim Blick aus dem Fenster nahm er wahr, daß Wolken heraufzogen. Brachten sie ein Gewitter? Es wäre das erste in diesem Sommer.

Ein Dorf in der nordöstlichen Region vor Fulda war inzwischen evakuiert worden. Die Flammen wüteten nur wenige Kilometer vor dem Ort in den Wäldern. Sie wurden mit Chemikalien aus der Luft bekämpft, und man grub mit Baggern tiefe Gräben um die Brandzentren. Den Flammen schien das bei ihrem Vormarsch auf Fulda nichts anhaben zu können.

Martin Velsmann grübelte darüber nach, was ihm Nena Raikiinen zu sagen haben würde. Vielleicht zog sie auch nur eine weitere theatralische Nummer vor ihm ab? Brauchte sie einfach nur hin und wieder das Gefühl, von ihm wahrgenommen zu werden? Seinen Schutz zu bekommen? Wollte sie ihn damit einlullen?

Er nahm sich vor, sie in die Mangel zu nehmen. Die Zeit der Rücksicht war vorbei.

Es war zu viel geschehen.

Als sie ihm im Schloßpark entgegenkam, schmolzen seine Vorhaben dahin. Sie sah so unschuldig und so anziehend aus! Er hätte gewünscht, sie umarmen zu dürfen. Der Geschlechterinstinkt, dachte er, es klappt immer. In ihrem Gesicht stand ein reizendes Lächeln.

Es paßte nur nicht zu ihrem Anruf.

Sie setzten sich auf eine Parkbank an der Stirnseite des Sees. Einen Moment lang sahen sie schweigend den Enten und Schwänen auf dem Wasser zu. Nena lachte einmal ein leises Lachen. Es bezog sich wohl auf ein Entenjunges, das im Bemühen, ans Ufer zu gelangen, immer wieder rückwärts ins Wasser purzelte.

Martin Velsmann rückte ein Stück von ihr ab, um sie direkt ansehen zu können, und sagte: »Wo haben Sie gesteckt, Nena? Wissen Sie nicht, daß nach Ihnen gefahndet wird? Ich dürfte mich gar nicht mit Ihnen treffen. Das Landeskriminalamt ist an Ihnen interessiert. Genaugenommen müßte ich Sie unverzüglich aufs Präsidium bringen.«

»Weshalb denn?« fragte sie und lächelte ihn noch reizender an.

»Wegen Verbreitung verbotener Gewaltpornografie.«

»Aber ich bin es, der Gewalt angetan wird.«

»Sie haben dieses Video verbreitet, indem Sie es mir schickten und danach durch Ihr Untertauchen die Strafverfolgung vereitelt. So profitieren Sie von dieser Art Pornografie, und das ist strafbar.«

»Sie machen sich schuldig, wenn wir uns treffen?«

»Nun, ich unterlaufe die Fahndung.«

»Nehmen Sie es als privates Treffen. Oder ist auch das nicht erlaubt?«

»Gewissermaßen. Es sei denn, Sie haben mir etwas mitzuteilen, das uns gewaltig voranbringt.«

»Zum Beispiel?«

»Warum haben Sie verschwiegen, daß Julia Ihre Schwester ist?«

»Julia«, sagte sie. »Das ist so weit weg. Ich kann mich kaum erinnern.«

»Sie hätten mir sagen müssen, daß Julia Ihre leibliche Schwester ist«, beharrte Velsmann.

»Hätte ich das? Was wäre dann gewesen?«

»Nun, wir hätten anders miteinander sprechen können.«

»Polizisten denken manchmal komische Dinge.«

»Ich habe mir inzwischen ihre Unterlagen aus Finnland angesehen. Sie hatten eine Tochter. Was ist damals geschehen?«

Nena blickte ihn verständnislos an. Dann hellte sich ihr Gesicht auf. »Paula! Sie war ein so süßes Mädchen! Dann nahm man sie mir weg. Damals konnte ich es nicht begreifen.«

»Sie starb bei einem Autounfall.«

» Ja, natürlich. Ich sage ja, man nahm sie mir. Glauben Sie nicht, daß in dem Auto jemand gesessen hat?«

»Kannten Sie den Fahrer?«

»Ja.«

»Ich kann mich nicht erinnern, darüber eine Aussage von ihnen nachgelesen zu haben.«

»Ich gab es nie zu Protokoll. Damals mußte ich es hinnehmen. Es wäre ja sonst mein Ende gewesen. Und auch das Ende von anderen, die Kinder haben. Aber jetzt ist es egal. Denn sehen Sie, jetzt gebe ich auf. Ich sagte es Ihnen am Telefon. Ich will dieses Leben beenden. Da ist es dann einerlei, ob jemand hinter mir her ist oder nicht.«

Einem plötzlichen Impuls folgend, sagte Velsmann: »Ich wünschte, ich könnte Ihre Brüste sehen.«

Instinktiv überkreuzte sie beide Arme vor der Brust. Er sah, wie perplex sie war. Martin Velsmann begriff, daß sie seine Bemerkung falsch verstanden hatte.

»Entschuldigen Sie. Ich meine nicht das, was Sie jetzt denken. Ich will auf das Video hinaus, das Sie mir geschickt haben. Ich will wissen, ob das, was ich dort gesehen habe, wirklich echt war.«

»Ein sonderbarer Wunsch«, sagte sie leise. »Warum sollte ich das simuliert haben? Haben Sie mein Gesicht denn nicht gesehen?«

»Wo ist der Film aufgenommen worden?«

»Im Atelier eines guten Freundes. Er besitzt die ganze Technik, da kann man alle Lichtverhältnisse simulieren.«

»Bei welchem Freund? Wer hat es gefilmt?«

»Das spielt doch keine Rolle. Alle zwanzig Filme hat er aufgenommen. Er arbeitet auch für andere Auftraggeber.«

»Nena! Sie können mir nicht jedesmal, wenn wir miteinander reden, irgendwas erzählen. Und dann verschwinden Sie wieder. Machen Sie doch endlich reinen Tisch! Sie haben sich da auf Sachen eingelassen, die Sie ins Verderben stürzen! Begreifen Sie das wirklich nicht?«

Sie nickte ernsthaft. »Deshalb treffe ich mich ja mit Ihnen. Ich will ja mit allem aufhören. Und dazu brauche ich Sie. Allein schaffe ich es nicht.«

Velsmann sah sich um. Der Park war leer. Niemand sah oder hörte sie. »Gut. Dann packen Sie aus. Wir sind ganz unter uns. Aber denken Sie daran, alles, auch das, was Sie mir unter vier Augen sagen, kann ich gegen Sie verwenden. Haben Sie verstanden?«

»Ja. Sie haben Akten über mich aus Mikkeli angefordert und gelesen? Warum denn? Ich kann Ihnen doch alles erzählen.«

»Dann tun Sie es endlich!«

»Ich habe Julia umgebracht.«

»Halt! Warten Sie! So geht es nicht! Ich kann das nicht verantworten!« Martin Velsmann stand auf, lief ein paar Schritte im Kreis und stellte sich vor sie hin. »Passen Sie auf, Nena, was halten Sie davon, wenn wir zusammen eine kleine Autofahrt nach Orb machen? Es ist zwar erst Donnerstag, und ich weiß von Ihrem Freund, daß Sie erst am Freitag in der Klinik sein müssen, aber das ist egal. Und dort, im Beisein von Ihrem Arzt, können Sie ungestört reden.«

»Ich habe Zeit.«

»Wir können gleich fahren.«

»Ja, in Ordnung.«

Velsmann rief Professor Heinrich an. Wie immer nahm er sofort den Hörer ab. Und er erklärte sich einverstanden, sie gleich zu empfangen.

»Mein Auto steht in der Nähe, kommen Sie!« Martin Velsmann faßte ihren Arm und schob sie vor sich her. Er spürte ihre Wärme. Der Wunsch, sie nicht mehr loszulassen, überfiel ihn.

Auf der Fahrt saß Nena Raikiinen entspannt auf dem Beifahrersitz. Sie rauchte, zupfte sich hin und wieder mit den Fingerspitzen Tabakreste von den Lippen, sah ihn manchmal an. Dann schloß sie die Augen und schien einzuschlafen. Velsmann schwieg wie sie.

Wir könnten ein Liebespaar sein, dachte er.

Wenn wir keine Vergangenheit hätten, wären wir ein Liebespaar. Aber wir besitzen jede Menge Vergangenheit. Jeder in seiner eigenen kleinen Abteilung der Hölle.

Er spürte, wie diese junge Frau von ihm Besitz ergriffen hatte. Es war beinahe schon unheimlich. Auf jeden Fall aber war es unmöglich, aber es hatte nichts mit unerfülltem sexuellem Begehren zu tun. Auch nicht mit Liebe. Er liebte Andrea. Velsmann suchte nach einer Antwort.

Vielleicht hatte es mit Selbstmitleid zu tun. Mit dem verkappten Wunsch nach Zuwendung und Anerkennung. Er hätte das lieber von Andrea bekommen, doch sie war nicht da. Und sie würde auch nicht kommen. War das Leben nicht zu kurz, um darauf zu warten?

Er hätte jetzt wirklich gern Nenas Brüste gesehen. Und die Narben geküßt. Ihre Wunden geheilt. Ihre Blicke gespürt.

Je länger sie fuhren, desto weniger wehrte er sich in Gedanken gegen dieses Gefühl, es könnte jederzeit geschehen.

Er konnte sich nicht vorstellen, daß sie wirklich ihre eigene Schwester umgebracht hatte. Er befürchtete, daß er es auch gar nicht wissen wollte. Er wollte nicht darüber sprechen. Konnte er mit dieser Einstellung gegenüber einer Verdächtigen noch Polizist sein? In seinen Augen war sie ein Opfer, keine Täterin. Der Arzt würde wahrscheinlich erklären, daß sie Taten erfand, um damit zu spielen. Velsmann hoffte es. Daß sie sich einen Spaß daraus machte, mit Phantasien zu schockieren. Wie ein Kind, das Strafen herausfordert und darauf mit lustvollem Trotz reagiert.

Sie schwiegen weiterhin. Und etwas Unsagbares stand zwischen ihnen und hielt sie beide auf ihrem Sitz gefangen.

Nach vierzig Minuten Fahrt hielten sie vor der Klinik auf dem Hügel. Velsmann ging um das Auto herum und öffnete die Tür. Nena stieg formvollendet aus und reichte ihm die Hand. Er führte sie durch den Park in die Klinik. Die Anmeldung war schon informiert. Im zweiten Stock erwartete sie mit aufgeräumter Miene, als ginge es um eine Einladung zum Tee, der Professor, angetan mit Anzug und Fliege.

Er küßte seine Patientin auf beide Wangen. Dabei ruhte Nenas Blick auf Martin Velsmann.

Sie setzten sich in einen Nebenraum. Professor Heinrich gab seiner Sekretärin eine Anweisung und schloß die Tür.

Nena sagte: »Wissen Sie, Professorchen, mein Freier hier will meine Titten sehen. Was sagen Sie dazu?«

»Zeigen Sie sie ihm.«

Velsmann traute seinen Ohren nicht. Und dann auch nicht seinen Augen. Nena knöpfte ihre Bluse auf und schob die Träger ihres roten Büstenhalters von den Schultern. Er erblickte die Narben – auf beiden wunderbaren Brüsten die dunklen, ausgebluteten Stellen, die das Messer ihres Peinigers hinterlassen hatte.

Nenas Lippen umspielten ein kaltes Lächeln. Sie sah Velsmann starr an. Er glaubte, in ihren Augen den gleichen Ausdruck zu erkennen, den er auf dem Video gesehen hatte.

Verwirrt sagte er: »Schon gut. Ich habe es nicht wörtlich gemeint. Sie brauchen sich vor mir nicht zu entblößen. Ich glaube Ihnen ja.«

»Aber warum denn?« Professor Heinrich legte sich behaglich in seinem Schwingsessel zurück. »Sie will es ja. Jetzt weichen Sie doch nicht aus. In Nenas Augen ist es eine unverzeihliche Schwäche, wenn man nicht zu dem steht, was man sagt. Und nicht zu dem, was man begehrt.«

»Das stimmt«, sagte Nena. Sie zog die Träger ihres Büstenhalters wieder über die wohlgeformten Schultern und schloß die Bluse. »Das ist ja der Beginn allen Unglücks. Jedenfalls soweit es mich betrifft. Mich hat man immer belogen, ganz mit Vorsatz. Schließlich glaubte ich gar nichts mehr. Das wollten sie erreichen. Das Schlimme war dann, daß ich auch nichts mehr erkannte. Ich weiß einfach bis heute nicht, woran ich bin. Ich denke nicht klar.«

»Sie meint«, sagte Professor Heinrich, »sie denkt nicht insgesamt klar. Jedes Teil in ihr denkt schon ganz systematisch. Da ist sie wie Sie und ich. Aber untereinander haben die Gedanken nichts miteinander zu schaffen.«

»Sie behauptet, ihre Schwester Julia ermordet zu haben.«

»Tut sie das? Stimmt das, Nena? Nun, das kann stimmen oder auch nicht.«

»Ich habe es getan! Jedenfalls etwas in mir. Und dafür gibt es auch einen Grund. Julia hat mich verraten. Sie hat uns verraten. Sie wollte zur Polizei gehen und uns auffliegen lassen. Alles wegwerfen, was aufgebaut worden war. Das konnten die Onkel natürlich nicht dulden.«

Velsmann sagte: »Sie sprechen von Ihrer Zeit in Finnland?«

»Ich spreche von den letzten Monaten. Von den letzten Wochen.«

»Aber wer bedroht Sie?«

»Die Onkel sind ja hier.«

Velsmann sagte: »Möchten Sie mir ganz systematisch, immer einen Satz nach dem anderen, davon berichten, was Sie meinen? Oder soll ich Ihnen Fragen stellen?«

»Ganz wie Sie es wollen. Ich kann aber auch erzählen. Die Klinik hier ist ja mein Zuhause geworden. Hier fühle ich mich sicher. Was kann mir hier passieren, das ich nicht selbst will? Die Onkel sind überall. Die Grenzen sind ja offen. Die haben keine Probleme, einzusickern. Wenn Sie mal nach Elmdorf kommen, zeige ich sie Ihnen.«

»Ihre Hintermänner sitzen in Elmdorf?«

»Warum nicht? Ich sagte ja, sie sind inzwischen überall.

Aber man erkennt sie kaum. Sie machen ihre Geschäfte und lächeln in der Öffentlichkeit.«

»Wie ist es mit Huttenstein«, fragte Velsmann, »sind Ihre – Onkel auch dort?«

»Sie sind natürlich unsichtbar. Man darf sie aber nicht reizen. Dann sieht man sehr schnell, daß sie da sind. Sie fallen über alles her. Sie haben inzwischen alles Geld der Welt, Waffen, Beziehungen. Es gibt nichts, was sie aufhält, zumindest nicht in diesem Land. In diesem Land sind sie wie Fische im Wasser.«

»Eins nach dem anderen. Ich entnehme Ihren Aussagen, Nena, daß die Leute, die Sie aus Karelien kennen, die Sie in Karelien mißhandelt haben, hier in Deutschland tätig sind. Ist das richtig?«

»Ja.«

»Was machen sie hier?«

»Sie beliefern den Sex-Markt mit Frauen.«

»Was meinen Sie mit Sex-Markt?«

»Private Bordelle, Produktionen für Snuff-Videos, sadistische Settings bei Partys, Armee-Unterhaltung, gewöhnliche Aufnahmen. Da braucht man Material. Damals sind viele auch in den Irak geflogen worden. Man setzte die Nutten für die sexuelle Demütigung dieser Kriegsgefangenen in den Gefängnissen ein. Ich kannte eine, die mir erzählte, was für ein Spaß es war, die Iraker wie Hunde an der Leine herumzuführen, während sie eine Erektion bekamen. Die blöden Muslime hatten ja noch nie ein nacktes Mädel gesehen.«

Selbst dem Professor schienen diese Aussagen neu zu sein, er machte sich Notizen.

Martin Velsmann setzte die Befragung fort. »Woher kommen diese Frauen?«

Nena Raikiinen mußte nicht überlegen. »Aus dem Osten. Von überall her. Karelien, Weißrussland, Ukraine, Tscherkessien, von weiter her.«

»Und die Drahtzieher schleusen sie ein?«

»Ja.«

»Wo sind die Frauen?«

Sie zögerte.

Velsmann wiederholte die Frage.

Professor Heinrich hob die Hand. »Warten Sie! Wenn Frau Raikiinen nicht will, dann sollten Sie aufhören. Da gerät sonst ganz schnell was außer Kontrolle.«

Nena sagte: »Es ist nicht so, daß ich etwas verheimlichen will. Jetzt nicht mehr. Aber ich komme nicht an diese Dinge ran. Wenn man Druck ausübt, laufen mir die Gedanken weg.«

Professor Heinrich sagte: »Sie kann nur darüber reden, wenn sie glaubt, eine andere zu sein, die in fremde Verhältnisse hineinblickt.«

Velsmann sagte hart: »Sie haben Julia Raikiinen ermordet?«

»Ich? Das Wort hat keinen Sinn. Julia ist tot. Jemand hat sie umgebracht. Jemand wie ich, der ein Motiv dafür hatte.«

»Welches denn?«

Sie lachte ein tonloses Lachen. »Zu große Schwesternliebe. Denn wissen Sie, wenn Liebe enttäuscht wird, dann schlägt sie ganz schnell in ebenso großen Haß um. Stimmt doch, Professorchen?«

Einer plötzlichen Eingebung folgend, fragte Martin Velsmann: »Haben Sie auch Nadja Henz ermordet?«

»Na sicher.«

Martin Velsmann blickte beinahe triumphierend zu Professor Heinrich. »Das kann nicht stimmen, Nena. Wir haben Spuren von mehreren Tätern gefunden.«

»Ich bin drei«, sagte sie. Dann senkte sie den Blick. Ihre Gesichtshaut bekam ein fahles Aussehen.

Professor Heinrich mischte sich erneut ein. »Geben Sie ihr einen Moment Zeit. Sie sehen ja, wie sie das anstrengt.«

Velsmann sagte: »Ich brauche ihre Aussage. Solange sie redet, muß ich selbst abwägen können, ob sie die Wahrheit spricht oder etwas erfindet.«

»Sie sagt schon die Wahrheit. Aber wer ist sie, wenn sie darüber spricht? Sie muß sich in mehreren Identitäten zurechtfinden.« Der Professor stand auf und stellte ihr ein Glas Wasser hin. »Sie auch?« Velsmann schüttelte den Kopf. Nena trank mit tiefen Zügen.

Die Männer warteten, bis Nena Raikiinen wieder aufblickte. Ihre blauen Augen schienen in dunklen Wassern zu schwimmen. Ein fremdes Gesicht kam zum Vorschein, als sie sagte: »Ich hielt ihren Kopf. Damit sie nicht schrie. Sie sah süß aus in ihrem gelben Nachthemd, nicht wahr? Aber sie hat es zu weit getrieben. Sie wollte ihr Bett mit zu vielen teilen, auf eigene Rechnung arbeiten, die kleine Schlampe. Baute in Fulda ein privates Bordell auf. Fragen Sie Danilo! Der verriet sie uns, nachdem er ein Snuff mit ihr gedreht hat.«

»Danilo? Bisher haben Sie nichts davon gesagt, daß Ihr Freund auch Snuffs dreht.«

Sie zuckte die Schultern.

»Wer waren Ihre Mittäter?«

»Wer spricht, stirbt. Ich will nicht sterben. Das finden Sie schon heraus, mein kluger Kommissar.«

»Sprechen Sie von dem, was Sie verantworten können.«

»Ich weiß nur, ich will da raus. Denn mit meiner Verfassung wird es immer schlimmer. Ich weiß echt nicht mehr, wie ich mich orientieren soll. Wer bin ich? Sagen Sie es mir,

Professor! Bekäme ich nicht die Tabletten, wäre ich schon längst durchgedreht. Nur die halten mich zusammen. Ich bin ein echter Junkie, nicht wahr, Professorchen? Manchmal hasse ich mich selbst dafür.«

»Beruhigen Sie sich, Nena. Sie sind ja jetzt wieder hier.«

Sie schüttelte den Kopf. »Das ist doch furchtbar, nur von Chemikalien zusammengehalten zu werden. Ich bin ja kein Mensch mehr. Und manchmal bin ich ein wildes, reißendes Tier. Das müssen Sie mal aushalten, Kommissar, wenn es Nacht wird und man mit sich allein ist.«

Martin Velsmann schwieg. Der Professor sagte: »Ich schlage vor, Sie bleiben ein paar Tage hier, Nena. Wir müssen mit unserer Therapie wieder mal ganz weit unten anfangen. Sonst geht da noch mehr kaputt. Sind Sie einverstanden?«

»Nur wenn der Kommissar auch bleibt.«

»Wie stellen Sie sich das vor?«

»Ich will ihn in der Nähe wissen. Er übt einen positiven Einfluss auf mich aus.«

»Gut«, sagte Velsmann, »ich bleibe erstmal hier. Ich muß sowieso noch mit Professor Heinrich sprechen. Später können wir uns auch weiter unterhalten. Wenn Sie wollen, Nena.«

Der Professor erhob sich und reichte Nena die Hand. Sie stand ebenfalls auf, sah Velsmann an und trat dann plötzlich auf ihn zu. Sie küßte ihn auf beide Wangen. Martin Velsmann erstarrte unter der zärtlichen, warmen Berührung. Er fühlte gleichzeitig Abwehr gegen dieses fremde Wesen und eine wilde Erregung.

»Gehen Sie jetzt«, sagte er.

Als er allein war, zog er sein Handy aus der Tasche und rief Tosca Poppe an.

»Ich bin in der Klinik in Orb. Gibt es was Neues?«

»Ja, Chef. Wir stecken fest, Chef. Die Soko arbeitet prima. Müller und Gebhardt sind ganz fleißige Kerlchen. Gebhardt hat aus Göttingen einiges über Nadja Henz mitgebracht, das uns weiterbringen kann. Doch sonst kommen wir nicht wirklich voran. Und dieser Freund von Nadja scheint ein Phantom zu sein.«

»Ich habe gerade meine Standpunkte berichtigt«, sagte Velsmann. »Wir müssen unser Augenmerk tatsächlich darauf richten, daß es sich bei den Morden an Julia Raikiinen und Nadja Henz um dieselben Täter handeln könnte.«

»Gibt es denn dafür neue Indizien?«

»Eine Aussage. Ob wir die allerdings verwenden können, sei dahingestellt. Nena Raikiinen hat ein Geständnis abgelegt.«

»Aber das ist doch großartig! Haben Sie sie dazu gekriegt?«

»Ja, aber die Frau ist nicht zurechnungsfähig.«

»Ist sie in der Klinik? Sind Sie zusammen dort?«

»Ja. Ich werde noch mit Professor Heinrich reden. Dann komme ich ins Büro. Ich brauche ganz schnell den Durchsuchungsbefehl für die Videothek und die Wohnung von diesem Danilo Wagner.«

»Ist schon genehmigt.«

»Und noch was, Tosca. Bleiben Sie, wie Sie sind.«

»Kein Thema.«

Martin Velsmann mußte lange warten, bis Professor Heinrich zurückkam. Er sah angestrengt aus. Er verschwand noch einmal im Zimmer seiner Sekretärin und diktierte etwas. Velsmann hörte nicht hin. Dann kehrte der Arzt zurück.

»Es ist schlimmer, als ich dachte«, sagte er. »Sie ist in einer sehr schlechten Verfassung. Ich muß gut überlegen, was ich jetzt tue.«

Velsmann sammelte seine Gedanken. »Herr Professor, hier kann Nena Raikiinen nicht bleiben. Mit diesen Geständnissen ist sie eine Hauptverdächtige zweier Mordfälle. Ich muß sie in Gewahrsam nehmen.«

»Nein. Das können Sie nicht. Das würde sie nicht überleben. Eingesperrt in eine Gefängniszelle im Untersuchungsgefängnis? Sie würde sich sofort den Kopf einrennen. Die einzige Chance, die sie hat, ist der beschützende Aufenthalt hier. In meiner Obhut.«

»Hören Sie zu, Professor. Sollte sich herausstellen, daß Nena Raikiinen die Wahrheit gesagt hat, und das wird sich bald klären lassen, kann sie nur für immer weggeschlossen werden. Ist Ihnen das nicht klar? Bei unserem letzten Treffen, fragte ich Sie ausdrücklich, ob Nena eine Gefahr darstelle. Sie behaupteten, alles im Griff zu haben. Es kann sein, daß Nena Raikiinen inzwischen an einer Mordtat beteiligt war. Wie wollen Sie das verantworten?«

Ganz ruhig sagte der Psychiater: »Wenn sich herausstellt, daß Nena eine Mörderin ist, kommt sie in eine geschlossene Anstalt. Dann wird sie natürlich nicht mehr auf die Menschheit losgelassen, aber bis sich das erwiesen hat, sorge ich für sie – und nicht Sie.«

Martin Velsmann atmete tief durch. »Ich kann Sie zwingen, Ihre Patientin herauszugeben!«

»Wie denn?«

»Ganz einfach. Wir kommen mit ausreichend vielen Beamten vorbei, stecken Nena in eine Zwangsjacke und nehmen sie mit. Und Sie kommen auch gleich mit. Denn Ihre Aussagen sind von entscheidender Bedeutung.«

Er lachte. »Natürlich. So kann es gehen, doch das werden Sie nicht machen. Denn Sie mögen Nena. Es wäre ihr absolutes Ende. Glauben Sie mir.«

»Glauben Sie denn, sie sagt die Wahrheit?«

»Kranke in ihrem Zustand sagen immer die Wahrheit. Und warum auch nicht? Sie haben ja nicht das geringste Schuldgefühl. Sie haben eine Beziehung zu den Tatsachen, die völlig frei von moralischen Wertungen ist. Ihre Schuldgefühle beziehen sich auf völlig andere Vorgänge. Nicht auf diese Taten. Man kann es auch anders ausdrücken. Ihre Schuldgefühle aufgrund früherer Repressionen stehen wie eine Mauer in ihrer Seele und lassen nicht zu, daß neue hereinkommen.«

»Sie sind also zu allem fähig?«

»Absolut.«

»Und warum erlauben Sie dann dieser Frau, frei herumzulaufen?«

»Weil sie zwar glaubt, die Wahrheit zu sagen, man ihr aber trotzdem nicht glauben kann, was sie sagt. Das eben war kein Geständnis, es war ein Ausprobieren einer Identität – im vollen Ernst. Zudem ist sie ein Opfer schlimmster Verhältnisse. Ich hoffte, sie könnte sich aus ihrer Vergangenheit befreien.«

»Nena mag ein Opfer sein, aber inzwischen begreife ich auch, daß sie auch eine tickende Zeitbombe ist! Und Sie wissen es! Sie darf keinen Schritt mehr ohne Überwachung tun!«

»Vielleicht haben Sie recht«, sagte der Psychiater nachdenklich. »Vielleicht will ich aber auch nur erreichen, daß Sie sich mit ein paar Überlegungen vertraut machen, bevor Sie das tun, was Sie für Ihre Pflicht halten.«

»Zum Beispiel?«

»Wenn solche beschädigten Kranken in das graue Einerlei der Psychiatrie überführt werden, können sie uns nicht mehr helfen. Ja, Sie haben richtig gehört! Wir brauchen ihre Mitarbeit, um Nutzen aus ihren Erfahrungen zu ziehen. Verstehen Sie? Schwere, narzißtische Persönlichkeitsstörungen wie bei Nena Raikiinen, die sich als überbordende Selbstbezogenheit und Schuldunfähigkeit äußern, bieten uns ungeheure Erkenntnismöglichkeiten! Das ist lebendiges Material, das wir nicht aus Büchern ziehen können. Wie könnten wir darauf verzichten!«

»Aber Professor! Psychisch Kranke sind nicht nur Material für neugierige Ärzte! Und wir haben hier keinen rechtsfreien Raum, in dem Patienten auf ein reines Erkenntnismaterial reduziert werden können. Das ist keine Experimentiermasse, über die Sie frei verfügen können! Wir leben in einem zivilisierten Staat, der Regeln und Gesetze hat, deren Übertretung andere Instanzen auf den Plan ruft als die der medizinischen Neugier.«

»Das ist mir bekannt. Ich hoffe aber immer noch, Nena Raikiinen heilen zu können. Im Gefängnis ist das ausgeschlossen. Ich will erreichen, daß sie sich verantwortlich fühlt. Und wenn es denn tatsächlich stimmt, was sie aussagt, daß sie begreift, etwas Schreckliches getan zu haben, will ich ihr Schuldgefühl wecken. Ich will sehen, ob das möglich ist.«

Martin Velsmann fiel plötzlich auf, daß der Sprachfehler des Arztes verschwunden war. Vielleicht lag es daran, daß der kleingewachsene Mann mit der Glatze völlig überzeugt war von seiner wissenschaftlichen Haltung. Er wirkte selbstsicher und in sich ruhend.

Velsmann sagte: »Also, was machen wir jetzt? Ich kann

Nena Raikiinen nur in Ihrer Obhut lassen, wenn ich sicher sein kann, daß sie keinen Schritt vor die Tür setzt, bevor sich all diese Verdachtsmomente restlos aufgeklärt haben. Sie müssen gewährleisten, daß ich über das weitere Vorgehen entscheiden kann.«

Der Professor wurde hinausgerufen. Velsmann hörte ihn nebenan am Telefon. Während er auf dessen Rückkehr wartete, grübelte er nach.

Konnte er allein solche schwerwiegenden Entscheidungen treffen? Sollte er sich nicht mit seinem Vorgesetzten beraten? Er wurde immer überzeugter, daß die Polizei diese Dinge nicht allein lösen konnte. Es mußten andere Psychiater, Familienbeauftragte, Sektenberater, Kirchenleute, Fachleute für Ethikfragen hinzugezogen werden.

Er rief kurzentschlossen Hauptkommissar Gell an und schilderte ihm die Situation.

»Diese Person muß sofort dingfest gemacht werden!« schnauzte sein Vorgesetzter in das Handy. »Kommen Sie nach Fulda zurück, Martin. Diese Nena Raikiinen muß anders behandelt werden als mit Nachsicht oder mit obskuren Medikamenten! Die Öffentlichkeit hat ein Recht, vor solchen Ungeheuern geschützt zu werden!«

»Keine Vorverurteilungen, Kollege Gell!« mahnte Velsmann. »Bislang ist nichts bewiesen. Was wir haben, ist nur ihre Selbstbezichtigung. Sie wissen selbst, wie viele Gründe es dafür geben kann, sich selbst anzuklagen. Hinterher widerruft sie wieder.«

»Das ist egal. Sie scheint krank zu sein. Und hier haben wir zwei Mordfälle. Der Zusammenhang reicht mir vorerst für eine Festnahme.«

»Überstürzen Sie nichts! Geben Sie mir noch ein bißchen

Zeit zu überlegen. Ich melde mich in zwei Stunden noch einmal. Dann entscheiden wir, was wir machen.«

»Na gut, aber bis dahin tragen Sie allein die Verantwortung!«

Der Arzt kam zurück, und Velsmann beendete das Gespräch.

»Ich will Ihnen noch etwas anvertrauen«, sagte der Psychiater. »Weil ich einen Teil Ihres Telefonats mitgehört habe. Es kommt oft vor, daß sich bei einem psychisch Kranken, der eine multiple Persönlichkeit ist, wie Frau Raikiinen, vage Bilder von Gewalt und Aggression im Verlauf einer Therapie zu detaillierten Geschichten von Mißbräuchen, Opferungen, mörderischen Kulthandlungen verdichten. Solche Aussagen können sehr präzise sein – und trotzdem falsch. Wir müssen damit sehr behutsam umgehen. Andererseits ist es auch so: Wer tatsächlich miterlebt, daß Menschen gefoltert und getötet werden, wird nicht selten auch als Täter traumatisiert. Und dann ist es doch sehr unwahrscheinlich, daß man zukünftig weitere Gewalthandlungen verüben will.«

»Sie sprechen von Nena – oder allgemein?«

»Ich will nur ausdrücken, daß sich Menschen mit traumatischen Erlebnissen, und Nena besitzt unzweifelhaft einige davon, unbewußt eine falsche Erinnerung konstruieren. Vielleicht fühlt sie sich verantwortlich für den Tod dieser beiden jungen Frauen. Und drückt das auf ihre Weise aus, indem sie sich anzeigt.«

»Das ist für einen Laien wie mich schwer zu verstehen.«

»Es ist selbst für mich, der ich jeden Tag mit solchen beschädigten Psychen zu tun habe, nicht leicht zu begreifen. Nur, verstehen Sie, das normale kriminalistische System von Ursache und Wirkung, von Tat und Aufklärung greift hier nicht. Man kann mit direktem Eingreifen der Gesetze mehr zerstören, als man repariert.«

»Meine Behörde droht jedenfalls mit massivem Einsatz, wenn wir ihr nicht etwas Handfestes anbieten. Was könnte das also Ihrer Meinung nach sein?«

»Sie lassen Nena hier. Ich melde mich bei dem geringsten Vorkommnis. Ich behalte sie in meiner Obhut, bis Sie mir die Erlaubnis geben, daß sie gehen kann.«

Velsmann überlegte. »Das scheint mir für den Moment ein gangbarer Weg, aber sollten Sie auch nur einen Millimeter davon abweichen, Herr Professor, lasse ich diese Klinik schließen.«

»Das können Sie gar nicht, denn hier herrschen andere Gesetze als in Ihrer Paragraphenwelt. Aber gut, einigen wir uns fürs erste darauf.«

»Ich möchte Nena noch einmal sehen, bevor ich gehe.«

»Kommen Sie.«

Sie durchquerten mehrere lange Gänge. Hinter ihnen wurden wie in einem Gefängnis die Türen abgeschlossen. Hinter einem großen Behandlungszimmer, in dem überdimensionale Pflanzentöpfe standen und es nach antiseptischen Mitteln roch, war Nena untergebracht.

»Ich lasse Sie einen Moment mit ihr allein«, sagte der Professor. »Wenn Sie raus wollen, klopfen Sie an die Tür, aber regen Sie sie um Himmels willen nicht auf. Sonst muß ich ihr schwere Medikamente verpassen, von denen ich nicht weiß, ob Sie sie jetzt verkraftet.«

Martin Velsmann betrat den Raum. Der Psychiater schloß hinter ihm die Tür.

Der Raum war sehr groß und abgedunkelt. Velsmann erkannte flüchtig, daß sich hinter den Rollos der Fenster Gitter befanden. Die Fenster wiesen zur Parkseite hinaus. Die Einrichtung war karg. Ein Regal. Ein Tisch mit zwei Stühlen. Eine schwarze Couch. Ein Waschbecken.

Auf dem Bett lag Nena Raikiinen lang ausgestreckt. Sie schien zu schlafen. Zumindest zeigte sie bei seinem Eintreten keine Regung.

Velsmann setzte sich an den Tisch. Er blickte sie an. Sie sah friedlich aus, und er wollte sie nicht stören. Wenn sie schlief, hatte sie diesen Schlaf wahrlich verdient.

Dann befiel ihn plötzlich ein Unbehagen. Etwas stimmte nicht.

Er bemerkte, daß ihr rechter, zur Wand hin liegender Arm seltsam verdreht war. Er schaute genauer hin.

Da sah er das Blut.

Martin Velsmann sprang so heftig auf, daß sein Stuhl hinter ihm umkippte. Er trat an das Bett. Ihre Augen standen offen. Das Blut kam von ihrem Handgelenk. Es war in die dicken Kissen eingesickert. Am Arm klaffte eine Wunde.

Velsmann bemerkte das Amulett, das ihr aus der anderen Hand gefallen sein mußte. Ein umgedrehtes Kreuz. Es sah genauso aus wie das, was man im Haus der ermordeten Nadja Henz gefunden hatte. Er war wie erstarrt. Sie hatten inzwischen herausgefunden, daß solche Amulette in gewissen nordischen Kulturen als Sinnbild der unzerstörbaren Lebenskraft getragen wurden. Und daß es die Feinde des Trägers lähmen sollte. Mit seinen scharfen Kanten hatte sich Nena Raikiinen die Pulsadern aufgeschnitten.

Er berührte nichts. Er fühlte auch nichts. Es war plötzlich alles so, wie es sein mußte. Er mußte sich eingestehen, daß er sogar eine langsam einsetzende Erleichterung verspürte.

Dann beugte er sich doch über sie und lauschte an ihrem geöffneten Mund auf Atemzüge. Nichts. Er legte zwei Finger auf ihre Halsschlagader. Kein Puls.

Das Blut aus der Wunde floß nicht mehr.

Martin Velsmann richtete sich langsam kerzengerade auf. Ein höllisches Leben, dachte er. Nur diesen einen Satz.

Ein höllisches Leben.

Der Satz setzte sich in seinem Bewußtsein fort, als er zur Tür ging, und heftig dagegen schlug.

10.

»Wir müssen darauf achten, daß es nicht wie ein gewöhnliches, gemeines, verabscheuungswürdiges Verbrechen aussieht«, sagte einer von ihnen. »Ekelerregende Morde haben sie genug. Was immer wir ihnen antun, muß durchdrungen sein von der Vorstellung, daß wir die einzigen Richter über Leben und Tod sind.«

Die anderen kannten das, aber sie waren nicht alle dieser Meinung. Manchmal kam es ihnen besser vor, einfach nur den Grad des Terrors zu steigern und durch Grausamkeit Angst zu verbreiten. Waren das nicht Schöngeister, die in kultischen Handlungen dem Töten etwas abgewinnen wollten, das es in höhere Weihen hob? Vergaß man dahinter nicht das Notwendige? Das Geschäft, den Gewinn, den Zusammenhalt? In Weihbecken spucken, an Kreuzen bluten, Friedhöfe schänden, Trisekeln, Rosenkreuze, Pentagramme an den blutigen Orten zurück lassen, das Raunen alter Kulturen ausbreiten. Das alles war für eine Masse gedacht. Die Elite würde immer unter sich bleiben und konzentrierte sich auf die wesentlichen Dinge.

Niemand konnte ihnen einreden, es wäre anders.

Der Versammlungsraum, in dem sie tagten, war hell und freundlich, aber das kam nicht vom Tageslicht, sondern von Neonstrahlern an der niedrigen Decke, die auf exotische Pflanzen in Kübeln gerichtet waren. Die Pflanzen sahen gesund aus, einige blühten in diesen Tagen, sie wuchsen über die Ränder der braunen Steinguttöpfe oder richteten sich zum Licht. Es war neues, endloses Leben, davon gab es genug. Niemand hatte es zu bezahlen. Es drängte sich auf, also konnte man es auch abschneiden. An den Wänden entlang saßen die Mitglieder der Versammlung. Die Wände waren mit Abbildern des keltischen und des karelischen Drachen geschmückt.

Einer, der schon lange dazu gehörte, meldete sich zu Wort. Er sagte: »Wir besitzen die schönsten Materialien für unsere Amulette. Warum sollen wir das nicht zeigen? Wir sind eben keine Barbaren, die mit niederen Instinkten und schlechtem Geschmack handeln. Wozu haben wir nickelfreies Silber, eingelassen in Svarovski-Kristalle, Gold, Steine und Kupfer in verschwenderischer Fülle? Grausam ist jeder, wir hingegen besitzen das Extra. Wir können es uns leisten, also zeigen wir es auch. Was spräche dagegen? Wir besitzen die messerscharfen Kreuze, die Rosenkreuze mit Gift, Salomons Schilder, die Cagliostro-Scheiben. Wozu erwarben wir das alles, wenn wir es nicht benutzen?«

Ein anderer stimmte zu. Dann sagte er: »Leider ging eine von uns. Unsere Dinge, von denen du sprichst, richteten sich gegen sie. Und das kann uns nicht gefallen. Das spricht gegen unseren Geist.«

»Seien wir doch froh, denn nun ist eine weitere Wunde geschlossen! Sie war schwach. Solche Wunden schwären leicht. Wir fangen mit neuen Plänen wieder an. Wir machen weiter.«

»Wir müssen dieser einen nicht gedenken«, bestätigte ein anderer, »obwohl sie einiges geleistet hat und eine Zeitlang sehr hell strahlte. Sie ist nichts weiter als gegangen.«

Der erste nahm den Faden seines Gedankens wieder auf. »Was schützt uns in Wirklichkeit? Die große Mutter in ihrer Dreieinigkeit, dieses mächtigste Runenzeichen, soll auch weiter für uns stehen. Den ewigen Fluß des Lebens darzustellen, die drei Aspekte der Großen Göttin, Frühling, Sommer und Herbst, zu symbolisieren, das Jungfräuliche, die Mitte und die Reife mit Tod und Wiedergeburt – alles dieses schützt uns in Wirklichkeit. Und es ist nicht nur magisches Ritual. Wir stünden heute nicht so da, wie wir es tun, hätten wir nicht auf diesen Schutz gesetzt. Wir können darauf nicht verzichten.«

»Es geht nicht um Verzicht, sondern darum, wie wir es bewerten. Und wie wir wollen, daß die anderen es wahrnehmen.«

»Sprechen wir lieber nicht von solchen Dingen«, sagte einer. »Reden wir von den Notwendigkeiten. Es geht nicht darum, den Bann von uns abzuhalten, sondern den Einsatzbereich zu erweitern. Es entstehen Gerüchte, man ist hellhörig geworden, es gibt einen Untersuchungsausschuß, die Reiseschutzpässe werden kontrolliert. Mit einem Wort: Man fragt uns, wie unsere Geschäftslage im nächsten Quartal aussieht.«

»Das ist sehr banal. Es ist unerträglich.«

»Ja, aber man drängt uns. Die Erfolge genügen nicht. Kein Markt darf stagnieren, das wissen wir alle. Und wir können nicht immer Krieg führen.«

»Wir führen keinen Krieg. Wir besitzen vierzehn eingetragene Dependancen – alles legal.«

»Ich denke«, wiegelte der erste ab, »unsere Erfolge sind so, daß sie sich von allein ausweiten. Wir dürfen nicht ungeduldig werden. Ungeduld ist des Feindes. Müssen wir hingegen nicht einfach nur unsere Kräfte sammeln und unsere nächsten Schritte sorgfältig planen? Das wissen wir doch alle. Fehler können wir uns zu keiner Zeit gestatten. Ich denke deshalb, wir warten erst einmal ab, was die anderen unternehmen. Sie sind jetzt am Zug. Und sie wissen nicht, daß wir sie beobachten. Es gibt also überhaupt keinen Grund, die Deckung zu verlassen und aktiver zu werden. Wir werden sehen.«

»Es scheint mir aber dennoch notwendig«, sagte einer, »daß wir unsere übriggebliebenen beiden Heldinnen dort unten angemessen ehren. Ich schlage vor, wir holen sie her und zelebrieren eines unserer Feste, diesmal nur für sie. Wir geben ihnen das Gefühl, an unserer Spitze zu stehen. So muß es auch sein. Wir sind für sie da, nicht sie für uns.«

»Sie haben gute Arbeit geleistet.«

»Natürlich.«

»Und wir brauchen sie noch.«

»Jederzeit.«

»Sie stellen keine Gefahr dar.«

»Das müssen wir natürlich vor allem im Auge behalten.«

»Die Opfer sind die Täter.«

»Auf jeden Fall.«

»Dann sehe ich nicht, warum wir nicht diesen Punkt zu unserem Hauptinteresse machen sollten. Wir brauchen Vorzeigbares, denn wir benötigen Nachwuchs. Wir brauchen die Einsatzbereiten wie das Blut, das uns durchpulst. Bevor unsere Quellen versiegen.«

»Die Quellen versiegen nicht. In allen Teilen arbeiten unsere Familien sehr effektiv, sie sind hoffnungsvoll. Unsere jungen Frauen kriegen ja genug Kinder, auf die wir Zugriff haben.«

»Aber auch deren Kraft kann schnell erschöpft sein. Wir sehen nicht in jedes unserer Mitglieder hinein.«

»Das ist auch nicht nötig. Denn wir erfahren rechtzeitig, wo Handlungsbedarf entsteht. Das leistet unsere Organisation in bewundernswerter Weise.«

Der erste sagte: »Was geheim bleiben soll, muß geheim bleiben. Wir dürfen nicht zulassen, daß diese Klinik an die Öffentlichkeit gezerrt wird. Das hätte negative Auswirkungen auf unser Klientel. Unser Material könnte mürbe werden, wenn es diese Nachrichten hört, diese Bilder sieht, diese Interviewten vorgeführt bekommt, die von moralischer Schuld reden. Wir können nicht die Medien auslöschen, aber wir können erreichen, daß in ihnen nur noch in unserem Sinne gesprochen wird. Wir haben dazu unsere Kanäle und unsere Figuren.«

»Und unser Geld!«

»Etwas scheint aber genau dort zu bröckeln«, sagte einer. »Es gibt diese Oberschlauen, die herumschnüffeln. Plötzlich ist jemand wegen bandenmäßiger Menschenschleusung zu fünf Jahren verurteilt worden. Jemand spricht von den liberalen Visa-Gesetzen als von einem kalten Putsch gegen die bestehende Gesetzeslage. Und dann gibt es diesen Kommissar. Er macht Besuche und kommt sich clever vor. Mit dem sollten wir uns näher beschäftigen.«

»Natürlich, doch alles zu seiner Zeit. Noch ist er nicht gefährlich. Eher schon dieser Schreiber, der in seinem Schweinestall sitzt und Vermutungen ausstreut. Wir sollten ihm zunächst einen Denkzettel verabreichen.«

»Wer uns nicht unterstützt, wird bestraft. Wer spricht, der stirbt.«

»Liebe!« rief der erste. »Ihr habt recht, aber das darf unser Bild nach außen hin nicht bestimmen. Begreift doch! Dann bekommen wir es mit ihrer geballten Gewalt zu tun. Denn an diesem Punkt sind sie feige – und müssen sich rechtfertigen. Sie schlagen zu. Auf einen solchen Krieg dürfen wir uns niemals einlassen. Wir könnten ihn nicht gewinnen.«

»Lassen wir doch lieber unsere Puppen tanzen!«

»Das war bisher der bessere Weg.«

»Also bleibt alles beim alten. Wir machen es so weiter, wie es bisher erfolgreich war. Zuerst versinkt hier alles in Angst und Schrecken. Den Rest erledigen die Brände. Wir machen sie mürbe.«

Sie waren zufrieden. Die wenigen Ungeduldigen mußten abwarten. Wenn sie auch gern anders gehandelt hätten, so wußten sie doch, daß sie sich auf der besten Seite befanden, die man sich ausdenken konnte. Der perfekte Organismus.

Sie verließen zusammen den Raum und gingen nach oben. Der Bus wartete schon.

Im Fuldaer Büro der Kripo waren alle zusammengezogen, um Direktiven für die Soko Stahlau zu erstellen. Anwesend waren Vertreter der für das südöstliche Hessen zuständigen, übergeordneten Polizeidirektion Offenbach, die Generaldirektion der Polizei von Schlüchtern, die Mordkommission Fulda. Neben der Soko Stahlau mit ihren fünf Mitgliedern Velsmann, Poppe, Freygang, Gebhardt und Müller teilten sich die wenigen Plätze im Raum ein Sektenbeauftragter der evangelischen Kirche, Professor Heinrich aus Orb, ein weibliches Mitglied der Stiftung »Opfer ritueller Gewalt«, Staatsanwalt

Keuper und Einsatzleiter Friedrich. Eine Protokollantin ließ den Recorder laufen und schrieb gleichzeitig in Stenoschrift mit.

»Womit haben wir es also zu tun?« sagte Friedrich gerade. »Das sehen unsere Kollegen ganz unterschiedlich. Ich persönlich glaube, daß die Anzeichen ausreichend sind, um die Tätigkeit einer Sekte anzunehmen. Hauptkommissar Velsmann ist anderer Meinung. Nach den Ereignissen des letzten Winters hält er die Virulenz von Satanssekten im Kinzigtal und im Sinntal für ausgeschlossen. Wir haben uns jedoch gefragt, ob es für Nachahmer nicht so anziehend ist, eine solche Organisation neu aufzubauen, daß es eher verwunderlich wäre, wir hätten es hier nicht mit einer Sekte zu tun.«

Martin Velsmann steckte der Tod Nena Raikiinens noch immer in den Knochen. Auch ein halber freier Tag hatte daran nichts geändert. Er hatte lange mit Andrea telefoniert. Er hatte versucht, ihr alles zu erzählen. Zunächst hatte er seine eigene Verwirrung gespürt, dann ihre Unsicherheit. Schließlich hatten beide nicht mehr gewußt, was sie sagen sollten.

Friedrich blickte Velsmann fragend an.

Velsmann raffte sich auf, in die Gegenwart dieses Falles zurückzukehren. »Mir sind die Indizien eben zu offensichtlich. Wir fanden ein umgedrehtes Kreuz im Haus, in dem Nadja Henz ermordet wurde. Ich fand ein umgedrehtes Kreuz, ein Ankh, wie wir inzwischen wissen, bei der toten Nena Raikiinen. Andere Indizien kommen dazu. Die dreiunddreißig Messerstiche im Körper von Julia Raikiinen und Nadja Henz. Die tote Katze am Zaun des Tatortes in Elmdorf. All dieses aufdringliche Blut. Inzwischen melden sich anonyme Absender von Bekennerschriften, die mit Begriffen von Okkultismus und Satanismus spielen. Offensichtlich versucht man, einen falschen Eindruck zu konstruieren. Wer die Mörder an den beiden Frauen wirklich und wer die Hintermänner sind, die von Nena Raikiinen in ihrer bedauernswerten Verwirrung ›die Onkel‹ genannt wurden, wissen wir nicht. Wir spekulieren immer noch reichlich wild.«

Alexander Keuper sagte: »Wir haben aber auch gar keine Anhaltspunkte, ob es diese Onkel überhaupt gibt. Über das Fiktive in den Köpfen geistig und psychisch Verwirrter wird uns Professor Heinrich noch das Nötige sagen. Ich für meinen Teil halte die Tätigkeit einer Sekte für durchaus wahrscheinlich. Natürlich ist Gläserrücken noch kein Satanismus, aber die Penetranz der Spuren an den Tatorten ist für mich, im Gegensatz zur Ansicht des Kollegen Velsmann, eindeutig ein Beweis für einen okkulten Hintergrund.«

Der Sektenbeauftragte hieß Gert Glaser, ein bedächtiger Mann mit knochigem Gesicht und großen Händen, der aus Niedersachsen kam. Er sagte: »Worum es sich bei den Morden hier handelt, kann ich aus dem mir zugänglichen Material nicht herauslesen, aber ich habe gerade zwei Fälle auf dem Schreibtisch gehabt, die auf satanistische Gruppen hinwiesen. Das hat sich dann auch bestätigt. Insofern sind solche Annahmen ganz ernst zu nehmen.«

»Erzählen Sie mal, Kollege«, sagte Friedrich.

»Der eine Fall betrifft eine junge Frau, die einen Unfall hatte. Sie ist in ihrem Auto verbrannt, und die Leiche verschwand aus der Leichenkammer. Angeblich wurde sie gestohlen. Unsere Polizei kann sich die ganze Geschichte nicht erklären, aber es ist möglich, daß es sich um Satanisten handelt, die die Leiche in ihren Besitz gebracht haben. Das war aber bisher nicht zu beweisen. Beim zweiten Fall, dem ich gerade nachgegangen bin, lagen satanistische Messen in einer ehemaligen Ziegelei meiner Heimatgemeinde Winsen zugrunde. Ich bin mit dem jungen Mann, der mir das berichtet hatte, hingefahren und habe mir das angesehen. Bis auf eine Maske und ein paar Blutspritzer deutete allerdings nichts darauf hin, daß sich dort eine satanistische Gruppe aufhält. Es soll aber im Umkreis weiter nördlich eine große Gruppe geben, die heimliche Rituale abhält. Was auch immer Satanismus bedeutet, es müssen ja nicht immer Leute sein, die Kinder oder Erwachsene ermorden. Es können auch Menschen sein, die sich friedlich zusammensetzen und einfach den Satan als Gott anbeten und die christliche Moral auf den Kopf stellen. Immerhin sagt die aktuelle Statistik, daß fünfunddreißig Prozent aller Deutschen an den Leibhaftigen glauben.«

»Nun, hier haben wir es mit zwei konkreten Ritualmorden zu tun, Herr Glaser«, sagte Keuper. »Das Rituelle an den Taten ist unstrittig. Umstritten ist nur, ob es sich um eine künstliche Inszenierung handelt, um von anderen Motiven abzulenken.«

Bremer von der Offenbacher Polizei sagte: »Therapeuten und Helfer sind geneigt, alles zu glauben, was ihre Klienten erzählen, Polizisten müssen da kritischer rangehen. Wir müssen zwar jeden Zeugen ernst nehmen, aber alles steht und fällt damit, ob man Beweise sichern kann. Wo immer in Deutschland bisher rituelle Morde untersucht wurden, erlebten die Ermittler Überraschungen.«

»Was für Überraschungen?« wollte der Sektenbeauftragte wissen.

»Nun, es standen immer natürliche Ursachen dahinter. Selbst vermeintlich handfeste Zeugenhinweise auf rituelle Morde durch Satanisten, von denen Staatsanwälte vor Jahresfrist beispielsweise in Niederbayern ausgingen, erwiesen sich als falsch. Zwei Frauen hatten damals sieben Morde angezeigt, die vor dreißig Jahren verübt und als Verkehrsunfälle getarnt worden seien. Die Polizei richtete eine Sonderermittlung ein, durchsuchte Dutzende Wohnungen und vernahm Hunderte von Tatzeugen. Aber wir fanden keine Anhaltspunkte. Die Todesfälle erwiesen sich, einer nach dem anderen, als das, was sie vorher waren – Verkehrsunfälle, Selbstmorde, natürliche Tode. Die Ermittlungen wurden schließlich eingestellt.«

Der Sektenbeauftragte sagte: »Dennoch stehen im Moment noch Verfahren in Trier, Koblenz, Augsburg, Paderborn, Grevenbroich, Hamburg und Lüneburg an. Und Sie kennen den Fall der beiden jungen Frauen, die sich vor Wochen in Berlin-Mitte Hand in Hand aus dem dreiundzwanzigsten Stockwerk stürzten. Neben den Leichen fand die Polizei eine tote Katze. Sie gehörte einer der jungen Frauen, sie war zuvor von ihrer Besitzerin in einem Korb aus achtzig Metern in die Tiefe geworfen worden. Beide Frauen waren seit fünf Jahren Mitglied einer satanistischen Sekte. Ich gehe davon aus, daß auch Verschwörungstheoretiker mal recht haben könnten. Ich glaube, es gibt nichts, was wir uns inzwischen nicht vorstellen können. Auch wenn dann nichts verifiziert wird, existieren diese Sekten. Und es gibt scheußliche Untaten.«

»Was reizt denn Menschen Ihrer Erfahrung nach, sich solchen Zirkeln, wenn es sie denn gibt, anzuschließen?«

Der Sektenbeauftragte sah Hauptkommissar Friedrich an. »Auf der einen Seite ist es eine Kette, die in Gang gesetzt wird. Wenn man sich den niedersächsischen Thelema-Orden anschaut, dessen Anführer Eschner zu sechs Jahren Haft verurteilt wurde, weil er Frauen bei schwarzen Messen mißbrauchte und quälte, der wirbt sehr stark über esoterische

Praktiken wie Kartenlegen und Sexualzauber, teilweise sogar über Computerkurse. Leute stolpern oft einfach in diese Sachen rein, über Werbung in einer esoterischen Zeitung oder auch dadurch, daß sie sich erst einmal nur als Gruftie bezeichnen. Lediglich ein kleiner Prozentsatz dieser Leute tut den entscheidenden Schritt zum Satanismus. Man darf nicht sagen, daß Grufties oder Ähnliches Satanisten sind. Genausowenig wie man sagen darf, daß die Homosexuellen aidskrank sind.«

Keuper sagte: »Nach meiner Kenntnis tummeln sich in Dörfern, Wohnungen, Mini-Tempeln inzwischen Tausende kleine Schamanen, Heiler, Teufelsanbeter, Hexen. Man lernt sich im Internet kennen.«

»Eins scheint klar«, sagte Friedrich. »Die Anbieter des Übernatürlichen haben sich längst an den Markt angepaßt. Heute chatten Hexen im Internet. Gott stirbt mit den Sekten einen langsamen Tod – aber er stirbt.«

Glaser sagte: »Die meisten Sekten sind jedoch recht harmlos. Zeugen Jehovas, Scientology, Neuapostolische Kirche, Schenkungssekten, Sonnenanbeter. Zwar schwappt in jüngster Zeit aus den USA die Home-Schooling-Bewegung herüber, für die Evolution und Aufklärungsunterricht schlichtweg Teufelszeug sind. Aber gut – wir suchen ja nach was anderem.«

»Das genaue Gegenteil«, sagte Velsmann. »Ich glaube auch, das, was Sie anführten, ist meist harmlos. Kritisch wird es, wenn sich das, was ein einzelner Heiler oder eine religiöse Gruppe von jemandem fordert, nicht mehr in das eigene Leben einordnen läßt, sondern es beherrscht. Dann ist Vorsicht geboten.«

Alfons Freygang sagte: »Ich war in einer Buchhandlung,

um mich kundig zu machen. Es ist ungeheuerlich! Es gibt zwar auch ein Regal Bibel, ein Regal Christentum, aber das war's. Daneben massenhaft Anpreisungen von Hexen, Schamanen, Heiler, Reiki, Shintoismus, Indianerkulte, Germanengötter. Heil aus Wasser. Heil aus Brot. Heil aus der Papaya. Unser Volk sucht schwer nach geistigen Energien. Sie müssen das Gefühl haben, die Welt habe mehr zu bieten, als sie es tut.«

»Aber das alles reicht nicht aus für einen zünftigen Satanismusverdacht«, sagte Poppe.

»Richtig«, sagte der Sektenbeauftragte. »Der nächste Schritt als eine Art Qualitätssprung muß dazu kommen. Trinken von Menschenblut, Tierblut, Selbstverstümmelung um die persönliche Schmerzgrenze und Ekelgrenze zu überwinden, Schwarze Messen, Vergewaltigungen, Tierquälerei und so weiter. Ich will das nicht weiter vertiefen, denn es handelt sich hier teilweise um Aktivitäten, die unvorstellbar sind. Alles in allem: Was Leute reizt, ist von den Verantwortlichen leicht als Einstieg zu benutzen. Das ist oft bei der Sexualmagie der Fall. Leute, die im Bereich Sexualität nichts erleben, fühlen sich oft von den satanistischen Praktiken angezogen.«

»Dann müßtest du ja Satanist sein«, flüsterte Tosca Poppe dem neben ihr sitzenden Freygang zu. In die entstandene Stille hinein, hörten das die meisten Anwesenden.

Martin Velsmann, der sich notgedrungen als Erzieher fühlte, machte, bevor Freygang kontern konnte, eine tadelnde Geste in ihre Richtung.

Der Staatsanwalt führte aus: »Ich habe die letzten Stunden genutzt, um Unterlagen zu wälzen. Satanismus ist jedenfalls ein Riesenthema. Gleichzeitig eines, das am unsichtbarsten ist. Ich weiß, daß die Staatsanwaltschaften in Cottbus und Düsseldorf in mehreren Tötungsfällen mit rituellem Hintergrund ermitteln. In einem Fall geht es sogar um Kannibalismus. Zwei junge Frauen hatten mit dem regelmäßigen Trinken des Blutes von Menschen und Tieren ihren Geltungsdrang befriedigen wollen. Die Landeskriminalämter ermitteln gegen okkulte Handlungen, die teilweise mehr als zehn Jahre zurückliegen. Man behauptet, damals seien Babys, die von jungen Frauen im geheimen zur Welt gebracht worden waren, von einer Sekte getötet worden.«

»Aber das ist doch undenkbar!« Der neue Sokobeamte Müller machte ein griesgrämiges Gesicht. »Davon will doch kein Mensch was hören.«

Keuper sagte: »Das ist genau die Haltung, die solche Sachen unsichtbar werden läßt, Kollege Müller. Die Monstrosität der Taten schützt die Täter. Wenn seriöse Leute wie beispielsweise der Vorsitzende des Bundes deutscher Kriminalbeamter in Cottbus, der bestimmt kein Interesse daran besitzt, irgendwas aufzubauschen, mir sagt, daß es geheime Netzwerke geben muß, die bis in höchste Kreise gehen, dann schrillen bei mir Alarmglocken.«

Revierleiter Friedrich sagte: »Um Gottes willen, erzählen Sie das bloß nicht unseren Herren vom Ministerium für Wirtschaftsentwicklung und Tourismus! Wir werden alle gefeuert! Dort malt man ohnehin schon den Teufel an die Wand.«

»Auch eine Form des Satanismus«, meinte Freygang.

Professor Heinrich sagte bedächtig: »Täterprofile für solche Dispositionen könnte ich genug liefern. Schwere narzißtische Perrsönlichkeitsstörung, überbordende Selbstbezogenheit, ein fanatischer Inszenierungswille, das alles gibt es jeden Tag. Die Arroganz und Unangreifbarkeit solcher Leute überdeckt ihre absolute innere Leere.«

»Ja, aber«, wandte Müller ein, »wir haben in unseren Fällen doch nicht den geringsten Anhaltspunkt für solche Spekulationen. Ich weiß nicht, mir gefällt das alles nicht.«

»Niemandem gefällt das, Kollege Müller«, sagte der Staatsanwalt. »Deshalb dürfen wir uns nicht Argumenten verschließen. Wir loten hier ja nur die Möglichkeiten und das Umfeld aus.«

Hauptkommissar Friedrich sagte: »Wohin können sich denn Menschen wenden, die Beratung suchen? Vielleicht sollten wir damit einmal in die Öffentlichkeit gehen? Im Moment ist das Interesse sicher stark.«

»Eine gute Idee«, erklärte Glaser mit Blick auf die Protokollantin. »In 10117 Berlin gibt es die Evangelische Zentralstelle für Weltanschauungsfragen, Auguststraße 80. Die Sekten-Info, mit der ich seit langem zusammenarbeite, hat die Anschrift: Rottstraße 24, 45127 Essen. Das können Sie an die Medien weitergeben.«

Martin Velsmann ergriff das Wort: »Das ist sicher alles interessant, Herr Glaser, aber hier haben wir es nicht mit Freizeitsatanismus zu tun, sondern mit zwei schweren Bluttaten. Hier liegen also handfeste Motive vor. Was mir Sorgen macht: Hinter beiden Morden steckt eine Wut. Es ist eine große, aber kalte Wut zu spüren. Eine Art kaltblütiger Raserei. Es kommt Hinrichtungen gleich. Nun hat uns die aus dem Leben geschiedene Nena Raikiinen glaubhaft zu machen versucht, sie sei an den Morden beteiligt gewesen. Weil die Ermordeten sich in irgendeiner Hinsicht schuldig gemacht hätten. Wie weit das zu glauben ist, muß letztlich vielleicht auch der Herr Professor Heinrich beantworten. Ich für meinen Teil kann es nicht glauben. Es müssen andere dahinterstehen. Eine Organisation. Denn zumindest im Fall der ermordeten Julia Raikiinen ist eine Selbstanklage der eigenen Schwester doch höchst zweifelhaft. Dafür liegt kein Motiv vor. Jedenfalls konnte uns Nena Raikiinen keins liefern, das für mich glaubwürdig war.«

»Herr Professor?«

Der Psychiater aus Orb nickte Revierleiter Friedrich zu. »Ich arbeite an einem medizinischen Gutachten darüber. Ich muß sehr vorsichtig sein, ehrlich gesagt, denn für mich steht auch die Zukunft unserer traumatherapeutischen Klinik auf dem Spiel. Ich werde das Gutachten in zwei, drei Tagen vorlegen. Im Moment sage ich das folgende: Vermuten läßt sich eine Täterschaft Nena Raikiinens in beiden Fällen durchaus. Ich meine, im Rahmen ihres Krankheitsbildes ist dies theoretisch möglich, aber das trifft beinahe auf uns alle zu. Potentiell sind wir alle Mordkandidaten, wenn ich das so sagen darf. Oft genügt nur ein Funke, um etwas in uns explodieren zu lassen, von dem wir gar nicht wußten, daß es in uns ist. Ob Nena wirklich die Täterin war, kann ich natürlich nicht klären. Und wenn sie es war, ist die Frage, ob sie Alleintäterin ist. Auch dies herauszufinden ist Sache der Polizei, nicht der Psychiatrie.«

Gebhardt von der Soko Stahlau strich sich über den Bart und fragte: »Diese Nena Raikiinen deutete doch an, Befehle erhalten und ausgeführt zu haben. Nun weiß ich aus einem früheren Fall, daß Satanisten in einer Scheinwelt leben, in der der Teufel Kontakt zu ihnen aufnimmt und ihnen Befehle erteilt. Und die führen sie dann erbarmungslos aus, auch wenn es sich um einen abscheulichen Ritualmord handelt. Sie sind sich keiner persönlichen Schuld bewußt. Könnte Nena Raikiinen Mitglied einer solchen Sekte, von der sie Befehle erhielt, also aktive Satanistin gewesen sein?«

Professor Heinrich erwiderte: »Ich habe dafür keine Anhaltspunkte. Aus ihrer Krankengeschichte heraus jedenfalls ist das nicht zu entnehmen. Ich glaube, daß manifeste, physische Gewalt zu ihrem Zustand führte. Und die war privat, in den Familienverhältnissen begründet. Darüber müßte man reden.«

»Wir kennen die Familienverhältnisse«, sagte Martin Velsmann. »Wir haben die Akten aus Finnland auf dem Tisch. In diese Richtung ist allerdings niemals wirklich ermittelt worden.«

»Zudem ist es so«, fuhr der Sektenbeauftragte fort, »daß Selbstmord bei Satanisten extrem verpönt ist, weil er als Zeichen von Schwäche gilt. Satanismus ist eine Ideologie der Stärke. Man will selbst Gott sein – ein schwarzer Gott, natürlich.«

Tosca Poppe hob den Zeigefinger. »Ganz stimmt das nicht. Ich weiß aus Sachsen-Anhalt, wo es nahe Stendal eine unheimliche Selbstmordserie gab. Sechs Jugendliche starben da vor drei Jahren, als sie, zu zweit aneinandergefesselt, absichtlich mit dem Auto gegen Bäume oder Mauern oder gegen einen Zug rasten. Und das waren bekennende Satanisten. Sie haben sich vorher in Selbstmord-Foren im Internet gemeldet, dort um Rat gesucht, wie sie sich am besten umbringen sollten. Sie schrieben auch Abschiedsbriefe, alle fast identisch. Mit geläufigen satanischen Symbolen am Ende.«

»Jährlich nehmen sich in Deutschland rund eintausend Kinder und Jugendliche das Leben«, erklärte Professor Heinrich. »Als Motiv stellt sich dann überwiegend heraus, daß sie Defizite in ihrem Leben hatten, Sinnkrisen, spätpubertäre Schwierigkeiten. Manchmal genügt Langeweile, oder ein Jugendclub im Ort wird wegen mangelnder Geldmittel geschlossen. Satanismus spielt kaum oder nur als inszenierter

Vorwand eine Rolle. Von außen her ist das jedenfalls kaum zu unterscheiden und zu erkennen.«

Hauptkommissar Bremer aus Offenbach sagte: »Ich schlage vor, daß wir einen Ortstermin in Orb ins Auge fassen. Das bleibt sonst alles theoretisch. Wir sollten uns die Klinik ansehen und uns mit den kritischen Fällen dort vertraut machen. Zumindest, soweit die Akten einsehbar sind. Sind Sie dazu bereit, Herr Professor?«

»Selbstverständlich.«

»Gut. Dann schlage ich vor, daß wir uns morgen früh um neun dort treffen. Und Sie sind so gut und machen uns die entsprechenden Unterlagen zugänglich.«

Der Professor nickte.

Die Abgesandte der Stiftung »Opfer ritueller Gewalt«, eine hübsche Frau mit rotgefärbten Haaren und großen Augen, sagte: »Ich bitte nur um äußerste Diskretion. Wir dürfen auf gar keinen Fall die Patientinnen und Patienten erschrecken. Für die Behandlung dieser Menschen ist es nötig, daß sie überhaupt nicht mit der Außenwelt, die ihnen soviel Leid zugefügt hat, konfrontiert werden.«

»Das ist selbstverständlich und sicher auch im Interesse von Professor Heinrich«, beeilte sich Friedrich zu versichern. »Über diese Dinge sollten wir dann morgen sprechen. Vielleicht, lieber Velsmann, können Sie uns nun schildern, wie die tatsächliche Indizienlage in den Mordfällen inzwischen ist.«

»Machen Sie das, Alfons«, sagte Velsmann und trat ans Fenster, um zu sehen, wer ihn gerade auf dem Handy anrufen wollte. Er schaute auf das Display. Es war Andrea. Er entschloß sich, jetzt nicht mit ihr zu sprechen, und kehrte in den Kreis zurück.

Freygang nahm die Papiere vom Schreibtisch und referierte in aller Ausführlichkeit. Velsmanns Gedanken schweiften ab zu seiner Frau. Er spürte, daß er es ohne ihre Nähe nicht mehr in Fulda aushalten würde.

Gefühle, dachte er, dürfen nicht immer nur zurückgehalten werden. Sie müssen ausgelebt werden, sonst suchen sie sich seltsame, befremdliche Wege.

Am nächsten Morgen traf der Troß in Orb ein. Professor Heinrich empfing in seinem Zimmer jeden einzelnen Besucher mit Handschlag. Man verständigte sich über das Vorgehen. Ein Rundgang durch die Bereiche der Klinik, die öffentlich zugänglich waren, sollte einen ersten Eindruck vermitteln. Danach wollte man über den Fall Nena Raikiinen beraten.

Professor Heinrich als Stationsleiter und Mitglied des Klinikdirektoriums führte seine Besucher, die weiße Kittel überziehen mußten, herum wie bei einer Visite. Martin Velsmann kam sich wie ein alt gewordener Assistenzarzt vor. Zimmer wurden geöffnet, man trat an Betten und studierte Krankheitsverläufe, Krankenschwestern betteten Patienten auf und schalteten Apparate an, Blumensträuße wurden in Vasen gestellt, in den Gängen roch es nach Küche.

Es waren überwiegend Frauen, die in den Krankenzimmern lagen, die meisten nicht älter als dreißig. In jedem Raum stand jeweils nur ein Krankenbett, wie der Professor erläuterte, mußte die Betreuung rund um die Uhr intensiv sein. Nur in den Gemeinschaftssälen, wie dem Fernsehraum, der Bibliothek oder auch im weitläufigen Park, trafen die Patienten auf Leidensgefährten.

Velsmann hatte die Stimmung einer Irrenanstalt erwartet, doch die Klinik glich eher einem Sanatorium, in dem sich

Mütter erholten. Es existierte auch ein Kindertrakt. Da viele Frauen Vergewaltigungen erlitten hatten, wurden hier die nur selten gewollten, aber nicht abgetriebenen Babys und Kinder betreut.

»Der Sinn einer solchen Klinik«, erklärte Professor Heinrich, »ist es, den Opfern von Gewalt Möglichkeiten einzuräumen, einen normalen Alltag zu leben. Nur so ist es denkbar, daß sie ihre Erinnerungen tatsächlich verarbeiten. Nur wer nicht verdrängt, kann geheilt werden. Natürlich geht dieser Weg nur durch schwere Depressionen, massive Ängste, meist auch starke Schmerzzustände. Wenn die Betroffenen es jedoch schaffen, das ihnen Zugefügte in ihre Lebensgeschichte zu integrieren, ist ein Weiterleben ohne quälende Schmerzen und ständige Bedrohungsgefühle möglich.«

Martin Velsmann konnte an diesem Ort das jüngste Opfer nicht vergessen. »Wie war es mit Nena Raikiinen? Sie hat es doch offenbar nicht geschafft.«

Der Professor holte tief Luft und sah reihum. »Nena Raikiinen ist über Jahre hinweg sexuell mißbraucht worden. Von wem, das können wir nur ahnen. Sie wurde in ihrer Jugend über einen längeren Zeitraum hinweg, das kann sieben, acht Jahre gedauert haben, regelrecht abgerichtet. Man machte sie gefügig. Ihr Urvertrauen ist dadurch systematisch zerstört worden. Wir hatten es bei ihr mit einer multiplen Persönlichkeit zu tun, die sich in mehrere Identitäten aufgespalten hat. Ich habe darüber schon ausführlich mit Hauptkommissar Velsmann gesprochen. Sie lebte damit auch in verschiedenen Realitäten. Das bedeutet übrigens nicht, daß sie als Zeugin vorsätzlich log. Nur ihre Erinnerungen könnten falsch gewesen, im nachhinein konstruiert sein. Es wurde ihr suggeriert, daß noch nicht einmal Gott ihre Sünden vergeben würde. Sie glaubte, der Teufel würde sie holen, wenn sie die Befehle nicht ausführte, die man ihr gab.«

»Und mit dieser Disposition lief sie frei herum?« fragte Gebhardt von der Soko Stahlau.

Das Mitglied der Stiftung »Opfer ritueller Gewalt« warf mit einem Anflug von Feindseligkeit ein: »Sie war ja keine Verbrecherin, sondern ein Opfer von Gewalt.«

»Wieso denn!« konterte Gebhardt. »Wir wissen doch, daß sie zumindest einen Mord auf dem Gewissen hat.«

»Wissen wir das wirklich?« fragte Heinrich. »Sie hat es lediglich behauptet. Es ist Aufgabe der Polizei, herauszufinden, ob das Geständnis stimmt.«

»Falsch«, erwiderte Gebhardt. »Es ist ganz und gar nicht Aufgabe der Polizei, Mörderinnen von ihren Geständnissen abzuhalten.«

Martin Velsmann sagte: »Nenas Selbstmord ist natürlich eine Art Antwort auf die Frage, ob ihr Geständnis zutrifft. Oder sehen Sie das anders?«

»Kann sein, kann auch nicht sein!« Professor Heinrich wirkte plötzlich müde. Gleichzeitig kam sein Sprachfehler zurück. »Ich habe geg...glaubt, ihr helfen zu können. Ich habe wohl versagt. Es hat nicht funktioniert.«

»Selbstmitleid nützt uns jetzt nichts«, sagte Bremer von der Polizeidirektion Offenbach rasch. »Wir werden das noch genau untersuchen müssen, ob diese Raikiinen nicht hinter Schloß und Riegel gehört hätte. Oder zumindest in ein Zimmer hier in der Klinik. Die Öffentlichkeit wird kein Verständnis aufbringen für eine mitleidvolle und rührselige Täterpsychologie, sondern man wird in berechtigter Weise das Opfer bemitleiden und Konsequenzen fordern.«

»Und doch ist sie selbst ein Opfer«, beharrte Heinrich leise.

»Fand man nicht bei der Obduktion diese Narben überall an ihrem Körper? Haben Sie die Fotos nicht gesehen? Viele solcher Opfer ritueller Gewalt erhalten keine Hilfe, weil kaum jemand die Greueltaten, von denen sie berichten, glauben will. Nur in einer solchen Klinik, wie wir sie haben, nimmt man sie ernst. Deshalb müssen wir alles tun, um diese Klinik zu schützen. Ich gebe zu, daß viele Insassen auch tickende Zeitbomben sind – wie Kommissar Velsmann das ausdrückte. Ich gebe das ausdrücklich zu. Sie besitzen keine Skrupel und keine moralischen Werte. Etwas so Altmodisches wie ein Gewissen wurde ihnen heraus operiert. Diese Leute dürfen die Klinik natürlich unter gar keinen Umständen verlassen. Bei Nena Raikiinen war es anders. Ich habe befunden, daß ihr zu helfen ist, wenn sie Freiheiten zugestanden bekommt und sich normal bewegen kann. Ich habe mich vielleicht getäuscht und übernehme dafür auch die Verantwortung.«

Sagen Sie das den Eltern der ermordeten Nadja Henz, dachte Martin Velsmann. Die guten Leute waren offenbar über das Leben ihrer Tochter völlig im unklaren gewesen. Man hatte inzwischen herausgefunden, daß Nadja Henz neben ihrer Beschäftigung in der Postbank in einem Bordell tätig gewesen war. Der Besitzer eines entsprechenden Nachtclubs bei Schlüchtern hatte kalte Füße bekommen und auf dem Revier darüber ausgesagt. Nadja Henz hatte tagsüber Konten betreut und nachts Domina gespielt. Ob ihre Ermordung damit zusammenhing, war Martin Velsmann allerdings noch nicht klar. Die übrigen Angestellten des aufgeflogenen Lusttempels wurden teils noch verhört, teils noch gesucht.

Sie gingen weiter. Flure, Zimmer, Behandlungsräume. In kleinen, zur Hälfte gefliesten Arztzimmern hantierte weißgekleidetes Personal mit Instrumenten, Reagenzgläsern und

Spritzen, sie entnahmen aus Wandschränken mit Glastüren Gefäße und schütteten bunte Flüssigkeiten hinein. Im Hintergrund ein Schrei. Dann Kinderstimmen. Verstörte Mienen im Gesicht von Menschen, die über die Gänge liefen. Auffälliger jedoch war die atemlose Stille über allem, die Stimmung eines künstlich zur Ruhe ermahnten Erholungsortes.

Die Besucher begriffen, daß hier im Verborgenen eine Arbeit geleistet wurde, die eigentlich von der gesamten Gesellschaft getan werden mußte, aber eine Gesellschaft in Partylaune war an solchen Dingen kaum interessiert.

Velsmann dachte: Wir verlangen, daß die Betroffenen alles selber ausbaden. Oder wir überlassen den sensationslüsternen Medien die Abrechnung.

Als man nach Beendigung des Rundgangs später im Sitzungssaal der Station zusammensaß und es nach frisch gebrühtem Kaffee duftete, war die Stimmung gedämpft. Auch der Beamte von der Polizeidirektion Offenbach verspürte offensichtlich keine Lust, den üblichen Druck auszuüben.

Martin Velsmann rührte Zucker in seinen Kaffee und brach das unbehagliche Schweigen. »Aufgrund meiner Erfahrungen mit den Vorkommnissen im letzten Winter, über die Sie alle informiert sind, kann ich nur darum bitten, daß wir alle Kräfte bündeln. Wir haben es hier mit etwas zu tun, das normale Polizeiarbeit übersteigt. Das sieht sicher auch Kollege Bremer aus Offenbach so. In einen solchen hochsensiblen Bereich dürfen wir nicht einbrechen, ohne Beistand der kompetentesten Psychiater und Therapeuten. Andererseits müssen wir uns aber auf die Ermittlungsarbeit konzentrieren. Wir müssen die Fahndung nach den Tätern fein säuberlich trennen von den Blicken in solche Abgründe, wie sie uns hier gestattet wurden. Wir müssen nüchtern bleiben. Nur so kommen wir weiter. Das betrifft auch mich persönlich. Ich kann in der Soko Stahlau an der Aufklärung der Fälle nur weiterarbeiten, wenn ich ganz eng an den nüchternen Fakten bleibe.«

Tosca Poppe blickte ihren Chef überrascht an, sagte aber nichts.

Freygang fragte: »Was sind also unsere nächsten Schritte, Chef?«

»Ich selbst werde mit einem Durchsuchungsbefehl zu diesem Danilo Wagner marschieren. Wir werden mit Hochdruck nach dem Freund der ermordeten Nadja Henz forschen, von dem wir bisher nur wissen, daß er Tom Hauser heißt und einen grauen Mitsubishi mit HU-Kennzeichen fährt. Und wir werden diesen Herrn Hirschgraben einbestellen, damit er uns ein paar seiner Informationen offenlegt. Ich weiß, das ist alles nicht viel, aber mehr haben wir im Augenblick nicht zu bieten.«

»Es könnte nützlich sein«, meinte Einsatzleiter Friedrich, »wenn wir einen ständigen Stab von Experten in der Nähe haben. Beratungen dieser Art, wie wir sie jetzt führen, sind hoch wichtig. Auch Sie, Professor Heinrich, müssen sich bereit erklären, uns jederzeit mit Rat und Tat zur Seite zu stehen.«

»Natürlich. Ich bin immer erreichbar, aber, verzeihen Sie, ich möchte mich für den Moment verabschieden. Ich muß zu meinen Patienten zurück.«

Martin Velsmann schüttelte dem Psychiater die Hand und dankte ihm. Als er gegangen war, sagte er: »Ich komme mir ziemlich hilflos vor, wenn ich sehe, womit dieser Mann es hier zu tun hat. Ehrlich gesagt, macht mir die Vorstellung angst, wir hätten es bisher nur mit der absoluten Spitze eines Eisberges zu tun, dessen Masse noch unter Wasser schwimmt.«

»Unken Sie bloß nicht, Martin«, sagte Friedrich. »Mir genügt schon die Spitze des Eisbergs.«

Keuper schlug vor: »Machen Sie die nächsten Schritte, Martin. Sie haben jede Unterstützung. Auf jeden Fall müssen die Sektenexperten herangezogen werden. Also ohne deren Unterstützung sehe ich nicht, wie wir durch dieses Dunkel kommen.«

»Ich glaube auch weiterhin nicht an einen Sektenhintergrund!« platzte Alfons Freygang heraus. »Sie kennen doch unsere Meinung, Herr Staatsanwalt. Auch Herrr Velsmann ist meiner Ansicht. Es handelt sich um ein hochkriminelles Milieu, nicht um Satanismus oder sowas. Da sind Leute im Spiel, die Geld verdienen wollen. Und womit handeln sie? Mit jungen Frauen. Professor Heinrich hat es doch klar gesagt, da werden Frauen unter Druck gefügig gemacht, damit sie funktionieren. Sie werden illegal eingeschleust, man hat etwas gegen sie in der Hand. Unsere Aufmerksamkeit muß dieser Szene gelten, dem Sex-Markt. Großangelegte Razzien in Bordellen, Nachtclubs, Pornoproduktionen. So werden wir mehr Spuren finden, als wenn wir in Satanssekten stochern.«

»Das mag sein, es mag auch nicht sein«, wies ihn Bremer aus Offenbach zurecht. »Sie dürfen Ihre Theorie haben, und wir können auch parallel an beiden Fronten vorgehen, aber ein ritueller Hintergrund und eine funktionierende Organisation, die bestimmte Botschaften an den Mann bringen will und die systematisch handelt, scheint mir bei allem, was wir vom Professor hörten, doch sehr wahrscheinlich.«

»Außerdem«, sagte jemand von der Generaldirektion Schlüchtern, der bisher geschwiegen hatte, »wo soll das Geld herkommen für solche großangelegten Razzien! Vom Personal ganz zu schweigen. In unserer Dienststelle ist manchmal nicht mal Geld für neuen Toner da, um Unterlagen zu kopieren.«

»Daran darf doch aber die Aufklärung zweier Morde nicht scheitern«, erwiderte Bremer.

»Spekulieren wir nicht«, meinte Velsmann. »Tun wir am besten einfach unsere Arbeit. Sammeln wir Material. Wenn Sie die Zeitungen aufschlagen, wissen Sie, daß wir keine Zeit haben. Man wird uns bald durch den Fleischwolf drehen, wenn wir nicht Resultate vorweisen können. Ich sehe die Schlagzeilen schon vor mir.«

»Wir werden eng kooperieren«, sagte Bremer. »Sie müssen auch damit rechnen, daß wir ab jetzt präsenter sind. Bitte stimmen Sie alles auch mit uns in Offenbach ab.«

Man brach auf. Velsmann nahm seine Assistenten mit. Der Staatsanwalt fuhr im Dienstwagen Friedrichs nach Fulda zurück.

Beim Abschied sagte die Beauftragte der »Stiftung für die Opfer ritueller Gewalt«: »Wissen Sie, Herr Kommissar, wenn ich jeden Tag höre, daß Menschen systematisch gefoltert werden und von jung auf darauf trainiert werden, daß sie die Folter auch aushalten, dann ist mir egal, welchen Hintergrund das hat. Ich will dann nur, daß die Täter gefaßt werden. Und ich bin froh, daß das Schicksal solcher Opfer jetzt auch öffentlich wahrgenommen wird, auch wenn zwei Morde dazu führten. Fassen Sie die Hintermänner, egal, ob es sich um eine Sekte handelt oder um ein profanes, kriminelles Milieu.«

»Wir werden sehen«, sagte Velsmann.

Auf der Rückfahrt grübelte jeder über das Gehörte und Gesehene nach. Schließlich sagte Tosca Poppe: »Vielleicht sollten Sie mal nach Karelien fahren, Chef. Vielleicht liegt der

Schlüssel zu dem ganzen Satanszeug in den einsamen Wäldern von Weltende.«

Velsmann hatte einen ähnlichen Gedanken auch gehabt und nickte. »Jemand sollte nach Mikkeli fahren, aber ich bin es nicht. Ich könnte euch beide schicken.«

»Nächte in Finnland sind lang …«, sang Freygang zu einer bekannten Melodie.

Poppe langte nach vorn und streichelte seine Wange. »Dafür bist du noch zu klein. Überlaß das Mutti.«

Freygang deutete plötzlich durch die Windschutzscheibe. »Seht euch das an!«

Wieder waren die Rauchsäulen da. Sie zerfledderten, je höher sie stiegen, aber am Boden standen sie dick und schwarz.

»Sie kriegen es nicht in den Griff«, sagte Martin Velsmann fassungslos. »Niemand kriegt irgend etwas in den Griff.«

Freygang unkte: »Wir werden noch alle gegrillt.«

»Wenn das nicht die Satanisten vorher besorgen«, meinte Poppe in einem zynischen Ton.

»Alles verbrennt«, sagte Martin Velsmann. »Vielleicht brauchen wir uns gar nicht beeilen, die Fälle aufzuklären. Vielleicht kommen uns die Flammen zuvor.«

Mitten in der folgenden Nacht schreckte Martin Velsmann schweißgebadet hoch. Er hatte einen Alptraum gehabt, der noch immer mit klammen Fingern nach ihm griff.

Er knipste die Nachttischlampe an und trank einen Schluck Wasser. Der Wecker zeigte 4.32 Uhr.

Um ihn herum war alles still und friedlich.

Im Traum hatte er am Meer gestanden. Andrea war plötzlich da gewesen. Sie lief an ihm vorbei ins Wasser hinein und warf die Arme in die Höhe. Plötzlich begann sie zu schreien. Feuerfontänen drangen aus dem Wasser wie Geysire, und die Wasseroberfläche bildete Blasen, als bereite sich ein Vulkanausbruch vor. Er wollte Andrea folgen, sie retten, aber etwas hielt ihn zurück. Seine Beine schienen aus Blei zu sein. Als er sich doch mühevoll, Schritt für Schritt vorwärts bewegte, begann Andrea plötzlich wie ein Schlauchboot auf der Wasseroberfläche zu treiben. Sie lag da und ruderte, und in ihrem Gesicht wechselte das Mienenspiel in furchterregender Schnelligkeit. Sie lachte, ihre Miene verfinsterte sich, und ihr Mund bewegte sich in häßlichen Konvulsionen. Velsmann erschauderte. Dann legte sich ein Arm um seine Schulter, und eine Stimme flüsterte nahe an seinem Ohr, er solle aufgeben. Seine Frau sei nicht zu retten. Als er sich umwandte, stand Nena Raikiinen neben ihm. Aber sie bestand aus zwei Hälften. Einer hellhäutigen und einer tiefschwarzen. Und beide Hälften begannen nun zu sprechen. Als sie sich an ihn schmiegte, spürte er ihre eisige Kälte.

Dann war er erwacht.

11.

Danilo Wagner schloß bereitwillig die Wohnungstür auf. Er hatte sich zum Zeichen seiner Trauer eine schwarze Binde mit Klettverschluß um den Oberarm gelegt, wie es Sportler bei entsprechenden Anlässen taten. Auch in seinem Gesicht stand Trauer, es war blaß und übernächtigt. Sein Ausdruck konnte auch Müdigkeit bedeuten. Oder Resignation beim Anblick des Durchsuchungsbefehls.

Auch Martin Velsmann war unausgeschlafen. Er hatte sich nach seinem Alptraum herumgewälzt und war nicht mehr zur

Ruhe gekommen. Seine Sehnsucht nach Andrea wurde übermächtig. In der Polizeidienststelle hatten sie sich am frühen Morgen das Video angesehen, das Nena Raikiinen ihm zugeschickt hatte. Friedrich, Gell, Keuper, Gebhardt und Müller waren anwesend, und alle hatte ein Endzeitgefühl überfallen. Die forensische Medizin hatte die Narben bestätigt, die man Nena Raikiinen im Film zugefügt hatte.

Velsmann hatte einen Lokaltermin unter gleichen Lichtverhältnissen beschlossen, um Verdächtige zu identifizieren. Man mußte eine ähnliche Szene filmen, wie das Video sie zeigte, auch wenn Velsmann beim Gedanken daran die Haare zu Berge standen.

Freygang hatte angemerkt, man habe doch gar keine männlichen Verdächtigen.

Velsmann hatte trotzig erwidert: drei. Wagner, Hirschgraben und den Freund der ermordeten Nadja Henz, diesen Tom Hauser.

Aber der Einwand Freygangs war berechtigt. Würde man so den Täter finden, der Nena Raikiinen vergewaltigt hatte? War die Verengung auf drei vage Verdächtige, die man eigentlich nur verdächtigte, weil man sonst niemanden hatte, nicht höchst problematisch?

Während Velsmann in Begleitung von Tosca hinter Danilo Wagner die Treppen hinaufging, wurde ihm klar, daß der Freund Nenas durchaus für einen handfesten Verdacht in Frage kam. Er hatte sich verdächtig verhalten, als er nach der Ermordung Julia Raikiinens nicht die Polizei kontaktiert hatte. Er mußte gewußt haben, daß es sich um Nenas Schwester handelte, auch wenn seine Freundin ihm möglicherweise davon nichts erzählt hatte. Von seiner Statur her, dachte Velsmann, ist er sogar ein heißer Kandidat für einen handfesten Verdacht.

Auch wenn auf dem Video ganz bewußt vermieden worden war, etwas Eindeutiges zu erkennen zu geben. Eine genaue Einzelbildananalyse hatte nichts Konkretes ergeben. Dennoch dachte Velsmann beinahe verbissen, daß man die männliche Leerstelle in dem Video durchaus mit Wagner füllen konnte.

Als Martin Velsmann mit Tosca Poppe in die Wohnung trat, umfing ihn der lastende Eindruck einer gänzlich anderen, fast verbotenen Welt. Dies war bei solchen Terminen immer so. Aber diesmal war es besonders gravierend. Er drehte sich zu Wagner um und sagte: »Gehen Sie wieder runter in Ihren Laden. Wir sehen uns allein um. Wenn wir etwas brauchen, rufe ich Sie.«

Wagner machte wortlos kehrt. Martin Velsmann und Tosca Poppe teilten sich die Wohnung auf.

Vor ihnen lagen vier Wohnräume mit abgenutzten Teppichböden, dazu kamen Küche und Bad. Zum Hof hin gab es doch einen Balkon. Der erste Eindruck war Unordnung. Überall lagen Zeitungen und Verkaufsprospekte, Videos, CD-Hüllen und Schmöker herum. Veraltete Einkaufszettel hingen an der Küchenwand. Ein angepinnter Zeitungsausschnitt verwies auf den Auftritt eines Country-Stars. Auf der Spüle stapelte sich schmutziges Geschirr.

Martin Velsmann sah aus Nena Raikiinens Schlafzimmerfenster über Kastanienbäume hinweg auf die gegenüberliegenden Wohnhäuser. Dann wandte er sich um. Hier hatte sie also gewohnt. Ihr Schlafzimmer war noch unaufgeräumter als der Rest der Wohnung. Vielleicht versuchte Wagner so seine Erinnerung an Nena zu konservieren. Alles wirkte, als sei sie heute morgen aus dem Haus gegangen.

Überall stieß Velsmann auf Sachen, die er kannte. Das Kleid, das sie bei ihrer ersten Begegnung in Huttenstein getragen hatte, hing auf einem Bügel. Er sah sie in der Erinnerung am Spielautomaten im Gasthaus stehen, dann mit übereinandergeschlagenen Beinen in seinem Hotelzimmer. Er sah Seidenschals, Strümpfe und Schuhe. Auf dem ungemachten Bett lagen Teddybären und eine schwarze Puppe. Er schaute sie sich näher an. Sie wirkten abgenutzt. Der Kopf der nackten Puppe war nach hinten gedreht, ein Arm hing ausgeleiert am Gummiband. Aus der Brust eines Bären quoll Stroh. Aber sie trugen alle Bekleidung.

Jetzt fiel ihm auf, daß es Kleiderstücke waren, die nordisch aussahen. Blauweiße Muster auf Hemden, rote Halstücher, ein Pulli mit Elchmotiven. Waren das die Spielzeuge, die Nena aus ihrer Kindheit mitgebracht hatte? Dann war es ein trügerisches Spielzeug.

Velsmann öffnete Schubladen. In einer fand er Briefe in finnischer Schrift. Ein Stapel war mit einem Band zusammengebunden. Er steckte sie in einen Klarsichtbeutel.

Ein Foto an der Wand stellte den Papst mit einer segenspendenden Geste dar. Ein anderes erregte seine Neugier. Es zeigte Nena mit Danilo und einem anderen jungen Mann. Es hätte ein Bruder Danilos sein können. Velsmann wollte Wagner fragen, wer der Mann war. Ein anderes Foto neben der Tür zeigte ein Mädchen, das mit einer älteren Frau zusammen auf einem Schlitten saß. Das konnte Nena mit ihrer Mutter sein. Am rechten Rand dieses Bildes stand ein Mann, der jedoch nur undeutlich zu erkennen war. Auch als Velsmann sich das Foto von ganz nah betrachtete, konnte er im Profil der Gestalt keine Gesichtszüge erkennen. Im Hintergrund des Bildes ragten zwei Kirchtürme einer Holzkirche im verschneiten Wald auf. Möglicherweise war das Foto in Nenas Heimat, vielleicht sogar in Mikkeli aufgenommen worden.

Velsmann beschloß in diesem Moment, nach Karelien zu fahren. Dort wüteten keine Hitzefeuer. Er konnte für einen Moment die Tretmühle der Ermittlungsarbeit und seines Alltags verlassen. Vielleicht schaffte er es sogar, auf dem Weg nach Norden für einen Tag in Barth Station zu machen. Der Gedanke beflügelte ihn so, daß er ungewollt auflachte.

Er würde Andrea in die Arme schließen können!

In diesem Moment hörte er es nebenan poltern. Tosca sagte: »Verdammter Mist! Wer hebt so was auf!«

Velsmann ging hinüber.

»Schauen Sie sich das an, Chef!« Poppe hielt ihm eine Hasenpfote hin. Oder war es eine Katzenpfote? »Der ganze Schrank ist voll mit solchem Kram. Sehen Sie mal!«

Martin Velsmann schaute in das Schrankinnere und sah auf den Regalen jede Menge Pfoten, ausgestopfte Vögel, eine mumifizierte Ratte, kleine, gemusterte Eidechsen.

»Und hier«, sagte Poppe. »Die hatte ein Faible für Figürchen.«

Martin Velsmann erblickte auf einem Bücherbord ein ausgestopftes Paar aufrecht stehender Hasen in volkstümlicher Bekleidung, daneben einen grünen Jadebuddha, einen gelben Uhukopf und eine kleine, rotbraune Figur mit großem Kopf und überquellenden Augen, die auf einer Knochenflöte spielte.

Velsmann griff zum Handy. »Herr Wagner, kommen Sie doch bitte mal einen Moment rauf.«

»Was gefunden?« fragte Danilo Wagner mit seiner zerfließenden, schnellen, freundlichen Stimme, als er in der Wohnungstür erschien.

»Was bedeuten alle diese Tiere und ausgestopften Figuren? Sammeln Sie so was, oder gehörte das Nena?«

»Das ist ihre Sammlung. Sie hatte diesen Tick schon als Kind. Sie sammelte dauernd was, aber dauernd was ganz anderes. Das alte warf sie dann über Nacht weg, um Platz zu schaffen. Einmal brachte sie mehrere tote Igel an, dann wieder eingeklemmte Mäuse in Mäusefallen.«

Velsmann sagte: »Diese Briefe hier sind für den Moment konfisziert, Sie bekommen von mir dafür eine Quittung. Und wer sind die Personen auf den Fotos an der Wand?«

»Auf dem Schlitten, das sind Nena und ihre Mutter in Mikkeli.«

»Der Mann am Bildrand?«

»Keine Ahnung.«

»Und der junge, blonde Mann mit Ihnen und Nena?«

»Tom. Ein Freund einer Freundin von Nena.«

»Etwa Tom Hauser? Der Freund von Nadja Henz?«

»Ja. Kennen Sie ihn? Warum fragen Sie dann?«

Tosca Poppe übernahm das Reden. »Wir suchen ihn. Hören Sie, Herr Wagner. Dieser Tom ist der Freund von Nadja Henz. Sie wurde vor kurzem ermordet. Sie sind der Freund von Nena Raikiinen, die sich in der traumatherapeutischen Klinik das Leben nimmt, nachdem ihre Schwester Julia ermordet wurde. Hier hängt ein gemeinsames Foto von Ihnen, Nena und Tom Hauser an der Wand. Nun erzählen Sie uns nicht, das hätte nichts zu bedeuten!«

»Was soll das bedeuten? Nena mochte Nadja. Sie kannten sich von irgendwoher. Dieses Foto kam ohne besonderen Anlaß zustande. Wir trafen uns zufällig vor den Ferien im Schloßpark von Fulda, und Nena wollte ein Andenken. Nadja hat die Aufnahme geschossen. Tom Hauser habe ich seitdem nicht mehr gesehen.«

»Sie haben auch ausgesagt, die ermordete Julia Raikiinen

vor ihrem Tod lange nicht gesehen zu haben, aber eine derartige Häufung von Tatumständen ist doch nicht normal.«

»Wieso denn?«

»Sie finden das nicht höchst merkwürdig?«

»Es ist alles Zufall. Kann sein, daß Sie darüber stolpern, Sie sind von der Polizei. Und außerdem sind Sie empfindlich, weil zwei Morde passiert sind. Im Leben gibt es so was aber – Zufälle.«

»Wo finden wir Tom Hauser?«

»Ich kann Ihnen die Adresse geben. Warten Sie, ich hab das im Schreibtisch. – Hier ist auch seine Telefonnummer. Wir haben früher viel zusammen gemacht. Seit ein paar Monaten ist der Kontakt eingeschlafen. Ich denke aber, Tom wohnt noch in Birstein.«

»Hat er ein Auto?«

»Ja. Wieso? Einen Japaner, ziemlich langweilig.«

»Einen grauen Mitsubishi mit HU-Kennzeichen?«

»Kann sein.«

»Danke. Sie können wieder runtergehen. Wir sehen uns noch ein bißchen um.«

Martin Velsmann ließ das Gefühl nicht los, alles verlaufe zu glatt, zu harmlos. Diesem Danilo Wagner war nicht beizukommen. Bei ihm sammelten sich ein paar Zufälle zu viel an. Das konnte bedeuten, daß er tatsächlich von nichts eine Ahnung hatte. Oder er war die Gerissenheit in Person.

»Was hältst du davon?« fragte Martin Velsmann seine Assistentin.

»Der lügt doch und hält sich für oberschlau. Wir sollten ihn in eine Videoproduktion schleppen und dort mit ihm einen Film drehen. Vorschlag: Ich spiele die Domina, und er wird vergewaltigt.«

»Von der Statur her könnte er durchaus der Kerl sein, der sich an Nena vergangen hat.«

»Ja, und ich brenne darauf, das beweisen zu können«, sagte Tosca.

»Aber das müssen wir dem Staatsanwalt gegenüber gut begründen. Denn freiwillig wird Wagner nicht mitmachen. Wir müssen ihn dazu zwingen. Und dazu brauchen wir einen Tatverdacht.«

»Den wir nicht haben.«

»Nichts Handfestes, aber die Häufung von Zufällen ist evident. Vielleicht genügt es der Staatsanwaltschaft, wenn wir ihr präsentieren, daß sich die drei toten Frauen gekannt haben und daß ihre Freunde in so engem Kontakt standen, daß man sie sogar auf Fotos bewundern kann.«

»Mir würde das sogar für einen Haftbefehl ausreichen.«

»Wenn ich nur wüßte, was uns dieses Foto sagt! Ich bin sicher, dahinter verbirgt sich mehr als nur ein Postkartenidyll. Aber ich komme nicht drauf, was.«

Tosca wußte es auch nicht. Es war ein verhängtes Rätsel, auch wenn die Einzelheiten klar vor Augen standen.

Als sie nach einer Weile des eher ziellosen Suchens hinuntergingen, war die Videothek geschlossen. In der Eingangstür hing ein Schild mit dem handschriftlichen Hinweis: »Mittagspause.«

Martin Velsmann rief vom Büro aus in Birstein an. Er ließ es lange klingeln, aber niemand nahm ab. Er schickte Freygang zu der angegebenen Adresse.

Der Assistent mußte die Hausnummer lange suchen, er fand sie in einem Hinterhaus, das von der mächtigen Silhouette des Schlosses überragt wurde. Die Wirtin, die erst nach energischem Sturmklingeln an der Haustür öffnete, teilte ihm mit, Hauser sei am Morgen wie immer zur Arbeit gegangen. Dann fiel ihr ein, daß kurz vor dem Verlassen der Wohnung, in der er ein möbliertes Zimmer bewohnte, ein Anruf gekommen sei. Sie wisse aber natürlich nicht, von wem. Aufgefallen sei ihr aber, daß Hauser kaum etwas gesagt, nur zugehört habe.

In der Firma, einem kleinen Betrieb, der Rollos in modernem Design für Baumärkte vertrieb, hieß es, Hauser sei am Morgen nicht erschienen, er habe sich auch nicht krank gemeldet. Freygang gab das am Telefon nach Fulda durch und fuhr dann in die Dienststelle.

Martin Velsmann grübelte noch immer über das Foto an der Wand von Nena Raikiinens Schlafzimmer nach. Es konnte ganz harmlos sein – so wie Wagner es dargestellt hatte. Aber irgend etwas daran stimmte ganz und gar nicht. Velsmann spürte etwas wie ein geheimes Einverständnis zwischen den drei Personen, eine Art Verabredung.

Dieses Foto sagte unter seiner visuellen Oberfläche etwas aus, das er entschlüsseln mußte.

Die in finnischer Sprache geschriebenen Briefe Nenas wurden inzwischen ins Deutsche übertragen. Es gab mehrere Fingerabdrücke auf dem Briefbündel, die von der Spurensicherung untersucht wurden.

»Sollte die Mittagspause Wagners länger dauern als bis heute abend«, sagte Velsmann, »dann geben wir eine Großfahndung raus. Das gleiche gilt für Hauser. Dem gebe ich bis morgen früh Zeit, wieder aufzutauchen.«

Freygang sagte: »Hauser hat ja Eltern und einen Großvater in Göttingen, wo auch Nadjas Eltern wohnen. Vielleicht besucht er sie. Braucht Familienzuspruch nach dem Tod seiner Freundin. Ich rufe die nochmal an.«

Poppe sagte: »Sollten wir übrigens nicht jemanden nach Birstein schicken, der die Wohnung überwacht?«

»Natürlich sollten wir das, aber wir haben niemanden dafür.«

»Ich könnte es übernehmen«, bot sich Poppe an.

»Nein, ich brauche Sie hier, Tosca. Wir warten bis morgen früh, wenn die nächste Presseschlacht geschlagen ist. Dann kann ich vielleicht Müller oder Gebhardt abzweigen.«

Velsmann rief Markus Hirschgraben an. Er meldete sich. Im Hintergrund glaubte Velsmann die Stimme Marlenes zu hören.

»Hören Sie, Herr Hirschgraben, wir haben inzwischen drei Leichen. Und zwei Tatverdächtige sind untergetaucht. Es wird Zeit, daß Sie uns etwas mitteilen. Sie behaupten doch immer noch, etwas zu wissen, was wir nicht wissen?«

»Ich wollte Sie tatsächlich anrufen. Jetzt ist ein neuer Umstand eingetreten. Ich bin auf einer Spur. Ganz nah dran. Darüber kann ich aber nicht reden. Lassen Sie mir noch ein oder zwei Tage Zeit.«

Velsmann verdrehte die Augen. »Machen Sie nichts Ungesetzliches! Es ist Aufgabe der Polizei, sich mit diesen Dingen zu beschäftigen. Außerdem ist es nicht ungefährlich.«

»Das weiß ich. Wenn es etwas Skrupelloses gibt, dann Menschenhändler.«

»Menschenhändler?«

»Jetzt habe ich schon zuviel gesagt. Lassen Sie mich machen! Ich verspreche Ihnen soviel handfestes Material, daß Sie sich freuen können. Damit kommen Sie ganz schnell zum Ende Ihrer Ermittlungen.«

»Ich sage Ihnen ehrlich, am liebsten würde ich Sie festsetzen! Sie sind mir eine Spur zu eigenmächtig!«

»Nur einen Tag! Bitte!«

»Bleiben Sie jedenfalls in Kontakt mit uns. Sie können mich jederzeit über Handy erreichen. Ich versuche es auch bei Ihnen. Wenn mir irgendwas mißfällt, erwirke ich einen Haftbefehl gegen Sie!«

Velsmann beendete das Gespräch.

Menschenhändler, dachte er. Eine Organisation, die sich ihren okkulten Anstrich nur verleiht, um die Spuren zu verwischen. Natürlich hatte er auch schon in diese Richtung gedacht. Handel mit jungen Frauen für den Sex-Markt. Hochkriminelles Milieu, wie sein Assistent sich ausgedrückt hatte. Menschenhandel fiel nicht in sein Ressort, das war eine Angelegenheit des Bundesgrenzschutzes, der Landeskriminalämter und des BKA. Und übergeordnet eine Sache des Auswärtigen Amtes und seiner Auslandsvertretungen. Wir diskutieren unaufhörlich über biometrische Datenerfassung, über Fingerabdrücke in Personalausweisen und Iriserkennung, dachte er, und monatlich kommen Tausende heimlich und unerkannt über unsere Grenzen.

Velsmann spielte schon seit Tagen mit dem Gedanken, die Fälle aus den Händen der Soko Stahlau an andere Ämter zu übergeben. Zuerst mußte jedoch die Indizienkette in den Mordfällen konkreter werden. Für Mord in der Region war noch immer die Kripo Fulda unter dem Dach der Direktion Offenbach zuständig.

Dennoch beschloß er, sich mit der Ausländerbehörde zu besprechen. Er ließ sich von der Telefonzentrale mit dem Außenministerium am Werderschen Markt verbinden. Ein Beamter mit einer hellen, berlinernden Stimme verwies ihn an einen Sonderstab des Referats P3 im Innenministerium. Dort bekam Velsmann einen Ermittler aus Köln an den Apparat, der sich mit Schleuserkriminalität befaßte. Offenbar war dies ein heißes Eisen und ein heikler Punkt, der zwischen zuständigen Ämtern hin und her geschoben wurde. Der Mann in der Leitung hielt sich bedeckt. Velsmann schilderte ihm seinen Fall und das Erkenntnisinteresse seines Präsidiums.

»Sie rufen im falschen Moment an. Denn wir haben jetzt Probleme, von denen wir noch nicht wissen, was da alles mitgerissen wird.«

»Wie meinen Sie das?«

Der Mann in der Leitung taute nur langsam auf. »Da spitzt sich was zu. In nächster Zeit wird die Öffentlichkeit darüber reden. Der Außenminister ist sehr besorgt.«

Velsmann seufzte. Beamte der politischen Verwaltung beherrschten den sprachlichen Nullzustand perfekt. Er beschloß, konkreter nachzufragen.

»Können Sie mir sagen, welche Möglichkeiten Schleuser im Moment haben, junge Frauen aus dem Osten nach Deutschland zu bringen?«

»Unter uns gesagt – das ist eben das Problem. Die Erlaßpolitik des Außenministeriums ist sehr heikel. Man braucht gar keine heimlichen Schleuserbanden mehr. Alles geht legal – wenn man die Spielregel kennt. Eine Prüfung bei der Visa-Vergabe in deutschen Auslandsvertretungen ist praktisch nicht mehr möglich.«

»Wie meinen Sie das? Warum nicht?«

»Mein Referat hat das gerade in Kiew überprüft, Slatoustiwska-Straße, es ist nicht zu fassen. Man geht einfach in die deutschen Auslandsvertretungen, legt eine Verpflichtungserklärung eines deutschen Gastgebers vor, der finanziell für den Eingeladenen geradesteht. Dann wird die Rückkehrbereitschaft des Besuchers nicht mehr überprüft.«

Verblüfft sagte Velsmann: »So einfach ist das? Und wer sind diese deutschen Gastgeber?«

»Sehr oft Obdachlose und Drogenabhängige, die für ihre Unterschrift unter den Reiseschutzpaß fünfzig Euro kriegen. Manche halten noch die Bierflasche in der Hand, wenn sie in den Botschaften auftauchen und ihre Einladung abgeben. Auch das habe ich selbst gesehen. Bonität nicht geprüft, steht auf manchen Verpflichtungserklärungen, die in den Botschaften von Kiew oder Minsk vorgelegt werden.«

»Aber wie ist es dazu gekommen? Das ist ja undenkbar!«

»Es ist traurig, aber wahr. Illegale müssen heutzutage nicht einmal die Oder durchschwimmen oder sich im Schutz der Nacht ins Land schleichen, sie brauchen nur zu einer deutschen Botschaft zu gehen und sagen, daß sie gern den Kölner Dom besichtigen wollten. Dafür genügt dann eine getürkte Einladung oder ein Blankoformular eines Reiseschutzpasses, der auf den Straßen vor den Auslandsvertretungen billig verkauft wird. Den Reisezweck prüft dann niemand mehr nach.«

»Nehmen Sie es mir nicht übel, Kollege, aber das ist kaum zu glauben.«

»In dubio pro libertate, im Zweifel für die Reisefreiheit, sagt der Außenminister.«

»Und wie würden Sie sagen?«

»In dubio pro securitate – im Zweifel für die Sicherheit.«

»Aber die Angestellten der Botschaften vor Ort müssen doch Anträge genau kontrollieren – oder nicht?«

»Natürlich. Es gibt die Entscheider und andere Ortskräfte, die Interviews mit den Antragstellern durchführen, aber seit es die privaten Reiseschutzversicherung für Deutschlandbesucher aus den GUS-Staaten gibt und den Carnet de touriste des ADAC, wird alles unterlaufen.«

»Wie funktioniert das?«

»Ein privater Anbieter kauft eine Monatspolice für rund hundert Euro als Paket. Die Haftpflicht kauft er bei der Allianz, den Krankenschutz bei der Elvia. Ein narrensicheres Geschäft, denn kein Osteuropäer, der als Schwarzarbeiter mit der Reiseversicherung nach Deutschland kommt, wird sich freiwillig in Krankenbehandlung begeben. Da die Botschaften einen Visumantrag nur noch dann ablehnen dürfen, wenn sich aus den vorgelegten Papieren eindeutige Zweifel ergeben, ist das Versicherungspapier ein ideales Mittel zur Verschleierung von Reiseziel und Reisezweck. Die Entscheidung über die Visa-Vergabe ist auf Reiseversicherungsunternehmen verlagert worden, die offiziell unterstützt werden. Mit der Reiseversicherung kommen sie an Touristenvisa, und dann tauchen sie hier unter. Die Versicherungsscheine werden inzwischen in den heiligen Hallen der Bundesdruckerei gedruckt. Verstehen Sie? Wir denken, dort entstehen Banknoten, Briefmarken, Ausweise, Chipkarten, digitale Signaturen, Sicherheitshologramme – sonstwas. In Wahrheit drucken sie sowas. Dokumente, die wie amtliche Dokumente aussehen. In der Mitte prangt ein kleines Hologramm, das den Schein fälschungssicher macht – verstehen Sie? Fälschungssicher!«

»Ein Versäumnis der Politik?«

»Ganz sicher. Aber nicht unseres Ministeriums.«

Velsmann begriff, daß es einen harten Konkurrenzkampf zwischen Auswärtigem Amt und Innenministerium gab. Der Innenminister war als harter Hund bekannt, wenn es um Fragen der Immigration ging.

Er fragte: »Kommen auf diese Weise auch Frauen illegal ins Land?«

»Na jederzeit. Inzwischen gibt es ja kaum noch Einzeleinladungen, Scheinfirmen, auf die wir aber nicht zugreifen können, organisieren Gruppenreisen. Junge Frauen für Bordelle kommen in Bussen ins Land. Ihr Programm: Rheintour mit Besichtigung der Lorelei, Tagesfahrt nach Brühl in das Phantasieland. Ob sie jemals zurückfahren, überprüft niemand.«

Velsmann mußte an den Touristenbus mit jungen Frauen am Stahlauer Erlebnispark denken. »Warum überprüfen Sie es nicht?«

»Es ist nicht unser Zuständigkeitsbereich, aber mich nervt das höllisch. Stellen Sie sich vor – alles ist getürkt, und wir machen nichts dagegen! Alles wird erfunden. Der Name der Busgesellschaft, die die Touristengruppe angeblich in die Weingegenden karrt, in Wirklichkeit aber in Luxusbordelle, die Hotels, in denen die Gäste übernachten, die Nummer auf den Reservierungsbestätigungen. Denn die Firmen, die das betreiben, arbeiten völlig legal. Es kommt nur auf die Reiseversicherung an, sie allein gilt als ausreichender Bonitätsnachweis.«

»Was tut denn das fleißige BKA gegen solche Machenschaften?«

»Man hat die Sondereinheit Wostok gegründet. Man warnt vor höchst effektiven Schleusernetzwerken für die Schengen-Staaten, spricht von moderner Sklaverei. Wirklich unternehmen kann man jedoch nichts, solange das Außenamt an seiner Erlaßpolitik festhält.«

»Dann sollte das Innenministerium die Sache in die Hand nehmen.«

»Liebend gern, verehrter Kommissar. Wenn wir könnten!«

Martin Velsmann dankte für die erhellenden Auskünfte und beendete das Gespräch.

Menschenhandel, Schleuserkriminalität. Wenn alles so leichtgemacht wird, dachte er, haben wir keine Chance. Dann befassen wir uns nur mit Einzelfällen, während das Problem ganz woanders liegt. Wir schöpfen mit Teetassen das Wasser aus dem Boot, während hinter uns die Wellen hereinbrechen.

Doch er war nur für die Einzelfälle zuständig. Vielleicht zum Glück. Vielleicht aber war das die eigentliche Tragik. Daß man so viele Ursachen ausblenden mußte.

Er versuchte, das Gehörte zu vergessen und sich auf seinen Fall zu konzentrieren.

Was hatte er eigentlich in der Hand?

Ein Foto, dachte er. Dann noch ein zweites Foto aus einer verschneiten Landschaft.

Darauf Menschen, die sich kannten, die sich nahestanden. Und am Bildrand ein Unbekannter.

Und hinter dem Bild? Wer stand unsichtbar dahinter? Wer hatte die Fotos geschossen?

Wir kommen nicht weiter, dachte er. Alles baut sich auf, aber das letzte Stück in der Kette fehlt. Die Verdächtigen verschwanden oder machten sich überhaupt erst dadurch verdächtig, daß sie verschwanden. Niemand wollte etwas wissen. Wenn man nachfragt, kommen ein paar haarsträubende Einzelheiten zutage, und danach schweigen wieder alle. Was ist eigentlich los? Niemand außerhalb der polizeilichen Dienststelle besaß ein offenkundiges Interesse, die Fälle aufzuklären. Und wer auch immer dahintersteckte, besaß professionelle Erfahrung im Auslöschen von Indizien.

Freygang sagte: »Also drehen wir wieder einmal unsere Spielkarten hin und her und versuchen, etwas Neues zu erkennen.«

»Eine Großfahndung wäre angebracht«, sagte Poppe. »Ein

grobes Raster, in dem die wichtigen Fische hängenbleiben. Auch wenn wir uns damit unbeliebt machen.«

»Wir brauchen noch ein paar Verdächtige«, sagte Velsmann. »Und vor allem müssen wir eine grundsätzliche Frage klären.«

Er rief den Sektenbeauftragten der Kirche an. Velsmann erkannte seine Stimme sofort an ihrem heiseren, eindringlichen Klang wieder.

»Herr Glaser, ich quäle mich noch immer mit ein paar Annahmen herum, bei denen ich nicht weiterkomme. Ich habe Sie bei unserem Treffen nicht danach gefragt. Es geht um diese ominöse Wewelsburg bei Paderborn. Ich habe von der verstorbenen Nena Raikiinen in einem Verhör erfahren, daß diese Ausbildungsstätte in ihrer Lebensgeschichte eine gewisse, ungute Rolle gespielt hat. Sie behauptete, dort von einer Sekte vergewaltigt worden zu sein, aber ich weiß immer weniger, was ich davon halten soll.«

»Die Wewelsburg? Ich höre immer wieder davon. Auch die Boulevardpresse ist ganz wild auf solche Adressen. Ein schlichter Mord ohne rituellen Hintergrund, der möglichst nicht auf dieser Burg seinen Anfang nahm, paßt ja kaum noch jemandem in den Kram.«

»Gibt es etwas im Zusammenhang mit der Wewelsburg, was faktisch erhärtet worden ist?«

»Die Behörden haben sich damit gründlich beschäftigt. Es ist aber nichts hängengeblieben. Leider, muß man sagen. Keines der Gerüchte über Okkultismus in dieser Burg, die ja auch eine Jugendbegegnungsstätte des Landes ist, konnte verifiziert werden. So ist das nun mal. Ich erinnere mich an einen Film, der im Fernsehen unter dem Titel ›Höllenleben‹ ausgestrahlt wurde. Haben Sie ihn gesehen?«

»Nein.«

»Darin sagte jedenfalls eine Frau aus Bielefeld aus, es habe auf der Wewelsburg Folter und Mord an Säuglingen in einer Satanssekte gegeben. Der Fall beschäftigte dann drei Staatsanwaltschaften. Die Ermittlungen waren komplex. Die psychisch kranke Frau nannte einen Täter mit Vornamen, aber die Polizei und wir konnten ihn nicht ermitteln. Ihre Angaben waren unkonkret und wurden durch die Ermittlungen widerlegt. Es kam dann heraus, daß die Frau von ihrem Stiefvater sexuell missbraucht worden war, der dafür verurteilt wurde. Dann sagten weitere Frauen aus, sie seien von dieser ominösen Sekte auf der Burg gequält worden. Eine Zeugin machte zwar präzise Angaben über die Tatzeit, doch die Polizei konnte ausschließen, daß zu dem Zeitpunkt jemand auf der Wewelsburg war. So verlief alles im Sand.«

»Also alles erfunden?«

»Das heißt nicht, daß dort nicht dieser und jener sein Unwesen treibt. Ich habe ja bei unserem Treffen darüber Auskunft gegeben. Wir wissen, daß es in dieser Region okkultistische Tätergruppen gibt, die zu Straftaten zumindest in der Lage sein sollten. Aber ich glaube, die Wewelsburg wird so oft genannt, weil sie sich wie Draculas Schloß so schön eignet für Horrorphantasien. Irgendwann verselbständigt sich das.«

Martin Velsmann bedankte sich und beendete das Gespräch. Seine Assistenten waren im Büro geblieben und sahen ihn neugierig an.

»Entwarnung für Satan«, sagte Velsmann.

»Sage ich doch«, meinte Freygang.

»So weit, so gut«, sagte Martin Velsmann. »Aber die Morde bleiben. Ich kann jetzt natürlich hier nicht weg. So gern ich auch nach Karelien fahren würde, um der Hitze hier zu entkommen – ich muß es vergessen.«

»Warum denn, Chef?« warf Tosca ein. »Fahren Sie doch! Nehmen Sie den Zug, machen Sie in Rostock halt, treffen Sie Ihre Frau, fahren Sie dann mit dem Schiff weiter nach Finnland. Dort nehmen Sie einen Mietwagen. Es wird Ihnen guttun. Von den ermittlungstechnischen Nutzen ganz zu schweigen.«

Martin Velsmann stöhnte bei der Vorstellung auf. Dann schüttelte er stumm den Kopf.

Tosca sagte: »Wir wissen genau, was uns in den nächsten Tagen erwartet. Wir suchen Danilo Wagner und Tom Hauser, und wir bestellen Markus Hirschgraben ein und quetschen ihn aus. Wir halten ständig Kontakt mit Ihnen. Ein Spürhund wie Sie vor Ort in Mikkeli – das könnte uns echt weiterbringen.«

Velsmann seufzte in komischer Verzweiflung. »Ihr Anarchos wollt nur, daß derjenige verschwindet, der euch kontrolliert und hin und wieder an die Spielregeln erinnert.«

»Wir schmeißen den Laden hier, Alfons und ich.«

Liebevoll blickte Velsmann seine Assistentin an. Das Telefon schrillte. Er hob den Hörer ab. Auf der anderen Seite rauschte es, dann sagte eine Stimme von weit her: »Polizei Deutschland?«

Er folgte ihnen. Diesmal würde er nicht locker lassen. Wenn die Nacht auch noch so unheimlich war und die Anstrengung noch so groß, er würde sie nicht mehr aus den Augen lassen. Jetzt durfte er es nicht nur bei Worten belassen. Er mußte zeigen, daß er nicht übertrieb, daß er nicht verrückt war, keiner dieser Spinner, die sich über alles aufregen, das ihre kleine Seele peinigt.

Sie wollten von ihm Tatsachen?

Also gut.

Er folgte dem Auto. Manchmal kam es ihm selbst so vor, als sähe er sich zu. Saß er im Kino? In der Ferne sah er die Rücklichter, dann Bremslichter, dann war es für Momente verschwunden. Hinter einer der Serpentinenkurven tauchte es wieder auf. Er wußte, er mußte Abstand halten, sonst machte er sich verdächtig. Zwei Autos dicht hinter einander in der Nacht bedeuteten in dieser Gegend, daß man sich kannte. Viel Verkehr gab es auf dieser Landstraße selbst am Tag nicht.

Das Auto vor ihm tauchte in einer Bahnunterführung unter. Als er selbst darunter hindurch fuhr, spürte er durch das offene Seitenfenster den kalten Sog eines Güterzuges, der die Brücke in diesem Augenblick überquerte. Er hörte das Rauschen. Auf der anderen Seite des Tunnels lag das Band der Straße wieder vor ihm, aber er sah die Rücklichter des Autos nicht mehr. Er wußte, daß die Straße mindestens noch einen knappen Kilometer geradeaus weiter führte.

Er spürte feinen, kalten Schweiß in seinem Nacken.

Sollte er weiterfahren? Oder anhalten und sich möglicherweise verdächtig machen?

Hatten sie ihn vielleicht längst bemerkt und warteten nun auf ihn?

Er überlegte und fuhr ohne inneren Antrieb einfach weiter. Dann entschloß er sich, wieder Gas zu geben. Er mußte Herr seiner Sinne bleiben. Langsam durch die Nacht zu fahren war verdächtig.

Wie er es geahnt hatte, stand fünfhundert Meter weiter das Auto in einer Garteneinfahrt. Das große Haus in der Tiefe des Gartens war unerleuchtet. Er kannte die Villa vom Vorbeifahren und sah einen schwachen Lichtschein im Souterrain. Er fuhr zügig weiter. Nach zwei Kilometern hielt er an, wendete, fuhr ein Stück zurück. In einem Waldstück parkte er sein Auto.

Er löschte die Scheinwerfer und stieg aus.

Vor ihm lag tiefe Dunkelheit. Er sah zum Himmel. Es war immer noch Neumond. Die Sterne gaben kein Licht. Sollte er es wagen, sich im Schutz der Dunkelheit dem großen Haus zu nähern? Was würde ihn dort erwarten? Er war kein Held. Auch wenn er jetzt Klarheit wollte. Würde er ihren Angriffen gewachsen sein?

Er atmete tief durch. Er wußte, welches Risiko er einging. Sie würden ihn einfach ausradieren. Wenn sein Verdacht stimmte, machten sie mit allen kurzen Prozeß, die ihnen zu nahe kamen. Dafür hatten sie ihre Todesengel.

Aber jetzt war er dran. Es gab kein Zurück. Er wollte beweisen, daß er kein Spinner war. Vor allem diesem Kommissar wollte er das demonstrieren.

Er schloß das Auto nicht ab und marschierte los. Manchmal stolperte er über Wurzeln und Unebenheiten in der Erde. Er wagte es jedoch nicht, auf dem Betonband der Straße zu gehen. Dort befand er sich auf dem Präsentierteller. Er stellte sich vor, wie sie in der Dunkelheit standen und mit ihren durchdringenden Augen sahen, daß er näher kam. Er konnte ihre hämischen Visagen sehen. Diese Vorstellung bewirkte, daß ihm der kalte Schweiß ausbrach.

Wieder stockte sein Schritt. Dann ging er weiter.

Eine Viertelstunde später kam in der Dunkelheit die Silhouette der alten Villa in Sicht.

Er hatte das Haus bisher nur aus den Augenwinkeln wahrgenommen. Im Vorbeifahren. Einmal mußte er den Bus nehmen und war mit einer Horde von Schulkindern hinter der

Bahnunterführung eingestiegen. Er wußte nicht, wer dort wohnte. Er erinnerte sich, einmal daran gedacht zu haben, daß dieses Anwesen schöner war als ein Bauernhof. Es war so schön, daß bei seinem Anblick der Wunsch entstand, sich dort zur Ruhe zu setzen.

Jetzt waren die anderen da.

Und warteten schon auf ihn.

Er tastete sich vorwärts. Die letzten zweihundert Meter waren am schlimmsten. Eine innere Stimme sagte ihm immer wieder, daß er umkehren sollte. War es nicht so, daß man inneren Stimmen unbedingt gehorchen sollte? War das nicht der Urinstinkt in jedem Lebewesen, der ihm sagte, wo die Gefahren lauerten, die sein Leben bedrohten? War es nicht glatter Selbstmord, in das Lager der Ungeheuer hineinzuspazieren?

Es war die schiere Unvernunft.

Er ging weiter.

Jetzt erreichte er den Gartenzaun. Wieder erblickte er das matte Licht im Souterrain, auch im Kellergewölbe war es hell. Die oberen Stockwerke lagen jedoch im Dunkeln. Hinter dem Haus erkannte er in diesem Moment die matten Umrisse des Autos, das er verfolgt hatte, dahinter stand ein Autobus. Er erkannte auch zwei Fahrräder, die gegen einen Baumstamm gelehnt waren.

Seitlich den Hügel hinauf, auf dem die Villa gebaut war, gab es eine Gartentür. Sie war natürlich verschlossen. Eine dicke Kette mit Schloß sicherte sie zusätzlich. Er sah aber, daß sich daneben im Zaun ein Loch befand. Vielleicht für den Fall, daß die Bewohner den Schlüssel vergessen hatten. Für Einbrecher war der Zaun ohnehin kein Hindernis. Er dachte: Freistehende Villen wie diese ziehen nächtliche Seelen eher an, als daß sie abgehalten werden. Die Bewohner werden sich also etwas anderes ausgedacht haben, unliebsame Eindringlinge abzuhalten. Der altersschwache Gartenzaun ist nur eine Täuschung.

Der Gartenzaun sollte harmlos wirken. Er sollte erzählen, daß die Bewohner harmlos waren.

Gab das nicht zu denken?

Er kroch durch das Loch. Jenseits davon spürte er die Gefahr noch stärker. Im Haus blieb es ruhig. Nichts rührte sich, aber er war überzeugt davon, daß sie alle da waren. Er spürte sie geradezu mit allen seinen Sinnen.

Er durfte keinen Lärm machen. Einen Hofhund schien es nicht zu geben, er hätte längst angeschlagen. So leise wie möglich tastete er sich vorwärts. Er mußte zumindest so nahe heran kommen, daß er durch eines der Fenster blicken konnte. Da er zuerst die hintere Eingangstür passierte, blieb er stehen und drückte die Klinke nieder. Die Tür gab nach. Er erschrak darüber.

Nach kurzem Überlegen schloß er die Tür wieder und ging weiter bis zum ersten Fenster.

Er trat nahe heran. Und dann sah er sie.

Er hatte sich lange darauf vorbereitet. Dennoch traf der Anblick ihn wie ein Blitz. Er sah alles. Es glich Bildern aus seinen Alpträumen.

Es schien die Sonne, auch wenn Wolken vorüberzogen, und die Luft war frisch und ständig in Bewegung. Während Martin Velsmann auf Andrea wartete, bemühte er sich, an nichts, was ihn die letzten Wochen beschäftigt hatte, zu denken.

Es gelang ihm.

Die See rollte ruhig, bis zum schneeweißen Sand der Ufer

standen bizarre, vierzigarmige Föhren, manche noch im Wasser, der salzige Wind riß dichte Büsche von Strandhafer empor. So hatte Velsmann es schon im letzten Winter erlebt. Auf dem Darß schien sich niemals etwas zu verändern.

Er war am Vormittag in Rostock angekommen. Andrea hatte ihn am Bahnhof der alten Hansestadt abgeholt, und dann waren sie mit ihrem Auto nach Barth gefahren.

Martin Velsmann sagte nichts. Er genoß es so sehr, ihr zuzuhören, wie sie von ihrer Arbeit sprach, daß er die Augen schloß und seinen Herrgott bat, ihn nicht aufwachen zu lassen.

Andrea wirkte jung und geladen mit Energie.

Sie lenkte das Auto so schwungvoll durch den Verkehr, als würden sie auf der Kirmes Auto-Scooter fahren. Als er sie umarmte, hatte sie nach Seeluft und Sonne gerochen. Velsmann fühlte sich alt und zermürbt, irgendwie zerfleddert. Aber schon als sie im Hotel gegenüber dem Museum ankamen, wo Andrea noch immer wohnte, weil das für sie am bequemsten war, spürte er, wie alte Kräfte in ihn zurückkehrten.

Er durfte sich von seinen Verhältnissen nicht erdrücken lassen. Es gab immer ein anderes Leben als das eigene, mit seinen eingespielten, deprimierenden Gewohnheiten und Anforderungen.

Von Andrea ging ein inneres Licht aus.

Sie legten sich ins breite Bett und liebten sich. Velsmann war es, als würde er ein Wesen umarmen, das soeben aus dem Meer gestiegen war. Andrea war aber keine Meeresjungfer, sondern eine warme, vom Leben durchpulste Frau, deren Körper ihn darüber belehren wollte, wie schön und einfach alles sein konnte.

Danach fühlte er sich von Gefühlen durchdrungen, die er lange Zeit nicht mehr erlebt hatte.

Andrea war da. Sie gehörte ihm. Er mußte sich nur daran erinnern.

Alles war wieder möglich.

Während er auf das Meer hinausstarrte, dachte er an das Versunkene und an das Auftauchende.

Was hatte es für einen Zweck, an einem Leben festzuhalten, das ihn nicht ausfüllte? Ging es nicht immer nur darum, das festzuhalten, was in der Nähe des eigenen Lebens war? Worauf wartete er? Auf das Sterben? Darauf, daß er eines Tages endlich alle Verbrecher im Kinzigtal unschädlich gemacht haben würde? Und dann? Würde dann die Zeit anbrechen, in der er glücklich war?

Nein. Natürlich nicht.

Dann war er einfach nur alt. Und Andrea war alt. Und es wäre nichts mehr da, nach dem er greifen konnte.

Er mußte schnell handeln. Es blieben ihm nur noch wenige Jahre. Es blieben ihnen gemeinsam nur noch wenige Jahre. Und er mußte sich um die Kinder kümmern, bevor sie unwiderruflich zu egoistischen Monstern verkommen wären.

Da sah er Andrea. Sie parkte ihr Auto auf dem Waldparkplatz. In Jeans und Turnschuhen, mit einer weißen, ärmellosen Bluse und einem roten Band, das ihr helles Haar zusammenhielt, kam sie gerannt. Ihre Brust bewegte sich. Sie rannte leicht wie ein Mädchen.

Velsmann ging ihr ein paar Schritte entgegen und fing sie auf. Er wirbelte sie ein paar Mal herum. Dann mußten beide lachen. Velsmann bekam einen Hustenanfall.

So glücklich war er.

Sie saßen in einer langen Reihe. Es mußten zwanzig und mehr sein. Es kam ihm so vor, als ähnelten sie sich. Waren sie überhaupt lebendig oder künstlich? Genetisch manipuliert? Er hatte oft über dieses Thema geschrieben, aber Genmanipulation gab es bei Wesen noch nicht. Das gab es nur bei unschuldigen Gemüsepflanzen. Zudem war sie in dieser Region unerwünscht, am Ortseingang stand ein Transparent.

Er beugte sich weiter vor, berührte die Fensterscheibe mit der Nase. Ihr Gesichtsausdruck war tot. Als er sich vorbeugte, begriff er aber, daß sie jemandem lauschten. Jemand stand außerhalb seines Blickfeldes und sprach zu ihnen.

Das war er.

Und er war begierig, ihn von Angesicht zu Angesicht zu sehen. Er stellte ihn sich vor wie einen Titanen.

Er rückte so weit nach links, wie er konnte, und spähte weiter durch die Fensterscheibe. Das Sichtfeld reichte nicht aus. Er drückte sich die Nase platt. Dann sah er ihn im Profil am Bildrand stehen. Im ersten Moment war er enttäuscht, dann konnte er es nicht glauben. Sie hörten einem Hausmeister zu!

Er stand da, ein gedrungener, glatzköpfiger Mann im Blaumann, der in seiner Hand etwas schwang. Jetzt sah er, was es war. Es war ein Hammer. Der Hausmeister schwang einen Hammer. Was hatte das zu bedeuten?

Plötzlich begriff er es. Es durchfuhr ihn mit der Schnelligkeit eines Stromstoßes! Denn jetzt drehten sie alle ihre Köpfe herum und blickten ihn an! Sie schauten auf das Fenster, hinter dem er stand.

Der Hausmeister hob langsam die Hand und zeigte mit ausgestrecktem Zeigefinger in seine Richtung.

Er brauchte einen Augenblick, um dies zu begreifen. Sie hatten ihn tatsächlich erwartet. Sie wußten, daß er hier war. Gleichzeitig durchfuhr ihn ein flüchtiges Gefühl von Stolz. Sie hatten ihn tatsächlich auf ihrer Rechnung!

Und er sah, daß sie sich von ihren Sitzen erhoben, so langsam und so körperlos, als hätten sie nie darauf gesessen. Schon war der Raum, in den er blickte, geleert. Und er glaubte das Rauschen eines Flügelschlages zu hören.

Schritte näherten sich, leise, tappend, fast unhörbar, aber dennoch viele Schritte.

Sein Stolz verflog augenblicklich. Ihn ergriff Entsetzen. In seinem Kopf entstand ein Sog, der ihn vorwärtstrieb. Er wußte, das war sein Ende. Er hatte sich zu weit vorgewagt. Und war er nicht völlig schutzlos?

Wer fand ihn in dieser Nacht?

Er verließ das Fenster. Jetzt gehorchten ihm seine Füße wieder. So schnell er konnte, rannte er zu dem Loch im Gartenzaun. Er krabbelte hindurch. Hinter sich glaubte er die Füße zu hören, die näher kamen. War es nicht aussichtslos, ihnen entkommen zu wollen? Hatten sie denn nicht jedes Opfer eingeholt, das sie richten wollten?

Jenseits des Gartenzauns rannte er los. Er überquerte die Straße und lief in den Wald. Dichtes Gestrüpp versperrte ihm den Weg. Zweige und Äste schnellten in sein Gesicht. Er merkte nicht, wie Blut in seinen Hals lief. Er rannte weiter. Nur weiter! Einmal stolperte er und fiel hin, sein Unterkiefer prallte auf einen Baumstumpf.

Es schmerzte höllisch. Noch stärker war jedoch die Panik. Er rappelte sich auf und lief weiter. Da es stockdunkel blieb, rannte er einige Male gegen einen Baum. Einmal blieb er schweratmend stehen und lauschte. Fast wollte er aufgeben. Er hörte einen dumpfen Herzschlag und rasselnde Atemgeräusche. Sonst nichts. Und doch waren sie in der Nähe.

Nach einer halben Stunde erreichte er seinen Wagen.

Er blieb am Rand der Lichtung stehen und sah hinüber. Er bemerkte nichts Verdächtiges. So dumm würde er nicht sein, ihnen in die Falle zu laufen. Sie saßen wahrscheinlich längst im Fond und erwarteten ihn.

Er wartete ab. Eine weitere halbe Stunde. Noch eine. Eine weitere Stunde.

Seine Beine begannen zu zittern. Müdigkeit lähmte ihn. Er hätte sich gern ins Unterholz gesetzt und geweint. Seine Frau fiel ihm ein, und welche Sehnsucht er nach ihr hatte, aber sie war so in sich selbst verstrickt. Er wußte nicht, ob sie es überhaupt schaffen würde, durch diese Tage zu kommen.

Er wartete weiter und gab sich noch zwanzig Minuten. Er schaute auf das erleuchtete Ziffernblatt seiner Armbanduhr. In diesem Moment hörte er ein Geräusch. Ein Knacken im Wald seitlich von ihm. Jetzt schleichende Schritte. Dann ein Knurren. Ein Tier sprang davon.

Er beruhigte sich wieder. Dann hielt er es nicht mehr länger aus. Er nahm allen Mut zusammen und ging langsam auf sein Auto zu. Er erreichte es, öffnete die Tür. Jetzt hörte er, wie er selbst leise vor sich hin sprach, unartikuliert, es war mehr ein Singsang.

Niemand hielt ihn auf.

Er zog den Schlüssel hervor und steckte ihn ins Zündschloß. Er startete den Motor. Ohne Scheinwerfer fuhr er rückwärts auf die Landstraße zurück und dann nach Süden weiter. Er ließ die Villa und seine Bewohner hinter sich und erreichte nach wenigen Minuten Elmdorf.

Jetzt schaltete er das Licht ein und fuhr schneller durch die ausgestorbenen Straßen. Er erreichte den Ortsrand.

Und fuhr immer weiter.

»Was meinst du«, fragte Andrea, als sie in dem kleinen, gemütlich eingerichteten Fischlandhaus Darßer Ort saßen, das sie im Winter schon einmal besucht hatten. »Könnten wir nicht einen Tag dranhängen und auf den Bodden hinausfahren? Ich zeige dir dann diese Stadt auf dem Meeresgrund. Man kann sie sogar von oben sehen, wenn man Glück hat und keine Wasserwirbel entstehen. Vineta ist am eitlen, gedankenlosen Hochmut seiner Menschen zugrunde gegangen, aber seit du im November hier warst, steigt die Stadt wieder an die Oberfläche.«

»Du meinst, es hat mit mir zu tun?« Martin Velsmann lehnte sich satt und wohlig im Stuhl zurück, ein Gefühl, das er nicht mehr gekannt hatte.

»Eingebildet bist du gar nicht, was?«

»Ich habe deine Stadt ja schon gesehen. Es hat mich beinahe umgebracht, wenn du dich erinnerst.«

»Bleibst du noch?«

»Nur bis morgen früh. Ich fahre erst nach Rostock zurück. Von dort nehme ich das Zugfährschiff nach Helsinki. Ich bin schon froh, mir diesen kurzen Aufenthalt hier erkauft zu haben. Wir stecken mitten in der Ermittlung und brauchen dringend die Informationen aus Mikkeli. Ich hätte also auf direktem Weg hinfahren müssen und dürfte im Grunde gar nicht bei dir sein, aber es ist mir egal, ob meine Vorgesetzten mich dafür degradieren, weil ich nicht mit dem Flugzeug nach Helsinki geflogen bin. Mittlerweile ist mir alles egal. Ich brauchte das – dich wenigstens für einen Nachmittag und einen Abend zu sehen. Ich werde noch verrückt ohne dich.«

Sie sah ihn aus ihren unergründlichen, grünen Augen an. Darin tanzten im Schein der Tischkerzen durchsichtige Bernsteinsplitter. Sie sagte: »Genaugenommen bist du ja gar nicht hier. Versteh mich, ich mache dir keine Vorwürfe. Ich müßte sie mir selbst machen. Wir sind beide nicht anwesend. So kann man jedenfalls keine Ehe führen, wenn wir beide unentwegt nur an unsere Pflichten denken. Es nützt auch nichts, wenn wir uns im Hotelzimmer lieben, Martin. Wir sind Passanten, die im Vorbeigehen mitnehmen, was sich ihnen bietet. Aber ist das genug?«

»Laß es mich ohne Bitterkeit sagen – du warst es, die in Fulda ausgestiegen ist.«

»Ich mache mir keine Illusionen darüber, aber ich weiß auch, daß ich es nicht getan hätte, wenn du den ernsthaften Versuch gemacht hättest, mich zurückzuhalten.«

»Was schlägst du vor?«

»Es gibt leider keine Lösung. Ich habe mir natürlich auch den Kopf darüber zerbrochen. Ich kann nicht nach Fulda zurück. Du kannst nicht nach Barth. Ich muß die Bergungsarbeiten hier leiten – und ich will es auch. Ich muß das zu Ende bringen. Wenigsten für die nächsten vier, fünf Jahre, wenn sie meinen Vertrag überhaupt verlängern, wird es also weiterlaufen wie jetzt. Aber hält unsere Beziehung das aus? Ich weiß es ehrlich gesagt nicht.«

»Hast du jemanden kennengelernt?«

»Darum geht es nicht. Ich – hast du jemanden kennengelernt?«

Er schüttelte vorsichtig den Kopf. »Nicht wirklich. Es ist nicht entscheidend. Ich bin ja gar nicht bereit für eine andere Beziehung. Ich will dich!«

»Wer – ist sie?«

Er erzählte ihr noch einmal von Nena Raikiinen. Diesmal nicht, wie vor Tagen am Telefon, aus der Sicht seiner Gefühle, sondern aus der Polizeiperspektive. Betroffen sah sie ihn auch dann noch an, als er schon schwieg.

Der Kellner kam, und sie bestellten eine weitere Karaffe Weißwein.

»Mein Gott, was für Abgründe«, sagte Andrea. »Ich kann mir vorstellen, daß du deprimiert bist. Das muß einen doch fertigmachen. Dauernd dieses Leid der anderen. Und du wühlst darin, wie ein … wie ein Müllarbeiter. Warum bist du nur Polizist geworden!«

»Das frage ich mich in letzter Zeit immer öfter. Ich hatte Ideale, das weißt du. Du hattest damals sogar noch mehr Ideale als ich. Wolltest du nicht sogar Sozialarbeiterin werden, um die Welt zu verbessern? Ich kann mich gut erinnern, daß du eine radikale Pädagogin warst. Du wolltest der Gesellschaft einhämmern, daß Krankheit immer die Schuld der anderen ist und der Patient immer ein Rebell sein muß. Erinnerst du dich?«

»Mein Gott.«

»Und ich hatte eben auch meine Rebellen, die Verbrecher, die ich zu Sozialbanditen hochstilisierte. Und ich wollte, daß wir erkennen, daß wir auch den Männern helfen müssen, nicht nur den Frauen, sich zu emanzipieren. Denn ihr Frauen habt heutzutage alle auf eurer Seite. Ihr werdet schon geliebt, nur weil ihr da seid. Wenn was schiefgeht, habt ihr diese Hilfsprogramme, die man euch aufdrängt. Und ihr habt eure Frauenhäuser. Aber wir Männer? Wir haben nur die Gefängnisse, wenn wir mit den Problemen unserer Rolle nicht zurechtkommen. – Ach Unsinn! Das ist lange her. Das zählt doch alles gar nicht.«

»Was zählt denn, Martin?«

»Du und ich! Daß wir zusammen sind. Daß die Kinder um uns sind. Verdammt noch mal! Was soll sonst zählen! Ich bin ein Idiot, und du bist eine Idiotin, daß wir auseinanderlaufen.

Das Leben ist ein Abgrund. Wir müssen aufpassen, daß wir über die Risse nicht mehr zurückfinden!«

»Was also sollen wir tun?«

»Ich bin bereit, meinen Dienst zu quittieren. Wenn ich diesen Fall gelöst habe – falls ich ihn lösen kann –, dann höre ich in Fulda auf. Ich ziehe nach Barth, Andrea! Und das kann noch so unvernünftig sein. Das kann mir alles versperren oder kaputtmachen, meine Pension ist wahrscheinlich versaut. Ich werde mir später vielleicht Vorwürfe machen, oder du wirst es tun, aber ich will mit dir zusammen sein, verdammt, solange es uns noch gibt!«

Andrea sah glücklich aus, aber auch wehmütig. Sie sagte: »Das wirst du nicht tun. Was willst du hier? Angeln? Du wirst todunglücklich. Dein Leben gehört der Polizei, auch wenn dir im Moment alles über den Kopf wächst. Du kannst dich nicht entwurzeln.«

»Ich könnte Streifendienst in Rostock schieben. Oder ich spezialisiere mich auf die Kerle, die nachts Autowettrennen auf den Ausfallstraßen veranstalten. Das wäre immer noch besser, als in Fulda allein zu sein.«

»Martin, ich denke, es ist besser, wenn du einen klaren Kopf behältst. Du hast diesen schweren Fall zu lösen. Löse ihn! Danach komme ich nach Fulda. Wir fahren mindestens für ein Wochenende irgendwohin und besprechen alles. Es wird eine Lösung geben!«

»Das muß es. Denn ich kann nicht so weitermachen. Ich befürchte allerdings, daß du keine Kompromisse machst. Du wirst mir nicht entgegenkommen.«

»Was ich tun kann, tue ich. Ich will dich auch in meiner Nähe haben. Glaubst du, es ist toll, abends immer allein im Hotelzimmer zu hocken?«

»Warum suchst du dir keine gescheite Wohnung? Du verdienst doch genug!«

Sie machte eine beschwichtigende Geste. »Fahre nach Finnland! Du brauchst deine Kraft für die Ermittlungen. Gefährlich ist das doch hoffentlich nicht?«

Er schüttelte den Kopf. »Ich sammle nur Informationen über einen Ort, der Ausgangspunkt für ein paar unschöne Dinge ist. Ein finnischer Polizist wird mir einiges zeigen. Ich hoffe, danach werde ich bestimmte Zusammenhänge klarer sehen.«

Sein Handy klingelte. Er holte es aus der Jackentasche. Die Gäste am Nebentisch, die sich mit kleinen, silbernen Zangen in den Händen an einem riesigen, roten Krebs vergingen, schauten mißbilligend zu ihnen herüber.

»Martin Velsmann.«

Hauptkommissar Hubert Gell sagte am anderen Ende: »Es ist in der vergangenen Nacht etwas Furchtbares passiert. Ich habe einen Tag gewartet, bis sich unser Verdacht bestätigte. Es war kein Unglück, sondern ein Verbrechen. Fragen Sie nicht! Sonst fangen Sie noch an zu diskutieren. Kommen Sie einfach nach Fulda zurück! Auf der Stelle. Das ist ein dienstlicher Befehl, verstehen Sie mich? Ich erwarte Sie mit dem letzten Zug kurz nach Mitternacht. Ich hole Sie am Bahnhof ab und erkläre Ihnen alles.«

Markus Hirschgraben war wie betäubt. Was er gesehen hatte, bestätigte seinen Verdacht und alle seine Befürchtungen. Sie brachten die Frauen ins Land. Sie versteckten sie tagsüber in der alten Villa. Von dort schwärmten sie in den Nächten aus.

Wo die Frauen arbeiteten, wußte er nicht. Er konnte es sich aber denken. Er war selbst manchmal in die Bordelle der

Umgebung gegangen. Natürlich wußte Marlene nichts davon. Und wenn sie etwas ahnte, dann ließ sie ihn gewähren, denn sie wußte genau, er kehrte zu ihr zurück. Er brauchte sie allein und nicht irgendeine. Früher, vor ihrer Erkrankung, hätte sie sicher heftig darauf reagiert. Damals, als sie noch funktionierte, als die resolute Managerin der Seifenfabrik noch viel Geld verdiente. Sie hätte ihn aus Eifersucht erschlagen. Jetzt war sie dazu nicht imstande.

In einem dieser Hurenhäuser im Ortsteil Lieblos der Kreisstadt Gründau war er einer von ihnen zum ersten Mal begegnet. Es war diejenige, die man später im Erlebnispark gefunden hatte. Das hatte ihn völlig fertiggemacht. Daher war er unfähig gewesen, das diesem Kommissar zu sagen. In ihm hatte sich die fixe Idee breitgemacht, sie zu rächen. Diese Frau hatte allein zu ihm gesprochen. Es war allein seine Sache, diese Schuld zu sühnen.

Julia hatte ihm gefallen. Sie war schön und nachdenklich. In der Liebe war sie zärtlich, sie vermittelte ihm tatsächlich das Gefühl, ihn zu wollen. Was konnte man von einer Hure mehr erwarten?

Er war auf ihrer Spur geblieben. Mal arbeitete sie in Gelnhausen, mal in Huttenstein, mal in Schlüchtern. Überall dort, wo schmutzige Soldaten der amerikanischen Armee stationiert waren, kam sie zum Einsatz. Er wollte sie rauskaufen, aber sie lachte nur und sagte, daß er ihr so viel Geld nicht bezahlen könne, wie sie brauche. Sie war eine Spitzenkraft. In seiner gekränkten Eitelkeit stieg die Eifersucht auf. Er wollte unbedingt, daß sie nur ihm zur Verfügung stand. Auf dem Höhepunkt seiner Verzweiflung wollte er ihr sogar Gewalt antun. Wenn er sie nicht bekam, sollte niemand sie besitzen. Einmal hatte er den wahnsinnigen Versuch gemacht, sie zu entführen. Das war nicht ungefährlich gewesen. Aber sie war freiwillig zurückgegangen, bevor ihre Hintermänner ihn schnappen konnten.

Die Hintermänner! Was waren das nur für Leute! Sie verschacherten lebendige Menschen. Sie mußten eiskalt sein. Wahre Ungeheuer.

Er machte sich ständig Vorwürfe. Wenn er nicht hinter Julia Raikiinen hergewesen wäre, könnte sie heute noch leben. Er hatte einen völlig sinnlosen Verdacht auf sich und auf sie gelenkt. Mein Gott, warum hatte er sie nicht in Ruhe gelassen!

Er hatte ihren Tod verursacht.

Zumindest war er mitschuldig. Er hatte die Menschenschieber auf Julia und sich aufmerksam gemacht. Sie hielten ihn für einen Spitzel. Und Julia hielten sie für eine Verräterin. Sie traf sich mit ihm sogar außerhalb ihrer Dienstzeiten. Dann verlangte sie kein Geld mehr. Auch deshalb mußte sie sterben. Aber konnte er das diesem Kommissar sagen? Als er ihn damals anrief, wollte er auspacken. Dann jedoch war er überzeugt, es allein schaffen zu können. Wie würde er dastehen, wenn er es schaffte, eine ganz persönliche Antwort zu geben! Dann war alles mit einem Schlag gesühnt, was ihn plagte.

Er stöhnte auf. Die Erinnerung überwältigte ihn.

Er wußte es ganz genau. Es war egal, wer den Mord ausgeführt hatte. Er allein war schuld an Julia Raikiinens Tod.

Und dafür mußte es irgendeine Sühne geben, denn leben konnte er mit dieser Vorstellung nicht.

In ihm entstand ein Plan. Er wußte genau, wen er zur Verantwortung ziehen konnte. Die beiden Jüngelchen, die so taten, als hätten sie die Welt erfunden. Diese smarten Kerlchen mit den schicken Ohrringen. Er haßte solche Leute, die nichts wirklich empfinden konnten, die selbst beim Tod von Nahestehenden nur in Posen verfielen. Sie trauerten nicht, sie nahmen die Posen von Trauernden ein.

Das sind die Uneigentlichen, dachte er. Hatte das nicht irgendein Philosoph gesagt? Wir leben in einer Kultur der Uneigentlichkeit. Wir sind unfähig zu trauern, unfähig zu empfinden. Selbst in unserem tiefsten Schmerz, wenn eine Kamera dabei ist, schauen wir nur in die Kamera.

Als sein Gedankenfluß ins Stocken geriet, merkte er, daß er das Kinzigtal hinunter nach Lieblos fuhr. Er sah auf die Uhr. Kurz nach Mitternacht.

Sollte er das Bordell aufsuchen? Dort arbeiteten noch mehr von diesen hübschen, eigentümlich strengen und traurigen Frauen, die wie Julia aussahen. Er wußte, es waren Karelinnen. Wie Julia. Wie diese Nena Raikiinen. Wie andere, die er kennengelernt hatte. Einige kamen auch aus Rußland. Schöne Frauen. Tote Frauen. Willfährige Frauen. Gefügig gemacht durch Terror. Durch Erpressung. Wer schwanger oder krank wurde, verschwand auf Nimmerwiedersehen. Wenn eine ausstieg, vergriff man sich an ihren Kindern in der Heimat. Sie waren ausgewählt, weil sie kleine Kinder hatten.

Aber wollte er es wirklich wissen?

Ging es ihn etwas an?

Er trat abrupt auf die Bremse. Dann fuhr er an den Straßenrand. Hinter ihm hupte ein Fahrer, und ein Auto schoß mit aufgeblendeten Scheinwerfern an ihm vorbei. Jemand hielt den Stinkefinger aus dem offenen Seitenfenster.

Er atmete ein paarmal tief durch. Mein Gott, dachte er, ich muß zurück. Ich muß mich um Marlene kümmern. Was gehen mich die Menschenhändler an! Sollen sie den Nachschub ins Land schleusen, der die Gesellschaft noch mehr in den Dreck zieht, der sie noch verwerflicher, noch geiler macht. Daran werden noch alle zugrunde gehen. Schon ganz andere Reiche sind daran zugrunde gegangen. Und er wird auf ihrem Grab tanzen.

Er wendete.

Durch die Nacht fuhren nur wenige Autos. Er drehte das Autoradio an und versuchte beim Klang einer Symphonie nachzudenken. Was war zu tun? Sollte er nicht alles stehen- und liegenlassen und mit Marlene fortgehen? Sollte er nicht mit ihr ein neues Leben anfangen und sich nicht mehr um seine alten Feindschaften kümmern? War das Leben nicht viel zu kurz, um es im Krieg gegen irgend jemanden zu vergeuden?

Aber wohin gehen? War es nicht überall so wie hier?

In der Ferne erblickte er Lichter. Er hatte den Eindruck, daß starke Scheinwerfer brannten. Feierten sie mitten in der Nacht ein Fest? Dann begriff er, daß es Feuer waren. Qualm stieg zum Himmel. Die Waldbrände rücken näher, dachte er. Schon allein das war ein Grund, die verderbte Region zu verlassen. Hier würde kein Stein auf dem anderen bleiben, alles würde zugrunde gehen. Sie betrieben Brandrodung für ihre Spekulationen. Bald wäre keine Urlaubsregion mehr da, für die es sich lohnte, Brandstiftung zu begehen.

Huttenstein kam näher. Und mit dem Ort auch die Feuer. Beißender Rauchgeruch stieg ihm in die Nase. Ein schrecklicher Gedanke durchfuhr ihn. Sollte es schon in Hutten brennen? Hatten die Flammen aus der Rhön tatsächlich schon das Sinntal erreicht? Dann war alles zu spät.

Er fuhr in den Ort ein, durchquerte die Hauptstraße und bog um zwei Straßenecken. Dann begriff er es.

Es war sein Hof, der brannte.

Er trat aufs Gas, legte die letzten hundert Meter zurück, dann bremste er mit quietschenden Reifen und sprang heraus. Überall standen Menschen und Autos. Feuerwehrlöschzüge mit blauen Warnblinkanlagen standen im Hof. Aus dicken Schläuchen schoß Wasser auf die Gebäude. Ein Nebengebäude, das einmal eine Scheune gewesen war, bestand nur noch aus rauchenden Trümmern. Auch der Dachstuhl des Wohnhauses brannte.

Er hörte sich schreien. »Marlene! Mein Gott, wo ist meine Frau!«

Ein Feuerwehrmann hielt ihn zurück.

»Sind Sie wahnsinnig! Sie können da nicht rein. Das kann alles in jedem Moment zusammenstürzen!«

»Aber meine Frau! Wo ist meine Frau? Habt ihr sie gerettet?«

Ratlos sah der Feuerwehrmann ihn an. Sein rotes Gesicht war rauchgeschwärzt. »Es ist niemand im Haus.«

»Natürlich ist sie drin, du Idiot! Sie schläft in ihrem Bett!«

Markus Hirschgraben stürzte die Steintreppe empor. Die Haustür hing im Schloß. Er stieß sie auf.

»Marlene!«

Er rannte die Treppenstufen in den ersten Stock empor. Das Schlafzimmer! Die Schlafzimmertür! Er riß sie auf.

Im ganzen Zimmer quoll Rauch auf. Er sah jedoch, daß Marlene im Bett lag. Offensichtlich war sie bewußtlos. Eine Rauchvergiftung! Vielleicht schon tot! Er wußte, wenn sie starb, dann war auch er erledigt.

Er hob den Körper seiner Frau aus den Bettüchern. Sie war ungewöhnlich schwer. Er konnte sie kaum halten. Schlaff hing sie in seinen Armen. Ihr Kopf mit den geschlossenen Augen hing nach hinten.

Er hörte sich schreien und torkelte mit seiner Last aus dem Zimmer hinaus. Als er in das Treppenhaus trat, hörte er ein Geräusch. Ein unnatürliches Tosen. Ein Brechen. Ein hoher, schmerzgepeinigter Ton.

Er schaute zur Bohlendecke. Im gleichen Moment krachte ein Deckenbalken herab und traf seinen Hinterkopf.

Glühende Nebel krochen augenblicklich durch sein Gehirn. Er hielt nichts mehr in den Händen.

In einem Feuerball fiel er mit Marlene zu Boden.

Davon spürte er jedoch schon nichts mehr.

»Lassen Sie mich zufrieden«, sagte Martin Velsmann. »Ich liefere Ihnen den Mörder.«

»Und wenn nicht?« fragte sein Vorgesetzter Hubert Gell.

»Dann quittiere ich den Dienst. Und zwar ein für allemal.«

»Angenommen«, sagte Gell.

»Und wer fährt jetzt nach Finnland?«

»Ich habe Ihre beiden Assistenten schon längst in die Bahn gesetzt. Sie fahren mit dem ICE nach Frankfurt und fliegen noch in der Nacht nach Helsinki. Mit dem Flugzeug, verstehen Sie? Ihr Umweg nach Rostock wird noch ein disziplinarisches Nachspiel haben. Die Soko ist inzwischen um zwei Leute aufgestockt worden. Jetzt gibt es für Sie wirklich nur noch diesen Fall. Sie haben kein Fünkchen Privatleben mehr. Mensch, Martin, reißen Sie sich doch um Himmels willen zusammen!«

Sie fuhren im Dienstwagen des Hauptkommissars vom Fuldaer Bahnhof aus nach Huttenstein. Gell hatte Velsmann die Sachlage geschildert. Zuerst hatten sie gedacht, die Waldbrände wären daran schuld gewesen, aber es stellte sich eindeutig heraus, daß es gezielte Brandstiftung war. Man hatte auf dem Hof Benzinkanister, einen Feuerverstärker und benzingetränkte Wolle gefunden.

»Und Hirschgraben? Seine Frau?«

»Sie sind im Krankenhaus. Ob sie durchkommen, wissen die Ärzte nicht. Etwas ist seltsam. Hirschgraben war gar nicht auf dem Hof, als es passierte. Die Feuerwehrleute berichten, er kam erst dazu, als schon alles brannte. Er versuchte, seine Frau aus dem brennenden Haupthaus zu retten. Dabei passierte es.«

»Wo war er? Brauchte er ein Alibi für die Tat?«

»Ich weiß es nicht. Glauben Sie wirklich, er wollte seine Frau umbringen? Gibt es dafür Anhaltspunkte?«

»Sie hatten nach meiner Einschätzung keine einfache Beziehung. Aber wer hat die schon?«

»Gut. Gibt es ein handfestes Motiv für Mord?«

»Wir können nur hoffen, daß er es uns noch verraten kann. – Ach, übrigens, ich muß jemanden anrufen.«

»Jetzt, mitten in der Nacht?«

Velsmann nickte und hielt sich das Handy ans Ohr. »Professor Heinrich? Ich hoffe, ich störe nicht, Velsmann hier. Sie sagten ja, Tag und Nacht, nicht wahr? Danke. Auf Marlene Hirschgraben und ihren Mann ist ein Brandanschlag verübt worden. Haben Sie eine Idee, was der Grund dafür sein könnte?«

Velsmann hörte, wie Heinrich sagte: »Seltsam, daß Sie ausgerechnet mich danach fragen! Aber so falsch liegen Sie auch wieder nicht. Ich hätte tatsächlich eine Idee. Marlene Hirschgraben? Ich habe mir seit Ihrem letzten Besuch bei mir ihre Akten angesehen. Sie hat einmal bei einer Sitzung ausgesagt, ihr Mann habe merkwürdige Leute kennengelernt. Sie sprach von Zuhältern, Bordellbesitzern. Ich dachte damals, sie phantasiert. Das tat sie öfter, daß sie in irgendwelche Bilder abdriftete, die niemals Wirklichkeit gewesen waren. Sie besitzt eine völlig uferlose Phantasie, und sie war krankhaft eifersüchtig – bei ihrer Krankengeschichte war das nachvollziehbar. Dann, bei einem späteren Gespräch, erzählte sie mir von ihrer Freundin. Daß man ihr helfen müsse. Daß sie von irgendwelchen Zuhältern grausam getriezt werde. Das war Nena Raikiinen. Vielleicht ist Hirschgraben zu tief in dieses Milieu eingedrungen.«

»Warum haben Sie mir davon nicht schon früher erzählt?«

»Habe ich das nicht? Ich habe das Gefühl, ich erzähle Ihnen ständig irgendwas. Sie fragen ja auch dauernd. Machen Sie mich nicht verantwortlich, wenn ich nicht chronologisch erzähle! Ich habe tausend Krankengeschichten, die alle parallel laufen, verstehen Sie? Sie müssen mich schon fragen, damit wir an den Punkt kommen, der Sie speziell interessiert.«

Velsmann beendete das Gespräch. Hubert Gell blickte ihn erwartungsvoll an.

Velsmann hüllte sich aber in Schweigen. Er grübelte über das Gehörte nach.

Wie stellten sich die Entwicklungslinien dar? Marlene Hirschgraben wird wegen einer Mißbrauchsgeschichte in die Klinik eingeliefert, sie kennt Nena Raikiinen. Auch Markus Hirschgraben kennt Nena Raikiinen. Und damit wohl auch ihre Schwester Julia. Hirschgraben war also tiefer in alle diese Geschehnisse verstrickt, als er bisher angenommen hatte. War es möglich, daß Hirschgraben mit Julia ein Verhältnis gehabt hatte? Daß er sie aus Bordellen kannte, wo sie als Prostituierte arbeitete? War er ihr zu nahegekommen? Konnte es sein, daß er sie umgebracht hatte – aus welchem konkreten Grund auch immer? Waren irgendwelche Drahtzieher im Hintergrund ihm auf die Schliche gekommen und rächten sich jetzt?

Ich muß mir eine Zeichnung von all dem machen, dachte Velsmann. Eine Graphik, um zu sehen, wie die Fäden zusammenlaufen.

Er machte sich den Vorwurf, Hirschgraben nicht stärker in die Mangel genommen zu haben. Und auch Marlene. Beide konnten mehr erzählen, als er ihnen bisher abverlangt hatte. Vielleicht war es noch nicht zu spät. Er schickte ein Bittgebet zum Himmel, daß beide überleben würden.

Im Krankenhaus begriff er, wie schlecht die Chancen dafür standen. Marlene und Markus Hirschgraben lagen mit dicken Bandagen auf der Intensivstation. Ihre Gesichter waren kaum zu erkennen.

Der zuständige junge Arzt, ein Fachmann für Brandverletzungen, sagte: »Ein Verhör ist ausgeschlossen. Wir können von Glück reden, daß die Patienten überhaupt leben. Schwere Brandverletzungen an den Gliedmaßen, im Brustbereich, am Hals, im Gesicht. Herr Hirschgraben erlitt dazu eine schwere Gehirnerschütterung, Frau Hirschgraben einen Beinbruch.«

»Aber ihre Aussagen können uns in einem Mordfall entscheidend voranbringen.«

»Für mich zählt das Leben der Patienten. Aufregung würde sie umbringen. Rufen Sie morgen an, und fragen Sie nach, ob die beiden noch leben. Das ist alles, was ich Ihnen sagen kann.«

Martin Velsmann und Hauptkommissar Gell zogen sich widerstrebend zurück.

Als sie im Auto saßen, fiel Velsmann das Foto ein, daß er in Danilo Wagners Wohnung an der Wand gesehen hatte. Dieses Bild mit Nena, Wagner und Hauser hatte ihm unter seiner visuellen Oberfläche etwas mitteilen wollen. Jetzt, in diesem Moment glaubte er zu wissen, was es war.

Die beiden netten Jungs auf dem Bild hingen zusammen. Es war beileibe nicht so, wie Wagner ihm weismachen wollte, daß es ein harmloser, zufälliger Schnappschuß war. Dieses Bild sagte aus, daß die beiden die Puppen tanzen ließen.

Er rief sich ihren Gesichtsausdruck in Erinnerung. Wie bei Managern, die ein erfolgreiches Geschäftsjahr bilanzieren. Die netten Jungs mit den modischen Frisuren und den Ohrringen, braungebrannt, sportlich, verbindlich – er kannte solche Galionsfiguren. Sie kamen ihm in diesem Moment verdächtiger vor, je harmloser sich sich gaben. Die zur Schau gestellte Harmlosigkeit sollte sie unsichtbar machen. Unter dieser Tarnung konnten sie sich alles erlauben.

Und sie ähnelten sich wie ein Ei dem anderen. Brüder waren sie wohl nicht. Ihre Verwandtschaft bestand aus etwas anderem.

Aus einer gleichen Geisteshaltung.

Sie kannten sich wahrscheinlich, weil sie in der gleichen Sache tätig waren.

Aber in welcher?

Nena Raiikinen, Nadja Henz, Julia Raikiinen. Plötzlich wußte Velsmann, was er tun mußte. Er mußte es sofort tun. Noch in dieser Nacht!

»Hören Sie, Hubert, ich brauche sofort einen Durchsuchungsbefehl. Ist dieser Danilo Wagner in meiner Abwesenheit wieder aufgetaucht?«

»Ja. Er betreibt sein Geschäft, diese Videothek. Es liegt ja nichts gegen ihn vor.«

»Und Tom Hauser, der Freund der ermordeten Nadja Henz?«

»Den haben wir noch nicht. Nach ihm wird weiter gefahndet. Seine Wirtin in Birstein konnte uns nicht weiterhelfen.

Eine Fahndungsmeldung ergab nichts. Man kennt ihn, aber niemand will ihn gesehen haben. Eltern – Fehlanzeige.«

»Ich muß die Videothek durchsuchen. Mir wird klar, daß wir dort etwas finden, was uns voranbringt. Ich brauche noch heute nacht den Durchsuchungsbefehl und einen Haftbefehl für Danilo Wagner. Und zwei Männer der Kripo, die Schlösser öffnen können.«

»Sie bekommen alles. Nur liefern Sie uns um Gottes willen die Täter!«

Als Martin Velsmann um zwei Uhr in der Nacht in Künnzell ankam, sah er einen Reisebus wegfahren. Er registrierte es nebenbei, aber als er und seine beiden Begleiter sich an der Ladentür zu schaffen machten, traf es ihn wie ein Blitz.

Diesen Bus hatte er schon einmal gesehen!

Er dachte nach. Wo konnte das gewesen sein? Ein hellblau und dunkelblau gespritzter Reisebus mit einer lila Aufschrift. Es fiel ihm nicht ein. Sahen am Ende nicht die meisten klimatisierten Reisebusse so aus?

Seine Begleiter stießen ihn an und deuteten auf das Schloß. Er nickte. Sie zogen ihre Spezialschlüssel aus einem Futteral. Wenig später hatten sie die Tür geöffnet. Sie schlüpften in das Ladeninnere und schlossen die Tür wieder. Mit ihren Taschenlampen leuchteten sie ins Innere, sie hielten den Lichtstrahl so, daß er nur über den Fußboden glitt.

Martin Velsmann blieb stehen und sog den Geruch ein. Jemand mußte noch vor ganz kurzer Zeit hiergewesen sein. Es roch nach Parfüm, nach gewaschenen Haaren, nach Körperausdünstungen.

Es roch nach Frauen.

Er rief sich Sätze in Erinnerung, die ihm in letzter Zeit begegnet waren. Geschminkte Frauen, die nicht ins Bild paßten, junge, rotblonde Wesen, die an unpassenden Plätzen in Bussen gesehen worden waren.

Der Reisebus! Jetzt fiel es ihm ein. Er hatte ihn im Garten dieser alten Villa an der Landstraße zwischen Huttenstein und Elmdorf gesehen! Bei der Jugendstilvilla, die ihm so einnehmend gut gefallen hatte!

Seine beiden Kollegen blickten ihn mit fragenden Gesten an. Er sagte: »Riecht ihr das?«

»Ja, riecht wie ein siebenstöckiges Freudenhaus.«

»Videokassetten riechen jedenfalls nicht so.«

»Wir müssen vorsichtig sein. Es könnte jemand in der Nähe sein, den wir nicht aufschrecken wollen.«

Sie suchten die Videothek ab. Hinter der Ladentheke gab es eine kleine Küche, in der Kochgeräte und eine elektrische Kaffeemaschine standen. Dann noch eine Tür. Velsmann machte sie auf. Dahinter war eine Besenkammer mit dem entsprechenden Inventar. Nachdem er sie kurz inspiziert hatte, schloß er sie wieder.

Als er in den Laden zwischen die Regale zurückging, fiel ihm auf, daß eine bestimmte Sorte von Filmen sich ausschließlich in einem angrenzenden Raum stapelte. Es waren die Pornos, von denen Wagner gesprochen hatte. Von der Decke hing ein Schild an einer Kordel herab, auf der »Ab 18 Jahren!« prangte.

Im hinteren Bereich dieses Raumes entdeckte er hinter einem Vorhang eine weitere Tür. Er wollte sie öffnen. Sie war verschlossen.

Er winkte seinen Begleitern. Sie hantierten schnell und geschickt. Kurze Zeit später war die Tür offen.

Dahinter führte eine Treppe in die Tiefe. Dort mußte der

Kellerraum sein, vielleicht das Lager für ausrangierte Videokassetten.

Velsmann legte den Finger auf den Mund. Er glaubte, etwas gehört zu haben. Es blieb jedoch alles ruhig.

Sie leuchteten voraus und gingen vorsichtig die Kellertreppe hinunter. Die Steintreppe war nicht das, was Martin Velsmann aus seinem Mietshaus kannte, keine verstaubten, feuchten Stufen, kein Geruch nach Moder und Spinnweben. Die Stufen waren mit rotem Linoleum belegt und der Belag mit Messingleisten befestigt.

Es roch immer stärker nach sorgfältig gepflegten Körpern.

Am Fuß der Treppe öffnete sich ein großer, flacher Raum. Sie ließen den Strahl ihrer Taschenlampe wandern, als sie erkannten, daß es keine Fenster gab, durch die das verräterische Licht nach draußen dringen konnte. Im Raum verteilt standen Geräte.

Im huschenden Licht der Lampen erkannten sie, daß der Betreiber dieses Studios Wert auf moderne Technik legte. Sie sahen Kameras auf Stativen, Fernsehmonitore mit DVD-Playern, Scheinwerfer, Lautsprecher und Soundtische, einen großen viereckigen Tisch mit PCs und Digitaltechnik, eine Schmalspurschiene mit Kamerawagen. Und Sessel mit Armlehnen.

Dann schaute Martin Velsmann genauer hin.

Er glaubte, den Sitz zu erkennen, der in Nena Raikiinens Video eine unrühmliche Rolle gespielt hatte. Er konnte sich täuschen. Aber wenn er sich die Bilder in Erinnerung rief, sah er die Armlehnen wieder, auf denen sie gefesselt war, und sah unter ihren gespreizten Schenkeln die Rollen aus rotem Plastik. Es gab aber noch andere Sitzgelegenheiten dieser Art.

Und es gab andere Dinge.

An der Wand hing eine Galerie von Instrumenten: Handfesseln, Fußeisen, Peitschen, Lederwesten, alle möglichen Bekleidungsstücke, die bei sadomasochistischen Übungen eine Rolle spielen mochten.

Die drei Männer sahen sich an. Sie fühlten sich unbehaglich. Velsmann deutete auf Regale an den Wänden. Darin stapelten sich Videokassetten. Mit der Hand waren Titel aufgetragen. Meistens jedoch nur Personennamen. Und ein Datum. Das Aufnahmedatum.

Velsmann ging die Reihen mit dem Zeigefinger durch. Dann fand er, was er suchte.

»Nena. 19. Juli 2004. Studio.«

Er bat einen seiner Begleiter, einen Fernsehmonitor und den dazugehörenden Recorder einzuschalten. Nachdem er die Kassette eingeschoben hatte, brauchte er nur wenige Bilder, um sich davon zu überzeugen, daß es der Film war, den er kannte.

Er brach die Vorführung sofort ab. Dann bat er seine Begleiter, die Kassette als Beweis mitzunehmen. Die anderen Filme brauchte er nicht anzusehen. Was er beim Entlanggehen an den Regalen aus den Augenwinkeln wahrnahm, genügte ihm.

Dies war das Studio für Snuff-Videos. Hier war zumindest Nena Raikiinen gequält, vergewaltigt und gefilmt worden.

Plötzlich hörten sie ein Geräusch.

Es kam aus einer Ecke. Sie erkannten, daß sich dort ein Nebenraum befinden mußte, denn es gab eine Tür. Um keinen Lärm zu verursachen, tasteten sie sich dorthin. Velsmann gab das Zeichen, und sie rissen die Tür auf.

Velsmann zielte mit dem Revolver auf das Ende des Lichtstrahls.

Im Licht der Taschenlampen blinzelten ihnen zwei Augenpaare entgegen. Zwei erschreckte, müde Gesichter. Abwehrende Hände. Sie sahen zwei junge Frauen, die vollständig bekleidet auf Feldbetten lagen, wie sie die Armee benutzte.

Velsmann fiel sofort die Ähnlichkeit von beiden mit Julia Raikiinen auf. Rotblondes Haar, helle Haut, breite Backenknochen, schmale, blaugrüne Augen, schön geschwungene, abgeschminkte Münder.

Er fragte: »Wer sind Sie?«

Sie hoben verständnislos die Schultern. Eine sagte etwas in einer fremden Sprache.

»Karelien?« fragte Velsmann. »Mikkeli?«

»Mikkeli! Mikkeli!«

Velsmann seufzte. Dann gab er den beiden Polizisten ein Zeichen. »Du bleibst hier unten, Kollege, und rufst die Einsatzleitung. Sie sollen aber nicht mit Pauken und Trompeten kommen, sondern möglichst unauffällig vor dem Haus warten, bis wir aus der Videothek kommen. Wir beiden gehen nach oben und holen das Unschuldslamm aus dem Bett – wenn er denn überhaupt schläft.«

»Wagner?«

»Ja. Ich freue mich schon ganz gewaltig darauf, ihm das freundliche Grinsen aus dem Gesicht zu treiben.«

»Soll ich die Frauen von den Kollegen festnehmen lassen?«

»Ja, aber nachsichtig. Sie sind zunächst mal nur Zeugen, vermutlich die Opfer des Mummenschanzes.«

Velsmann und sein Begleiter gingen in die Videothek hinauf. Sie ließen die Tür angelehnt. Von der Straße aus verschafften sie sich Eintritt in das Mietshaus. Dann überwanden sie schnell die beiden Treppenabsätze und standen kurze Zeit später vor Wagners Wohnungstür.

Velsmann deutete auf das Schlüsselbund seines Begleiters.

Der wies auf den Klingelknopf und schüttelte fragend den Kopf. Auch Velsmann schüttelte den Kopf und zeigte auf das Türschloß.

Es dauerte keine Minute. Nach ein paar knackenden Geräuschen ließ sich die Tür aufdrücken. Sie schlüpften ins Innere.

Auch in der Wohnung hing ein Geruch nach Parfüm, aber auch nach etwas anderem. Ein schärferer Geruch.

Velsmann fühlte sich an Blumenwiesen erinnert, auf denen bestimmte Gräser wuchsen. Vielleicht war es auch roter Mohn. Oder Senfgras oder Weißdorn. Er erinnerte sich nicht genau, Andrea war dafür zuständig gewesen, aber einmal hatten sie von einem Damm an den Altarmen des Rheins Gräser und Blumen mitgebracht, die in der Wohnung einen ähnlichen Geruch entfalteten. Danach hatte er einen allergischen Anfall bekommen.

Martin Velsmann versuchte, sich zu orientieren. Rechts erinnerte er Küche und Bad. Links das Wohnzimmer. Hinten, am Ende des Ganges das Schlafzimmer, in dem auch Nena Raikiinen geschlafen hatte. Da es inzwischen kurz vor drei war, würde Wagner sicher schlafen. Also mußten sie dort nachsehen.

Sie traten an die Schlafzimmertür. Sie war nur angelehnt. Dahinter hörten sie keine Geräusche. Plötzlich schlug irgendwo ein Handy an. Ein kurzes Piepszeichen, eine SMS. Die beiden Eindringlinge verhielten sich ruhig. Velsmann hob den Revolver.

Nichts regte sich.

Sie wollten in das Schlafzimmer eintreten. Sie wollten den Strahl der Taschenlampen auf das Bett richten, in dem, wie Velsmann erinnerte, nicht Nena Raikiinen, aber ramponierte

Teddybären gelegen hatten. Sie wollten sagen: Herr Wagner, Sie sind fällig. Wir verhaften Sie wegen Herstellung und Verbreitung gewalttätiger Pornografie und Mitwisserschaft in zwei Mordfällen.

Aber dazu kam es nicht.

Als sie eintraten, bemerkten sie die Gefahr zu spät. Etwas rauschte heran. Etwas flog an ihnen vorbei. Der Begleiter von Martin Velsmann bekam einen Stoß in die Seite und stolperte in das Zimmer hinein. Martin Velsmann duckte sich unwillkürlich. Etwas schrammte mit einem häßlichen Geräusch an ihm vorbei. Dann schlug die Tür zu. Und dann, etwas entfernt, noch eine.

»Er haut ab!«

Die beiden Polizisten begannen zu laufen. Martin Velsmann ärgerte sich, daß er geglaubt hatte, Wagner im Vorbeigehen abkassieren zu können. Gleichzeitig spürte er Genugtuung. Sein Verdacht bestätigte sich. Er lag nicht daneben. Dieser harmlose Danilo Wagner hatte es faustdick hinter den Ohren.

Vielleicht war er es tatsächlich, den er zusammen mit Nena auf dem häßlichen Video gesehen hatte.

Velsmann rannte hinaus ins Treppenhaus. Sein Kollege rief etwas, das er nicht verstand. Sie spurteten hinunter. Unten fiel eine Tür ins Schloß.

Als sie unten ankamen und auf die Straße traten, lag die Nacht still und unbehelligt vor ihnen. Die Einsatzleitung war noch nicht eingetroffen. Nach rechts und nach links zeigte sich im Licht der Straßenbeleuchtung nur die menschenleere Straße.

Martin Velsmann hielt seinen Kollegen zurück. Er deutete auf die Eingangstür der Videothek. Der andere verstand.

Leise traten sie ein. Der große Raum lag im Dunkeln. Von Danilo Wagner keine Spur.

Sie öffneten die Tür im Nebenraum. Die Kellertreppe. Diesmal ließen sie die Taschenlampe ausgeschaltet. Es mußte auch so gehen. Sie kamen unten an.

Plötzlich flammte das Deckenlicht auf. Und eine Stimme, die vor Genugtuung überzufließen schien, sagte: »Pech gehabt! Jetzt seid ihr es, denen es an den Kragen geht!«

»Herr Wagner«, sagte Martin Velsmann, »machen Sie keinen Unsinn. In wenigen Minuten ist das Haus von Polizei umstellt. Sie haben keine Chance rauszukommen. Geben Sie auf!«

Wagner lachte nur. Er stand hinter dem Polizisten und hielt ihm einen Revolver an den Kopf. Erst da fiel Velsmann auf, daß er vollständig angekleidet war. Wagner hatte sie erwartet! Zumindest hatte er mit der Möglichkeit gerechnet, daß sie kamen! Oder er hatte mit den beiden jungen Frauen noch bis kurz vor ihrem Eintreffen Filmaufnahmen gemacht.

Martin Velsmann hob beschwichtigend die Hand. »Vergießen Sie kein Blut! Lassen Sie uns reden! Sagen Sie uns, was geschehen soll!«

»Sie verdammter Bulle«, keuchte Wagner, »verschwinden Sie hier auf der Stelle! Sie haben Nena auf dem Gewissen. Sie haben sie unter Druck gesetzt. Seitdem Sie sich eingemischt haben, hat sie die Gewissenskonflikte nicht mehr ertragen.«

»Herr Wagner ...«

»Ich nehme den hier als Geisel. Wenn uns jemand im Auto folgt, stirbt er. Freier Abzug, verstanden!«

»Akzeptiert!«

»Machen Sie den Weg frei!«

Martin Velsmann und sein Kollege traten zurück. Sie sahen, wie sich die Tür im Hintergrund des Studios öffnete.

Die beiden jungen Frauen traten aus der Schlafkammer heraus und schauten ratlos auf die Szene, die sich ihnen bot. Sie hielten sich ängstlich an den Händen.

Danilo Wagner hatte dem Polizisten grob ins Haar gegriffen. Seinen Revolver hielt er noch immer an dessen Kopf. Er schob seine Geisel vor sich her und ging rückwärts zum Ausgang.

In diesem Augenblick lösten sich die beiden Frauen voneinander. Sie kamen auf Wagner zu. Die eine hob die Hände flehentlich, die andere rief etwas Unverständliches. Beide machten auf Martin Velsmann den Eindruck, als seien sie nicht im Vollbesitz ihrer Sinne.

»Zurück ihr blöden Fotzen!« schrie Wagner.

Sie kamen jedoch näher, und während Velsmann fieberhaft nach einem Ausweg suchte, um Wagner den Rückzug abzuschneiden, sprang eine der Frauen auf Wagner zu. Sie faltete bittend die Hände, fiel vor ihm auf die Knie.

Wagner richtete den Revolver auf sie. Voller Ekel schrie er: »Verdammtes Hurenpack! Verschwindet! Ich mache euch kalt!«

Noch während er mit ihr beschäftigt war, war die andere an seiner Seite. Sie biß ihm in den Hals. Er schrie auf, drehte sich zu ihr herum und schlug ihr mit der Waffe auf den Kopf. Sie sank mit einem dumpfen Laut zu Boden.

Da war Martin Velsmann heran.

Er trat Wagner noch im Laufen so kräftig gegen das rechte Knie, daß er einknickte. Velsmann ergriff den Arm mit dem Revolver und drehte ihn herum. Er hörte es knirschen. Velsmann wußte, daß unter seinem Griff Wagners Oberarm aus der Schulter gesprungen war.

Wagner brüllte vor Schmerz auf. Dann trat er blind vor Zorn

um sich. Velsmann drehte ihn mit einem Griff an seine Brust herum und schlug zu. Seine Faust traf ihn seitlich am Kinn.

Wagner stürzte. Die Waffe polterte auf den Boden. Velsmanns Kollege hob sie auf.

Martin Velsmann gab dem anderen ein Zeichen. Er schaltete die Videokamera ein. Auf dem dazugehörenden Bildschirm erschien ein graues Bild. Velsmann zeigte einer der Frauen an, was er beabsichtigte. Sie setzte sich in den Sessel vor der Kamera. Dann packte Martin Velsmann den bewußtlosen Wagner und schlug ihm mit der flachen Hand rechts und links ins Gesicht.

Wagner verdrehte die Augen und begann erneut zu brüllen. Martin Velsmann bugsierte ihn vor den Sessel. Er fiel halbwegs auf die junge Frau, die sich im Stuhl voller Abscheu zurücklehnte.

Jetzt trat die Kamera in Aktion. Sie filmte Wagner und die Frau bei ihrem befremdlichen Kontakt.

Martin Velsmann ließ es nicht dabei bewenden.

Er ließ sich von dem Kollegen die Videokassette mit Nena Raikiinen geben und legte sie in einen zweiten Recorder ein. Er drückte auf Start und ließ den Film laufen.

Gleichzeitig wies er seine Kollegen an, die Scheinwerfer zu betätigen.

Velsmann hörte in diesem Moment Nebengeräusche. Es wurde ihm klar, daß von oben das Geräusch mehrerer schwerer Autos, vielleicht sogar eine Polizeisirene zu hören war. Sie kommen doch mit großem Trara, dachte er, das kann man ihnen nicht abgewöhnen.

Für einen Moment zwang er sich, aus dem Sog, der ihn erfaßt hatte, auszusteigen. Er zog sein Handy, schaltete es ein und wählte eine Nummer. Dann sagte er: »Sind Sie schon vor dem Haus, Hubert? Das ist gut. Kommen Sie in die Videothek, wir sind unten im Keller. Sie können Danilo Wagner verhaften. Weswegen? Herrgott, kommen Sie runter, und sehen Sie sich das selbst an. Es reicht für mehrere Anklagen.«

Dann machte er weiter. Es war wie ein innerer Zwang.

Er sah vor sich Nena Raikiinen. Er erinnerte sich an ihr Gesicht, an dieses zerrissene Antlitz, auf dem gleichzeitig Lust und Verzweiflung gestanden hatten. Er sah sich in seiner Fuldaer Wohnung sitzen, wie er seinen Blick nicht von dem Bildschirm lassen konnte, während nebenan sein Sohn Markus saß und ihn mit neugieriger Distanz beobachtete. Er sah vor sich diese junge Frau unter einem bösartigen, entfesselten Mann. Und vor seinem geistigen Auge entstanden andere Bilder. Die einer schönen, jungen Frau, die ihn angelächelt hatte, obwohl ihr das wahrscheinlich von allen Dingen am schwersten gefallen war.

Jetzt kamen die beiden Bilder zur Deckung.

Auf den parallel eingeschalteten Bildschirmen liefen gleichzeitig zwei Filme ab.

Martin Velsmann sah Nena Raikiinen, und es zerriß ihm das Herz. Er sah die andere, ihm unbekannte Frau, über der, noch immer nur halb bei Sinnen, der angekleidete Danilo Wagner hing und vor sich hin jammerte. Seine Frisur saß noch immer vorbildlich, aber er hatte Blut im Gesicht.

Nun löste sich eine der jungen Frauen aus dem Hintergrund. Sie nahm dem Polizisten den Scheinwerfer aus der Hand und wies auf ein Schaltpult.

Der Polizist begriff. Er machte Zeichen, die Frau solle ihm zur Hand gehen. Sie traten gemeinsam an das Pult und begannen, an Reglern zu schieben. Das Licht im Raum veränderte sich. Die junge Frau überlegte. Dann wußte sie, was sie wollte. Sie schob verschiedene große Regler an den Seiten des

Pultes hoch und runter. Nach einer kurzen Weile herrschten in dem Raum tatsächlich genau die Lichtverhältnisse wie in dem Videofilm, der noch immer über den Monitor ablief.

Martin Velsmann trat näher an die beiden Bildschirme heran. Das, was er sah, ließ ihn erschauern.

Auf dem einen Bild Nena Raikiinen. Mit diesem künstlich erregten, aber eigentlich toten Blick, der um Hilfe flehte.

Auf dem anderen Bild der physisch vorhandene Danilo Wagner. Gleiche Statur, gleiche Frisur, gleicher Bildausschnitt. Seinen Ohrring sah man nicht, weil die Kamera ihn von der anderen Seite anschnitt. Er hing über der jungen, angewidert aussehenden Frau, die nur in ihrem Sessel sitzen blieb, weil ihre Gefährtin ihr entsprechende Zeichen machte.

Alle im Raum wußten, was das bedeutete. Sie ließen den Film mit Nena Raikiinen ablaufen. Und sie ließen die Kamera laufen.

Auf beiden Bildschirmen schritten die Verbrechen mit dem ihnen innewohnenden Grad an Wirklichkeit voran.

Und in all dem Schmutz dieser Bilder erkannte Martin Velsmann etwas Tröstliches.

Vielleicht war die tiefsitzende Sehnsucht nach Ruhe und Reinheit daran schuld, die ihn in einer Welle überflutete, aber es schien ihm, als würde das, was er sah, endlich das Gute vom Bösen trennen.

12.

Tosca Poppe stieß Alfons Freygang in gespielter Entrüstung in die Seite. Denn sein erster Eindruck war, daß es keine Hamburger-Stationen gab. Ihr erster Eindruck hingegen war tiefes Grün, Bläue des Wassers, uraltes, hellbraunes Gestein, auf dem Sonnenflecken lagen, und darüber ein hoher, durchsichtiger Himmel, den nur am Horizont Schleierwolken einrahmten.

Der Flug über die Schären von Helsinki glich einem lautlosen Traum. Er wurde nur gestört von Freygangs Unruhe in seinem Sitz und kurz danach vom polternden Aufsetzen der Maschine auf der Rollbahn. Sie wurden in der gläsernen Ankunftshalle erwartet.

Die Kollegen von der finnischen Polizei, denen sie avisiert waren, wirkten in ihren blauen Uniformen, den roten Riemen und spitzen Käppis wie Spielzeugpolizisten. Sie waren unbewaffnet und freundlich, man verständigte sich in Englisch. Die Deutschen stiegen in das Polizeiauto ein. Die zweihundert Kilometer nach Mikkeli wurden lang. Denn man fuhr langsam, die Wälder rückten dicht an die auf drei Spuren ausgebaute Reichsstraße heran, so daß nichts anderes als gestaltloses, undurchdringliches Grün zu sehen war. Man sprach nicht viel.

Die deutschen Polizisten waren müde. Als sie kurz hinter Lahti auf der Rückbank einschliefen, lag Toscas Kopf auf Freygangs Schulter. Bei Hartola, schon mitten in der südfinnischen Seenplatte, wurden sie jäh geweckt, weil eine Ziegenherde die Straße kreuzte und der Fahrer des Polizeiwagens scharf und hörbar bremsen mußte.

Mikkeli erreichten sie um fünfzehn Uhr. Über der Mittelstadt lagen die klaren Strahlen der nördlichen Nachmittagssonne, es war warm, aber die Luft trocken und angenehm. Sie sahen den Naisvuori, von dem ihr Fahrer unterwegs erzählt hatte, es sei eine Fluchtburg für Frauen aus alter Zeit, aus den Kriegen gegen die Schweden und die aus dem Norden einfallenden Novgoroder Heiden. Deutschen Besuchern war längst klar, daß es hier andere Bezugspunkte und Synergien gab als in ihrer Heimat. Sie befanden sich in einem Land, dessen Grenzen schon immer unsichtbar und fließend waren.

Polizeihauptmann Evind Jokkelsoi empfing sie im Stadthaus der Provinzialverwaltung. Er erwies sich als ein unauffälliger, ruhiger Mann in mittleren Jahren, dem so auffallend charakteristische Besonderheiten fehlten, als wolle er sich tarnen, doch wenn er lächelte, strahlte eine überwältigende Freundlichkeit aus seinem Wesen.

»Hej, Polizei Deutschland!« sagte er, als sie eintraten. »Kommen Sie, setzen Sie sich! Was darf ich Ihnen anbieten?«

Sie ließen sich gekühltes Wasser und starken Kaffee bringen. Eine junge Beamtin, die aus Lappland kam, servierte ihnen alles auf einem groben Holztablett, und die jungen Deutschen kamen sich wie auf einer Urlaubsreise vor. Dann wurde es jedoch ernst.

Jokkelsoi sagte: »Wir haben eine Entdeckung gemacht. Ein Mitglied der Familie Raikiinen muß wieder aufgetaucht sein. Er war in Tschetschenien, weil er die russische Staatsbürgerschaft angenommen hatte und in den Krieg ging. Dort galt er als vermißt. Man sagte, er sei bei einem Anschlag mit einer Autobombe ums Leben gekommen. Jetzt ist er wieder da. Wir erhielten von den russischen Kollegen ein Fax, in dem gesagt wird, er sei nach vorläufigen Erkenntnissen im Drogenhandel tätig. Als wir hier in Mikkeli nachfragten, im Haus, in dem die Familie Raikiinen damals wohnte, hieß es, ja, Paavo sei gesehen worden.«

»Der Bruder? Hier in Mikkeli? Jetzt?« fragte Freygang.

Jokkelsoj machte ein Gesicht, als hätte er zuviel verraten. »Es kann ein Gerücht sein. Die Menschen hier besitzen viel

Phantasie und schmücken viel aus, aber es ist in der Regel immer ein Kern Wahrheit dabei.«

»Was können Sie uns über diesen Bruder sagen?«

Jokkelsoj blickte Freygang treuherzig an. »Nicht so viel, wie ich gern täte. Er ist bisher nicht auffällig geworden. In den Akten wird er nur erwähnt, weil er nach Tschetschenien ging. Eins ist aber merkwürdig. Er muß einflußreiche Leute gekannt haben. Leute, die eigentlich nicht zum Bekanntenkreis eines einfachen Amateurfußballers in der Provinz gehören sollten. Armeeoffiziere, Superreiche, Sportprominenz, Geheimdienstler.«

»Woher wissen Sie das?«

»Wir fanden im Frühjahr, auf dem Dachboden im ehemaligen Wohnhaus der Raikiinens einen Briefwechsel. Darin tauschen sich Paavo und einige Herrschaften aus. Sehr erhellend! Es ging um nichts weniger als um die Begründung des Krieges in Tschetschenien. Nach Meinung von Paavo wurde er von der russischen Mafia angezettelt, um die mächtige Mafia in Tschetschenien auszuschalten, die man als Terroristenbande hinstellte und eliminierte.«

»Ein Drogenkrieg also?« fragte Freygang.

»Drogen, Waffen, Frauen, alles, was der mitteleuropäische Markt braucht.«

Tosca zog die Augenbrauen hoch und räusperte sich. Sie hatte bisher geschwiegen und sagte nun: »Wir sollen Sie übrigens von Kommissar Velsmann in Deutschland grüßen – und Ihnen diese Flasche Cognac hier als Dank für Ihre Kooperation überreichen. Verstehen Sie es nicht als Bestechungsversuch.«

»Herzlichen Dank! Ich schenke sie meinen Mitarbeitern.«

»Hauptkommissar Velsmann ist in erster Linie daran interessiert, eine möglichst lückenlose Vorgeschichte des Lebens der beiden Schwestern Raikiinen zu erhalten, damit wir einige Dinge besser begreifen können. Der Bruder Paavo spielte in unseren Überlegungen bisher nur eine untergeordnete Rolle. Allerdings, nach Ihren neuen Erkenntnissen, könnte sich das ändern. Zumindest für die finnischen Behörden.«

Jokkelsoj lächelte freundlich. »Nicht wahr? Stellen Sie sich einmal vor: Wir sind hier im friedlichsten Teil Europas. Nur Wasser, Elche und Wälder. Und plötzlich taucht hier einer auf, der Kontakte zur wahrscheinlich skrupellosesten Mafia der Welt haben soll. Das hat uns erschreckt. Meine vorgesetzte Behörde in Helsinki hat fast den – wie sagt man – Herzkasper gekriegt, als ich Meldung erstattete. Es waren daraufhin einige der Herren hier, aber wir konnten die Spuren nicht weiterverfolgen. Alles verlief im Sand. Trotzdem gibt es da etwas, was mir große Sorgen bereitet.«

»Was denn?« fragte Tosca gespannt.

»Der Geschmack des Wassers vermutlich.« Freygang verzog das Gesicht, als er am Glas nippte. Auf seinem Grund schwamm ein brauner Sud.

»Oh, das ist nichts, keine Sorge«, beeilte sich der finnische Polizist zu versichern, »es ist braun, ja, aber das kommt nur von den Mineralien. Die Wasserleitungen sind bestens präpariert. Wenn Ihnen das Leitungswasser allerdings nicht schmeckt, dann kann ich Sprudelbrunnen kommen lassen.«

»Schon gut«, sagte Freygang, »keine Umstände. Ich trinke, was ich kriegen kann.«

Jokkelsoj sagte: »Es führen Wege ins östliche benachbarte Ausland, die anscheinend auch kräftig benutzt werden. Und dagegen können wir so gut wie nichts tun.«

»Wie meinen Sie das?«

»Auf gewissen Straßen gibt es Transporte. Meistens in der Nacht. Unsere Grenze mit Rußland ist grün und lang, oft verläuft sie mitten durch ausgedehnte Seen, das ist kaum zu kontrollieren. Da rollen Dinge auf uns zu, die wir nicht wollen, aber auch nicht verhindern können.«

»Drogen, Waffen, Frauen, alles was der mitteleuropäische Markt so braucht«, wiederholte Poppe.

Jokkelsoj sah sie belustigt an. »Genau. Und eines ist seltsam. Ein Knotenpunkt scheint ein Ort zu sein, der Tohmajarvi heißt. Ein kleiner karelischer Grenzort ganz im Osten des Landes. Er liegt an einer Straße, die ins russische Vyartsilya führt.«

»Der Name sagt mir was«, meinte Tosca. »Wohnten dort nicht eine Zeitlang die Raikiinens?«

Jokkelsoj seufzte. »So ist es.«

»Herrje!« rief Freygang. »Und haben Sie dort was gefunden, das in unserem Fall von Interesse ist?«

»Ja. Das hier.« Jokkelsoj zog aus einer Schublade seines Schreibtisches eine Videokassette hervor. Er hielt sie vor sich, als ekele er sich davor.

Tosca fragte: »Was ist drauf auf diesem Ding?«

»Ein häßlicher Porno. Mit einer Hauptdarstellerin, die Sie gekannt haben.«

»Nena Raikiinen!«

»Nein, Julia. Ich weiß wirklich nicht, wie Frauen sich auf so was einlassen können. Selbst wenn man berücksichtigt, daß sie es vielleicht nicht ganz freiwillig tun.«

Tosca sagte: »Können wir uns das anschauen? Wir haben Julia nur gesehen, als sie schon tot war.«

Jokkelsoj brachte selbst den Videorecorder in Gang, der in einer Zimmerecke stand. Er legte das Band ein und ließ es laufen. Über die Fernbedienung schaltete er den Ton aus, wobei er entschuldigend in Richtung seiner Besucher sah.

Was Tosca und Freygang erblickten, ähnelte dem, was auf dem Band mit Nena Raikiinen gewesen war. Sie erschraken, weil Julia ihrer Schwester zum Verwechseln ähnelte. Sie wußten, daß Nena sich die ursprünglich rotblonden Haare brünett gefärbt hatte, das war die einzige Unterscheidung zwischen den Schwestern, obgleich sie keine Zwillinge waren. Noch bevor der Film zu Ende war, bat Tosca Poppe den finnischen Polizisten darum, das Band anzuhalten.

Freygang fragte: »Warum haben Sie den Ton ausgeschaltet?«

»Nur wegen der Geräusche. Das ist viehisch.«

»Wird auch gesprochen?«

»Nein, praktisch nicht.«

»Wie kamen Sie an das Band?«

»Per Zufall. Beim Gang über den Wochenmarkt des Ortes, der anscheinend gleichzeitig Flohmarkt und Informationsbörse ist, wurde ein Kollege darauf aufmerksam. Der Verkäufer gab an, es in einer Mülltonne gefunden zu haben.«

Freygang sagte: »Eins ist merkwürdig. Der Film ähnelt in der Gestaltung dem mit Nena Raikiinen. Er könnte im selben Studio aufgenommen worden sein.«

Tosca sagte: »Wir müßten ihn nochmals ansehen, um doch über den Ton was rauszukriegen.«

»Die Frage ist aber in jedem Fall: Wie kommt dieser Film hierher?« Freygang sah unglücklich aus.

»Das haben wir uns auch gefragt. Unsere Frage ging noch weiter. Wie kam er nach Tohmajarvi, denn das ist wirklich ein gottverlassener Ort. Wir gehen davon aus, daß die Schwestern Raikiinen von Mikkeli aus nach Tohmajarvi gezogen sind, nicht umgekehrt. Und von dort aus ging die Reise nach Deutschland. Nach Tohmajarvi kamen Sie, jedenfalls soviel wir wissen, von Deutschland aus nicht zurück. Warum auch?«

»Wer brachte also die Kassette dorthin?« fragte Tosca. »Die Schwestern? Der Kerl, der sich mit Julia beschäftigt?«

Freygang spekulierte weiter. »Der Bruder? Dieser Paavo?«

»Das ist denkbar. Aber warum?«

»Vielleicht wollte ihn jemand in der Provinz anschauen?«

»Aber wer?«

»Und warum landet er dann in der Mülltonne?«

»Nun«, seufzte Jokkelsoj, »vielleicht ist alles Zufall. Videos werden manchmal auch von Touristen mitgebracht.«

»Aber das wäre in diesem Fall doch ein zu großer Zufall«, meinte Poppe.

»Können wir eine Kopie bekommen?« fragte Freygang. »Oder noch besser das Original? Es wäre sinnvoll, die beiden Filme mit Nena und Julia zu vergleichen. Denn es kann durchaus sein, daß der Kerl in den Szenen dieser Danilo Wagner ist, den wir festgenommen haben. Dann hätten wir eine handfeste Spur.«

»Eine Spur ins Nichts«, sagte Poppe. »Denn was könnten wir daraus schon schließen, außer daß der Verdacht sich bestätigt, daß wir es hier mit einer Bande von Videoverbrechern zu tun haben, die grenzübergreifend agiert, um Gewaltpornos zu verbreiten.«

»Gut, danach fahnden wir nicht«, sagte Freygang, »aber immerhin, das wäre doch etwas! Ein Sieg auf einem Nebenkriegsschauplatz!«

Jokkelsoj sagte: »Wir sind hier natürlich nicht untätig geblieben. Unsere Fahndung ergab, daß die Straße durch Tohmajarvi auch von Schleusern genutzt wird. Wir haben das fast drei Jahre lang beobachtet. Wir sind jetzt an einem Punkt, wo wir zugreifen könnten, aber noch warten wir darauf, daß die Hintermänner sich zeigen, irgend jemand, der die Fäden zieht. Es hat wenig Sinn, ein paar Handlanger zu greifen und ein paar illegale Prostituierte, die nicht wissen, was mit ihnen passiert.«

»In Deutschland ist man natürlich beunruhigt darüber, daß wahrscheinlich viele der jungen Frauen, die dort auf dem Sex-Markt arbeiten, aus Karelien kommen. Wahrscheinlich über dieses Nadelöhr hier.«

»Wir werden den Nachschub eines Tages stoppen. Soviel kann ich auf jeden Fall versprechen, aber erst dann, wenn es sich lohnt zuzugreifen.«

»Und dann suchen sich die Schlepper andere Wege.«

»Es wird ihnen gerade von deutschen Behörden oft sehr leichtgemacht. Eure Visa-Politik ist viel zu lasch.«

»Man ist gerade dabei, das zu ändern«, erklärte Poppe. »Die liberale Regierung bei uns ist aufgeschreckt, man hat ihr Beihilfe zur Schleusung vorgeworfen. Jetzt sperren sie die Kanäle radikal zu.«

Freygang fragte: »Wohin führt denn die Straße auf der russischen Seite?«

»Sie führt nach Vyartsilya und dann entweder in die Wildnis, also in Wälder, in denen Sie bis nach Sibirien spazieren können, ohne jemandem zu begegnen. Oder nach Süden, am Lagodasee vorbei, in Richtung St. Petersburg. Dorthin gibt es auch noch zwei, drei andere Straßen. Die über Vyartsilya ist jedoch am schwersten zu kontrollieren, weil sie teilweise auf Sandpisten durch tiefe Wälder führt. Aus der Luft kann man da gar nichts machen.«

»Eine Nahtstelle«, brummte Freygang.

»Kann man sagen«, meinte Jokkelsoj. »Ich würde sogar hinzufügen: ein echter Brennpunkt.«

»Dann sollten wir uns dorthin begeben«, meinte Poppe.

»Das geht leider nicht. Es ist Sperrzone für Ausländer. Auch für Kollegen, tut mir leid.«

»Sperrzone? Das kann doch höchstens auf die russische Seite zutreffen. Finnland liegt im freien Westen.«

»Nehmen Sie es einfach so hin.«

»Also«, meinte Freygang, »sollten wir uns auf Mikkeli konzentrieren. Da wir nur zwei Tage eingeplant haben, werden wir genug zu tun haben, um uns in den Unterlagen die relevanten Fakten anzuschauen.«

Jokkelsoj erhob sich. »Ich weiß nicht, wie Sie ermitteln – ob es bei Ihnen nur um Fakten geht. Aber ich könnte Sie zum Haus der Raikiinens begleiten, wenn Sie wollen. Nehmen Sie einen Eindruck von der Umgebung mit, in der die Familie lebte. Solche Eindrücke schaffen oft Klarheiten, an die man gar nicht dachte.«

»Warum nicht? Unser Kommissar spielt auch lieber den Spürhund, als in den Computer zu starren.«

Jokkelsoj nickte. »So habe ich ihn mir vorgestellt. – Später können wir uns natürlich die Unterlagen ansehen. Danach gehen wir essen.«

Freygang rief Velsmann an und berichtete ihm über den Stand der Dinge. In Deutschland gab es nichts Neues. Sie verließen wenig später das Stadthaus und gingen zu Fuß durch Mikkeli. Jokkelsoj erklärte ihnen, daß die Stadt im Zweiten Weltkrieg Sitz der finnischen Heeresleitung und Zentrum des finnischen Widerstands gegen die deutsche Gebirgsarmee in Lappland gewesen sei. Jetzt war von diesem kriegerischen Geist und der unseligen Vergangenheit nichts mehr zu spüren. Die Besucher staunten über die vielen Sandstrände an den ausgedehnten Seen der Saimaa-Kette, die mitten in der Stadt begannen. Eine Holzkirche mit einer großen Rundkuppel machte Eindruck auf sie, es war aber nicht die Kirche auf dem Winterfoto mit den Schwestern. Kurze Zeit später standen sie vor dem ehemaligen Haus der Raikiinens.

Nun wohnte hier ein älteres Ehepaar ohne Kinder, aber mit drei Hunden. Bereitwillig bat man sie herein. Die Besucher konnten sich die Räume ansehen, in denen die Raikiinens gewohnt hatten. Das Ehepaar erzählte von Nena und Julia, die ihnen als Nachbarn in lebendiger Erinnerung geblieben waren. Jokkelsoj übersetzte.

Langsam formte sich ein Bild. Es unterschied sich von dem, das die deutschen Besucher hatten. Auch Nena und Julia Raikiinen waren einmal unschuldige Teenager gewesen. Das Ehepaar erzählte von Spielen auf dem Straßenpflaster und ausgelassenen Verfolgungsjagden mit Rädern durch den Ort. Beide Mädchen waren sich zum Verwechseln ähnlich gewesen, hatten Pferdeschwänze getragen und als Anführerinnen einer kleinen Mädchenbande gegolten, die harmlose Streiche ausführte. Man klebte Zeitungen in den Briefkästen fest, band Katzen einen Klammersack an den Schwanz, leerte Senftöpfe in die Wechselgeldschalen der öffentlichen Telefonzellen aus, heulte in manchen Nächten im Hof schreckhafter alter Damen. Sogar Jungen hatten vor den Schwestern Respekt gehabt, aber immer wenn es galt, jemandem einen Gefallen zu tun, waren Julia und Nena da gewesen. Sie waren hilfsbereit und ausgelassen gewesen, was sich allerdings in der Pubertät schlagartig änderte.

Sie wurden mürrisch und feindselig, waren oft krank. Man

sah sie kaum noch auf der Straße. In die Schule gingen sie nicht mehr. Dann verschwanden sie eines Tages ganz aus der Stadt. Kola, die dritte Schwester, starb bei einem Autounfall, und als Nena später schwanger zurückkehrte und Paula gebar, die ebenfalls bei einem Autounfall auf der Ausfallstraße nach Osten ums Leben kam, verstarben ihre Eltern aus Kummer. Der Vater bekam einen Herzschlag, die Mutter Depressionen, die nach der Behandlung mit schweren Psychopharmaka zu einem Hirnschlag führten.

Ein trauriges Schicksal. In Mikkeli war die Familie lange Tagesgespräch gewesen. In dieser Stadt des harmlosen Alltags waren die Raikiinens wie fremde Figuren aus einem griechischen Götterdrama gewesen, durch einen gnadenlosen Ratschluß dem Untergang geweiht.

Ein Rundgang durch das Haus stimmte Tosca und Freygang noch trauriger. Denn an den Wänden im Dachgeschoß hingen noch die Kinderfotos der Schwestern. Ein ähnliches Winterfoto, wie sie es schon kannten, war zu sehen, aber jetzt stand keine männliche Figur am Bildrand. Auch Paavo war auf einem Foto, ein stolz blickender, großgewachsener Junge mit hellen Haaren und einem harten Mund.

Tosca sagte: »Herr Jokkelsoj, fragen Sie das Ehepaar, ob sie wirklich Paavo gesehen haben.«

Die beiden nickten eifrig. Sie erklärten, er habe eines Abends auf der gegenüberliegenden Straßenseite gestanden. Sie hätten ihn genau erkannt, obwohl fünf Jahre seit seinem letzten Auftritt vergangen waren. Aus der Zeit besäßen sie sein Foto. Paavo hatte weiße Lederschuhe an und wirkte krank. Als sie ihn im Licht der Straßenlaterne entdeckten, habe er auch traurig gewirkt, so wie er zu dem Haus seiner Kindheit und seiner Schwestern herübergeschaut hatte. Als man die Fenster aufmachte, um ihm zuzurufen, war er in der Nacht verschwunden.

»Was meinen sie damit, wenn sie sagen, Paavo habe krank gewirkt?«

Jokkelsoj übersetzte. Die Frau sagte: »Er sah verwirrt aus. Ungepflegt, irgendwie verwahrlost.«

»Es kann eine Täuschung gewesen sein«, sagte Tosca. »Warum sollte er auftauchen und wieder verschwinden, ohne mit dem Ehepaar reden zu wollen? Was hat er von Blicken auf das Haus seiner Kindheit?«

»Vielleicht hatte er es eilig«, sagte Freygang. »Vielleicht war er nur zufällig in Mikkeli und nahm sich ein paar sentimentale Minuten.«

»Jedenfalls scheint er zu leben. Das Ehepaar macht einen besonnenen Eindruck. Warum sollten sie uns einen Bären aufbinden?«

Freygang bat Jokkelsoj, das Ehepaar nach dem Foto Paavos zu fragen. Der Mann ging nach unten und kehrte gleich darauf zurück. Er deutete mit dem Finger auf das schwarzweiße Bild, das einen Zackenrand besaß.

»Paavo!«

Man konnte einen noch jungen Mann erkennen, der eine zerzauste Frisur besaß und aus tief liegenden Augen in die Kamera blickte. Sein Mund war noch schmaler geworden, hart und energisch, und in seinem Gesicht standen Spuren eines anstrengenden Lebens. Tosca fiel auf, daß er den linken Arm angewinkelt hielt, als sei er verkrüppelt.

»Wie alt ist er?«

Jokkelsoj übersetzte. »Auf diesem Bild siebenundzwanzig Jahre. Heute also zweiunddreißig.«

»Können wir das Bild behalten?«

Nach einiger Überlegung übergab der Mann die Fotografie an Jokkelsoj, der versprach, eine Kopie davon anzufertigen. Das Original wollte das Ehepaar unbedingt zurückhaben. Sie schienen sehr daran zu hängen.

Nach zwei Stunden verabschiedeten sich die Gäste. Sie kehrten ins Büro der Provinzialverwaltung zurück. Jokkelsoj zeigte ihnen die Akten, die inzwischen angelegt worden waren.

Etwas blieb merkwürdig.

Irgendwann mußte es den ersten Schritt gegeben haben, der die Schwestern aus ihrem harmlosen Kleinmädchenalltag in die Katastrophe geführt hatte. Wann hatte das begonnen? Wer hatte es ausgelöst? Paavo?

Auch Jokkelsoj hatte darauf keine Antwort. Er hielt es aber für möglich, daß Paavo Raikiinen eine Rolle dabei spielte.

Wen hatten Nena und Julia am Ende ihrer Kindheit kennengelernt?

Es wurde den beiden deutschen Polizisten klar, daß es vermutlich nicht in Mikkeli geschehen war, sondern in Tohmajarvi. Was hatte sich dort zugetragen?

»Dahin müssen wir unbedingt«, sagte Tosca später. Sie hatten mit Jokkelsoj in einem Restaurant am See die einheimische Küche probiert und saßen nun allein in der Bar ihres Hotels am Rand der Altstadt. Sie würden sich erst am nächsten Morgen wieder im Stadthaus treffen.

»Aber du hast es ja gehört: Es ist Sperrgebiet.«

»Das stört mich nicht«, sagte Tosca.

»Wir sind hier Gäste – vergiß das nicht!«

»Ich will zum Kern der Sache kommen. Ich will, daß wir nicht ohne Ergebnisse zurückreisen. Das sind wir den beiden Frauen schuldig. In Mikkeli werden wir nichts finden außer den Dingen, die Jokkelsoj uns zeigt. Kleine, nicht unwichtige, aber auch nicht entscheidende Fakten. Der Polizist ist nett, aber er ist in erster Linie seinen Vorgesetzten Rechenschaft schuldig.«

»Du meinst, diese ... Onkel haben in Tohmajarvi auf Nena und Julia gelauert?«

»Ja, inzwischen denke ich das. Es bleibt natürlich die Frage, ob jemand die Schwestern deshalb dorthin brachte. Wenn ja, wer könnte das gewesen sein? Und gab es einen ausdrücklichen Plan dafür, oder ergab sich später alles aus Zufall?«

»Die zweite Frage ist, ob wir dort auf ihre Spuren stoßen. Wir müßten Glück haben.«

»Aber einen Versuch wäre es wert.«

Freygang sagte: »Wenn wir es riskieren, dann fahre ich. Denn wenn es stimmt, was der Finne erzählt, kann es gefährlich sein. Du lenkst hier Jokkelsoj ab. Erzähl ihm was auf Sächsisch, das wird ihn beschäftigen.«

»Ausgeschlossen. Ich fahre. Du beschäftigst Jokkelsoj hier in Mikkeli. Geht zusammen baden.«

»Spinnst du? Ich lasse dich doch nicht allein in die Unterwelt fahren! Da lauern die Onkel, wie du selbst gesagt hast. Willst du in Nenas Fußstapfen treten? Und ich sehe mir eines Abends deine geilen Videos an?«

»Quatsch! Es ist nur unauffälliger, wenn ich es mache. Es muß nebenbei laufen und unentdeckt bleiben. Wir kriegen sonst Scherereien mit den finnischen Behörden.«

»Ich fahre. Dabei bleibt es.«

Unerschütterlich erwiderte Tosca: »Schon mal was von Emanzipation gehört? Frauen kommen gewaltig.«

Freygang seufzte. »Wahrscheinlich behauptest du gleich, ich wäre sexistisch, wenn ich dich nicht fahren ließe, oder ich würde dich nur sexuell belästigen wollen.«

»Sicher.«

Freygang gab sich geschlagen. »Wie wollen wir vorgehen?«

»Du sagst Jokkelsoj, ich wollte einen halben Tag Ferien machen. Ich miete mir einen Wagen und fahre nach Tohmajarvi. Es sind nicht mal hundert Kilometer. Ich sehe mich ein wenig um, und am Abend bin ich wieder zurück.«

Freygang seufzte. »Es ist Irrsinn. Wir sind deutsche Polizisten, und wir fahren in ein militärisches Sperrgebiet.«

»So schlimm wird es schon nicht sein. Ich überschreite ja nicht die Landesgrenze nach Rußland.«

»Na gut. Aber sei bloß vorsichtig! Wir bleiben ständig per Handy in Kontakt, verstanden! Du schaltest auf gar keinen Fall ab! Sonst verpetze ich dich!«

»Klar.«

Tosca Poppe mietete früh am Morgen einen Lada. Freygang verabschiedete sie mit zwei Küssen. Im gleichen Moment bereute er es, seine Kollegin allein ziehen zu lassen. Er versuchte, die ganze Sache doch noch abzublasen, doch Tosca blieb unbeeindruckt.

»Bis zum Abend!« sagte sie. »Es ist jetzt neun. Bis sechs bin ich zurück. Geh nochmal die Akten durch. Übrigens, erinnere Jokkelsoj daran, daß wir die Kopie des Fotos von Paavo bekommen.«

»Tosca, mach keine gewagten Sachen!«

»Nein. Wenn ich auch nur das Geringste an Gefahr wittere, dann komme ich sofort zurück und verstecke mich in der Naisvuori, der Fluchtburg für Frauen aus alter Zeit.«

»Mach dich nur lustig über die berechtigten Sorgen eines erfahrenen Polizisten!«

»Über etwas habe ich noch nachgedacht«, sagte Tosca und

lehnte sich aus dem geöffneten Fahrerfenster. »Wenn Tohmajarvi eine Nahtstelle für Menschenhandel ist, dann heißt das doch, daß die Bewegung von Ost nach West geht, also von Rußland aus nach Finnland, nicht umgekehrt. Denn die Straße durch Rußland führt später über das Baltikum und Polen. Diesen Weg werden die Schleuser nicht gehen, er ist zu kompliziert. Nein, die Ware wird aus Rußland, vielleicht sogar aus Petersburg, über Vayrtsilya und Tohmajarvi gebracht und dann weiter an die Ostsee. Von dort geht es mit Schiffen nach Deutschland. Oder wie?«

»Ist der Landweg über das Baltikum nicht einfacher?«

»Diese Grenzen werden stärker kontrolliert als andere – irgendwie ideologischer. Das liegt an der Unterdrückung des Baltikums, als es noch zur Sowjetunion gehörte, und dem heutigen, gewaltigen Mißtrauen gegenüber den Russen. Über die Touristikfähren kann praktisch jeder einreisen, der gültige Papiere besitzt.«

»Oder der mit einer dieser Reiseschutzversicherungen ausgestattet ist oder mit einem Carnet de touriste vom ADAC für Gruppenreisende.«

»Dein Trip nach Tohmajarvi wird mir jedenfalls unheimlich. Steig wieder aus, Tosca!«

»Bis später!«

Freygang sah dem kastenförmigen Auto nach, bis es in einer Kurve verschwand. Es ist ein schwerer Fehler, dachte er. Worauf haben wir uns eingelassen! Am liebsten hätte er sein Handy gezückt und Tosca zurückbeordert, noch bevor sie die Stadtgrenze verließ. Es war ihm jedoch klar, daß sie ihm nicht gefolgt wäre, obwohl sie in der dienstlichen Rangordnung dazu verpflichtet gewesen wäre.

Weiblicher Emanzipationsdrang setzt Rangordnungen sowieso vollkommen außer Kraft, dachte Freygang in komischer Verzweiflung.

Er ging von der Autovermietung zum Stadthaus. Das Wetter war unverändert. Sonnig und warm, mit einer Luft, die über die Seen und aus den Wäldern kam.

Jokkelsoj empfing seinen deutschen Kollegen mit einem aufmunternden Klaps auf die Schultern. Er fragte nach Tosca, und Freygang erzählte, er habe der Kollegin für ein Sonnenbad am See freigegeben. In Deutschland könne man sich in diesem Sommer wegen der übergroßen Hitze kaum im Freien bewegen. Alles verbrenne.

Der finnische Polizist sah ihn prüfend an, erwiderte aber nichts. Er rückte die Aktenordner zurecht. Und es begann ein quälendes Studium der Unterlagen, aus denen hervorging, daß die finnische Polizei gegen einen Ring von Menschenhändlern zu kämpfen begonnen hatte, der übermächtig erschien.

Tosca Poppe fuhr an blühenden Wiesen vorbei, auf denen rote Holzhäuser und flache Hütten standen, auf deren Dächern Gras wuchs. An Seen, die gesprenkelt waren mit Segelbooten. Durch kleine Ortschaften, in denen es außer Holzkirchen und Gärten nichts zu geben schien. Die Landschaft wurde noch einsamer, die Landstraße enger. Tosca fuhr langsam. Ihr Gefühl sagte ihr zwar, daß sie es hinter sich bringen mußte, aber gleichzeitig genoß sie es, einfach unterwegs zu sein. Vielleicht würde es in Tohmajarvi Ärger geben. Vielleicht stieß sie auf etwas, das gewisse Drahtzieher endlich ins grelle Licht rückte. Sie konnte sich nicht erinnern, jemals etwas sehnlicher gewünscht zu haben.

Möglicherweise fand sie aber auch gar nichts.

Je näher sie Tohmajarvi kam, desto mehr befiel sie ein Unbehagen. Die Landstraße war völlig ohne Verkehr. Sie fuhr noch langsamer, schließlich hielt sie an, stieg aus und setzte sich an einen See. Eine Stunde lang saß sie einfach nur da, starrte in das Wasser und ließ den Fall im Geiste an sich vorüberziehen. Was für Abgründe! Und Tohmajarvi? Es war verrückt, da hinzufahren. Kurz davor, die Fahrt abzubrechen, dachte sie: Nun, ich kann mir den Ort ansehen. Aber wahrscheinlich blieb es ein touristischer Ausflug ohne Resultat.

Sie stieg wieder ins Auto, fuhr weiter und erreichte Tohmajarvi ohne Probleme eine gute Stunde später. Eine Straßenkontrolle wegen der verbotenen Grenzprovinz hatte es nicht gegeben. Jokkelsoj hatte ihnen irgendeine Geschichte erzählt. Wahrscheinlich wollte er einfach nicht, daß sich die deutsche Polizei in seine Ermittlungen vor Ort einmischte.

Tosca spürte auf beiden Wangen die Abschiedsküsse Freygangs. Er schien sich richtige Sorgen um sie gemacht zu haben. Alfons ist doch ein richtig netter Kerl, dachte sie. Am Abend würde sie ihm die Küsse zurückgeben.

Tohmajarvi bestand aus Bauklötzern. So jedenfalls kamen ihr die kleinen Häuser vor, die zu beiden Seiten der Straßen standen. Es war kein anheimelnder Ferienort. Tosca fuhr in den Ort und parkte den Wagen an einer Straßenecke. Im Zentrum des mittelalterlichen Marktfleckens verkauften alte Männer Zigarettenstangen und Bäuerinnen geschlachtete Hühner. Jemand briet Fische an einem Spieß über offenem Feuer. Ein Streuner torkelte über den Platz, Hunde rannten ihm hinterher und verschwanden.

Über allem lag die unwirkliche Stille und das festliche Licht der finnischen Provinz.

Tosca hatte nicht erwartet, Ausschilderungen zu den Onkeln folgen zu können, dennoch wirkte die Belanglosigkeit dessen, was sie auf den ersten Blick sah, entmutigend.

Ein vergessenes Kaff im letzten Winkel des Landes, dachte sie enttäuscht. Menschen, die am Lebensabend angekommen sind und nur noch Radieschen in Vorgärten ziehen. Warum bin ich überhaupt hierhergefahren?

Sie setzte sich in ein kleines Café, dessen Einrichtung aus hellem Holz und rotem Plastik bestand. Sie ließ sich von der Sonne bescheinen und versuchte, wie eine Touristin auszusehen. Tosca trank Kaffee und Wasser, später ließ sie sich kleine, fettige Teigkugeln bringen. Sie beobachtete ihre Umgebung mit hellwachen Blicken. Nichts durfte ihr entgehen.

Die Zeit verging. Der Mittag kam. Ein paar Wolken schoben sich vor die Sonne. Nichts geschah. Tosca bekam allmählich Mühe, sich zu konzentrieren, und ließ ihre Sinne schweifen.

Dann geschah doch etwas, ohne daß sie es gleich wahrnahm.

Jemand stand mitten auf dem Marktplatz auf einer Kartoffelkiste und begann etwas zu rezitieren.

»In die klaren nächtlichen Wasser senkt der Sommerabend die Netze, und schwarz in der Tiefe schwimmen die Fische …«

Tosca Poppe stellte die Kaffeetasse auf den Teller zurück. Die Stimme rückte näher, ohne direkt zu ihr zu sprechen.

»… Keinen Schlaf gibt es in tiefen Wassern, Schlaf nicht, nur Leben, und schwarz in der Tiefe schwimmen die Fische. Kaum ist der Netzversenker gegangen, kommt auch schon der, der sie hebt, der Morgen, und schwer ist das Netz, und schwarz sind die Fische der Tiefe.«

Tosca hatte mit langsam wachsendem Bewußtsein zugehört, doch erst als der Mann geendet hatte, begriff sie mit einem Schlag, daß sie die Worte verstanden hatte! Er hatte in deutscher Sprache gesprochen!

Tosca zahlte, verließ die Veranda des Cafés und ging auf den noch jungen Mann zu. Er hielt seinen linken Arm an den Körper gepreßt. Sie glaubte ihn zu kennen, aber das war wohl unmöglich.

Als sie begriff, wer er war, versetzte es ihr einen erneuten Schlag. Sie traute ihren Augen nicht. Allerdings konnte sie ihn nach dem Foto eindeutig identifizieren.

Vor ihr, auf der Kartoffelkiste, stand Paavo, der Bruder von Nena und Julia Raikiinen.

Alfons Freygang hatte Mühe, sich auf die Akten zu konzentrieren. Immer wieder schweiften seine Gedanken zu Tosca ab. Er hatte sein Handy vor sich auf den Schreibtisch gelegt, um ihren Anruf sofort entgegennehmen zu können. Er blickte auf die Armbanduhr. Fast zwei Stunden waren vergangen. Sie mußte Tohmarjavi inzwischen erreicht haben. Sollte er sie anrufen? Nein, entschied er. Wenn sie sich nicht meldete, bestand wohl kein Grund dafür.

Keine Gefahr.

Statt dessen rief Freygang in Deutschland an. Martin Velsmann berichtete ihm von einer heißen Spur, die zu Tom Hauser führen sollte. Man war dem Flüchtigen dicht auf den Fersen. Freygang vermied es, vom Alleingang Toscas zu sprechen. Er wußte, sein Vorgesetzter hätte seine beiden Assistenten sofort nach Deutschland zurückbefohlen und ihm heftige Vorwürfe gemacht.

Er machte sich selbst Vorwürfe.

Jokkelsoj brachte ihm von Zeit zu Zeit Kaffee. Dann verschwand er wieder. Sie wollten bis zum Abend zusammenbleiben, um dann zu entscheiden, welche technische Hilfestellung die finnische Polizei noch geben konnte. Jokkelsoj erwies sich weiterhin als sehr liebenswürdig. Freygang fragte sich, wie das Privatleben des Kollegen aussehen mochte, aber dasselbe mochte Jokkelsoj über ihn denken. Freygang überlegte, was er auf eine entsprechende Frage antworten würde. Eine Freundin hatte er seit einem Jahr nicht. Er war mit der Polizei verlobt. Mit seinen Freunden spielte er Bowling. Manchmal auch eine Partie Tennis mit Martin Velsmann, doch die verlor er immer haushoch.

In den Akten, die für Interpol angefertigt worden waren, also in englischer Sprache vorlagen, fand Freygang Hinweise auf entfernte Familienmitglieder der Raikiinens, die im Verdacht stehen konnten, den späteren Lebensweg der beiden Schwestern beeinflußt zu haben. Da war ein Onkel aus Helsinki, der als Autoschieber in Haft gesessen hatte. Ein Halbbruder der Mutter, der in einem Badeort an der Ostsee ein illegales Bordell betrieben hatte. Ein Großvater, der beim russischen Geheimdienst, noch zu Zeiten der Sowjetunion, eine gewisse Chargenrolle eingenommen hatte.

Aber reicht das alles aus, fragte sich Freygang, um in den bizarren Erzählungen Nena Raikiinens einen ehrenvollen Platz einzunehmen? Sie hatte von anderen Kalibern erzählt. Von dem wirklich Bösen in Menschengestalt.

Jokkelsoj kam herein und berichtete, daß er nicht bleiben könne. In einer Gemeinde nördlich von Mikkeli, die seiner Polizeigewalt unterstand, sei ein Kind ertrunken.

»Bleiben Sie hier, und studieren Sie die Akten, solange Sie wollen. Gehen Sie aber zwischendurch in die Kantine zum Mittagessen. Ich komme am frühen Abend sicher nochmal vorbei. Morgen früh frühstücken wir auf jeden Fall zusammen, bevor wir Sie nach Helsinki zurückfahren.«

Freygang fühlte sich plötzlich allein gelassen, was sicherlich albern war, aber das Gefühl, einen Fehler nach dem anderen zu begehen, wurde plötzlich übermächtig. Er stocherte hier in etwas herum, dem er nicht gewachsen war. Und das Aktenstudium machte ihn noch passiver und hilfloser. Denn richtig handeln, mit den Mitteln, die er gewohnt war, konnte er nicht.

Er blickte auf die Armbanduhr. Zwölf Uhr.

Er fertigte ein paar Kopien an, die möglicherweise einige wertvolle Aufschlüsse geben konnten. Dann griff er zum Handy und rief Tosca an.

Er ließ es mehrmals klingeln. Schließlich sprang ihre Mailbox an.

Tosca Poppe ging auf den Mann auf der Kartoffelkiste zu. Je näher sie ihm kam, desto deutlicher nahm sie wahr, wie schmutzig er war. Er mußte seit Tagen nicht aus den Kleidern und nicht in die Nähe von Wasser gekommen sein. Sein helles Haar war fettig. Er trug fleckige, ehemals weiße Lederschuhe.

»Paavo Raikiinen?«

Er lachte. »Und wenn schon?«

»Was machen Sie hier?«

»Ich rezitiere Jorma Etto, einen großartigen karelischen Dichter. Kennen Sie ihn? – Kennen wir uns?«

»Ja.«

»Und wer sind Sie?«

»Tosca Poppe.«

»Aha. Und wer steckt hinter einem so opernhaften Namen?«

»Ich bin Polizistin aus Deutschland. Ich habe Ihre Schwestern gekannt.«

In sein Gesicht zog augenblicklich ein anderer Ausdruck ein. »Sie dürften hier gar nicht sein«, sagte er scharf. »Sperrzone.«

»Fühlen Sie sich hier sicher?«

»In Tohmajarvi? Es ist meine Heimatstadt. Zumindest ist sie es geworden. – Was wollen Sie von mir?«

»Woher sprechen Sie so gut deutsch?«

»Ich war lange in Deutschland. Ich bin immer wieder mal in Deutschland. Schönes Land.«

»Wollen Sie nicht wissen, wie es Ihren Schwestern geht?«

»Ich habe mit ihnen nichts mehr zu tun.«

»Nena und Julia sind tot.«

Tosca hatte das Gefühl, der Mann schrumpfe in sich zusammen. Sein Gesicht wurde grau. Er stieg von der Kiste herunter und starrte sie an. »Kommen Sie mit! Ich zeige Ihnen was«, sagte er dann.

Tosca überlegte einen Moment. Sollte sie Freygang anrufen? Sie blickte auf die Uhr und sah, daß Freygang seit dreieinhalb Stunden nichts mehr von ihr gehört hatte. Er würde sich Sorgen machen. Sie griff nach ihrem Handy, aber als Paavo ihr heftig winkte und sie zur Eile antrieb, ließ sie es stecken.

Sie folgte ihm durch mehrere Straßen. Was wollte er ihr zeigen? Tosca hatte die überraschende Begegnung noch nicht verarbeitet. Es ging alles zu schnell – und zu glatt. Es wirkte fast so, als habe Paavo auf sie gewartet.

Tosca erschrak heftig. Konnte das sein? Sie dachte nach. Nein, das war einfach nicht möglich. Er hätte sich dann schon in Mikkeli auf ihre Spur geheftet haben müssen. Er hätte sie mit dem Auto verfolgt haben müssen. Nein, es mußte tatsächlich Zufall sein.

Oder hatte ein anderer ihre Ankunft signalisiert?

Sie rief Paavo zu, er solle langsamer gehen. Er blieb stehen. Sie holte ihn ein.

»Was ist mit Ihrem linken Arm passiert?«

»Ich bin über eine Bombe gestolpert.«

»Wie meinen Sie das?«

»Die Bombe lag in einem Auto versteckt. Das Auto gehörte einem Tschetschenen.«

»Machen Sie das öfter?« fragte sie.

»Was?«

»Auf Kartoffelkisten stehen und Gedichte rezitieren?«

»Von Jorma Etto schon, er ist mein Lieblingsdichter. Aber die Leute verstehen hier nichts von Poesie. Darum rede ich gleich Deutsch. Das gefällt ihnen.«

Tosca Poppe hatte Mühe, ihre Eindrücke zu sortieren. Sie war nach Karelien gefahren, um Spuren der Peiniger Nenas und Julias zu finden. Statt dessen erzählte der Bruder der beiden ihr etwas von finnischer Poesie.

Paavo hielt vor einem Haus. Er deutete auf den Eingang des Hauses. Wieder überlegte Tosca, ob sie Freygang anrufen sollte. Sie sollte nichts riskieren, hatte er gesagt. Wieder ließ sie es, weil Paavo ihr heftig zuwinkte.

Er schloß die Haustür auf. Sie gingen hinein. Tosca dachte: Wenn ich etwas erfahren will, muß ich gewisse Risiken eingehen. Das hier wird uns weiterbringen.

Die Räume des Hauses waren abgedunkelt, die Fenster verschlossen. Alles wirkte sauber und ordentlich, ein Kontrast zum Äußeren Paavos, den Tosca nicht erwartet hatte.

War sein äußerliches Erscheinungsbild nur Tarnung?

Sie sah sich um. An den Wänden des Wohnzimmers hingen Bilder. Sie sah eigentlich kaum Wände. Nur gerahmte Bilder, ovale und quadratische, überwiegend in Schwarzweiß. Es mußten an die hundert sein. Fotos der Familie Raikiinen.

Paavo deutete stumm und reihum auf die Fotos. Tosca erkannte die Schwestern, eine weitere junge Frau – das mußte vom Aussehen her die jüngste Schwester Kola sein. Sie sah Paavo in jedem Alter, zusammen mit den Schwestern, mit anderen Menschen. Sie erblickte die Eltern und Anverwandte dieser Familie, doch auch viele Fremde, Menschen, die einer anderen Rasse angehören mußten. Die Kindheit der Schwestern schien überbevölkert gewesen zu sein. Wie hatte Jokkelsoj beim Rundgang im Elternhaus der Raikiinens gesagt? »Fremde Figuren aus einem griechischen Götterdrama, durch einen gnadenlosen Ratschluß dem Untergang geweiht.«

Tosca drehte sich nach Paavo um. Doch er war nicht zu sehen. »Paavo?«

Er kam durch den Flur. In der Hand hielt er ein Album. Sie setzten sich an den Couchtisch, und er begann wortlos zu blättern. Es schien ihm die Sprache verschlagen zu haben. Dann deutete er auf ein Foto und sagte mit einer Stimme, die von weit her zu kommen schien: »Nena, Julia, Kola und ich. Wir haben alles zusammen gemacht. Wir haben uns wirklich gekannt, aber irgendwie waren wir anscheinend auserwählt. Und nicht für ein gütiges Schicksal, das können Sie mir glauben. Es riß uns auseinander.«

Tosca folgte einem Einfall. »Warum sind Sie damals aus Mikkeli fortgezogen? Hierher?«

»Das ist eine lange Geschichte, die ich Ihnen gerne ein anderes Mal erzähle. Wir haben ja jetzt Zeit, nicht wahr?«

»Wie meinen Sie das?«

»Na, ich habe nichts Besonderes vor. Ich spiele hier den Hofnarren, das haben Sie ja gesehen. Sonst tue ich nichts mehr. Ich habe alles ausgeschöpft, was zu tun war.«

Sie sah ihn befremdet von der Seite an. Irgend etwas an ihm war irritierend. Tosca beschloß, Freygang in dem Moment anzurufen, wenn Paavo noch einmal aus dem Raum ging. Sie sagte: »Julia ist ermordet worden. Nena nahm sich das Leben. Was fällt Ihnen dazu ein?«

»Früher hätte ich gesagt, es geschieht ihnen recht. Mit früher meine ich die Zeit nach unserer Kindheit, als wir uns auseinanderentwickelten. Das geschah aber nicht ganz freiwillig. Da halfen einige mit. Jetzt sage ich: Ich könnte nur noch kotzen, wenn ich das alles sehe. Aber ich will mit diesen Sachen nichts zu tun haben. Ich bin hier der Hofnarr und habe mein Auskommen. Das reicht mir.«

»Seit wann sind Sie aus Tschetschenien zurück?«

Er hob den verkrüppelten, linken Arm. »Seitdem das hier passiert ist. Und noch ein paar Sachen. Ich war mal tief drinnen in der Scheiße, aber das interessiert mich alles nicht mehr. Ich habe ein paar Dinge getan, die ganz schlecht waren. Jetzt büße ich das irgendwie ab.«

»Haben diese schlimmen Dinge mit Julia und Nena zu tun?«

»Vielleicht.«

»Werden Sie genauer, Paavo!«

»Ich zeige Ihnen nur Fotos. Machen Sie sich selbst einen Reim drauf! Schauen Sie sich die Fotos an!«

»Man hat Sie in Mikkeli gesehen. Warum standen Sie vor Ihrem alten Haus und gingen nicht rein?«

»Die Antwort kennen Sie.«

»Ich könnte einen Haftbefehl gegen Sie erwirken, Paavo!

Ich kenne ein paar finnische Polizisten, die Sie gern in Empfang nehmen würden!«

»Tatsächlich? Warum tun Sie es dann nicht? Ich verstecke mich ja nicht. Nein, gegen mich liegt nichts vor. Wenn ich etwas getan habe, so weiß nur ich allein davon. Es ist nur hier oben in meinem Gedächtnis gespeichert. Ein paar andere Zeugen sind nicht mehr von dieser Welt.«

»Sagen Sie mir nur eins: Waren Sie es, der große Bruder, der Nena und Julia mit den – Onkeln zusammengebracht hat, von denen beide erzogen wurden?«

»Mit den Onkeln?«

»So drückte sich Nena aus.«

»Ich habe sie mit ein paar einflußreichen Leuten zusammengebracht, wenn Sie das meinen. Das war in der Zeit, als ich noch glaubte, ein großer Krieger sein zu müssen. Das habe ich mir inzwischen abgeschminkt. Es ist alles falsch gewesen, was zwischen Russen und Tschetschenen lief. Wir haben nur das Spiel der Mafiabanden mitgespielt, die alle gleich mies sind. Für uns sprang nichts dabei raus als kaputte Glieder und zerstörte Seelen.«

»Was war mit den Onkeln?«

»Das ist so lange her. Nena und Julia waren ja interessiert an so was. Das waren echt neugierige Mädchen. Sie kannten kein Tabu. Leider ist dann alles entgleist, aber am Anfang kriegten sie die beste Erziehung. Es wurde alles für sie getan. Sie wollten mitten reinspringen ins Leben. Und das taten sie.«

»Nena ist daran zerbrochen. Julia verkaufte sich meistbietend. Beide drehten abstoßende Videofilme. Einen habe ich erst gestern in Mikkeli gesehen. Was hat das mit Leben zu tun?«

»Ich sage ja, es ist entgleist. Am Anfang war es ein wunderbares, freies Leben ohne jede Konvention.«

»Sagen Sie mir was über die Onkel! Wenn Sie etwas wissen, Paavo, dann erzählen Sie es mir!«

»Schauen Sie sich die Bilder an. Lassen Sie alles auf sich wirken! Wir haben Zeit.«

Tosca blickte auf die Armbanduhr. Die Zeiger rutschten schneller über das Ziffernblatt, als sie angenommen hatte. Kurz vor zwei. Sie sollte Freygang anrufen!

»Ich habe keine Zeit. Ich muß bald zurückfahren.«

Er stand auf. »Kommen Sie! Wir machen eine kleine Fahrt. Es wird Sie interessieren! Es ist die Antwort auf alle Ihre Fragen.«

Tosca war sich bewußt, daß sie ein großes Risiko einging, doch nun war ihr Jagdfieber geweckt. Die junge Frau in ihr sagte ihr, daß sie augenblicklich mit Freygang Kontakt aufnehmen mußte. Die Polizistin in ihr wollte Spuren verfolgen bis zu der Stelle, wo sich das Geheimnis lichtete.

Ich will unbedingt etwas tun, dachte sie, was ich später vorweisen kann. Ich bin eine ehrgeizige Polizistin. Wenn ich das bisher nicht wußte – nun weiß ich es.

Sie traten nebeneinander vor das Haus. Paavo holte ein klappriges, aber großes Auto aus der Garage und fuhr es auf die Straße. Tosca stieg ein. Sie fuhren aus der Stadt heraus.

Schon nach wenigen Minuten befanden sie sich in dichten Wäldern.

Tosca begriff, daß sie einen Fehler gemacht hatte. Paavo sah stur geradeaus und fuhr auf Feldwegen weiter. Dann kam ein rotes Holzhaus in Sicht. Zwei ebenfalls rote Nebengebäude standen daneben. Dahinter öffnete sich ein See.

Paavo stieg aus und wies den Weg. Sie gingen in das Haus.

Als Tosca eintrat, stand Paavo einen Moment hinter ihr. Sie spürte die Gefahr, aber es war zu spät. Sie bekam einen heftigen Schlag auf den Kopf und verlor sofort das Bewußtsein.

Freygang hatte Jokkelsoj eine Nachricht hinterlassen. Sie sollten sich gegen zwanzig Uhr im Hotel treffen. Er rief noch einmal Toscas Handynummer an. Wieder wurde er in der Mailbox abgelegt. Er mußte sich beherrschen, nicht durchzudrehen. Es war kurz vor vierzehn Uhr, als er zu der Autovermietung rannte, die Tosca den Lada vermietet hatte. Er bekam einen ähnlichen Wagen.

So schnell er konnte, nahm er den Weg nach Tohmajarvi. Er fühlte, daß etwas passiert war, und ihm wurde ganz schwindlig bei dem Gedanken, er könnte daran schuldig sein, weil er Tosca allein hatte fahren lassen.

Und er spürte, wie sehr er sie vermißte, wie viel sie ihm bedeutete. Unbewußt trat er den Gashebel stärker durch. Der Motor jaulte auf. Es war Freygang gleich, ob er die Geschwindigkeitsbegrenzung verletzte. Er wußte nicht einmal, wie schnell man hier fahren durfte.

Wenn dieses Land nur nicht so voller schwarzer Wälder wäre, dachte er. In jedem Augenblick konnte etwas aus diesen Wäldern heraustreten, auf das man nicht vorbereitet ist. Man war in ständiger Unruhe!

Vielleicht bildete er sich das auch nur ein.

Unterwegs hielt Freygang einmal an und ging ein paar Schritte auf einem Weg am Rand einer Blumenwiese. Sein Herz raste, er mußte durchatmen. Links von ihm standen als Spuren menschlicher Anwesenheit ein paar Ackergeräte, Körbe, ein Rechen. Alfons Freygang fühlte übermächtig, in welcher Bewährungsprobe er steckte.

Er durfte sich keinen weiteren Fehler mehr leisten. Hätte er nicht Jokkelsoj informieren müssen, auch auf die Gefahr hin, wegen der Übertretung der polizeilichen Regeln und Ermittlungsbefugnisse belangt zu werden? Zumindest eine disziplinarische Strafe war ihm sicher. Freygang sah einen See vor sich. Er ging bis ans Ufer. Im Wasser, das klar war, aber dennoch undurchdringlich, spiegelten sich auf der gegenüberliegenden Seite rote Ferienhäuser mit weißen Fenstern und vielen Tannen um sie herum. Soweit das Auge reichte, Bäume, stumme Zeugen einer Landschaft, in der sich alles im Verborgenen abspielte.

Freygang stieß einen Schrei aus.

Um zehn Minuten nach vierzehn Uhr kehrte er abrupt zum Auto zurück und raste weiter.

Als Tosca Poppe erwachte, spürte sie sofort die Klebebänder. Sie lag verschnürt wie ein versandfertiges Postpaket auf einem harten Boden. Um sie herum war alles in ein Halbdunkel getaucht. Sie versuchte, sich zu orientieren. Es roch nach Staub und alten Äpfeln. Befand sie sich in dem roten Holzhaus, oder hatte er sie woanders hingebracht? Sie konnte sich kaum rühren. Dann hörte sie seine Stimme.

»Eigentlich bin ich harmlos. Jedenfalls habe ich das gedacht. Aber du hast etwas geweckt, das lange geschlummert hat. Das kann ich dir nicht durchgehen lassen. Du bist schuld an dem, was jetzt passiert.«

Tosca war erleichtert darüber, daß ihr Mund nicht verschlossen war. Deshalb holte sie tief Luft und sagte: »Wenn du mir nichts Brauchbareres zu sagen hast, dann halt dein Maul, Paavo.«

Er stieß einen erstickten Laut aus.

»Binde mich los, Paavo! Das macht doch alles nur noch schlimmer.«

Er lachte heiser. »Schwer ist das Netz und schwarz die Fische der Tiefe. Erinnerst du dich? Jorma Etto. Fast mein Lebensmotto. Was willst du von mir wissen?«

»Die Onkel«, stöhnte Tosca, als sie versuchte, sich zu ihm herumzudrehen. »Wer sind die Onkel?«

»Das sind Schatten aus der Vergangenheit. Ohne Bedeutung. Obwohl – ich habe gehört, daß andere heutzutage weitermachen. Jedenfalls hättest du nicht davon anfangen sollen, es hat mich durcheinandergebracht. Ich habe geglaubt, alles läge weit hinter mir. Das ist ja der einzige Grund, weshalb ich mich hier frei bewegen kann. Warum, verdammt, bist du hier aufgekreuzt!«

Er brüllte den letzten Satz. Tosca erschrak bei der flüchtigen Vorstellung, welche Schleusen sie in diesem Mann geöffnet hatte. Sie riß sich jedoch zusammen und sagte mit fester Stimme: »Erzähl mir jetzt von diesen Onkeln! Ich will nicht umsonst hierhergekommen sein.«

Nach einem Moment des Schweigens sagte er: »So nennen sich die Leute der karelischen Mafia. Einige Tschetschenen und Russen sind auch dabei, doch die Karelier sind in der Überzahl. Sie nennen sich Onkel, aber das sind harte Hunde. Sie sind wirklich mit dem Teufel im Bund. Wer mit denen nichts zu tun hat, kann froh sein. Und ich werde ihnen garantiert nicht wieder in die Quere kommen.«

»Und solchen Bestien hast du deine Schwestern zugeführt?«

»Habe ich das?«

»Ja, ich glaube schon.«

»Nun gut. Damals war ich ja genauso wie sie. Ich war wild,

und meine Schwestern waren wild. Ich wollte nur, daß Nena und Julia kein langweiliges Leben führen mußten. Ich wollte, daß sie mit wichtigen Leuten zusammenkamen, die ihnen Chancen eröffneten. Ich wollte, daß sie nicht in der Provinz versauern und ein blödes Bauernleben führen. Ich konnte nicht ahnen, was die Kerle mit ihnen anstellten.«

»Was denn?«

»Folter, Vergewaltigung, Erpressung. Sie drohten ja, unsere Eltern zu töten. Nein, nicht zu töten. Zu Tode zu foltern. Kannst du dir vorstellen, was das in jungen Mädchenherzen auslöst? Sie waren zu allem bereit.«

»Und daran bist du schuld! Kannst du damit leben?«

»Ich versuche es.«

»Laß uns gemeinsam zur Polizei gehen. Du packst aus. Es gibt diese Kronzeugenregelung auch in Finnland. Du erzählst alles und kannst mit einer neuen Identität untertauchen. Nichts kann dir passieren. Und die Bestien werden geschnappt.«

»Die schnappt ihr nie. Das sind so finstere und gerissene Gestalten, da habt ihr keine Chance. Polizei? Daß ich nicht lache! Ihr müßtet mit einer Armee aufmarschieren, die härter ist als die russische Armee, die Grosny plattgewalzt hat. Nein, ich sage gar nichts. Du wirst beseitigt, ich kehre nach Tohmajarvi zurück, und alles wird wieder still. Ich will nur noch die schönen Dinge, die Poesie, die Stille, das tatenlose Vergehen der Zeit. Ich will nicht mehr hören, daß ich etwas unbedingt tun muß. Das habe ich zu lang gehört. Ich vertrage keine Aufregung mehr.«

Tosca spürte seine Verwirrung, die ihn doppelt gefährlich machte. Er war nicht bei klarem Verstand. Sie versuchte, sich herumzuwälzen. Vielleicht gelang es ihr, in einem unbeobachteten Moment ihr Handy zu betätigen. Als sie auf der Seite lag, merkte sie, daß sich das Handy nicht mehr in der Seitentasche ihrer Jeans befinden konnte. Sie spürte seinen Abdruck nicht. Dann sah sie es auf dem Tisch liegen, dicht neben Paavos Hand.

Freygang erreichte Tohmajarvi in dem Moment, als sein Handy klingelte. Er nahm das Gespräch entgegen und hörte Jokkelsoj sagen: »Wo sind Sie? Was tun Sie?«

Freygang überlegte einen Moment, dann berichtete er die Wahrheit.

Jokkelsoj blieb einen Moment ruhig. Dann sagte er: »Sie machen keinen weiteren Schritt, verstanden? Ich alarmiere die Polizei vor Ort! Hören Sie, Freygang, die Sache ist gefährlicher, als Sie glauben! Wie konnten Sie riskieren, Ihre Kollegin allein in den Ort fahren zu lassen! Sind Sie denn wahnsinnig?«

»Vermutlich«, sagte Freygang. »Es tut mir leid, aber ich mußte hinterherfahren. Ich bin sicher, daß etwas passiert ist.«

»Natürlich ist etwas passiert! Tohmajarvi wimmelt nur so von kriminellen Elementen! Was denken Sie denn! Sie spazieren da rum wie im Urlaub! Wo genau sind Sie jetzt?«

»Am südlichen Ortsrand.«

»Fahren Sie sofort zur Polizeistation! Dort warten Sie auf Anweisungen!«

Jokkelsoj beschrieb ihm den Weg. Freygang versuchte sich zu orientieren. Er fuhr an einem belebten Platz vorbei, der wie ein Marktplatz aussah. Dann bog er nach rechts ab. Zwei Straßen weiter erblickte er etwas Seltsames.

Er sah Tosca Poppe. Sie befand sich in Begleitung eines Mannes. Beide gestikulierten miteinander. Freygang dachte: Wen kennt sie hier? Beide wirkten, als seien sie miteinander vertraut. Freygang hielt am Straßenrand und überlegte.

Irgend etwas hielt ihn davon ab, sich bemerkbar zu machen. Und er vergaß die Anweisungen Jokkelsojs. Er sah, daß der Mann einen altersschwachen grünen Landrover aus der Garage holte, daß Tosca einstieg und er losfuhr. Kurz entschlossen folgte Freygang dem Auto.

Über eine Landstraße ging es nach Osten. Freygang war bemüht, einen unauffälligen Abstand zu halten, aber den Landrover nicht aus den Augen zu verlieren. Das gelang ihm auch eine Weile.

Er war so beansprucht von der Verfolgungsfahrt, daß er nicht bemerkt hatte, wie sich am Ortsrand von Tohmajarvi ein unauffälliger Personenwagen aus einer Ausfahrt gelöst hatte. Er fuhr hinter ihm her.

Plötzlich war der Landrover verschwunden.

Freygang fuhr vorsichtig weiter. Nach zweihundert Metern erblickte er eine Einfahrt. Er sah frische Reifenspuren und bog in den Weg ein. Dann hielt er an, setzte das Auto auf die Straße zurück und stieg aus. Zu Fuß ging er am Rand des Weges weiter, bemüht, halbwegs in Deckung zu bleiben. Vor sich sah er ein rotes Holzhaus auftauchen. Der Landrover stand davor.

Freygang wußte, daß etwas an der Sache faul war. Tosca war sicher nicht mit diesem Fremden in den Wald gefahren, um Pilze zu suchen. Etwas Ungewöhnliches mußte in Tohmajarvi vorgefallen sein.

Einer Eingebung folgend, ging er um das Haus herum. Er blieb eine Weile in Deckung der Bäume stehen und starrte hinüber. Was geschah dort drinnen? Als er es gerade herausfinden wollte, öffnete sich die hintere Tür. Paavo trat heraus. Freygang erkannte ihn auf den zweiten Blick. Das Foto stand deutlich vor seinen Augen.

Er erschrak so sehr, daß ein Hitzeschauer seinen Körper überzog. Spätestens jetzt bedauerte er zutiefst, keine Dienstwaffe mitgenommen zu haben.

Wo war Tosca?

Paavo Raikiinen ging zum See hinunter. Dort, wo ein Steg begann und ein Boot angeleint war, befand sich auch ein Geräteschuppen. Paavo verschwand darin. Er kam mit einem dicken Seil und einer Plane wieder heraus. Dann verschwand er wieder in dem Schuppen.

Freygang rannte zum Haus. Er schlüpfte durch die geöffnete Tür ins Innere. Er erblickte Tosca auf dem Boden eines Zimmers. Sie sah ihn mit aufgerissenen Augen an. Stumm machte er eine beruhigende Geste. Er verstand ihre Kopfbewegung, die ihm Paavos Gegenwart anzeigen wollte.

Von draußen näherten sich Geräusche. Sie sahen die Gestalt des Mannes und hörten, wie er mit kleinen Schritten rückwärts etwas hinter sich her zog. Er war im Flur und fluchte vor sich hin.

Freygang erblickte seinen krummen Rücken. Er ruckelte an der schweren Plane, das Seil hatte er über die Schulter geworfen.

Alfons Freygang sah sich verzweifelt nach einer Waffe um. Er wußte nicht, ob er den kräftigen Mann überwältigen konnte. Er mußte versuchen, ihn von hinten anzufallen, die Überraschung zu nutzen und ihm die Luft so lange abzuschneiden, bis er besinnungslos wurde.

Er machte zwei Schritte nach vorn.

In diesem Augenblick zerbarst das Seitenfenster. Etwas flog herein. Qualm breitete sich aus. Freygang spürte einen starken Hustenreiz. Da sprangen von zwei Seiten Gestalten heran. Sie stürzten sich auf den völlig überraschten Paavo.

Freygang sah Pistolen. Dann schrie eine Stimme etwas auf Finnisch. Freygang erblickte blaue Uniformen und rote Koppeln.

Gott sei dank! dachte er. Die Spielzeugpolizei!

Dann taumelte er zu Tosca hinüber und fiel neben ihr auf die Knie. Er konnte kaum noch etwas sehen, in seinen Augen brannten tausend Feuer. Auch sie bekam einen Hustenanfall. Aber Freygang achtete nicht darauf.

Noch bevor er daran dachte, Tosca Poppe von den Klebebändern zu befreien und sie hinauszuschaffen, legte er seine Hände unter ihren Körper und zog sie heftig an sich. Er küßte ihr Gesicht.

»Mensch, Kleine«, sagte er mit jämmerlicher Stimme. »Was haben wir bloß angestellt!«

13.

Während Martin Velsmann sich einen Plan für den bevorstehenden Einsatz zurechtlegte, hielt ein Polizist in einer Zivilstreife Wache in der Straße, in der Tom Hauser wohnte. Sie hatten von dem weitgehend geständigen Danilo Wagner Hinweise bekommen, daß er innerhalb der kommenden achtundvierzig Stunden sein Versteck aufgeben und in Künnzell auftauchen sollte, um Sachen zu holen. Er mußte angeblich Termine wahrnehmen und benötigte Telefonnummern und Adressen aus seinen Unterlagen.

Auch bei Hausers warteten inzwischen zwei Polizisten. Gebhardt in der Wohnung, Müller im Auto vor der Wohnung. Sie wurden nach zwölf Stunden abgelöst.

Wagner hatte auch ausgeplaudert, daß Hauser auf Snuff-

Videos zu sehen sei, die er beschaffen könnte. Velsmann setzte Gebhardt darauf an. Man führte Wagner das Video vor, daß Freygang und Poppe aus Mikkeli mitgebracht hatten.

»Das ist Hauser«, sagte Wagner. »Ich habe es im Studio aufgenommen. Wie es nach Finnland kommt, weiß ich nicht.«

Martin Velsmann war es trotz dieser Hinweise bisher nicht gelungen, eine Genehmigung zum Abhören von Hausers Telefon und Anrufbeantworter durchzusetzen. Der Staatsanwalt sah keinen dringenden Tatverdacht, hielt ein solches Vorgehen also nicht für ausreichend begründet. Die Polizei arbeitete fieberhaft, genauere Informationen über Tom Hauser zu erhalten.

Sie hatten Hauser aus dem Foto mit Wagner und Nena Raiikinen heraus gescannt und vergrößert. Mit einem wenig ergiebigen Steckbrief hatte man es an die Zeitungen und die Fernsehsender gegeben. Auch auf den Polizeistationen hing dieses Bild, aber bisher hatte sich niemand gemeldet, der dazu zweckdienliche Angaben machen konnte. Es schien beinahe, als wäre Hauser ein Phantom oder im Besitz mehrerer Identitäten. Die Medien verbreiteten in ihren Abendsendungen beinahe flehentliche Suchmeldungen.

Markus Hirschgraben und dessen Frau waren um Haaresbreite dem Tod entgangen. Ihre Brandverletzungen wurden mit Transplantationen von der Haut ihrer Oberschenkel behandelt. Dem zerstörten Gewebe darunter setzte man Aufbaupräparate zu, aber die Narben würden für alle Zeit bleiben. Für den erlittenen Schock erhielten sie Psychopharmaka. Hirschgraben hatte am vierten Tag nach der Brandkatastrophe Martin Velsmann an sein Krankenlager holen lassen und ihm von seinen Beobachtungen an der einsamen Villa zwischen Huttenstein und Elmdorf erzählt.

Velsmann konnte es nicht glauben. In diesem Haus, mit dem er als Altersruhesitz geliebäugelt hatte, sollten sich die Menschenhändler einquartiert haben? Auch seine Vorgesetzten blieben skeptisch. Man sollte einen harmlosen Handwerkerbesuch am hellichten Tag vortäuschen, um Eindrücke zu sammeln, schlug Revierleiter Friedrich vor. Aber dann ließ Hirschgraben Martin Velsmann zu sich kommen und schickte ihn auf seinen Hof. In dem unzerstörten Nebengebäude fand Velsmann Aufzeichnungen, die unmißverständlich waren. Hirschgraben überließ der Polizei alles Material, das er über Jahre gesammelt hatte. Der Brandanschlag war eine letzte Warnung gewesen, aber er hielt die Menschenhändler für so kaltschnäuzig und arrogant, daß sie ihre Aktivitäten jetzt nicht abbrechen würden.

Velsmann gab Freygang und Poppe eine Chance, sich zu rehabilitieren. Die beiden mußten nach ihrem Alleingang in Karelien mit einem saftigen Disziplinarverfahren rechnen. Bis dahin sollten sie nach dem Willen Hubert Gells aus den Ermittlungen herausgezogen werden, doch Velsmann bestand auf ihrem Einsatz. Er brauchte nun jede Hilfe. Außerdem machte er geltend, daß durch ihren Alleingang immerhin Paavo Raikiinen ins Netz der finnischen Polizei gegangen war, auch wenn Jokkelsoj behauptet hatte, man habe längst von Paavos Anwesenheit in Tohmajarvi gewußt und die deutschen Polizisten hätten den Erfolg des strategischen Abwartens der finnischen Behörden mit einem Schlag zunichte gemacht. Velsmann hatte Jokkelsoj angerufen und ihn vergeblich zu beruhigen versucht.

Martin Velsmann nahm alle seine Kräfte zusammen. In der kommenden Nacht wollte er mit Hilfe seiner Assistenten, die sich vom Schock des finnischen Abenteuers erholt hatten, so nahe wie möglich an die Villa herankommen. Wenn Hirschgraben die Wahrheit sagte, mußten dort die Spuren zu finden sein.

Im angrenzenden Wald sollte ein Einsatzkommando über Handy für alle Notfälle erreichbar sein. Velsmann hielt es für einen Großeinsatz für zu früh, man mußte erst die Indizienkette schließen. Eine Panne, etwa durch einen falschen Alarm, so mahnte auch Hubert Gell, konnte sich die Polizei nicht erlauben. Schon jetzt riefen die Boulevardmedien nach der Entlassung unfähiger Kripobeamter. Martin Velsmann wurde in der besonders reißerischen Presse inzwischen verhöhnt.

Außerdem rotteten sich in den Straßen der Kleinstädte im Bergwinkel wieder Menschen zusammen, die eine Art ziviler Bürgerwehr ins Leben rufen wollten. Ein Abgeordneter des Wahlbezirks machte sich für ihr Begehren stark.

Der Staatsanwalt war besorgt über die politischen Auswirkungen. Er bestand darauf, daß sofort im Großeinsatz auf die Villa zugegriffen wurde. Der Revierleiter hielt Hirschgrabens Aussage für ausreichend und ließ vom Amtsgericht Offenbach einen Durchsuchungsbefehl erwirken. Doch Velsmann beharrte auf seinem Plan. Für alle Fälle steckte er den Durchsuchungsbefehl in die Tasche.

Die Nacht kam. Da für die frühen Morgenstunden starke Bewölkung und sogar Gewitter vorhergesagt wurden, ließ sich Martin Velsmann mit seinen beiden Begleitern schon um ein Uhr im Auto nach Huttenstein fahren. Sie mußten das schwache Mondlicht ausnutzen.

An der Zugunterführung stiegen sie aus. Sie vergewisserten sich mit einem Anruf, daß das Einsatzkommando seinen Posten bezogen hatte. Die beiden Beamten der Generaldirektion von Schlüchtern blieben im Auto. Der Fahrer wendete, und sie fuhren zurück nach Schlüchtern. Dort würden die Beamten auf ihren Anruf warten.

Als die drei Polizisten allein in der Dunkelheit standen, gab Velsmann mit leiser Stimme seine Direktiven aus. Sie hatten bereits geprobt, wie sie sich verständigen wollten.

Velsmann blickte zum Himmel. »Wir bleiben in Sichtweite und gehen nebeneinander. Bei diesem Mondlicht können wir uns auf rund zwanzig Metern noch sehen. Achtet darauf, daß wir immer Sichtkontakt haben! Wenn ihr etwas entdeckt oder Gefahr droht, spielen wir das verabredete alte Pfadfinderspiel. Ein Uhuruf bedeutet: Ich bin stehengeblieben und ich beobachte was. Zwei bedeuten: Kommt her. Dreimal: Gefahr im Verzuge und sofortige Tarnung.«

»Alles klar.«

»Dann los. Viel Glück!«

Sie gingen auseinander. Velsmann nahm die Mitte. Von der Unterführung aus waren es noch rund tausend Meter durch den Wald bis zur Villa.

Nach etwa vierhundert Metern fiel Martin Velsmann plötzlich etwas ein. War es nicht dieser Psychotherapeut in der Klinik in Orb gewesen, der diesen Gedanken ausgesprochen hatte? Er wußte nicht, warum der Satz ihm jetzt in den Sinn kam. »Wer tatsächlich miterlebt, daß Menschen gefoltert und getötet werden, wird nicht selten auch als Täter traumatisiert. Dann ist es doch sehr unwahrscheinlich, daß man zukünftig Gewalthandlungen verüben will.« So oder ähnlich hatte er sich ausgedrückt.

Ein solcher Gedanke traf sicher auf Paavo Raikiinen zu. Und auf wen noch? Was wollte ihm dieser Satz sagen?

Dann begriff er es. Dieser Satz ließ sich auch auf Tom Hauser beziehen, den sie noch immer vergeblich suchten.

Tom Hauser, das Phantom. Hatte er sich aus allem herausgezogen, war er untergetaucht? Gab es ihn überhaupt? Oder war er nur eine visuelle Erfindung auf einem Foto?

Aber warum konnte Heinrichs Charakterisierung auf ihn zu treffen?

Velsmann stolperte über eine Wurzel. Er riß sich zusammen. Er konnte nicht zwei Dinge gleichzeitig klären. Er mußte sich konzentrieren. Wenn sie hier einen Fehler machten, so hatte Hubert Gell angedroht, dann würde die Öffentlichkeit sie in der Luft zerreißen.

Aber der Gedanke war noch in ihm. Vielleicht war Tom Hauser ein traumatisierter Täter. Und vielleicht hatte er in der traumatherapeutischen Klinik bei Professor Heinrich Zuflucht gesucht. Vielleicht saß er dort und wartete auf sie.

Von links hörte er einen Uhuschrei. Dort ging Freygang. Velsmann blieb stehen und sah, daß auch Tosca Poppe angehalten hatte. Dann machte Freygang eine beschwichtigende Geste und ging weiter.

Sie tasteten sich voran.

Die Villa kam in Sicht. Im Mondlicht sah sie größer aus. Für einen Altersruhesitz zweier Menschen zu pompös – und zu bizarr.

Sie sahen, daß im Parterre Licht brannte. Als sie näher kamen, bemerkten sie auch in den Kellerräumen Licht. Im Dachstuhl war ein einziges Fenster erleuchtet.

Velsmann machte eine zur Vorsicht mahnende Geste. Sie gingen nun langsamer. Wenn sich Hirschgrabens Verdacht bestätigte, konnte es durchaus sein, daß Wachen aufgestellt waren. Velsmann dachte: Und woran erkennt man Wachen? Er fühlte sich wie in einer Indianergeschichte. Er mochte solche nächtlichen Einsätze nicht. Da war ihm Alfons Freygang voraus, der sie geradezu liebte, aber der unterschätzte sie gewöhnlich auch. Velsmann sah, wie sein Assistent sich hinter Sträuchern duckte und vorwärts sprang.

Martin Velsmann hielt vergeblich nach dem Reisebus Ausschau, den er einmal auf dem Gelände gesehen hatte. Statt dessen sah er eine Reihe von Fahrrädern, und an der Hausmauer lehnte etwas, das wie ein Leiterwagen aussah. Ein Leiterwagen, der bis zum Rand gefüllt war. Dann erkannte Velsmann, was der Inhalt war.

Es waren Teddybären und Puppen.

Er hatte auf einer Sonderausstellung im Hessischen Puppenmuseum in Hanau-Wilhelmsbad einmal solches Spielzeug gesehen. Es war ausrangiertes Material. Zu heftige Spiele von Kindern hatten Gliedmaßen abgerissen, Leiber zerfetzt, so daß die Innereien hervorquollen. Eine ganze Wagenladung mit zerstörtem Spielzeug! Im Puppenmuseum war es angeliefert worden, um repariert und anschließend ausgestellt zu werden.

Was hatte das kaputte Spielzeug hier zu suchen?

Martin Velsmann fiel die Klinik in Orb ein, der Kindertrakt traumatisierter Mütter. Dort hatte er auch Spielzeug gesehen.

Sie trafen sich an der Hausmauer.

Als sie wieder nebeneinander standen und sich mit Gesten verständigten, blickten sie durch eines der erleuchteten Fenster. Ein langgestreckter Raum mit Fachwerkdecke und zwei Stützbalken. Niemand da, dachte Velsmann, haben sie doch Angst bekommen?. Markus Hirschgraben hatte von einem Versammlungsraum berichtet, in dem sie sich nachts trafen. Hier in diesem Haus, so hatte er behauptet, bildeten die Opfer und die Täter eine untrennbare Gemeinschaft. Alle diese Nena Raikiinens. Und ihre Erzieher!

Er blickte erneut durch das Fenster, um die Ränder des Raumes zu sehen.

An den Wänden standen Tische und Bänke wie in einem Refektorium. Darauf Blumensträuße und noch nicht ausgebreitete Tischdecken. In diesem Moment betraten drei Männer, korrekt in dunkle Anzüge gekleidet, den Raum. Und jetzt, dachte Martin Velsmann, werden sie das tun, wovon Hirschgraben erzählt hatte. Sie werden sich umwenden und uns ansehen. Sie erwarten uns längst.

Aber statt dessen kam Freygang zurück. Er war um die Häuserecke verschwunden. Er winkte ihnen jetzt zu. Sie folgten ihm und standen vor einer offenen Garagentür.

»Da!« sagte Freygang und deutete auf etwas.

Es war eine normale Tiefgarage. Sie besaß eine Schwingtür, die im Dach verschwand. Etwas an der hinteren Wand, wo weitere Fahrräder standen und ein paar Holzscheite aufgestapelt waren, kam ihnen merkwürdig vor. Sie erblickten Risse in der Wand oberhalb des Paneels und im Paneel einen Türgriff. Als sie näher traten, sahen sie, woran es lag. Freygang drückte gegen die Wand. Eine Tür schwang nach hinten. Freygang blickte triumphierend. Hinter der Garage öffnete sich ein Raum, so breit und hoch, daß er im Dunkeln verschwand. Sein Boden verlief sanft abwärts.

Sie gingen hinein. Ein Stollen tat sich vor ihren Blicken auf. Wie tief mochte dieser Schacht in die Erde hineinreichen?

Freygang machte ein Zeichen, schaltete seine Taschenlampe ein und marschierte los. Velsmann und Tosca Poppe blieben, wo sie waren, und spähten nach draußen.

Noch befanden sie sich im Schutz der Dunkelheit, aber jeden Moment konnten die anwesenden Hausbewohner herauskommen.

Martin Velsmann rekapitulierte. Noch hatten sie nichts in der Hand. Es war nicht verboten, sich in einem Haus zu versammeln. Obwohl er sicher war, daß es Ergebnisse zeitigen würde, wenn man die Ausweise kontrollierte. Vielleicht waren irgendwo im Haus auch illegale Frauen anwesend. Die Männer im Anzug hatten nicht wie Einheimische ausgesehen.

Sie lauschten in das Dunkel, das Freygang verschluckt hatte. Auch der Lichtschein der Taschenlampe war nicht mehr zu sehen.

»Verdammt«, flüsterte Poppe plötzlich dicht neben ihm. »Ich hasse diesen Beruf.«

Velsmann sagte nichts. Er war in großer Unruhe. Wo blieb Freygang?

»Bleiben Sie hier, Tosca und warten Sie«, sagte er leise. »Ich sehe noch mal nach, was sich drinnen tut.«

Er schlich zu den Fenstern zurück.

Zwei der drei Männer breiteten die Decken auf den Tischen aus. Der dritte hatte die Arme in die Seiten gestemmt und sah ihnen zu. Erst auf den zweiten Blick sah Martin Velsmann, daß sich noch jemand im Raum befand. Ein vierter Mann. Jetzt drehte er sich um. Martin Velsmann kannte ihn.

Er hatte so oft über diesen Mann nachgedacht, daß er jetzt nicht überrascht war, ihn zu sehen. Hier ist er also, dachte Velsmann. Nicht in der Klinik. Nun gut. Auch hier können wir ihn uns greifen.

Wenn es einer Rechtfertigung bedurft hätte, so war Tom Hauser die Rechtfertigung für diesen Einsatz.

Martin Velsmann beschloß zu handeln.

Er trat in die Schattenzone des Gartens zurück. Der Mond verschwand hinter Wolken. Velsmann wartete, bis er wieder auftauchte. Er zog sein Handy, wählte das geschaltete Kurzsignal, das auf der anderen Seite als Vibration empfangen wurde, und sprach leise hinein. Jetzt brauchten sie nur noch zu warten.

Dem Mummenschanz, dachte Martin Velsmann, machen wir gleich ein Ende.

Er konnte das Resultat kaum erwarten.

Freygang ging weiter. Ein Ende des leicht abfallenden Ganges war nicht zu sehen. Das gab es doch gar nicht! Wie tief ging es denn noch unter die Erde? Er zögerte. Sollte er nicht besser zurückgehen?

Er ging weiter.

Nach einhundert Metern führte der unbeleuchtete Gang wieder aufwärts. Freygang folgte ihm und trat an ein Gitter. Hoch über ihm stand die schmale Mondsichel.

Ein Fluchtweg, dachte Freygang. Hier kann man ganz schnell verschwinden. Er legte die Hände auf das Gitter und sah, daß es draußen von einem Betonrahmen eingefasst war. Dahinter begann ein befahrbarer Waldweg. Er glaubte Reifenspuren im Sand zu entdecken. Vielleicht lag hier die Erklärung dafür, daß der Reisebus nicht auf der Landstraße gesehen worden war, man hatte vielleicht immer diese Ausfahrt genommen.

Freygang kehrte um. Er erreichte die Tiefgarage und trat durch das Flügeltor nach draußen. Poppe erwartete ihn, und Freygang flüsterte ihr zu, was er gesehen hatte. Sie gingen zu Martin Velsmann hinüber.

Kurze Zeit später schienen die Waldränder und Büsche rund um den Garten lebendig zu werden. Dreißig Bewaffnete des Einsatzkommandos rückten in einer breiten Reihe an.

Martin Velsmann teilte sich den Befehl mit dem Truppführer. Er instruierte ihn kurz. Auch von der anderen Seite her rückten Polizisten an. Die Villa wurde umstellt. Scharfschützen nahmen hinter der ersten Reihe Aufstellung und zielten auf Ausgänge und Fenster. Als die Kette lückenlos geschlossen war, zog Martin Velsmann seine Dienstwaffe. Er drang durch den hinteren Eingang in den Hausflur ein.

Der Gang zu den Treppen war schwach erleuchtet, Velsmann nahm flüchtig wahr, daß Kinderfotos an der Wand hingen, es roch schwer und süßlich wie nach Pflaumenkompott. Im gleichen Moment sagte der Einsatzleiter »Zugriff«, und Velsmann hörte ihn an der vorderen Hausfront durch den Handlautsprecher brüllen.

»Dies ist ein polizeilicher Einsatz! Das Haus ist umstellt! Bleiben Sie an Ort und Stelle! Leisten Sie keinen Widerstand!«

Martin Velsmann rannte mit Freygang und Poppe quer durch den Hausflur und erreichte die Flügeltür zum Versammlungsraum in dem Moment, als sie geöffnet wurde. Tom Hauser trat hastig heraus. Velsmann setzte ihm die Pistole auf die Brust.

»Tom Hauser? Sie sind verhaftet wegen Mordverdachts und Verbreitung illegaler Gewaltpornografie!«

Hauser sagte: »Ich habe mit all dem hier nichts zu schaffen!«

»Natürlich nicht. Drehen Sie sich um!«

Freygang tastete den Verdächtigen nach einer Waffe ab, fand aber nur eine Taschenlampe. Hauser mußte sich mit erhobenen Händen an die Wand stellen. Velsmann holte tief Luft und sprang in den Versammlungsraum hinein. An einem der langen Tische saßen die drei Männer im Anzug und sahen ihm unbeeindruckt entgegen. Einer hielt eine Blumenvase in den Händen. Er lächelte.

»Polizei!« sagte Velsmann. »Stehen Sie auf! Heben die Sie Hände!«

Die drei Männer folgten seiner Anweisung ohne Zögern. Der Mann mit der Vase vergaß nicht, sie vorher abzustellen. Jetzt drangen Polizisten des Einsatzkommandos von allen Seiten in das Haus. Velsmann hörte sie die Treppen hinaufpoltern, sie durchkämmten als erstes die oberen Etagen. Velsmann überwachte die Festnahmen im Erdgeschoß. Als die Polizisten wieder herunterkamen, führten sie zwei ältere Frauen mit sich, die zerknitterte Morgenmäntel trugen und verschlafen aussahen.

»Wer ist außer Ihnen noch im Haus?« fragte Martin Velsmann.

Die Frauen verstanden ihn nicht. Eine sagte etwas, das Velsmann nicht verstand. In seinen Ohren klang es finnisch.

»Oben scheint niemand zu sein«, sagte der Einsatzleiter.

»Ist alles gründlich durchsucht worden? Jedes mögliche Versteck?«

»Ja.«

»Auch der Dachboden?«

»Es gibt keinen.«

»Natürlich gibt es einen«, sagte Velsmann. »Das sieht man doch von draußen. Seht nochmal nach!«

Poppe kam heran. »Die Frauen könnten Köchinnen sein. Die Küche liegt am Ende des Flurs, da sieht alles nach Vorbereitungen für ein Gala-Dinner bei Kerzenschein aus.«

»Ist sonst kein Helfer in der Küche?«

»Wenn er sich nicht in den Kochtöpfen versteckt hat, nein.«

»Dann sehen wir im Keller nach. Aber Vorsicht! Den Friedfertigen hier traue ich nicht.«

Die Einsatzkräfte schwärmten aus. Poppe hatte Hauser inzwischen Handschellen angelegt. Der junge Mann mit der modischen, blonden Frisur blickte sie nur verächtlich an. Er taxierte ihren Körper. Tosca Poppe wurde wütend, sie bedeutete ihm mit dem Revolver, sich zur Wand zu drehen.

Velsmann folgte den Polizisten. Sie sicherten die Kellertreppe, den Vorraum, das dahinterliegende Gewölbe. Die abzweigenden Räume besaßen Eisentüren. Mit vorgehaltenen Waffen drangen die Polizisten ein. Vier Zimmer lagen sauber und ordentlich unter dem kalten Licht von Neonröhren. In diesen Zimmern befanden sich Betten. Es mußten, in Reih und Glied an den Wänden aufgestellt, mindestens vierzig sein. Aber darin lag niemand.

»Die Vögel sind ausgeflogen«, stellte Velsmann fest.

»Dann haben wir also vier Männer und zwei verschlafene Köchinnen festgesetzt«, resümierte der Einsatzleiter enttäuscht. »Nicht gerade viel für diesen Aufwand.«

»In meinen Augen ist es ein Erfolg«, sagte Velsmann. »Wir haben immerhin einen Hauptverdächtigen gefaßt. Das allein war die Aktion wert. Die anderen sehen mir auch nicht wie Waisenknaben aus, obwohl sie versuchen, diesen Eindruck zu erwecken.«

»Es könnten Russen sein«, sagte der Einsatzleiter. »Wenn sie zur Mafia gehören, könnte man ihre Gelassenheit verstehen. Dann werden sie Mittel und Wege haben, sich aus der Sache rauszumogeln.«

»Mich macht ihre Anwesenheit in diesem Haus allein schon so wütend, daß ich sie am liebsten wegschließen würde«, sagte Velsmann. »Ich muß die ganze Zeit an Nena Raikiinen denken.«

Poppe kam herein. »Die Köchinnen sind Finnen, so viel

habe ich kapiert. Was machen wir mit dem Essen? Wie es aussieht, gibt es Dillsuppe, Kabeljau in Senfsauce und Preiselbeeren in Buchweizengrütze.«

»Stehenlassen«, sagte Velsmann. »Sind die Festgenommenen im Auto?«

»Ja.«

»Dann veranlasse ich hier das Nötige«, sagte der Einsatzleiter.

Aus der oberen Etage polterten Polizisten herunter. Es gab tatsächlich einen Dachboden, der über heruntergelassene Leitern zugänglich war. Dort hatte man außer ausrangierten Möbelstücken nichts gefunden.

Velsmann ordnete an: »Wir fahren nach Fulda zurück. Wenn sich hier irgendwas tut, verständigen Sie uns, Kollege.«

Für den Rest der Nacht fanden sie keinen Schlaf. Die Verdächtigen wurden umgehend dem schon informierten Haftrichter vorgeführt. Velsmann begründete die beabsichtigte Inhaftierung. Der Richter stimmte zu. Im Revier erwartete sie Hauptkommissar Hubert Gell.

»Ein toller Erfolg, Martin! Ich gratuliere! Jetzt haben wir endlich etwas in Händen, mit dem wir was anfangen können!«

Martin Velsmann sagte: »Warten wir es ab, Hubert. Ich werde die Männer der Reihe nach verhören, aber wir brauchen einen Dolmetscher, denn die Männer sprechen nur russisch – außer Hauser natürlich – und die Frauen nur finnisch. Bis ein Übersetzer zur Verfügung steht, beschäftige ich mich mit Tom Hauser.«

»Ich möchte dabei sein.«

»Natürlich. Lassen Sie Hauser holen!«

Um vier Uhr morgens brachte eine Beamtin den Festgenommenen in Handschellen in das Verhörzimmer. Velsmann machte ihn mit den üblichen Floskeln auf seine Rechte aufmerksam. Hauser setzte sich an den kleinen Tisch. Velsmann setzte sich gegenüber.

»Lassen Sie mich in Ruhe, ich möchte schlafen«, sagte Hauser.

Velsmann sagte: »Das können Sie nach der Vernehmung.«

»Sie haben kein Recht, mir den Schlaf zu verweigern. Das ist Folter!«

»Schlafen Sie sonst regelmäßig und tief in den Nächten?«

»Das ist meine Sache.«

»Sie bekommen morgen früh einen Anwalt. Bei dem können Sie sich gründlich beschweren. Und nun reden Sie!«

Velsmann zeigte Hauser das Foto mit Wagner und Nena Raikiinen.

Hauser starrte darauf. »Woher haben Sie das?«

»Nebensache. Sie kennen die beiden?«

»Nena und Danilo«, sagte Hauser.

»Und?«

»Was und?«

»Nena ist tot. Wagner sitzt in Haft. Er ist genau wie Sie der Herstellung und Verbreitung von Gewaltpornografie angeklagt. Wir haben ein Video, das Sie wahrscheinlich bei einer Vergewaltigung zeigt. Jedenfalls behauptet Wagner das ...«

»Dieses Schwein! Und ich habe geglaubt, er sei ein Kumpel! Wir haben uns bei einem Essen kennengelernt. Es hat gleich gefunkt. Wir haben sogar denselben Friseur. Jetzt haut er mich in die Pfanne?«

»Nena Raikiinen hat gestanden, Nadja Henz zusammen mit zwei Komplizinnen umgebracht zu haben. Aber Nena

Raikiinen war geistig verwirrt, ihr Psychiater hat ein entsprechendes Gutachten vorgelegt. Das Geständnis wird nicht anerkannt. Wissen Sie, was ich glaube? Daß Sie der Mörder sind.«

»Sind Sie verrückt? Nadja war meine Freundin. Warum sollte ich sie umbringen?«

»Dafür gibt es viele Gründe. Warum brachte jemand Julia Raikiinen um? Auch dafür gibt es viele Gründe. Ich möchte Ihnen gern alle diese Untaten anhängen, Herr Hauser!«

Der Mann erbleichte. »Das ist doch Blödsinn! Dafür haben Sie doch gar keine Beweise!«

»Ich zeige Ihnen die Beweise gleich. Zuvor will ich aber etwas anderes wissen. Was haben Sie in der Villa gemacht?«

»Sehen Sie, daß ist ja der Grund, warum ich mit irgendwelchen Morden nichts zu tun habe. Wir treffen dort unsere Freundinnen. Wir suchen uns die aus, mit der wir die nächste Zeit gehen wollen. Das sind echt willige Mädels! Und die arbeiten doch für uns. Was Besseres haben Sie noch nie getroffen! Warum sollten wir sie umbringen? Dann geht uns doch das Geschäft verloren! Und natürlich auch die Liebe.«

»Wir haben dort keine Freundinnen gesehen!«

»Sie sind ja auch alle unterwegs. Warten Sie bis zum Morgengrauen, dann kommen sie von ihren Einsätzen zurück. Da sind Mädchen darunter! Ich sage Ihnen ...«

»Was für Einsätze?«

»Sie arbeiten überall. Die meisten in Etablissements im Umkreis.«

»In Puffs, meinen Sie?«

»Nennen Sie es, wie Sie wollen.«

»Na gut, das wird sich herausstellen. Ich rate Ihnen: Packen Sie aus! Es ist an der Zeit, daß gewissen Leuten das Handwerk gelegt wird.«

Hauser überlegte angestrengt. Dann sagte er: »Was hat Wagner denn ausgesagt?«

Martin Velsmann lachte angespannt. »Sie glauben, ich verrate Ihnen das, und Sie stimmen dann Ihre eigene Aussage damit ab?«

»Wagner ist schuld. Er hat die Videos gedreht. Ich bin nur eine kleine Nummer. Eigentlich kenne ich diese Leute gar nicht. Die Finnen. Die Russen. Dieses ganze Pack. Ich bin doch nur mit denen bekannt geworden, weil Nadja mich ein paarmal mitgenommen hat. Es waren ihre Freunde, nicht meine. Heute nacht war ich nur in der Villa, um ein paar Sachen von Nadja abzuholen. Sie verkehrte ja dort, wenn sie im Einsatz war. In letzter Zeit, ich meine, bevor sie starb, war sie aber selten in der Villa.«

»Weiter, weiter!«

»Die Frauen haben Nadja und auch Julia umgebracht, weil die beiden ein paar ungute Sachen ausplaudern wollten – und weil sie sich selbständig machen wollten. Da geht es nicht mit rechten Dingen zu, glauben Sie mir! Es wird Druck ausgeübt. Aber wer spricht, stirbt. Das ist ihr Schwachpunkt. Ihr selbstaufgestellter Kodex. Sonst tun sie nichts. Aber darauf legen sie Wert, und das macht sie so gefährlich. Nadja hat das zu spüren bekommen. Fassen Sie das Pack endlich!«

»Von welchem Pack reden Sie die ganze Zeit?«

»Diese Leute, die die Fäden ziehen. Ich kenne keinen persönlich, doch von den drei Burschen, die Sie in der Villa verhaftet haben, sind mindestens zwei in irgendeinem Netzwerk. Das weiß ich von Danilo. Als ich heute nacht ankam, telefonierten die auf Englisch mit jemandem. Da ging es offenbar um die nächste Fuhre. Ich hörte was von Tohmajarvi, einem Kaff in Karelien, aus dem gewisse Leute jetzt verschwinden müßten. Als ich hereinkam, hörten sie auf zu reden. Fragen Sie die, dann kommen Sie an die Leute in Karelien ran! Und dann brauchen Sie mich nicht zu ärgern.«

Poppe warf ein. »Wenn die Kerle Englisch sprechen, dann brauchen wir nicht auf den Dolmetscher zu warten. Dann vernehmen wir die gleich.«

Velsmann nickte. Zu Hauser sagte er: »Sie wollen uns weismachen, daß Sie ein Unschuldsengel sind? Daß die anderen die Schuldigen sind? Fällt Ihnen sonst noch was ein, über das wir lachen könnten? Wir buchten Sie ein, Herr Hauser, bis Ihnen Ihre Untaten den Angstschweiß auf die Stirn treiben.«

»Das können Sie nicht«, erwiderte Hauser selbstgefällig. »Dafür fehlen Ihnen die Beweise! Gut, ich habe mich in schlechte Gesellschaft begeben. Aber dafür dürfen Sie mich nicht verhaften! Das ist nicht strafbar. Mit Ihren anderen blödsinnigen Anschuldigungen habe ich nichts zu tun!«

»Wir werden sehen, ob Sie der Kerl auf dem Video sind. Wenn ja, haben wir Sie. Dann schmoren Sie lebenslänglich!«

»Sie machen mir doch nur Angst! – Also gut. Ich kenne ein paar Namen. Das ist auch alles. Diese Leute sitzen in der Region. Die meisten besitzen Nachtclubs, in denen Illegale arbeiten. Wenn Sie auf die zugreifen wollen, helfe ich Ihnen. Die gefallen mir sowieso nicht, die haben Nadja übel mitgespielt. Das ist so ein arrogantes Pack! Aber dafür will ich die Kronzeugenregelung! Sie müssen dafür sorgen, daß ich unbehelligt bleibe!«

Martin Velsmann zog zwei Fotos aus der Tasche. Darauf waren die beiden Frauen zu sehen, die er im Studio Danilo Wagners festgenommen hatte. Sie besaßen gefälschte Ausweispapiere, und da sie zur Identifizierung nichts beisteuern wollten, saßen sie seitdem bis zu ihrer Anhörung in Abschiebehaft.

»Kennen Sie diese Frauen?«

Hauser nannte ihre Namen. Es mußten Tscherkessinnen sein. Nach einem Zögern sagte er: »Das sind die Kanaillen, die auf Nadja angesetzt waren. Ob sie Nadja getötet haben, weiß ich nicht. Ich war nicht dabei, ich habe ein Alibi. Die dritte in einem solchen Mordkommando war auf jeden Fall Nena Raikiinen.«

»Woher wissen Sie das?«

»Danilo hat es mir erzählt. Sie hatte sich freiwillig dafür gemeldet. Es gab so ein Bonusspiel. Wer zwei tötete, stieg in der Rangordnung auf. Sie hätte dann nicht mehr für die Videos verwendet werden können.«

Martin Velsmann atmete tief durch. Gab es das alles tatsächlich? »Warum haben Sie Nadja nicht gewarnt?«

»Ich hatte eine Scheißangst! Außerdem wußte ich ja nicht, ob sie nicht wirklich was verbockt hat.«

»Was seid ihr nur für Leute?« sagte Martin Velsmann. »Ihr seid von den Tätern nicht zu unterscheiden.«

»Aber wieso denn? Nadja war sehr eigensinnig. Sie ließ sich überhaupt nichts sagen. Ich dachte, ich mische mich lieber nicht ein, die Kerle bluffen doch nur. Ich konnte ja nicht wissen, daß ...«

»Leute, sucht euch doch normale Freundinnen!« sagte Tosca Poppe. »Frauen, die es nicht nur zwischen den Beinen haben.«

Martin Velsmann sagte: »Sie wußten, daß Julia Raikiinen auch ermordet wurde?«

»Nadja hat es mir erzählt.«

»Und nachdem sie es Ihnen erzählt hatte, haben Sie ruhig

weiter Party gefeiert? In Ihrem Inneren, falls Sie eines besitzen, hat sich nichts geregt? Kein Verantwortungsgefühl, kein Moralgefühl? Keine Stimme, die Ihnen sagte: Bis hierher und nicht weiter?«

Hauser verteidigte sich nicht, statt dessen setzte er seine höhnische Miene auf. »Die Mörderin war anscheinend diese Nena, die eigene Schwester.«

Velsmann insistierte. »Warum haben Sie nicht die Polizei verständigt?«

Hauser zuckte die Schultern. »Man hätte mich genauso umgebracht. Eine kleine Anweisung von oben, dann legen die den Schalter um. Das sind Bestien, ohne jedes Gefühl. Ich habe echt Angst vor solchen Gestalten.«

»Sie würden Ihre Aussage vor Gericht beeiden?«

»Aber nur unter Ausschluß der Öffentlichkeit. Ich will nicht wie Nena und Nadja enden und wie einige andere Oberschlaue vor ihnen, die glaubten, ihr eigenes kleines Geschäft an den Onkeln vorbei besorgen zu können.«

»Die Onkel! Wer sind diese Typen?«

»Mein Onkel war anders«, flüsterte Poppe.

»Das ist das Personal in Karelien und auf der russischen Seite. Keine Ahnung, wer genau dahintersteckt. Es müssen ehemalige Folterspezialisten des russischen Geheimdienstes sein. Die sind jetzt arbeitslos geworden oder haben Dreck am Stecken. Sie werden für solche Abrichtungen herangezogen – wenn junge Frauen abgerichtet werden sollen, die hier eingesetzt werden. Freiwillig kommen die ja nicht, höchstens wenn man ihnen erzählt, daß sie als Putzfrauen steinreich werden können! Und ein paar glauben das sogar. Aber die meisten werden von vornherein hardcore eingesetzt.«

»Als Prostituierte?«

»Als alles mögliche. Vor allem als Modelle für Snuffs. Dafür meldet sich ja normalerweise niemand, der einigermaßen bei Verstand ist. Ich könnte Ihnen da Sachen zeigen! Die machen alles! Aber die stehen alle unter Druck, werden erpreßt, haben kleine Kinder zu Hause, die in der Gewalt dieser Leute sind.« Hauser machte eine Pause. Er verzog das Gesicht, als wolle er weinen. »Die töten auch auf Bestellung. Denen ist alles egal. Das sind wahre Zombies, aber die verdienen gut.«

»Nun gut, Herr Hauser, wir werden Ihre Aussagen überprüfen. Wenn sich herausstellt, daß Sie die Wahrheit gesagt haben, buchen wir das auf Ihrem Konto ab. Wenn Sie nur versuchen, sich selbst reinzuwaschen, dann wird es für Sie schlimmer, als Sie sich vorstellen können. Dann hängen wir Ihnen alles an, was wir uns nur irgendwie ausdenken können.«

Velsmanns Handy vibrierte. Der Einsatzleiter an der Villa sprach leise in die Muschel. Offenbar näherte sich ein Bus dem Anwesen. Er kam über Feldwege durch den Wald.

»Lassen Sie ihn in die hintere Tiefgarage einfahren«, sagte Velsmann. »Sichern Sie dann Einfahrt und Ausfahrt. Dann sitzen sie in der Falle.«

»Wenn Frauen drin sind, was machen wir dann?«

»Äußerste Vorsicht! Das sind keine netten Mädels! Keine Rücksicht auf das weibliche Geschlecht, mit Türaufhalten und ›Bitte nach Ihnen‹. Sagen Sie das Ihren Männern!«

»Die werden sich freuen!«

»Mit diesen Frauen ist nicht zu spaßen. Mir ist die Gesundheit der Beamten wichtiger als der Respekt von solchen Illegalen, verstanden?«

»Der Bus fährt jetzt ein! Ich melde mich wieder.«

»Warten Sie! Lassen Sie unser Gespräch geöffnet. Ich bleibe dran. Machen Sie von Zeit zu Zeit eine Mitteilung.«

Während Velsmann weiter mit Hauser sprach, behielt er das Handy am Ohr. Er hörte in der Muschel Geräusche. Manchmal entfernte Stimmen, dann ein Getöse, schließlich brummte etwas. Velsmann stellte Hauser weitere Fragen und ließ auch seinen Vorgesetzen reden. Hauser antwortete, und allmählich glaubte Velsmann, daß ein großer Teil dessen, was er gestand, der Wahrheit entsprechen konnte. Dann hörte er die Stimme des Einsatzleiters.

»Halten Sie sich fest! Der Bus ist voll mit jungen Frauen. Jede so hübsch, daß ich sie sofort heiraten würde.«

Innerhalb der nächsten vierundzwanzig Stunden startete die hessische Polizei einen Großeinsatz, der die gesamte Kinzig-Region zwischen Offenbach und Fulda erfaßte. Der Ertrag war überwältigend. Rund einhundert Frauen, die ohne gültige Aufenthaltserlaubnis als Prostituierte arbeiteten, wurden dingfest gemacht. Einige davon lebten in privaten Unterkünften wie Gefangene. Ihre Arbeitgeber folgten ihnen in Untersuchungshaft. Achtzehn private Bordelle konnten geschlossen werden.

Im Keller eines Wohnhauses in Schlierheim-Brachtal fand man ein mit hohem technischem Standard eingerichtetes Video-Studio für Snuff-Filme. Auf einer Hundezuchtfarm für Pitbulls entdeckte man weitere Schlafstellen. Neben einer Sauna fand die Polizei eine Haftzelle mit Ketten und Handeisen. Danilo Wagner mußte den Betreiber identifizieren. Im Verlauf der Fahndung gingen den Behörden Busfahrer, Zuhälter, Geldeintreiber, Aufpasser, Schläger ins Netz.

Unter den vierunddreißig festgenommenen Männern waren fünf Karelier. Sie wurden dem Haftrichter vorgeführt und in Abschiebehaft genommen. Die finnischen Behörden wurden informiert. Zu den russischen wollte man erst dann Kontakt aufnehmen, wenn man die Festgenommenen verhört hatte.

Tonnen von Unterlagen wurden sichergestellt, darunter Videoanlagen, Computer, Handys, gedrucktes Material. Auf den Festplatten einiger Laptops befanden sich ausführliche Geschäftskorrespondenzen mit Partnern in der Ukraine, in Weißrußland, in Karelien. In Büros der »Reiseschutzversicherungs AG« flogen fiktive Reiseprogramme auf, ebenso Abrechnungen mit zweihundert deutschen Namen, die Tausende von Einladungen nach Deutschland unterschrieben hatten. Neben einem Arbeitsstrich für Männer, die ihren Körper gegen Hungerlohn verkauften, existierte ein ausgedehnter Frauenstrich für sexuelle Dienste am Kunden. Von einem Handbuch mit dem Titel: »Sexualität und Grausamkeit« konnte eine ganze druckfrische Auflage von dreitausend Stück beschlagnahmt werden. Hauser bestätigte, daß Nadja Henz ein solches Exemplar besessen hatte.

Hauptkommissar Gell veranstaltete am Mittag des übernächsten Tages eine Pressekonferenz, an der auch Vertreter des finnischen, ukrainischen und weißrussischen Konsulats in Frankfurt und mehrere Beamte des Auswärtigen Amtes und des Ministeriums für Tourismus und Wirtschaftsentwicklung in Wiesbaden teilnahmen.

Es war ein sonniger Freitag, und Gell verkündete stolz den Erfolg der Fahndung. Die Journaille jubelte auf. Pünktlich zum Beginn der Sommerferien schien in der Region wieder alles im Lot zu sein. Der Hauptkommissar Martin Velsmann wurde ausdrücklich lobend erwähnt.

Velsmann ahnte jedoch, daß sie höchstens die Spitze des Eisberges gesehen hatten.

Am Abend kam ein Fax von Jokkelsoj aus Mikkeli: *Cognac schmeckt etwas besser als Selbstgebrannter. Herzlichen Glückwunsch! Wir greifen noch heute morgen auf unser Klientel zu, wenn unser Rausch verflogen ist!*

»Das war vielleicht ein Schlag!« Hauptkommissar Gell freute sich. »Das haben Sie wirklich toll gemacht, Martin!«

»Danken Sie meinen Assistenten. Ich erwarte übrigens, daß Sie das Disziplinarverfahren fallenlassen!«

Leutselig erwiderte Gell: »Ich werde sehen, was ich tun kann.«

Staatsanwalt Keuper, der eben eingetreten war, meinte: »Jetzt haben wir alles erledigt, was erledigt werden mußte. Ich hatte mich getäuscht. Das sind tatsächlich keine Satanisten. Auch wenn sie sich manchmal den Anstrich geben. Das sind gewöhnliche Kriminelle. Wenn die Finnen jetzt auch noch den Sack zumachen, dann können wir alle wieder ruhig schlafen.«

»Gebe Gott, daß Sie recht haben«, sagte Martin Velsmann. »Und daß die Leute in der Region auch wieder nach Hause gehen und sich um ihre Familien kümmern. Und daß die Brände endlich gelöscht werden.«

»Es soll Regen und Gewitter geben«, sagte Freygang. »Wenn nicht, müssen Anfang der Woche Häuser in Eichenzell evakuiert werden. Auch Schloß Adolphseck ist bedroht, da läuft gerade eine Ausstellung über ›Inseln der himmlischen Paradiese‹ – oder so ähnlich. Man fürchtet ganz gewaltig um die teuren Exponate. Kommt allerdings der Regen, ist es aus mit dem Feuer. Dann bleibt eine ganze Weile nur noch ein mächtiger Rauch.«

»Auf jedes Feuer, mag es noch so lange brennen, folgt Rauch«, resümierte Velsmann.

Martin Velsmann verspürte Erleichterung. Er würde die Ermittlungsergebnisse, die seinen Bereich betrafen, zusammenfassen und die Akten schließen. Den Krieg gegen den organisierten Menschenhandel konnte er nicht führen. Dann packte er seine Koffer. Niemand konnte ihn umstimmen. Für ihn war der Polizeidienst beendet – mit allen Konsequenzen.

Er hatte mit dem Krankenhaus telefoniert. Die Hirschgrabens würden durchkommen. Sie machten bereits Pläne, sich auf einer Nordseeinsel niederzulassen. Als Velsmann später mit ihnen sprach, kam ihm der Gedanke, daß eine Aufgabe noch blieb.

Er rief Professor Heinrich in Orb an. Aufgrund seines Gutachtens waren nicht nur Nena Raikiinen und ihre Schwester Julia von jeder Schuld reingewaschen worden, auch auf die gerade festgenommenen Frauen fiel kein Verdacht. Der Psychiater erklärte ihre Schuldunfähigkeit durch posttraumatische Symptome und konnte sich mit seiner Version durchsetzen. In der traumatherapeutischen Klinik befanden sich mittlerweile auch die beiden Täterinnen, die Velsmann in den Kellerräumen des Studios von Danilo Wagner aufgegriffen hatte. Nach der Aussage von Tom Hauser hätten sie als Mörderinnen angeklagt werden können, doch das Gutachten des Professors schloß eine Haftstrafe beinahe aus. Der Therapeut hielt sie in der Klinik unter Verschluß. Er verbot ihnen auszusagen.

»Sind Sie zufrieden damit, wie es ausgegangen ist, Herr Professor?«

»Sie werden verstehen, daß ich meine Patienten schützen

muß. Es gibt bei jeder dieser Frauen noch Hoffnung auf Heilung. Was nützt es den Behörden, wenn sie Menschen bestrafen, die nicht schuldfähig sind?«

»Und Nena Raikiinen?«

»Sie war nicht lebensfähig, aber man kann auch sagen, daß sie unschuldig war. Die eigentlichen Täter sind die anderen. Wann werden die bestraft? Sie werden vermutlich davonkommen. Das ist für Sie ein bitteres Fazit, Herr Kommissar. Für mich gehört es dazu. Die Psychiatrie hat es mit anderen Dingen zu tun als mit Prozeßfragen.«

»Aber regt sich nicht Ihr Gewissen, wenn Sie sehen, daß die Opfer, die Sie vor Strafverfolgung schützen, gemordet haben? Die Frauen haben ohne jeden erkennbaren Skrupel Menschen umgebracht.«

»Das ist nicht erwiesen. Außerdem richtete die Gewalt sich ja nur gegen die eigenen Leute. Kein Unschuldiger ist umgekommen.«

»Julia und Nena waren Unschuldige. Sie haben es selbst gesagt.«

»Sie haben recht: Wir können uns aus diesem Dilemma nicht herausmogeln. Aber die Frauen sind tot. Lassen Sie es gut sein, Herr Hauptkommissar!«

»Mich macht das fertig. Ich werde deshalb den Dienst quittieren. Was ist das für eine Welt? Wenn es keine Möglichkeit mehr gibt, Täter und Opfer sauber voneinander zu trennen, wenn alle schuldig sind und der Rest der Menschheit nur zuschaut wie bei einem Gladiatorenspiel – dann muß ich gehen. Für solche Verhältnisse bin ich nicht Polizist geworden.«

»Von der Seite der Psychiatrie würden Sie das ganz anders sehen. Sie denken viel zu vertikal. Denken Sie horizontal!

Lassen Sie mehr zu, bevor Sie urteilen und verurteilen. Es gibt zwischen Menschen mehr Dinge, als sich ein Polizist vorstellen kann.«

»Vielleicht werden die beiden Frauen, die Sie jetzt unter Ihre Fittiche genommen haben, neue Nena Raikiinen.«

»Und wenn? Vielleicht werden sie auch gerettet. Eine einzige, die ich retten kann, bedeutet mir mehr als das Bürgerliche Gesetzbuch.«

»Leben Sie wohl, Herr Professor!«

Martin Velsmann legte schnell auf.

Seine Assistenten kamen herein.

»Sie wollen wirklich nach Barth ziehen, Herr Velsmann?« Tosca schmollte. »Sie betrügen uns mit Ihrer Frau?«

»Wenn Sie es so sehen, Tosca.«

Freygang unterdrückte etwas, Velsmann kannte ihn gut genug. Er fragte, was los sei.

Alfons Freygang sah Tosca Poppe an, dann Martin Velsmann. Er sagte: »Herr Velsmann, darf ich Sie um die Hand Ihrer Assistentin bitten?«

»Nein ...«

»Sie gestatten es nicht?«

»Doch! Ich meine, das ist doch nicht möglich. Ihr liebt euch?«

»Ich habe es gemerkt, als ich sie auf diesem dreckigen Hüttenboden in Tohmajarvi liegen sah. Ich begriff, daß ich sie von jetzt an beschützen muß.«

»Und Sie Tosca? Sind Sie damit einverstanden?«

Tosca blickte Velsmann an und sagte: »Das Herz eines Polizisten zu kriegen ist echt schwer. Man muß schon auf Risiko spielen.«

Fünf Tage später sah Martin Velsmann aus dem Zugfenster. Er dachte über die vergangenen Wochen nach. Dichter Regen prasselte gegen das Fenster und lief in wirren Bahnen herunter. Velsmann folgte ihrer Spur nach unten mit müden Blicken. Der Dauerregen fiel auf die ausgedörrte Landschaft. Die Hitzewelle war zu Ende. Überall auf den Feldern stand Rauch.

Martin Velsmann schloß die Augen. Er spürte das Glück in seinem Inneren. Wie lange er sich nicht so befreit gefühlt hatte, wußte er nicht. Alles fiel von ihm ab. Alles was ihn gequält hatte wie ein Alpdruck, wenn er abends zu Bett gegangen war und morgens wieder aufgestanden war, hatte sich verflüchtigt. Es blieb überhaupt kein Rest. Alle Feuer sind gelöscht, dachte er.

Wie ein Kind freute er sich auf Barth. Er hatte einen Sommerhut gekauft, eine neue Sonnenbrille und ein paar Bücher über historische Gärten. Es war wie früher. Andrea und die Kinder würden am Bahnhof stehen und auf ihn warten. Andrea hatte ihm auch mitgeteilt, daß sie einen Hund angeschafft hatte, einen hellen Labrador. Velsmann versuchte ihn sich vorzustellen.

Fulda versank hinter ihm. Das Monströse versank in Regen und Rauch. Der ganze Spuk der Polizeiarbeit war vorbei.

Er konnte einfach aussteigen. Niemand hinderte ihn daran. Auch seine Vorgesetzten nicht. Sie hatten am Ende nur ein paar hilflose, betroffene Reden gehalten.

Mein Leben gehört mir, dachte er, und am liebsten hätte er diesen Satz mit dem Finger auf das beschlagene Fenster gemalt, um ihn nie mehr zu vergessen. Das kam ihm dann doch zu albern vor.

Alles war möglich. Warum hatte er nicht vorher gemerkt, wie leicht das ging!

Erst jetzt, am Ende seiner beruflichen Laufbahn, die er einst mit so viel Hoffnung und Tatendrang begonnen hatte, das spürte er genau, begann sein Leben …

14.

Es war so, wie sie es wollten. Sie konnten ein Fazit ziehen. Und sie waren zu einem neuen Transport bereit. Denn die Schleusen, die einmal geöffnet worden waren, schlossen sich nicht wieder. Nur eine neue Route mußte eingeschlagen werden. Jetzt ging es über die alten, bewährten Wege.

Der Bus mit den jungen Touristinnen war voll besetzt. Der Fahrer kam aus Ozero, er legte die Papiere über sich in die Ablage. Der Beifahrer, ein Tschetschene, der schon lange dabei war, obwohl er kaum älter schien als die Frauen, deponierte seine Unterlagen im Handschuhfach. Es war ein klarer, schöner Morgen. Der Himmel war weit und tiefblau. Das Gefährt rollte an.

Als der Fahrer in den Rückspiegel blickte, sah er junge, müde Gesichter. Sie hatten schon eine lange Reise hinter sich. Eine äußere. Und eine innere. Sie waren lange Wege gegangen. Der Weg ist das Ziel, dachte er. So entsteht Reife.

In Vyartsilya und Suystamo hatten sie lange überlegt. Natürlich mußte man auf die neue Lage reagieren. Seitdem die Visa-Stellen sie im Visier hatten, mußte man zweigleisig fahren. Die Reiseversicherungen durften nicht mehr getürkt werden, sie mußten hieb- und stichfest sein, äußerst seriös und nachprüfbar. Außerdem mußte man jetzt wieder die Schleichwege nehmen, die Umwege fahren, denn niemand konnte sicher sein, daß sie nicht überall kontrollierten und jede Einzelheit zum Ausgangspunkt zurückverfolgten. Unterschätzen durfte man sie jedenfalls nie. Also mußten andere Wege eingeschlagen werden. Und die Auftraggeber in Minsk mit ihrer in heillosen Kleinkriegen geschulten logistischen Erfahrung waren in der Lage, andere anzubieten. Sie hatten gemeinsam die Route ausgearbeitet, der Beifahrer war sicher, so würde es gehen – auch wenn ein Restrisiko blieb. Ein Risiko war immer dabei gewesen. Aber man würde sie überlisten.

Die Landstraße durch die karelischen Wälder führte nach Süden. Eine endlose, schnurgerade Straße, erst vor kurzer Zeit betoniert, eine unproblematische Piste – einmal abgesehen von den Elchen, die hier nachts herausbrachen und Fahrzeuge rammten. Die Probleme würden erst am Hafen beginnen. In Kurkiyoki machten sie die erste Rast. Es war dem Beifahrer nicht recht, schon hier, am Lagodasee anzuhalten, aber eine der Frauen, eine besonders hübsche, hellhäutige, blonde, die auf den Namen Lisino hörte, bestand darauf. Die anderen hörten auf sie.

Der Fahrer machte sich eine Notiz. Ich werde ein Auge auf sie werfen müssen, dachte er. Vielleicht haben wir hier schon einen Problemfall.

Als es weiterging, begannen einige Mädchen zu singen. Der Tschetschene war nicht unmusikalisch und nicht unfreundlich, aber er verbot es ihnen. Er befahl ihnen, Walkmen zu hören, die vorher verteilt worden waren. Er wollte kein Gequatsche und keinen Gesang.

Nachdem sie Vyborg erreicht hatten, schaltete er das Bordmikrofon ein und verlangte ihre Aufmerksamkeit. Er sagte: »Wir werden die Grenze in Vaalimaa passieren. Haltet euch an die Anweisungen! Wir fahren offiziell zum Nielsen-Festival nach Helsinki. Wir übernachten im Kotka und fahren morgen früh wieder zurück nach Vyborg. Natürlich fahren wir über Helsinki hinaus und übernachten tatsächlich in Turku. Mehr braucht ihr vorerst nicht zu wissen.«

»Wer ist Nielsen?« fragte die freche Blonde, die auf den Namen Lisino hörte.

»Du kennst wohl nur deinen Arsch!« blaffte der Beifahrer. »Das ist natürlich Kareliens größter Komponist!« Er grölte ein paar Takte und malte dazu mit den Händen die Melodie in die Luft. »Verstanden?«

»Schrei mich nicht an, wo ich herkomme, gibt es keine Musik«, maulte Lisino. »Kann ja nicht alles kennen.«

»Da hast du recht, aber jetzt halte die Klappe«, sagte der Tschetschene.

Am Abend kamen sie in Turku an. Die achtundzwanzig Frauen verteilten sich über zwei Motels an der Ausfallstraße. Der Fahrer aus Ozero hatte die Zimmer schon vor Tagen gebucht. Die jungen Frauen durften in drei Schichten bei Burger King zu Abend essen. Dann achtete der Tschetschene darauf, daß sie in den Zimmern blieben. Er ging um elf Uhr über die Gänge, und wo er noch Stimmen hörte, klopfte er gegen die Tür und befahl grob, ruhig zu sein.

Bei Sonnenaufgang fuhr der Bus mit der russischen Nummer weiter. Er war in Grosny angemeldet. Jetzt kam der gefährlichere Teil. Der Busfahrer dachte an seine Frau zu Hause und an die drei Kinder, von denen der Älteste in diesem Herbst in die Schule kam. Er hatte versprochen, ihnen was von der Reise mitzubringen. Das garantierte ihm, daß sie alle sehnsüchtig auf seine Rückkehr warteten.

Am Hafen gab es keinen Aufenthalt. Die Pässe waren in

Ordnung. Jede Reisende besaß zusätzlich einen Carnet de touriste für befristeten Besuch in den Schengen-Staaten, inklusive Krankenversicherung, Haftpflichtversicherung und Police für den Fall von Konflikten. Das am Computer in Minsk ausgearbeitete Besuchsprogramm besaß eine überzeugende Legende.

Wir wollen doch sorglos reisen, dachte der Tschetschene.

Auch die auf der Fähre anwesenden Inspektoren genossen eher die Sonne auf dem Oberdeck, als sich um auffälliges Verhalten von jungen Touristinnen zu kümmern. Als sie die Insel Ahvenanmaa erreichten und in Maarianhamina ausstiegen, winkten die Frauen den Beamten zu. Sie hatten drei Stunden Aufenthalt, die sie zu einem Sonnenbad am weißen Sandstrand nutzten. Einige kauften sich auch nur Eis und flanierten auf Plateausohlen die Promenade entlang. Nachmittags fuhr die Fähre am südlichen Rand des Bottnischen Meerbusens weiter und erreichte am Abend die Schären von Djursholm. Inzwischen trugen einige der Frauen Abendkleider, denn offiziell fuhren sie jetzt zu einer Aufführung von »Norma« in die Stockholmer Oper.

Die Reisebegleiter bestanden darauf, daß die Vorstellung tatsächlich besucht wurde. Es war eine langatmige Inszenierung, und einige der Frauen schliefen ein. Lisino erregte Aufsehen, als sie mitten im vierten Akt aufstand, sich einen Weg durch die Reihen mürrischer Zuhörer bahnte und an der Bar ein Glas Champagner trank. Sie wartete dort, bis die Oper verklungen war, bestellte noch ein Glas und zog sich endgültig den Zorn des Tschetschenen zu.

Die drei Motels, in denen die Gruppe am Stadtrand übernachtete, waren sämtlich mit mattbunten Plastikmöbeln ausgestattet, die wackelten oder schief standen. Auch der übrige

Standard ließ zu wünschen übrig. Lisino, die sich inzwischen als Sprecherin der Gruppe fühlte, beschwerte sich darüber. Sie argwöhnte, die Betreuung würde wohl immer schlechter werden, je näher sie dem Bestimmungsort Deutschland kämen. Der Tschetschene ging nicht auf sie ein, er dachte daran, daß der Vorschuß bald aufgebraucht sein würde, und ließ sie insgeheim nicht mehr aus den Augen.

Am nächsten Morgen wechselten sie wie geplant das Fahrzeug. Ein neuer Fahrer fuhr den leeren Bus nach Süden, dann über einen Zickzackkurs weiter zu den Häfen von Oskarshamn und Visby und von dort nach Polen und über Lettland zurück. Ein neuer Bus stand schon bereit. Der Fahrer aus Ozero bemängelte eine offensichtlich defekte vordere Radaufhängung, kam aber damit zurecht. Der Tschetschene beschloß, eine Übernachtung zu streichen und bis Karlskrona durchzufahren, so würden die Frauen zu müde sein, um viel Ärger zu machen. Der Busfahrer war dagegen, stimmte aber schließlich zu, als der Beifahrer ihm ein paar Dollarscheine in die Brusttasche steckte.

Nachdem sie in Karlskrona übernachtet hatten, fuhren sie quer durchs Land nach Westen. Hier gab es nur Wälder, in denen schwere Stürme gewütet haben mußten, und die kleinen Städte erwiesen sich als verschlafene Straßendörfer mit übergroßen Supermärkten. Zwei Frauen wurden abkommandiert, einzukaufen, sie durften sogar Bier mitbringen. Als sie am dritten Tag in Helsingborg ankamen, war nur die Höhenburg erleuchtet, der Ort lag im tiefen Schlaf.

Die Reisegesellschaft, die mittlerweile offiziell nach Kopenhagen unterwegs war, um im »Tivoli« einen Orchesterraum für ihre Wintertournee zu besichtigen, nahm eine der Nachtfähren. Bei ruhigem Wetter kreuzten hier die Schiffe der weißen Linie vierundzwanzig Stunden lang auf leisen Wellen durch den Sund. Fahrer und Beifahrer unterhielten sich über einen dänischen Astronomen eines früheren Jahrhunderts, der im Sund auf der Insel Ven gelebt und dort ein mysteriöses Observatorium errichtet hatte. Hieß es nicht Uraniborg? Der Fahrer war schon einmal dort gewesen. Der Tschetschene interessierte sich seit seiner Kindheit für die Sterne. Er blickte zum Nachthimmel, sah aber nur eine dichte Wolkendecke.

Dann wurde es mulmig. Eine Polizeikontrolle beim Ausstieg in Helsingör hielt sie auf. Man brachte sie in ein flaches, hellgelbes Hafengebäude, das von schäbigen Hinterhofbüros und Containern umgeben war. Dort telefonierten die Beamten des Zolls mit irgendwelchen Dienststellen.

Der Busfahrer dachte: Ich werde dir keine Puppe aus Deutschland mitbringen, Ninotschka, statt dessen wirst du lange nichts von mir zu sehen kriegen.

Der Tschetschene, von dem seine Kollegen sagten, er habe schon alles gemacht, bekam kalte Hände. Er dachte an die einzelnen Stufen des Planes, der für einen solchen Fall in Gang kam. Wenn alles schiefging, waren sie eben dran, aber er würde sich den Weg freischießen und seine Identität schneller wechseln, als die Fahndungsmeldungen sein konnten.

Die Frauen bemühten sich, an nichts zu denken. Sie wußten, daß sie völlig in der Hand der anderen waren. Wenn sie ihr Ziel erreichen wollten, durften sie sich vor allem nichts anmerken lassen. Sie lauschten der Musik aus dem Walkman und summten leise dazu. Einige rauchten. Einige schminkten sich mit aufklappbaren, runden Handspiegeln. Einige reichten schwarzweiße Fotos ihrer Kinder herum.

Nach zwei Stunden konnten alle gehen, ohne daß sich jemand für den Zwangsaufenthalt entschuldigte. Ein alter Beamter murmelte etwas von Terroristenfahndung. An der värmlandischen Grenze zu Norwegen hatte sich am späten Abend ein Selbstmordattentäter in einer Kirche in die Luft gesprengt.

Alle atmeten auf. Der Busfahrer dankte einem Gott, an den er schon lange nicht mehr glaubte.

Der Tschetschene dachte: Sie können mich alle mal, bevor die mich kriegen, muß einiges passieren.

Sie fuhren schnell durch das schmale Land, als beflügele der Sommer ihre Reise. Zu essen gab es nur farblose Wurst zwischen Brötchen und schal schmeckendes Bier. In der Höhe der Grenze entblößte eine der Frauen plötzlich ihre Brüste und streichelte sie selbstvergessen. Lisino setzte sich neben sie, brachte sie zu sich und schloß ihre Bluse.

»Kannst du warten, bis wir da sind, meine Kleine?« fragte sie. »Du wirst es noch so oft tun müssen, daß du es bald leid bist.«

Die andere blickte sie nur verständnislos an, und Lisino erschrak vor ihrem leeren Blick. Sie kannte solche Blicke nur zu gut. Solche Blicke verfolgten sie seit Jahren, seit sie in Karelien ausgebildet worden war.

An der südlichen Grenze gab es keinen Aufenthalt. Eine junge Tscherkessin hatte plötzlich eine Ukulele in den Händen und spielte ein melancholisches Stück. Eine andere sang dazu. Der Tschetschene verbot es ihnen jetzt nicht. Die Grenzbeamten sahen musizierende, junge Frauen auf der Fahrt nach Hamburg, wo die Uraufführung eines populären Musicals auf sie wartete.

Den letzten Halt machte der Reisebus mit den jungen Touristinnen in einem luxuriösen Hotel in Bahnhofsnähe. Sie stießen mit einem Glas Sekt an. Am nächsten Morgen würden sie alle in Züge steigen und zu ihren Bestimmungsorten fahren, die meisten bis Frankfurt am Main. Von dort ging es mit Regionalzügen nach Westen Richtung Mosel und weiter nach Luxemburg oder in Richtung Fulda. Einige würden in der Region aussteigen und von ihren Helfern in Empfang genommen werden.

Der Tschetschene hatte es übernommen, Lisino und fünf andere der Frauen, die kein Deutsch und kein Englisch sprachen, bis zu ihrem Ziel zu begleiten. Sie kamen am Nachmittag in Fulda an. Der Tschetschene brachte sie in Bahnhofsnähe in einem Best Western unter.

Noch in der Nacht suchte er eine junge Frau auf, die in Fulda ein besonderes Etablissement führte. Er ließ sich die Situation vor Ort schildern. Die Razzien hatten große Lücken gerissen, die nun wieder geschlossen werden mußten. Der Tschetschene fragte nach den Racheengeln. Auch sie waren inzwischen in Untersuchungshaft. Bis auf eine.

Der Tschetschene bestellte sie noch in der Nacht in den Club, aber die Frau, die Irina hieß, traute sich wegen eines eiternden Geschwürs an der Wange nicht auf die Straße. Also suchte er sie in ihrer Unterkunft auf.

Sie wohnte in der zweiten Etage eines grauen Mietsbaues und teilte sich das Zimmer mit drei anderen Frauen, die jedoch nicht anwesend waren. Im Raum nebenan lebte der Aufpasser, ein Ukrainer mit dem Namen Rafal.

»Wie läuft's so?« fragte der Tschetschene ihn.

Der Ukrainer zuckte die Schultern. »Klasse. Junge, karelische Nymphen gehen wie geschmiert.«

»Du kümmerst dich um alles?«

»Manchmal ist es ein Problem, daß sie in zehn Minuten abfahrbereit sein müssen, wenn ein Anruf kommt. Ich bringe sie zu ihrem Freier.«

»Wie sind die Preise im Moment?«

»Einmal Geschlechtsverkehr bringt derzeit hundert Euro, verschärfter auf Privatpartys mit allem Drum und Dran kostet das Doppelte, Stammkunden kriegen Rabatt. Fünfundzwanzig Euro behalten die Nymphen. Die meisten Anrufe kommen nachts, deshalb sind zwei jetzt auch ausgeflogen. Ich hole sie später ab.«

Irina hustete viel. Ihr Visum mit der Nummer D 19560118 hatte siebenhundert Dollar gekostet und war noch für zehn Tage gültig. Inzwischen schuldete sie ihren Schleppern sechstausend Euro für Schleusung, Miete, Verpflegung, Fahrten zu den Freiern, Kondome, Telefonkosten für Gespräche in die Heimat. Gehen durfte sie erst, wenn die Schulden abgezahlt waren, aber die Summe wuchs von Tag zu Tag. Irina dachte jeden Tag und jede Nacht an ihren fünfjährigen Sohn Jewgej, den sie in Kiew zurückgelassen hatte. An ihm würde man sich vergreifen, wenn sie Schwierigkeiten machte.

»Nur noch dieser eine Auftrag«, sagte der Tschetschene, »dann bist du abgelöst. Deine Schulden sind dann getilgt. Dafür sorge ich.«

»Ich habe darauf gewartet«, antwortete sie und hustete wieder. »Ich dachte schon, ich komme hier niemals mehr raus.«

»Die Neue heißt Lisino, sie spricht viel«, sagte der Tschetschene. Dann erzählte er ihr alles.

Tosca Poppe und Alfons Freygang fuhren zum Stausee bei Stahlau. Als sie aus dem Auto stiegen, sahen sie sich verliebt an.

Der See war so ausgetrocknet, daß die alte Handelsstraße

zwischen Frankfurt und Leipzig fast vollständig zum Vorschein gekommen war. Jetzt, wo der Regen einsetzte, befürchtete man, der alte Straßenbelag könnte wieder verschwinden. Man wollte den Fund jedoch in irgendeiner Form retten. Vielleicht mußte man den Stausee teilweise ablassen. Allerdings war dann die Stromversorgung für die Region nicht mehr sichergestellt.

An diesem Vormittag feierte man das kulturgeschichtliche Ereignis. Fünfhundert Jahre lang war diese Straße verschwunden gewesen. Nun tauchte sie wieder auf. Man sah die Spurrillen der Transportwagen im Stein, Spuren aus dem Mittelalter, die sich tiefer eingegraben hatten als das Andenken an Menschen. Das Mittelalter rückte an diesem Tag ganz nahe heran. Ein Grund für Festreden und Musik. Und der Regen versiegte, noch bevor man das Rednerpult aufgebaut hatte.

Ein Redner vom Bundesfinanzministerium, dem der Stausee offiziell gehörte, sagte gerade: »Und wir sind sicher, daß wir hier ein Freiluftmuseum einrichten können. Den Grundstein dafür legen wir heute. Das Geld stellen wir aus der Regionalförderung zur Verfügung.«

Tosca Poppe und Alfons Freygang hatten schon Trauzeugen bestellt. Es waren noch acht Tage bis zur Hochzeit. Sie dachten an ihren ehemaligen Chef, den sie jetzt zu beerben hatten. Freygang war zum Kommissar aufgestiegen. Er nahm sich vor, seinem Vorgänger alle Ehre zu machen. Gleichzeitig hatte er ein bißchen Bammel davor und hatte auch mit Tosca darüber gesprochen.

Der Festredner sagte: »Gerade jetzt, wo diese Region wieder gesäubert wurde von kriminellen Elementen und Ruhe und Ordnung eingekehrt ist, wollen wir verstärkt auf kulturelle Bildung setzen. Unsere junge Generation soll herangeführt werden an die Vergangenheit. Nicht nur an das Heute, an die Zeugnisse von Gestern. Sie sind es wert, gewürdigt zu werden. Wir werden dafür ein eigenes, neues Museum bauen.«

»Und auch der See ist so sauber wie noch nie!« rief jemand aus der zuhörenden Menge. »Wir Bürger haben ihn ehrenamtlich von seinem Schmutz gesäubert.«

»Das ist aller Ehren wert«, beeilte sich der Festredner zu sagen. »Und ein Schritt in die richtige Richtung. Nicht nur der Staat soll etwas tun. Bürger müssen mehr Eigenverantwortung übernehmen. Es ist ihre gute Stube, die hier saubergemacht werden mußte.«

In diesem Moment bemerkte es Tosca Poppe.

Im Uferschlick zur Rechten hatte sich etwas verfangen. Sie sah noch einmal hin. Es sah aus wie ein Spielzeug, wie eine dieser großen Puppen.

Dann erschrak sie.

Dort, zwischen ausgebleichten Ästen und den buckligen Pflasterquadern der alten Straße lag etwas, das sie lieber nicht sehen wollte.

Es war die Leiche einer Frau. Sie war nackt. Aus dem Tanggewirr ihrer weißblonden Haare starrten sie zwei geöffnete Augen an.

Nein, dachte Tosca entsetzt. Laß es nicht wieder von vorn anfangen. Dann dachte sie: Wir werden Kommissar Velsmann zurückholen müssen.

Sie stieß Freygang an und machte ihn auf die Leiche aufmerksam. Der junge Polizist stieß ein seltsames Geräusch aus. Tosca sah, wie bleich er war.

In diesem Moment hatte der Vertreter des Bundesfinanzministeriums seine Rede beendet.

Der Festakt konnte beginnen.

Tessa Korber bei AtV: Brandheiße Fälle für Kommissarin Dürer

Tessa Korber, geboren 1966 in Grünstadt/Pfalz, hat Geschichte und Germanistik studiert. Sie arbeitete in Verlagen, im Buchhandel sowie als Werbetexterin, bevor ihr mit dem ersten Roman »Die Karawanenkönigin« gleich ein Bestseller gelang. »Wie Tessa Korber mit ein paar ironischen Andeutungen aus ihren Helden lebendige Porträts entwickelt, das hat hohes Unterhaltungsformat.«
NÜRNBERGER NACHRICHTEN

Toter Winkel
Jeannette Dürer ist eine erfolgreiche Polizistin, doch ihr Privatleben ist ein Chaos. Als im Nürnberger Fußballstadion die Leiche eines Geschäftsmannes gefunden wird, glaubt Jeannette, endlich alle privaten Sorgen abschütteln zu können. Die Spur führt zu einer Freimaurerloge, und sie beginnt, das Geflecht um den Geheimbund zu entwirren.
Kriminalroman. 216 Seiten.
AtV 1633-6

Tiefe Schatten
Für ihren zweiten Fall muß Jeannette Dürer zurück nach Erlangen. Die Stadt ist in Aufregung: Ein renommierter Fledermausforscher wurde in seinem Büro brutal umgebracht – und dies buchstäblich zweimal. Jemand hat ihn mit einem Brieföffner erstochen. Zudem befand sich in seinem Körper Gift, so daß er auch ganz unauffällig an Herzversagen gestorben wäre.
Kriminalroman. 229 Seiten.
AtV 1811-8

Falsche Engel
Kommissarin Dürer muß den Mord an einer 18jährigen aufklären. Aber erst ihr dauerfernsehender Neffe gibt den richtigen Hinweis: In einer populären Doku-Soap wird das »Christkindl 2003« für den Weihnachtsmarkt gecastet – die Tote war eine Kandidatin. Unverhofft findet sich die attraktive Polizistin unter den publicityhungrigen Bewerberinnen.
Kriminalroman. 199 Seiten.
AtV 1977-7

Triste Töne
In Bayreuth wird die »Walküre« gegeben, als die Brünhilde-Darstellerin tot hinter den Kulissen gefunden wird. Hauptkommissarin Dürer entdeckt den richtigen Hinweis – einen falschen Leberfleck. Und plötzlich spielen ein Mädchenhändlerring und eine tote Ex-Ehefrau die Hauptrolle. Wie bei Wagner bedient sich der Täter einer Quasi-Tarnkappe.
Kriminalroman. 224 Seiten.
AtV 2027-9

Mehr unter www.aufbau-verlag.de oder in Ihrer Buchhandlung.

AtV